HEYNE BÜCHER

Das Buch

Im Jahre des Herren 1144 zieht Geoffrey de Madeville unter der Regentschaft von König Stefan plündernd und brandschatzend durchs Land und erobert dabei unter anderem auch das Kloster von Ramsey. Erst nach dem Tod des Besetzers können die Benediktiner in das vollkommen verwüstete Kloster zurückkehren und mit dem mühsamen Wiederaufbau beginnen. Mit dem Auftrag, im benachbarten Kloster Shrewsbury um finanzielle Unterstützung und Baumaterialien zu bitten, machen sich zwei Mönche auf den Weg, ohne zu ahnen, welche Folgen ihr Besuch nach sich ziehen wird.

Während ihres Aufenthalts versetzt eine große Regenflut die Mönche in Aufregung. Erst nachdem sich das größte Durcheinander gelegt hat, entdeckt man, daß eine wertvolle Reliquie geraubt wurde. Nun ist es an Bruder Cadfael, dem Detektiv in der Mönchskutte, den Missetäter aufzuspüren. Prekärerweise fällt der Verdacht auf einen der Klosterbrüder von Ramsey ...

Die Autorin

Ellis Peters (1913–1995) wurde in England geboren und veröffentlichte mit dreiundzwanzig ihren ersten Roman. 1977 gelang ihr mit ihrem ersten Bruder-Cadfael-Roman der große Durchbruch.

Im Wilhelm Heyne Verlag erschienen ihre folgenden Bücher: *Das Mönchskraut* 01/6702, *Der Aufstand auf dem Jahrmarkt* 01/6820, *Des Teufels Novize* 01/7710, *Lösegeld für einen Toten* 01/7823, *Ein ganz besonderer Fall* 01/8004, *Mörderische Weihnacht* 01/8103, *Der Rosenmord* 01/8188, *Der geheimnisvolle Eremit* 01/8230, *Pilger des Hasses* 01/8382, *Bruder Cadfael und das fremde Mädchen* 01/8669, *Bruder Cadfael und der Ketzerlehrling* 01/8803, *Bruder Cadfael und das Geheimnis der schönen Toten* 01/9442, *Bruder Cadfael und die schwarze Keltin* 01/9988, *Das Licht auf der Straße nach Woodstock*, *Bruder Cadfael erzählt* 01/10347.

ELLIS PETERS

DER FROMME DIEB

Ein Bruder-Cadfael-Roman

Aus dem Englischen
von Bettina Runge

WILHELM HEYNE VERLAG
MÜNCHEN

HEYNE ALLGEMEINE REIHE
Nr. 01/10586

Titel der Originalausgabe
THE HOLY THIEF
erschien bei Headline, London

Besuchen Sie uns im Internet:
http:// www.heyne.de

Umwelthinweis:
Das Buch wurde auf
chlor- und säurefreiem Papier gedruckt.

Printed in Germany 1998
Umschlagillustration: Andreas Reiner, Fischbachau
Umschlaggestaltung: Atelier Ingrid Schütz, München
Satz: Leingärtner, Nabburg
Druck und Bindung: Pressedruck, Augsburg

ISBN 3-453-13650-0

PROLOG

In den letzten Augusttagen des Jahres 1144 gab Geoffrey de Mandeville, Graf von Essex, der brütenden Sommerhitze nach und machte den letzten fatalen Fehler seiner langen und eigennützigen Laufbahn. Er plante damals die Belagerung und Zerstörung des einfachen, aber wirkungsvollen Festungsrings, den König Stephen hatte errichten lassen, um den Raubzügen von Geoffreys Horden in den Fens, dem flachen Marschland im östlichen England, Einhalt zu gebieten. Von seinen wechselnden Stützpunkten hier in den Fens aus hatte Geoffrey mit seinen geächteten Mannen das Land verwüstet und ausgeplündert, auf daß kein Feld mehr bepflanzt und geerntet, kein Gutshof mehr bewirtschaftet werden konnte, auf daß kein Mensch, der etwas sein eigen nannte, in seinem Besitz bleiben, und keiner, der sich weigerte, es herauszugeben, auch nur so viel wie sein nacktes Leben zurückbehalten würde. Da ihm der König all seinen mehr oder weniger rechtmäßigen Besitz, seine Burgen, Schlösser, Ländereien und Titel entrissen hatte – und das, um ehrlich zu sein, auch nicht auf ganz rechtmäßige Weise –, hatte sich Geoffrey daran gemacht, jedem, der seinen Weg kreuzte, egal ob arm oder reich, ähnliches anzutun. Ein Jahr lang waren die Fens von den Grenzen Huntingdons bis Mildenhall in Suffolk und über weite Strecken des Cambridgeshire ein geschlossenes Diebeskönigreich geworden, und obwohl Stephens Befestigungsring dessen weitere Ausdehnung hatte verhindern können, hatte er die Bewegungsfreiheit des Grafen doch nicht sonderlich einzuschränken oder ihn zu einer Schlacht herauszufordern vermocht, welche dieser stets geschickt zu vermeiden wußte.

Der Stützpunkt in Burwell, nordöstlich von Cambridge, erzürnte Geoffrey indes, gefährdete er doch seine Nachschubwege – fast sein einziger wunder Punkt. Und so umritt er an einem der heißesten Augusttage diese lästige Burg mit der Absicht, die vorteilhafteste Möglichkeit für einen Angriff auszukundschaften. Wegen der glühenden Hitze hatte er seinen Helm abgenommen und auch den Kettenpanzer, der seinen Nacken schützte. Ein einfacher Bogenschütze hoch oben auf der Festungsmauer zielte auf ihn und traf ihn in den Kopf.

Geoffrey, den die Verletzung leicht dünkte, lachte nur; er zog sich zurück, um sich eine kurze Zeit der Genesung zu gönnen. Doch nach wenigen Tagen erfaßte ihn das heftige Fieber einer Entzündung, die ihm das Fleisch von den Knochen schälte und ihn ans Bett fesselte. Man brachte ihn bis nach Mildenhall in Suffolk und kam dort zu der Erkenntnis, daß sein Ende gekommen sei. Was die Heere König Stephens nicht erreicht hatten, das hatte die Sonne fertiggebracht.

Daß er in Frieden stürbe, war schlechterdings nicht möglich, hatte man ihn doch exkommuniziert. Nicht einmal ein Priester konnte ihm helfen, denn auf dem Konzilium um die Mitte der Fastenzeit, das im Jahr zuvor von Henry von Blois, dem Bischof von Winchester, Bruder des Königs und damals päpstlicher Legat, einberufen worden war, hatte man beschlossen, daß keinem Mann, der einem Geistlichen Gewalt angetan habe, die Absolution erteilt werden könne, es sei denn durch den Papst höchstselbst und dann auch nicht durch ein Dekret aus der Ferne, sondern ausschließlich in Gegenwart des Heiligen

Vaters. Von Mildenhall nach Rom, das war ein langer Weg für einen Sterbenden, der das Höllenfeuer zu fürchten hatte. Der Kirchenbann über Geoffrey war die Strafe für seine gewaltsame Einnahme der Abtei von Ramsey, für die Vertreibung des Abtes und der Mönche, für die Umwandlung des Klosters in die Hauptstadt seines Königreichs von Dieben, Plünderern und Mördern. Für ihn gab es keine Aussicht auf Absolution, keine Hoffnung auf eine Bestattung. Die Erde wollte ihn nicht aufnehmen.

Einige seiner Mannen taten ungestüm ihr Bestes, um seine Seele zu verteidigen, wo sie seinem Leib schon nicht helfen konnten. Als er so schwach wurde, daß er zu toben aufhörte und in Apathie versank, begannen seine Rechtsberater und Dienstleute fieberhaft, öffentliche Briefe in seinem Namen zu verfassen und der Kirche verschiedene Besitztümer, die er ihr entrissen hatte, zurückzugeben, darunter die Abtei von Ramsey. Ob das mit seinem Einverständnis geschah, fragte niemand und sollte auch niemand erfahren. Die Anordnungen wurden ausgeführt und befolgt, aber sie nützten Geoffrey nicht. Seinem Leib wurde ein christliches Begräbnis verwehrt, seine Grafenwürde wurde ihm entzogen, seine Besitzungen und Ämter blieben verwirkt, und seine Familie wurde enterbt. Sein ältester Sohn war zusammen mit ihm exkommuniziert worden, weil jener an dessen Rebellion teilgenommen hatte. Ein jüngerer Sohn, sein Namensvetter, befand sich bereits am Hofe der Kaiserin Maud und war von ihr als Graf von Essex anerkannt worden. Aber was nützte das schon ohne Land?

Am sechzehnten Tage des Monats September starb Geoffrey, noch immer unter Kirchenbann, noch immer ohne Absolution. Ein Rest von Barmherzigkeit wurde ihm nur durch gewisse Tempelritter zuteil, die gerade in

Mildenhall weilten und den Sarg mit seiner sterblichen Hülle nach London mitnahmen, wo sie ihn gezwungenermaßen in einer Grube außerhalb des Friedhofs der Templer, in ungeweihte Erde, verscharrten. Selbst das überschritt die Gesetze des kanonischen Rechts, denn nach den Buchstaben dieses Gesetzes hätte er überhaupt nicht beerdigt werden dürfen.

In seinem bunt zusammengewürfelten Heer gab es niemanden, der stark genug war, ihn zu ersetzen. Alles, was es zusammengehalten hatte, waren Selbstsucht und Habgier, und ohne Geoffrey zerfiel die fragwürdige Gemeinschaft, nachdem die königlichen Truppen mit erneuter Entschlossenheit angerückt waren. Die Gesetzlosen zerstreuten sich in kleinen Gruppen in alle Richtungen, um nach weniger bevölkerten Breiten und einsameren Gefilden zu suchen, wo sie hofften, ihr Leben als Beutejäger fortsetzen zu können. Die Achtbaren unter ihnen oder die von höherer Geburt zogen umher und versuchten, mit sich ins reine zu kommen und sich sichereren Bündnissen anzuschließen.

Allen anderen bereitete die Nachricht vom Tode Geoffreys große Befriedigung. Schnell erreichte sie den König; der Tod befreite ihn von seinem gefährlichsten und erbittertsten Feind und enthob ihn der Notwendigkeit, den Großteil seines Heeres in einer bestimmten Region zu binden. Die frohe Botschaft vom Rückzug der marodierenden Horden verbreitete sich wie ein Lauffeuer in den Fens, und die Menschen, die in Angst und Schrecken gelebt hatten, tauchten vorsichtig aus ihren Verstecken auf, um die Reste der geplünderten Feldfrüchte zu bergen, ihre niedergebrannten Häuser wieder aufzubauen, ihre Familienangehörigen erneut um sich zu scharen und ihre Toten angemessen zu bestatten, nachdem der Sensenmann in ihren Breiten so reiche Ernte eingebracht hatte. Bis ein halbwegs gewöhnlicher Alltag wieder einkehrte, würde mehr als ein Jahr ins Land gehen müssen, aber wenigstens konnten die ersten mühsamen Schritte getan werden.

Und vor Ablauf des Jahres erreichte die Kunde auch Abt Walter von Ramsey zusammen mit der Sterbebettverfügung Geoffreys, durch die jener sein Kloster zurückerhielt. Er stattete Gott dem Herrn den schuldigen Dank ab und schickte Boten aus, nach seinem Prior, seinem Subprior und den verstreuten Brüdern, die völlig mittellos vertrieben worden waren und irgendwo hatten Unterschlupf suchen müssen – manche bei ihren Verwandten, manche in anderen gastfreundlichen Benediktinerabteien. Diejenigen, die in der Nähe untergekommen waren, eilten rasch herbei und fanden ihre Abtei völlig verwüstet vor. Von den Klostergebäuden waren nur mehr leere Hüllen zurückgeblieben, die Felder lagen brach, die Gutshöfe, die ehemals dem Kloster gehört hatten, waren von Dieben und Landstreichern bewohnt und all ihrer Schätze beraubt. Die Mauern, so hieß es, hätten vor Kummer geblutet. Aber dennoch: Abt Walter und seine Brüder machten sich daran, ihr Haus und ihre Kirche wieder aufzubauen, und sandten allen Mönchen und Novizen, die in der Ferne Zuflucht gefunden hatten, die Nachricht von ihrer Rückkehr. Da sie Mitglieder einer größeren Brüderschaft waren, die dem Benediktinerorden nahestand, verschickten sie auch einen dringenden Hilferuf um Almosen, Baumaterial und Arbeitskräfte für den raschen Wiederaufbau des geheiligten Ortes.

Die Nachricht, die Einladung und der Hilferuf erreichten gerade zur rechten Zeit das Pförtnerhaus der Abtei St. Peter und St. Paul in Shrewsbury.

KAPITEL

I

Die Boten trafen während des halbstündigen Kapitels ein und weigerten sich zu essen, zu trinken, zu ruhen oder auch nur den Schmutz der Straßen von den Füßen zu waschen, bis sie in den Kapitelsaal vor die Versammlung geführt worden waren und ihren Auftrag erfüllt hatten.

Jetzt standen sie da, aller Augen auf sie gerichtet, und wollten sich nicht setzen, ehe ihr Anliegen vorgetragen war. Subprior Herluin, ein Mann von großer Erfahrung und Autorität und von eindrucksvoller Erscheinung, stand dem Abt gegenüber, die schmalen Hände vor dem Gürtel gefaltet. Der junge Novize, der mit ihm von Ramsey gekommen war, hielt sich bescheiden einen oder zwei Schritt zurück und ahmte demütig die reglose Haltung des Subpriors nach. Die drei Laiendiener ihres Hauses und Begleiter auf ihrer Reise hatten sie beim Pförtner im Torhaus zurückgelassen.

»Vater Abt, wie jedermann kennt Ihr unsere beklagenswerte Geschichte. Zwei Monate sind jetzt vergangen, seit uns Haus und Ländereien wieder überlassen wurden. Abt Walter ruft nun all jene Brüder zu ihren Pflichten zurück, die fliehen und anderswo Unterschlupf suchen mußten, nachdem die Rebellen und Marodeure uns alles entrissen und uns mit vorgehaltener Klinge vertrieben hatten. Diejenigen von uns, die in der Nähe bleiben konnten, kehrten so bald als möglich an die Seite unseres Abtes zurück. Was wir vorfanden, war die reine Verwüstung. Wir waren die rechtmäßigen Besitzer vieler Lehnshöfe gewesen, nach der Enteignung aber wurden sie solchen gesetzlosen Schurken übergeben, die bereit waren, de Mandeville zu unterstützen. Und so hilft es uns gar nichts, sie zurückzufordern, da wir sie nur per Gesetz von den Banditen zurückbekämen, und das Gesetz wird Jahre brauchen, um uns zu unserem Recht zu verhelfen. Außerdem wird dann alles, was Wert hat, geplündert und zerstört, vielleicht sogar niedergebrannt sein. Und innerhalb des Klosters ...«

Er besaß eine klare, überzeugende Stimme, die bis an diesen Punkt kräftig, aber leidenschaftslos geklungen hatte. Doch als er jetzt den Tag der Rückkehr zu schildern begann, konnte er einen Augenblick lang seine Empörung nicht im Zaume halten.

»Ich war dort. Ich habe gesehen, was sie aus dem geheiligten Ort gemacht haben. Ein Greuel! Einen Abfallhaufen! Die Kirche geschändet, das Kloster ein schmutziger Stall, Schlaf- und Speisesaal ihrer Holztäfelung beraubt, um sie zu verfeuern, alle Vorräte aufgebraucht und alles Wertvolle, was wir nicht hatten verstecken können, gestohlen. Alle Dachplatten von den Dächern gerissen, alle Türen und Fenster weit geöffnet und das Innere den Unbilden der Witterung ausgesetzt. Nicht einmal einen Topf zum Kochen, nicht ein einziges Meßbuch, nicht ein Stück Pergament haben sie zurückgelassen. Zerstörte Mauern, völlige Leere, Wüstenei. Und all das wieder aufzubauen, schöner noch als zuvor, dazu haben wir uns verpflichtet. Aber das können wir nicht alleine. Abt Walter hat viel von seinem persönlichen Reichtum geopfert, um Nahrungsmittel für die Dorfbewohner zu kaufen, nachdem die Ernten nicht eingebracht werden konnten. Denn wer hätte, den Tod stets auf den Fersen, seine Äcker bestellen können? Selbst den Ärmsten der Armen entrissen diese Bösewichter die letzten erbärmlichen Habseligkeiten, und wem sie nichts mehr stehlen konnten, dem ließen sie nicht mal das nackte Leben.«

»Wir haben wohl von den Gewalttaten in Eurem Land gehört«, sprach Abt Radulfus. »Mit großem Kummer haben wir es vernommen und für ein Ende der Schrecken gebetet. Nun, da das Ende gekommen ist, gibt es kein Haus unseres Ordens, das sich weigern kann, alle nur mögliche Hilfe bei der Wiederherstellung des Zerstörten zu leisten. Sagt uns, womit wir Ramsey am besten dienen können. Denn Ihr seid als Bruder zu Brüdern gesandt worden, und innerhalb unserer Familie bedeutet Schaden für den einen Schaden für alle.«

»Ich wurde hierher gesandt, um von diesem Hause Hilfe zu erbitten; auch von jedem unter der Laienschaft, der zu einem Akt der Barmherzigkeit in Form von Spenden oder auch von handwerklicher Unterstützung bewogen werden kann, sofern es in Shrewsbury Männer gibt, die Erfahrung im Bauen haben und willens sind, sich für einige Wochen fern ihrer Heimat nützlich zu machen. Für jede erdenkliche Hilfe beim Wiederaufbau unseres Klosters, für jede Münze, für jedes Gebet wird Ramsey dankbar sein. Und deshalb bitte ich, zunächst hier in der Kirche predigen zu dürfen, und, die Erlaubnis des Sheriffs und der Geistlichkeit vorausgesetzt, auch am Marktkreuz von Shrewsbury, auf daß jeder Hausherr der Stadt sein Herz erforsche und so viel spende, wie dieses ihm eingibt.«

»Wir werden mit Vater Boniface reden«, sagte Radulfus, »und er wird sich gewiß einverstanden erklären, daß Ihr bei einem Gemeindegottesdienst predigt. Des Wohlwollens dieses Hauses könnt Ihr bereits gewiß sein.«

»Ich wußte doch«, sagte Herluin erfreut, »daß wir uns auf brüderliche Liebe verlassen können. Neben Bruder

Tutilo hier und mir wurden auch andere ausgeschickt, um bei Benediktinerklöstern in anderen Grafschaften um Unterstützung zu bitten. Wir wurden außerdem beauftragt, all den Brüdern, die ihr Leben in der Ferne fristen mußten, Nachricht zu geben und sie aufzufordern, ins Kloster zurückzukehren, wo man ihrer dringend bedarf. Denn viele werden noch gar nicht wissen, daß Abt Walter wieder in seiner Abtei ist, auf die Arbeit und den Glauben jedes Sohnes angewiesen, um das große Werk der Erneuerung zu vollbringen. Einer der unseren«, sagte er, wobei er aufmerksam das Gesicht des Abtes musterte, »ist, wie ich glaube, hier in Shrewsbury bei seiner Familie untergekommen. Ich muß ihn aufsuchen und ihn bewegen, mit uns zurückzukehren.«

»Ihr habt recht«, erwiderte Radulfus. »Es ist Sulien Blount vom Gutshofe Longner. Er kam durch Abt Walters Fürsprache zu uns. Der junge Mann hatte sein letztes Gelübde noch nicht abgelegt. Das Ende des Noviziats rückte näher, und ihm kamen Zweifel an seiner Berufung. Der Abt hatte ihm eine Frist eingeräumt und ihm Zeit gelassen, über seine Zukunft nachzudenken. Es war seine eigene Entscheidung, dieses Haus zu verlassen und zu seiner Familie zurückzukehren, und so ließ ich ihn gehen. Wenn Ihr mich fragt, ist er irrtümlicherweise in den Orden eingetreten. Wie dem auch sei, er wird und muß selbst die Antwort finden. Ich werde einen der Brüder anweisen, Euch zum Hof von Suliens älterem Bruder zu führen.«

»Ich werde mein Bestes tun, Sulien wieder den rechten Weg zu weisen«, sagte Herluin mit einem gewissen Unterton in der Stimme, der darauf schließen ließ, daß es ihm eine stille Freude bereitete, ein davongelaufenes, widerstrebendes Schäfchen in seine Herde zurückzutreiben.

Bruder Cadfael beobachtete die eindrucksvolle Person aus einer verborgenen Ecke des Saals, und die langen Jahre seiner weltlichen und klösterlichen Erfahrung mit allerhand Leuten sagten ihm, daß der Subprior wohl einen guten Prediger am Marktkreuz abgeben und manch einer gewissensgeplagten Seele große Schenkungen entlocken würde, denn er war redegewandt und sogar zu Leidenschaft fähig, wenn es um sein Kloster ging. Doch was seine Aussichten betraf, den jungen Sulien Blount umzustimmen, jetzt, wo dieser bald schon sein Feinsliebchen heiraten wollte, da konnte Cadfael nur den Kopf schütteln. Wenn es ihm gelingen würde, wäre er ein Wundertäter auf dem besten Weg, ein Heiliger zu werden. Es gab in Cadfaels Hagiographie ein paar weit unerfreulichere Heilige, denen er am liebsten nicht den Heiligenstand zugebilligt hätte, die er ärgerlicherweise aber anerkennen mußte. Alles in allem empfand er fast so etwas wie Mitleid mit Subprior Herluin, der im Begriff war, seine Waffen im Kampf mit dem unverwundbaren Schild der Liebe abzustumpfen. Sollte er nur versuchen, Pernel Otmere von Sulien Blount wegzureißen! Er, Cadfael, kannte die beiden inzwischen zu gut, um solch einem Unterfangen Aussicht auf Erfolg zuzubilligen.

Er merkte, daß er bislang keine allzu große Zuneigung zu Subprior Herluin verspürte, obwohl er dessen Zähigkeit, solch eine lange Fußreise zu unternehmen, und auch seine Entschlossenheit, Ramseys geplünderte Truhen wieder aufzufüllen, um das zerstörte Kloster wieder aufzubauen, nur bewundern konnte. Sie waren schon ein seltsames Gespann, diese beiden umherziehenden Brüder aus den Fens. Der Subprior war ein hochgewachsener, breitschultriger Mann, dessen Leib wohl einmal üppig, vielleicht allzu üppig gewesen, jetzt aber zusammengefallen und ein wenig schlaff geworden war. Gewiß war ihm nichts vorzuwerfen; er schien den Mangel geteilt zu haben, den die unglücklichen Bewohner der Fens während des kargen Jahres der Unterdrückung hatten erleiden müssen. Sein unbedeckter Kopf ließ eine blasse Tonsur erkennen, die von angegrauten, eher braunen als weißen Haaren umgeben war; darunter ein längliches Gesicht mit strengen Zügen, tiefliegenden und ernsten Augen sowie einem schmalen Mund, der fast lippenlos wirkte, als wäre ihm das Lächeln völlig fremd. Es hatte, so schätzte Cadfael, etwa fünfzig Jahre bedurft, um solche bedrohlichen Gesichtszüge auszubilden – fünfzig Jahre der Kasteiung und Entsagung.

Kein besonders angenehmer Begleiter auf einer langen Reise, wenn der erste Eindruck nicht täuschte. Bruder Tutilo, der bescheiden ein Stück hinter seinem Vorgesetzten stand und jedem seiner Worte mit gespannter Aufmerksamkeit lauschte, sah aus, als zählte er zwanzig Lenze, vielleicht sogar noch weniger; ein zart gebauter junger Mann, auffällig geschmeidig und anmutig in seinen Bewegungen, ein Musterbeispiel disziplinierter Beherrschung. Sein Kopf reichte gerade bis zu Herluins Schulter und war mit einer Fülle blonder Locken bedeckt, die während der langen Reisezeit kräftig gewachsen waren. Ohne Zweifel würden diese Locken, sobald er wieder in Ramsey war, radikal gestutzt werden. Jetzt aber hätten sie einem gemalten Engel in einer Missale wohl angestanden, obwohl das Gesicht unter dieser Aureole – trotz seines Ausdrucks strahlender Hingabe – wenig engelgleich war. Auf den ersten Blick wirkte er wie ein reizendes Unschuldslamm, so offenherzig mit seinen weitgeöffneten Augen und seinen mädchenhaft rosigen Wangen. Bei genauerem Hinsehen jedoch wurde man gewahr, daß sich hinter diesem kindlichen Anstrich ein ovales Gesicht von klassischem Gleichmaß und scharfen, ausgeprägten Formen verbarg. Ja, diese rosengleiche Färbung auf den Marmorzügen wirkte fast wie eine Tarnung, hinter der eine gewinnende, aber doch leicht gefährliche Kreatur lauerte.

Tutilo – ein seltsamer Name für einen jungen Engländer; er hatte nichts von einem Normannen oder Kelten an sich. Vielleicht hatte man diesen Namen bei seinem Eintritt ins Noviziat für ihn gewählt. Er wollte Bruder Anselm fragen, was der Name bedeute und wo die ehrwürdigen Brüder von Ramsey ihn gefunden haben mochten. Cadfael wandte seine Aufmerksamkeit wieder dem Gespräch zwischen Gastgeber und Gästen zu.

»Da Ihr nun schon in dieser Gegend seid«, ließ sich der Abt vernehmen, »habt Ihr vielleicht den Wunsch, weitere Benediktinerklöster zu besuchen. Ich versorge Euch mit Pferden, wenn ich Euch damit dienen kann. Die Jahreszeit ist ungünstig für eine Fußwanderung. Die Flüsse führen Hochwasser, der eine oder andere wird unpassierbar sein; da ist es besser, Ihr seid zu Pferd unterwegs. Wir werden uns beeilen, Eure weiteren Vorhaben nach allen Kräften zu unterstützen, und zunächst mit Vater Boniface über die Nutzung der Kirche reden, denn er ist für die Seelsorge zuständig. Auch mit Hugh Beringar, dem Sheriff sowie dem Bürgermeister und dem Gildenmeister der Stadt müssen wir wegen Eurer Versammlung am Marktkreuz von Shrewsbury verhandeln. Wenn es noch etwas gibt, womit wir Euch dienlich sein können, braucht Ihr es nur zu äußern.«

»Wir wären in der Tat dankbar, wenn wir für eine Weile beritten weiterziehen könnten«, sagte Herluin und kam dabei einem Lächeln so nahe, wie seine Züge es eben erlaubten, »denn wir beabsichtigen, wenigstens bis zu unseren Brüdern in Worcester zu gelangen, vielleicht auch nach Evesham und Pershore, und wir könnten leicht über Shrewsbury zurückkehren und die Pferde bei Euch wieder abliefern. Die unsrigen wurden uns alle von Geoffreys Schurken gestohlen. Zuerst aber, wenn möglich heute noch, möchten wir mit Bruder Sulien sprechen.«

»Wie es Euch beliebt«, sagte Radulfus nur. »Ich glaube, Bruder Cadfael ist am besten mit dem Weg vertraut – man muß eine Fähre benutzen – und auch mit der Familie des Herrn von Longner. Es empfiehlt sich wohl, daß er Euch begleitet.«

»Bruder Sulien«, sagte Cadfael, als er mit Bruder Anselm, Vorsänger und Bibliothekar, den Hof überquerte, »ist schon eine Weile nicht mehr Bruder genannt worden und wird wohl kaum wieder Gefallen an diesem Titel finden. Und das hätte Radulfus diesem Herluin ruhig sagen können, denn er kennt die ganze Geschichte des jungen Mannes so gut wie ich. Aber hätte er es gesagt, würde Herluin ihm wahrscheinlich gar nicht zugehört haben. ›Bruder‹ bedeutet für Sulien jetzt nichts anderes als sein leiblicher Bruder Eudo. Sulien läßt sich für die Waffen schulen und wird einer von Hughs jungen Männern in der Garnison oben in der Burg sein, sobald seine Mutter gestorben ist, und das wird, wie ich höre, nicht mehr lange dauern. Zudem wird er ein verheirateter Mann sein, noch ehe das geschehen ist. An eine Rückkehr nach Ramsey ist da nicht zu denken.«

»Wenn der Abt den Jungen nach Hause geschickt hat, damit er eine eigene Entscheidung treffen möge«, meinte Anselm nachdenklich, »kann der Subprior kaum das Recht haben, ihn allzusehr unter Druck zu setzen und zu einer Rückkehr zu zwingen. Er mag ihm zureden, ihn ermahnen, aber er ist machtlos, wenn der junge Mann sich nicht bewegen läßt. Es kann allerdings sein«, fügte er trocken hinzu, »daß er sich vor allem einen Ablaß in Silber davon verspricht.«

»Das ist durchaus denkbar, und den bekommt er wahrscheinlich auch. Es gibt in diesem Hause mehr als ein Gewissen, das sich Ramsey gegenüber schuldig fühlt«, stimmte Cadfael zu. »Und was«, fragte er, »hältst du von dem anderen?«

»Von dem Jungen? Ein Schwärmer, ein Träumer mit einer Anmut und einer Inbrunst, die durch seine kindlichen Wangen schimmern. Wahrscheinlich als Begleiter für Herluin ausgewählt, um dessen Eiseskälte auszugleichen, was meinst du?«

»Und wie hat er diesen fremdländischen Namen bekommen?«

»Tutilo! Ja«, sagte Anselm sinnend, »gewiß nicht bei seiner Taufe! Es muß einen Grund geben, weshalb man diesen Namen für ihn gewählt hat. Tutilo gehört zu den Heiligen des März, allerdings beachten wir ihn hier kaum. Er war ein Mönch in Sankt Gallen und ist seit über zweihundert Jahren tot. Nach dem, was man hört, war er Meister in allen Kunstarten, Maler, Dichter, Musiker und dergleichen. Vielleicht haben wir einen begabten Jüngling unter uns. Ich will ihn dazu bringen, sich an Rebec oder Drehleier zu versuchen, und sehen, was dabei herauskommt. Wir hatten einst einen fahrenden Sänger hier, erinnerst du dich? Der kleine Schelm, der sich die Küchenmagd des Goldschmieds zur Frau nahm, bevor er uns verließ. Ich flickte ihm damals die Rebec. Wenn sich Tutilo als besser denn jener erweist, hat er vielleicht ein Anrecht auf den Namen, den sie ihm gegeben haben. Horch ihn ein wenig aus, Cadfael, wenn du ihn heute nachmittag nach Longner begleitest. Herluin wird mit seinem verirrten Schäfchen beschäftigt sein. Versuch, an Tutilo heranzukommen.«

Der Pfad zum Gutshof von Longner zweigte in nordöstlicher Richtung von der Straße der Abteivorstadt ab, schlängelte sich durch ein kleines, dichtes Wäldchen und führte auf einen gras- und heidebewachsenen Kamm, der einen Blick auf den gewundenen Lauf des Severn gewährte. Der Fluß war angeschwollen und trug herabgefallene Äste und Grasbüschel von der Uferböschung in seinem Lauf. Es hatte im Winter viel Schnee gegeben, ohne große Stürme oder Frost. Das Tauwasser füllte die Täler, und selbst auf den Wiesen zwischen Fluß und Bach rann es und rieselte silbrig zwischen den Gräsern. Die Furt ein wenig flußaufwärts war schon unpassierbar, die Insel, die normalerweise das Überqueren des Flusses vereinfachte, war überschwemmt. Der Fährmann aber brachte seine Passagiere kräftig stakend ans andere Ufer; er war so mit seinen aufgewühlten Wassern vertraut, daß Flut, Sturm und Windstille keinen Unterschied für ihn machten.

Auf der anderen Seite des Severn wand sich der Pfad durch nasse Wiesen, und der Fluß nagte bereits eine Elle weit vom Ufer ins bräunliche Wintergras. Wenn über dem walisischen Hügelland auf das Tauwetter heftiger Frühlingsregen folgte, so kam es zu Überschwemmungen unter den Stadtmauern von Shrewsbury, der Meole-Bach und der Mühlteich traten über ihre Ufer und bedrohten sogar das Hauptschiff der Klosterkirche. Das war zweimal geschehen, seitdem Bruder Cadfael dem Orden beigetreten war. Im Westen hing der Himmel jetzt schon blauschwarz und bedrohlich über den fernen Bergen.

Sie umgingen das steigende Wasser unterhalb des dunklen Töpferackers, erklommen dankbar die sanfte Anhöhe bis hinauf in das gepflegte Wäldchen, das zum Longner-Gut gehörte, und gelangten zu der Lichtung, auf der sich die Gutsgebäude, durch eine hohe Palisadenumfriedung vor den Westwinden geschützt, behaglich an den Hang schmiegten.

Als sie durch das Eingangstor kamen, trat Sulien Blount gerade aus den Stallungen, um zum Wohnhaus zu gehen. Er trug als Arbeitskleidung Lederwams und Kniehosen. Wie es sich für einen jüngeren Bruder gehörte, leistete er auf dem Besitz des älteren Bruders seinen Teil, bis er Gelegenheit fand, einen eigenen Hof zu bewirtschaften, was er sicher einmal tun würde. Beim Anblick der drei Männer blieb er starr vor Staunen stehen, erkannte dabei sogleich seinen ehemaligen geistlichen Vorgesetzten, höchst befremdet, ihn hier, so fern von seinem Kloster, anzutreffen. Aber er eilte augenblicklich herbei und grüßte mit ehrfürchtiger, vielleicht sogar etwas ängstlicher Höflichkeit. Die Belastungen des letzten Jahres hatten ihn so weit von Kloster und Tonsur entfernt, daß die Begegnung hier in seinem Zuhause mit dem, was für ihn längst vergangen und abgetan war, einen Augenblick lang einer Bedrohung gleichkam, einer Bedrohung seines neuen und hart erkämpften Gleichgewichts und der Zukunft, die er für sich gewählt hatte. Nur einen Augenblick freilich. Sulien hatte keinen Zweifel an dem Weg, den er einschlagen wollte.

»Vater Herluin, seid willkommen in meinem Zuhause! Es freut mich, Euch bei guter Gesundheit zu sehen und zu hören, daß Ramsey dem Orden zurückgegeben wurde. Wollt Ihr nicht eintreten und uns wissen lassen, womit Longner Euch dienen kann?«

»Ihr könnt Euch nicht vorstellen«, begann Herluin, auf einen möglichen Kampf gefaßt, »in welchem Zustand uns das Kloster zurückgegeben wurde. Ein Jahr lang diente es als Stützpunkt eines verbrecherischen Heeres, wurde geplündert und ausgeraubt, das Mauerwerk geschändet, wenn nicht sogar vor dem Abzug gänzlich zerstört. Wir brauchen jeden Sohn des Hauses und jeden Freund des Ordens, um vor Gott wieder aufzurichten, was entheiligt worden ist. Ich bin zu Euch gekommen, um mit Euch zu reden.«

»Ein Freund des Ordens«, entgegnete Sulien, »wünsche ich zu sein. Ein Sohn von Ramsey und ein Bruder seiner Brüder bin ich nicht mehr. Abt Walter hat mich gerechterweise hierher zurückgeschickt, um meine Berufung zu überdenken, die er selbst als zweifelhaft erkannte. Er hat mein Noviziat Abt Radulfus überlassen, und der hat mich von meiner Pflicht entbunden. Aber tretet ein, damit wir uns als Freunde unterhalten können. Ich werde Euch ehrfürchtig lauschen, Vater, und respektieren, was Ihr zu sagen habt.«

Und das tat er dann auch, war er doch ein junger Mann, dazu erzogen, alle Pflichten des Jüngeren gegen die Älteren zu erfüllen; und das um so mehr als jüngerer Sohn ohne Erbe, der seinen eigenen Weg würde gehen müssen und der es deshalb um so nötiger hatte, denen zu gefallen, die Macht und Ansehen besaßen und ihm auf seinem Weg behilflich sein konnten. Er würde zuhören, doch er würde sich nicht umstimmen lassen. Und er brauchte auch keine geneigten Fürsprecher, um seine Ansichten über die Angelegenheit zu unterstützen. Warum sollten Herluins Ansichten darüber von einem ergebenen und stillen jungen Gefolgsmann unterstützt werden, der einem ehemaligen Bruder durch seine bloße Gegenwart eine Pflicht aufzwingen wollte, die nicht länger die seine war und die er nur irrtümlicherweise und aus den falschen Gründen auf sich genommen hatte?

»Ihr wünscht gewiß, unter vier Augen zu beratschlagen«, sagte Cadfael und folgte dem Subprior die Steintreppe hinauf zur Eingangstür. »Mit deiner Erlaubnis, Sulien, werden dieser junge Bruder und ich bei deiner Mutter vorbeischauen. Natürlich nur, wenn sie sich wohl fühlt und gewillt ist, Besuch zu empfangen.«

»Den Euren immer!« erwiderte Sulien mit einem aufblitzenden Lächeln über seine Schulter hinweg. »Und ein neues Gesicht wird ihr Freude machen. Ihr wißt, wie sie das Leben und die Welt jetzt betrachtet – sehr friedfertig!«

Das war nicht immer so gewesen. Donata Blount litt seit Jahren an einer unheilbaren Krankheit, die ihre Kräfte langsam, verbunden mit starken Schmerzen, verzehrte. Erst im letzten Stadium ihrer Körperschwäche hatte sie den Schmerz selbst fast überwunden und sich mit der Welt, die sie verlassen würde, ausgesöhnt, je näher sie dem Tor kam, das sich in eine andere Welt öffnete.

»Es wird bald soweit sein«, sagte Sulien schlicht. Im hohen, dämmrigen Eingang blieb er stehen. »Ich bitte Euch, Vater Herluin, mit mir in die Stube zu treten. Ich werde Euch eine Erfrischung bringen lassen. Mein Bruder ist auf den Feldern. Ich bedauere, daß er Euch nicht begrüßen kann, aber wir wurden über Euer Kommen nicht benachrichtigt. Ihr werdet ihn entschuldigen. Aber da Euer Anliegen mir gilt, ist es vielleicht besser so.« Und zu Cadfael gewandt: »Geht ins Zimmer meiner Mutter. Ich weiß, daß sie wach ist, und seid gewiß, daß Ihr ihr stets willkommen seid.«

Lady Donata, nunmehr ans Bett gefesselt, lag, von Kissen gestützt, in ihrer kleinen Schlafkammer. Die Fensterläden waren geöffnet, und in einer Zimmerecke brannte auf dem nackten Steinfußboden ein Kohlenbecken. Sie war nur noch Haut und Knochen, ihre mageren Hände ruhten auf der Decke wie herabgefallene Lilienblätter, so zart und durchscheinend waren sie. Ihr Gesicht war zu einer zerbrechlichen Maske aus silbrigen Knochen gemeißelt, und in ihren tiefen Augenhöhlen lagen eisblaue Schatten rund um die verblüffende, unvergängliche Schönheit der Augen selbst, die noch immer klar und intelligent und in dem denkbar tiefsten und leuchtendsten Blau erstrahlten. Der Geist in dieser fragilen Hülle war noch lebendig, unbezähmbar und höchst teilnehmend an der Welt ringsum, ohne jede Furcht, sie verlassen zu müssen, und ohne jede Abneigung, zu gehen.

Sie schaute zu ihren Besuchern auf und begrüßte Cadfael mit leiser Stimme, die freilich nichts von ihrer Festigkeit eingebüßt hatte. »Bruder Cadfael, welche Freude, ich habe Euch in diesem Winter kaum gesehen. Ich wäre nicht gern gegangen ohne Eure Abschiedsworte.«

»Ihr hättet mich rufen lassen können«, sagte er und rückte einen Stuhl neben ihr Bett. »Ich bin stets abkömmlich, und Bruder Radulfus würde Eure Bitte nicht abschlagen.«

»Er ist bereits selbst zu mir gekommen«, sagte Donata, »um an Weihnachten meine Beichte abzunehmen. Ich bin ein Schaf seiner Herde. Er vergißt mich nicht.«

»Wie steht's um Euch?« fragte er, ihr gelassenes Gesicht betrachtend. Bei Donata bedurfte es keiner Umschweife; sie zog den direkten Weg vor.

»Was die Frage von Leben und Tod anbetrifft«, sagte sie, »ausgezeichnet. Und die Schmerzen... Ich habe sie überwunden, es ist nicht mehr viel da, um sie zu fühlen oder sie zu beachten, wenn sie sich bemerkbar machen sollten. Ich betrachte das als das Zeichen, auf das ich gewartet habe.« Sie sprach ohne Furcht oder Bedauern, auch ohne Ungeduld, als wäre sie völlig einverstanden damit, die kurze Frist noch abzuwarten. Und sie hob ihre tiefblauen Augen zu dem abseits stehenden jungen Mann.

»Und wen habt Ihr mir da mitgebracht? Ein neuer Gehilfe in Eurem Kräutergarten?«

Tutilo, der dies zu Recht als eine Aufforderung betrachtete, trat näher. Seine großen, runden Augen nahmen ihren Zustand wahr – Jugend und überquellendes Leben, konfrontiert mit dem Tod. Und doch schien er weder bestürzt noch mitleidsvoll. Donata ermutigte nicht zu Mitleid. Der Junge besaß viel Feingefühl und eine rasche Auffassungsgabe.

»Nicht meiner«, erwiderte Cadfael und betrachtete den schlanken jungen Mann, ein aufgeweckter Schüler, wie er zugeben mußte, den er gewiß nicht abgelehnt hätte. »Nein, dieser junge Bruder ist mit seinem Subprior aus der Abtei von Ramsey gekommen. Abt Walter ist wieder in seinem Kloster und fordert alle Brüder auf, beim Wiederaufbau der Abtei zu helfen, denn Geoffrey de Mandeville und seine Banditen haben nichts als eine leere Hülle zurückgelassen. Und um Euch alles wissen zu lassen: Subprior Herluin ist augenblicklich in der Stube und gibt sich alle erdenkliche Mühe mit Sulien.«

»Den wird er niemals zurückgewinnen«, sagte Donata fest und überzeugt. »Es hat mich damals sehr bekümmert, daß er dazu verleitet wurde, sich selbst so zu verkennen. Und wenn Geoffrey de Mandeville sonst nichts Gutes getan hat, so hat sein Überfall doch wenigstens bewirkt, daß Sulien zu seinem wahren Selbst zurückgefunden hat. Mein jüngster Sohn«, fuhr sie fort und begegnete Tutilos großen goldenen Augen mit einem nachdenklichen und anerkennenden Lächeln, »war nie für ein Leben als Mönch geschaffen.«

»Das sagte ein Kaiser, wenn ich recht liege«, sagte Cadfael, der sich erinnerte, was Anselm über den Heiligen von Sankt Gallen gesagt hatte, »auch von dem ersten Tutilo, nach dem dieser junge Bruder benannt ist. Denn dies ist Bruder Tutilo, ein Novize aus Ramsey und, wie ich von seinem Subprior erfuhr, kurz vor dem Ende seines Noviziats. Und wenn er seinem Namensgeber nachschlägt, müßte er Maler, Bildhauer, Sänger und Musiker sein. Bedauerlich, sagte König Karl – Karl der Dicke genannt –, wenn ein solches Genie zum Mönch gemacht würde. Er verfluchte den Mann, der das tat. So hat es Anselm jedenfalls erzählt.«

»Und eines Tages«, sagte Donata, wobei sie diesen wohlgestalteten und anmutigen jungen Mann von Kopf bis Fuß betrachtete und mit unverhohlener Bewunderung in sich aufnahm, was sie erblickte, »wird vielleicht irgendein König das gleiche von diesem hier sagen. Oder irgendeine Frau, natürlich! Seid Ihr ein Vorbild an Tugend, Tutilo?«

»Aus diesem Grund hat man mir diesen Namen gegeben«, sagte der Junge mit ehrlicher Offenheit, und eine leichte Röte stieg von seinem kräftigen Hals bis in seine glatten Wangen, was ihm jedoch nicht das geringste Unbehagen bereitete. Seine Augen, die fasziniert auf Donatas Gesicht ruhten, senkten sich nicht. In die Gelassenheit dieses Antlitzes war etwas von der lange verblichenen Schönheit zurückgekehrt, die Donata noch beeindruckender und bewundernswerter machte. »Ich besitze einige Fertigkeiten in der Musik«, sagte er mit der Gewißheit einer Person, die eines unvoreingenommenen Urteils fähig war, ohne Prahlerei und ohne die eigenen Fähigkeiten herabzusetzen. Kleine Flammen von Neugier und Zuneigung flackerten in Donatas Augen.

»Hervorragend! Dann sollt Ihr zeigen, was Ihr so gut zu meistern wißt«, sagte sie anerkennend. »Die Musik ist für mich der leichteste Weg, den Schlaf zu finden. Mein Trost auch, wenn die Teufel zu lebendig waren. Jetzt schlafen sie, und ich liege wach.« Sie bewegte eine schwache Hand und wies auf eine Truhe, die in einer Ecke des Raumes stand. »Darin findet Ihr ein Psalterium, das schon lange nicht mehr angerührt wurde. Wollt Ihr es ausprobieren? Sicher wäre es dankbar, wenn man es wieder erklingen ließe. In der Diele steht auch eine Harfe, aber niemand kann auf ihr spielen.«

Tutilo trat auf die Truhe zu, um den schweren Deckel zu heben und auf den kostbaren Inhalt darin zu schauen. Er hob das Instrument heraus, kein sehr großes, eines, das man auf den Knien spielen mußte, und das die Form einer breiten Schweinsschnauze besaß. Die Art, wie er damit umging, war ein Beweis für Interesse und Liebe zur Musik, und wenn er die Stirn runzelte, dann nur, weil ein Saitenchor gerissen war. Er beugte sich tiefer über die Truhe auf der Suche nach einem Plektron, doch er fand keines und runzelte erneut die Stirn.

»Es gab Zeiten«, sagte Donata, »da schnitzte ich etwa jede Woche aus Federkielen ein neues Plektron. Es tut mir leid, daß wir unsre Pflicht vernachlässigt haben.«

Er antwortete mit einem kurzen, gedankenverlorenen Lächeln, doch seine Aufmerksamkeit galt erneut dem Psalterium. »Ich kann mit den Fingernägeln spielen«, sagte er, trug das Instrument zu ihrem Krankenlager und setzte sich ohne Umstände oder Zögern auf die Bettkante, legte das Psalterium auf seine Knie und ließ die Finger über die Saiten gleiten, die ein sanftes, zitterndes Murmeln von sich gaben.

»Eure Nägel sind zu kurz«, sagte Donata. »Ihr werdet Euch die Fingerkuppen verletzen.«

Immer noch konnte ihre Stimme Farben und Töne heraufbeschwören, die selbst die simpelste Äußerung vielsagend machten. Für Cadfael klang es so, als warnte eine Mutter halb nachsichtig, halb ungeduldig einen Jüngling vor einem vielleicht schmerzhaften Unterfangen. Doch nein, vielleicht weniger eine Mutter, auch keine ältere Schwester, etwas Ferneres als eine Blutsverwandte mit berechtigten Ansprüchen, und dennoch näher. Denn solche Bande, frei von jeder Verpflichtung und Verantwortung, sind auch frei von allen Schranken und können sich so schnell näherkommen, wie sie wollen. Und ihr blieb nur sehr wenig Zeit, um sich Beschränkungen zu unterwerfen. Ob der Junge das bewußt begriff, war nicht zu erkennen, aber er warf ihr einen leuchtenden, klaren Blick zu, der mehr beunruhigt als erstaunt war; seine Finger verweilten einen Augenblick, und er lächelte.

»Meine Fingerkuppen sind wie aus Leder – seht!« Er streckte die Handflächen aus und spreizte die langen Finger. »Ich war über ein Jahr Harfenspieler bei meines Vaters Herrn auf dem Lehnsgut Berton, bevor ich ins Kloster von Ramsey eintrat. Still, jetzt laßt es mich versuchen! Da ein Saitenchor fehlt, müßt Ihr etwaige Makel entschuldigen.« Auch in seiner Stimme schwang ein Hauch von Nachsicht mit, eine Spur von Belustigung, als müßte er einen übertrieben besorgten Älteren von seiner Fertigkeit überzeugen.

Er hatte den Stimmschlüssel in der Kiste neben dem Instrument gefunden und stimmte zunächst die Darmsaiten an den Stiften, in denen sie verankert waren. Das singende Murmeln schwoll an wie zu einem Chor von Insekten auf einer Sommerwiese, und Tutilos tonsurierter Kopf beugte sich völlig versunken über seine Arbeit, während Donata, in ihren Kissen ruhend, ihn unter halbgesenkten Lidern hervor beobachtete, und das um so aufmerksamer, als er ihr jetzt keine Beachtung schenkte. Und doch verband sie eine seltsame Vertrautheit, denn als plötzlich bei aller Anspannung ein leidenschaftliches Lächeln über seine Züge huschte, spielte bei seinem Anblick auch eines um ihre Lippen.

»Wartet, eine der gerissenen Saiten in diesem Chor ist lang genug, um noch brauchbar zu sein. Besser eine als keine, obwohl Euch auffallen wird, wieviel schwächer der Klang ist.« Seine Finger, vom Harfenspiel gestärkt, waren sehr geschickt und hurtig im Umgang mit dem Instrument. »Fertig!« Er strich mit leichter Hand über die Saiten und erzeugte ein sanftes Rinnsal von Tönen. »Drahtsaiten wären lauter und kräftiger als Darm, aber die hier sind ausreichend.«

Und er beugte den Kopf über das Instrument wie ein Falke im Sturzflug und begann mit geschmeidigen, tanzenden Fingern zu spielen. Der alte Resonanzboden vibrierte und bebte unter der Fülle der Klänge, die zu gewaltig schienen, um einen Ausweg durch die ausgesägte Rose in der Mitte zu finden.

Cadfael rückte seinen Stuhl ein wenig vom Bett zurück, um die beiden im Blickfeld zu haben, denn es war interessant, sie zu beobachten. Der Junge war ohne Zweifel höchst begabt. In der Leidenschaft seines Spiels lag fast etwas Beunruhigendes. Es war, als wäre ein Vogel lange Zeit hindurch zum Schweigen verurteilt gewesen, bis seine erstickte Kehle schließlich die Sprache wiedergefunden hatte.

Nach einer kleinen Weile war sein erster Hunger gestillt, und er ging zum moderaten Spiel über, um nunmehr dankbar und anmutig seiner Kunst zu frönen. Der funkelnde, wirbelnde Tanzrhythmus, trotz aller Leidenschaft leicht wie Distelwolle, mäßigte sich zu einer sanften Weise, die für ein so zartes Instrument besser geeignet war. Sogar zu einem Hauch von Wehmut, zu einer Art Ringellied, rhythmisch und melancholisch. Wo hatte er das gelernt? Gewiß nicht in Ramsey; so etwas, dachte Cadfael, wurde dort sicher nicht geschätzt.

Weltverdrossen und wohlvertraut mit der Ironie von Leben und Tod, lag Lady Donata reglos in ihren Kissen und wandte den Blick nicht mehr von dem jungen Mann, der offenbar ihre Gegenwart völlig vergessen hatte. Sie war nicht die Zuhörerschaft, für die er spielte, sondern der tiefe Geist, der ihn aufsog. Sie verschlang ihn mit ihren großen blauen Augen und trank seine Musik, und die war Wein für ihren Durst. Einst, auf seiner Reise durch halb Europa, hatte Cadfael im Gras der Bergwiesen Enzian gesehen, blauer als blau, über die Maßen tiefblau wie ihre Augen. Ihre Lippen, schmerzlich lächelnd, erzählten eine andere Geschichte. Tutilo war für sie bereits kristallklar, sie wußte mehr von ihm als er selbst.

Der liebevoll skeptische Zug um ihren Mund schwand, als er zu singen anhob. Die Melodie war zugleich einfach und erlesen, umfaßte nicht mehr als ein halbes Dutzend Noten, und seine Stimme – höher als beim Sprechen und sehr sanft und lieblich – besaß die gleichen Gegensätze, war unschuldig wie die Kindheit und durchdringend wie der Schmerz des Erwachsenseins. Er sang nicht in englischer Sprache, auch nicht in normannisch-französischer, wie England sie kannte, sondern in der *langue d'oc,* an die Cadfael sich aus vergangenen Zeiten verschwommen erinnerte. Wo hatte dieser Klosternovize diese Weisen der provenzalischen Troubadoure gehört und gelernt? Bei dem Herrn etwa, wo er Harfenspieler gewesen war? Donata verstand kein Südfranzösisch, Cadfael hatte es lange vergessen, aber beide erkannten sofort, daß es ein Liebeslied war. Wehmütig, unerfüllt, ewig hoffend, eine *amour de loin*, dazu bestimmt, einander nie näherzukommen.

Unvermittelt veränderte sich die Kadenz, die geheimnisvollen Worte verwandelten sich auf magische Weise in »Ave mater salvatoris…«, und sie waren mitten in der Liturgie des heiligen Martian, bevor sie wahrnahmen, was Tutilo mit der Witterung eines Fuchses längst wahrgenommen hatte – daß die Zimmertür sich geöffnet hatte. Er wollte kein Wagnis eingehen. Zwar war die Tür von einer harmlosen Person, das heißt von Sulien Blount, geöffnet worden, aber dicht hinter ihm stand Subprior Herluin, drohend wie eine Gewitterwolke.

Donata lag lächelnd da und hieß den blitzenden Witz gut, mit dem Tutilo den Kurs so schnell, ohne Bruch, ohne Erröten zu wechseln vermochte. Gewiß, Herluin hatte seine strenge Stirn mißbilligend gerunzelt, als er seinen Novizen auf dem Bettrand einer Frau sitzen und ihr zum Vergnügen vorsingen sah; ein Blick auf die Frau selbst in ihrer schwindenden und dennoch beängstigenden Würde entwaffnete ihn indes sogleich. Es traf ihn um so mehr, als sie nicht alt, sondern in ihrer Blüte verwelkt war.

Tutilo erhob sich bescheiden, drückte das Psalterium an seine Brust und zog sich, die Augen niedergeschlagen, pflichtbewußt in eine Ecke des Raumes zurück. Wenn er nicht zu ihr hinüberschaute, vermutete Cadfael, sah er sie um so deutlicher.

»Mutter«, sagte Sulien, ernst und ein wenig ungelenk noch von der kleinen zurückliegenden Auseinandersetzung, »dies hier ist Subprior Herluin, mein einstiger Lehrer in Ramsey, der dir wohlgesinnt ist und für dich zu beten verspricht. Heiße ihn, wie ich, im Namen meines Bruders willkommen.«

In Abwesenheit von Sohn und Schwiegertochter sprach sie gebieterisch für sie beide. »Vater, betrachtet unser Haus als das Eure. Euer Besuch ehrt uns. Es war für uns alle eine erfreuliche Nachricht, daß Ramsey wieder dem Dienste Gottes übergeben wurde.«

»Gott hat uns fürwahr erhört«, sagte Herluin behutsam und weniger bestimmt als sonst, denn ihr Anblick hatte ihn erschüttert. »Aber es gibt noch viel für den Wiederaufbau unseres Hauses zu tun, und wir benötigen jeden Mann, der zur Hilfe überredet werden kann. Ich hatte gehofft, Euren Sohn mit mir zu nehmen, aber es scheint, ich darf ihn nicht länger Bruder nennen. Seid aber dennoch gewiß, daß er und Ihr in meinen Gebeten sein werdet.«

»Und ich«, sagte Donata, »will in meinen Gebeten an Ramsey denken. Aber wenn das Haus Blount Euch auch einen Bruder verweigert hat, könnten wir dennoch auf andere Weise helfen.«

»Wir erbitten die Barmherzigkeit aller guten Menschen«, erwiderte Herluin eifrig, »in welcher Form es auch sei. Unser Haus ist zerstört, und man ließ uns nichts als das nackte Mauerwerk, selbst die Wandtäfelungen wurden verbrannt oder man hat sie mitgenommen.«

»Ich habe versprochen«, sagte Sulien, »nach Ramsey zurückzukehren und, wenn die Zeit es erlaubt, einen Monat lang selbst Hand anzulegen.« Er hatte sich noch nicht gänzlich von dem Schuldgefühl befreit, den Weg verlassen zu haben, den er törichter- und irrtümlicherweise eingeschlagen hatte. Er schätzte sich glücklich, sich mit harter Arbeit freikaufen und sein Gewissen entlasten zu können, bevor er seine Braut heimführte. Und Pernel Otmere würde ihm zustimmen und ihn gehen lassen.

Herluin dankte ihm für das Angebot, wenn er auch nicht große Begeisterung zeigte, vielleicht zweifelte er noch, daß dieser aufsässige junge Mann überhaupt für Ramsey zu arbeiten willens war.

»Ich werde auch mit meinem Bruder sprechen«, fuhr Sulien ernst fort, »und sehen, was wir sonst noch tun können. Es wird jetzt Holz geschlagen; sicher gibt es auch abgelagertes. Aus den Waldungen werden einige gutgewachsene Bäume gefällt. Ich will meinen Bruder um eine Ladung Bauholz für den Wiederaufbau bitten, und ich bin sicher, er wird mir das zugestehen. Ich werde auf meinen Anteil verzichten, bis ich in des Königs Dienste in Shrewsbury eintrete. Kann das Kloster einen Wagen für den Transport stellen? Eudo kann seinen Wagen nicht so lange entbehren.«

Dieses opportune Angebot wurde von Herluin mit weit größerer Wärme entgegengenommen. Er war noch immer verstimmt, so dachte Cadfael, daß es ihm nicht gelungen war, allen Argumenten Suliens zu begegnen und den Abtrünnigen mit heimzunehmen, nicht nur für die in Aussicht gestellte Monatsfrist, sondern für immer. Nicht daß Sulien selbst von großem Wert war, aber Herluin war es nicht gewohnt, auf solch hartnäckigen Widerstand zu stoßen. Alle Barrieren hätten beim Schmettern seiner Posaunen fallen müssen, wie die Mauern von Jericho.

Immerhin hatte er alles, was in seiner Macht stand, herausgeholt, und schickte sich deshalb an, Abschied zu nehmen. Die Ohren gespitzt, die Augen demütig gesenkt, hob Tutilo leise den Deckel der Truhe und legte das Instrument hinein, das er eben noch ans Herz gedrückt hatte. Die betonte Behutsamkeit, mit der er es verstaute und dann langsam den Deckel niederließ, bewirkte ein kurzes Zucken um Donatas fahlen Mund.

»Ich möchte Euch um eine Gunst bitten, wenn Ihr mich erhören wollt«, sagte sie. »Euer Singvogel hat mir Freude und Behagen bereitet. Würdet Ihr mir, während Ihr hier in Shrewsbury weilt, diesen Trost für eine Stunde ausleihen, wenn ich nicht schlafen kann und Schmerzen erleide? Ich werde ihn nur rufen lassen, wenn ich seiner wirklich bedarf. Werdet Ihr ihn zu mir kommen lassen?«

Sollte Herluin durch eine solche Bitte überrascht worden sein, so war er doch scharfsinnig genug, zu erkennen, daß er ihr gegenüber im Nachteil war; auch wenn er wohl hoffte, so dachte Cadfael, daß es ihr nicht recht bewußt war. In dieser Hoffnung täuschte er sich jedoch. Sie wußte nur zu gut, daß er ihr die Bitte nicht abschlagen konnte. Einen leicht zu beeinflussenden Novizen bei einer Frau musizieren zu lassen, noch dazu einer Frau im Bett, war undenkbar, ja skandalös. Nur war diese Frau so vertraut mit dem Tode, daß ihre Stimme schon das leise Knarren der sich öffnenden Tür in jene andere Welt vernehmen ließ und die durchscheinende Blässe der körperlosen Seele bereits in ihrem Gesicht gegenwärtig war. Sie war nicht mehr empfänglich für die Schicklichkeiten dieser Welt, noch fürchtete sie die schrecklichen Zweifelhaftigkeiten der kommenden.

»Musik bringt mir Frieden«, sagte sie und wartete geduldig auf seine Zustimmung. Der junge Mann in seiner Ecke stand stumm und ergeben da, aber unter den langen gesenkten Wimpern leuchteten seine bernsteinfarbenen Augen erfreut, ernst, wachsam.

»Wenn Ihr in äußerster Not nach ihm ruft«, entgegnete Herluin schließlich, seine Worte sorgfältig wählend, »wie könnte unser Orden eine solche Bitte ausschlagen? Wenn Ihr nach ihm ruft, wird Bruder Tutilo kommen.«

KAPITEL
2

Kein Zweifel, wie er zu seinem Namen gekommen ist«, sagte Cadfael, als er sich am nächsten Morgen nach dem Hochamt in Bruder Anselms Klosterwerkstatt aufhielt. »So entzückend wie eine Lerche.«

Sie hatten die Lerche soeben singen gehört und in der Nische des Kantors innegehalten, um zuzusehen, wie sich die Kirchgänger, darunter auch die Besucher aus dem Gästehaus, zerstreuten. Für Unterkunftsuchende war es ratsam, wenn auch nicht verpflichtend, wenigstens die wichtigste Messe des Tages zu besuchen. Im Monat Februar gab es für Bruder Denis, den Hospitarius, nicht allzuviel zu tun, dennoch waren immer ein paar Reisende auf der Suche nach Quartier.

»Der Junge ist hochbegabt«, stimme Anselm zu. »Ein feines Gehör und ein ausgezeichnetes Gespür für Wohlklang. Allerdings keine Stimme für einen Chor«, fügte er hinzu, »dazu sticht sie zu sehr hervor. Dieses Licht läßt sich nicht unter den Scheffel stellen.«

Das brauchte man nicht länger zu erörtern; das Urteil war bereits gefällt. Niemand, an dessen Ohr dieser reine, strahlende und dabei doch so sanfte Gesang gedrungen war, hätte das bestreiten können. Es war undenkbar, diese Stimme der Namenlosigkeit eines Chores unterzuordnen. Cadfael fragte sich, ob es nicht ebenso kurzsichtig war, zu versuchen, den Besitzer dieser Stimme zu einer angepaßten Seele in einer disziplinierten Bruderschaft machen zu wollen.

»Bruder Denis' provenzalischer Gast hat, als er den Jungen vernahm, sogleich die Ohren gespitzt«, bemerkte Anselm. »Gestern abend bat er Herluin, ihn am Probesingen in der Halle teilnehmen zu lassen. Dorthin gehen sie jetzt. Ich soll seinen Rebec neu besaiten. Ich kann nur betonen, wie er seine Instrumente liebt.«

Das Trio, das jetzt aus der südlichen Kirchentür trat und den Hof überquerte, sorgte für Aufsehen unter den Novizen und löste Neugier aus. Nicht alle Tage beherbergte die Abtei einen südfranzösischen Troubadour, offensichtlich ein Mann von gewissem Reichtum und Ansehen, denn er reiste mit zwei Dienern und üppigem Gepäck. Schon drei Tage weilte er mit seinem Gefolge hier, waren sie doch auf ihrer Reise nach Chester durch ein lahmendes Pferd aufgehalten worden. Rémy de Pertuis war ein Mann von etwa fünfzig Jahren, eine auffallende Erscheinung, die auf Aussehen und Auftreten großen Wert zu legen schien. Cadfael beobachtete ihn, wie er auf das Gästehaus zuschritt; er hatte bislang keine Gelegenheit gehabt, ihm Beachtung zu schenken, doch wenn Anselm ihm Respekt zollte und sein Musikverständnis empfahl, war es sicher der Mühe wert, ihn genauer zu betrachten. Ein feiner Kopf mit rotbraunem Haar und gestutztem Bart. Eine gute Haltung und ein stattlicher Körper, Pelz an seinem Umhang, Gold an seinem Gürtel. Und zwei Begleiter, die dicht hinter ihm folgten, ein sehr großer Bursche, etwa Mitte dreißig, von Kopf bis Fuß in gedämpftem Braun, seiner guten, aber schlichten Kleidung nach zwischen Knappe und Reitknecht anzusiedeln, und eine Frau mit Umhang und Kapuze, sehr jung noch, nach ihrer schlanken Gestalt und ihrem leichten Schritt zu urteilen.

»Und wozu braucht er das Mädchen?« fragte Cadfael erstaunt.

»Ah, das hat er Bruder Denis erklärt«, antwortete Anselm mit einem Lächeln. »In allen Einzelheiten! Auf jeden Fall ist sie keine Verwandte …«

»Das hätte ich auch nicht angenommen«, sagte Cadfael.

»Aber man hätte den Gedanken hegen können. Denn als sie hier eintrafen, konnte ich mich des Eindrucks nicht erwehren, daß sie ihm für etwas Besonderes von Nutzen sein müsse, was tatsächlich zutrifft, wenn es auch nicht das ist, was ich vermutet hatte.«

Obwohl er früh ins Kloster eingetreten war, hatte Bruder Anselm die meisten Seitenwege außerhalb der Klostermauern durchmessen und schon vor langer Zeit aufgehört, sich zu wundern oder zu empören. «Das Mädchen trägt die meisten seiner Lieder vor. Sie hat eine liebliche Stimme, und er schätzt sie deswegen, sehr sogar, aber so weit ich weiß, für nichts anderes. Sie ist ein wichtiger Teil seines Vermögens.«

»Was aber«, wollte Cadfael wissen, »hat ein Minnesänger aus dem Herzen der Provence hier im Herzen Englands zu suchen? Ein echter Troubadour, nicht etwa nur ein einfacher Spielmann, der zudem einen weiten Weg hinter sich hat?«

Aber dann, dachte er, warum eigentlich nicht? Die Gönner, von denen solche Künstler abhängen, können heute ebenso englisch wie französisch, normannisch wie bretonisch oder auch angevinisch sein. Ihre Besitztümer liegen hier wie dort auf dem Festland. Und schließlich gehört es zur Natur des Troubadours, umherzuziehen, gemäß dem galizischen Wort *trobar,* von dem ihr Name abgeleitet ist, und das ›finden‹ bedeutet. Diejenigen, die *finden* – die beides, Poesie und Musik, suchen und finden – das sind die Troubadoure. Und wenn ihre Kunst universell ist, warum sollten sie dann nicht überall zu finden sein?

»Er ist unterwegs nach Chester«, sagte Anselm. »Das jedenfalls sagt sein Begleiter – Bénezet geheißen. Vielleicht hofft er auf eine Anstellung im Haus des Grafen. Aber er scheint nicht in Eile und auch nicht versessen auf Geld. Mit drei guten Reitpferden und zwei Dienern im Gefolge läßt es sich bequem reisen.«

»Ich frage mich«, sagte Cadfael nachdenklich, »warum er seine letzte Dienststelle aufgegeben hat. Ob er sich der Dame seines Herrn zu liebenswürdig gezeigt hat? Etwas Ernsthaftes muß es gewesen sein, wenn er sich genötigt sah, das Meer zu überqueren.«

»Mich interessiert mehr«, sagte Anselm, unberührt von dieser landläufigen spöttischen Beurteilung der Troubadoure, »woher er das Mädchen hat. Sie spricht das Englisch aus den Grenzgebieten, dazu etwas Walisisch. Es scheint, als habe er sie erst hier, auf dieser Seite des Ozeans erworben. Der Reitknecht Bénezet ist, wie sein Herr, aus dem tiefen Süden von Frankreich.«

Inzwischen war das Trio im Gästehaus verschwunden, ihre Beziehung zueinander für unsere Brüder noch immer so rätselhaft wie bei ihrem Eintreffen im Kloster. Und falls die Straßen passierbar blieben und das lahme Pferd bald wieder geheilt war, würden sie genauso rätselhaft wieder von dannen ziehen, wie so viele, die für einen Tag oder eine Woche unter dem gastfreundlichen Dach Zuflucht suchten und dann weiterzogen und nichts von sich zurückließen. Cadfael verscheuchte die sinnlosen Gedanken an Menschen, die als Fremdlinge vorübereilten, seufzte und machte sich auf den Weg zurück in die Kirche, um der heiligen Winifred ein kurzes Gebet zuzuflüstern, bevor er sich an seine Gartenarbeit machte.

Doch es schien, als hätte schon jemand vor ihm das Bedürfnis verspürt, der heiligen Winifred nahe zu sein.

Tutilo erflehte etwas von der Heiligen, denn er kniete auf der untersten Stufe ihres Altars, wobei sich seine Silhouette scharf gegen den Schein der Kerzen abzeichnete. Er war so vertieft in sein Gebet, daß er Cadfaels Schritte auf den Fliesen nicht vernahm. Sein eifriges, leidenschaftliches Gesicht war zum Lichte erhoben, seine Lippen bewegten sich rasch und stumm, seine Augen waren weit geöffnet, seine Wangen glühten im vollen Vertrauen darauf, seine Bitte erfüllt zu bekommen. Was Tutilo tat, das tat er mit aller Kraft und aus vollem Herzen. Für ihn war ein einfacher an den Himmel gerichteter Wunsch, wenn auch durch eine freundlich geneigte Heilige vermittelt, wie ein Kampf mit den Engeln und ein Streitgespräch mit den Doktoren der Theologie. Und als er sich jetzt von den Knien erhob, geschah es mit einem frohlockenden Satz und einem stolzen Heben des Kinns, als wüßte er schon, daß er sich durchgesetzt hatte.

Als er nun jemand Fremdes hinter sich gewärtigte und sich nach dem Neuankömmling umdrehte, geschah es mit äußerst zurückhaltender und bescheidener Miene, wobei Stolz und Hochgefühl wie von Zauberhand aus seinem Antlitz verschwunden waren, so wie vorher in Donatas Schlafkammer sein Liebeslied – dort allerdings um Herluins willen – plötzlich und unmerklich in liturgischen Gesang übergegangen war. Gewiß, als er Cadfael erkannte, wich der devote Ernst ein wenig aus seinen Zügen, und ein gedämpfter Schimmer schlich sich behutsam zurück in seine bernsteinfarbenen Augen.

»Ich bat sie um Hilfe bei unserem schwierigen Unterfangen«, sagte er. »Heute predigt Vater Herluin am Marktkreuz von Shrewsbury. Wenn die heilige Winifred uns ihren Beistand gewährt, werden wir nicht scheitern.«

Seine Augen wandten sich wieder dem Reliquienschrein auf dem Altar zu, wo sie liebevoll und voller Ehrfurcht verweilten.

»Sie hat wunderbare Dinge getan. Bruder Rhun erzählte mir, wie sie ihn geheilt und zu ihrem wahren Diener gemacht hat. Und noch mehr solche Wunder... viele... Zum Tag ihrer Überführung kommen jedes Jahr Hunderte von Pilgern, das weiß ich von Bruder Jerome. Ich fragte ihn nach all den kostbaren Reliquien, die Euer Kloster gesammelt hat. Aber sie hier ist von allem wohl das Kostbarste.«

Bruder Cadfael hatte natürlich keinen Grund, dem eifrigen Novizen zu widersprechen. Allerdings gab es unter den Reliquienschätzen, die hier im Laufe der Jahre von den Klosterbrüdern angesammelt worden waren, einige, an denen er gewisse Zweifel hegte. Steine vom Kalvarienberg und vom Ölberg – nun ja, Steine sind Steine, auf jedem Hügel gibt es ganze Haufen davon, und nur der Lieferant kann Auskunft über ihre Herkunft erteilen. Knochensplitter von Heiligen und Märtyrern, ein Milchtropfen der Heiligen Jungfrau, ein Stoffetzen ihres Kleides, ein Fläschchen mit dem Schweiß von Johannes dem Täufer, eine Strähne vom roten Haar Maria Magdalenas... alles handliches Reisegepäck; und zweifellos waren einige der aus dem Heiligen Land zurückkehrenden Pilger tatsächlich solche und glaubten zudem an die Echtheit dessen, was sie mitgebracht hatten; bei manchen von ihnen aber fragte sich Cadfael, ob sie jemals näher am Heiligen Land gewesen waren als bis zur nächsten Schenke. Aber bei der heiligen Winifred war er sich sicher, hatte er sie doch eigenhändig aus walisischer Erde gehoben und eigenhändig und ehrfürchtig wieder zurückgelegt und die fruchtbare Erde von Gwytherin über ihren Gebeinen verteilt. Was sie ihm und Shrewsbury in Abwesenheit vermacht hatte, war der schützende Schatten ihrer rechten Hand und ein halbschuldiges und halb-heiliges Andenken an eine fast persönliche Zuneigung und Güte. Wenn er sie anrief, hörte sie ihm zu. Er versuchte, ihr nur vernünftige Bitten vorzutragen. Aber ohne Zweifel lauschte sie diesem überzeugenden und leidenschaftlichen jungen Mann mit gleicher Aufmerksamkeit und gewährte ihm, wenn auch nicht jede Bitte, so doch alles, was gut für ihn war.

»Ach hätte doch«, flüsterte Tutilo mit seinem inbrünstigsten und unwiderstehlichsten Strahlen, »hätte doch Ramsey auch eine solche Schutzpatronin! Dann wäre unser zukünftiger Ruhm gesichert. All unser Unglück wäre vorüber. Tausende von Pilgern würden kommen, und ihre Gaben würden unser Haus reich machen. Warum sollten wir kein zweites Compostela werden?«

»Es mag Eure Aufgabe sein«, bemerkte Cadfael trocken, »für die Bereicherung Eures Klosters zu arbeiten. Für eine Heilige aber ist das keineswegs die erste Pflicht.«

»Nein, aber es geschieht doch oft«, entgegnete Tutilo unbeeindruckt. »Und Ramsey braucht und verdient eine besondere Gnade nach allem Unglück, das ihm widerfahren ist. Es kann doch nicht falsch sein, für seine Bereicherung zu beten. Schließlich erbitte ich nichts für mich selbst.« Das aber stellte er rasch richtig. »Doch, ich möchte mich hervortun. Ich möchte meinen Brüdern und meinem Kloster von Nutzen sein. Das ist mein Begehr.«

»Und dies Begehr«, entgegnete Cadfael belustigt, »wird sie mit Wohlgefallen zur Kenntnis nehmen. Und so seid Ihr Eurem Kloster von Nutzen. Mit Gaben wie den Euren könnt Ihr Euch glücklich schätzen. Geht und tut für Ramsey Euer Bestes in der Stadt und auch in Worcester oder Pershore oder Evesham... Was mehr kann man von Euch verlangen?«

»Was ich tun kann, will ich tun«, stimmte Tutilo entschlossen, wenn auch immer noch leicht entrückt, zu, und dabei ruhten seine Augen weiterhin liebevoll auf Winifreds Reliquienschrein, der im Kerzenlicht schimmerte. »Aber solch eine Schutzpatronin … was könnte sie nicht alles tun, um unseren Reichtum wiederherzustellen! Bruder Cadfael, wollt Ihr uns nicht verraten, wo wir eine ähnliche finden könnten?«

Damit nahm er fast widerwillig Abschied und blickte von der Tür noch einmal zurück, bevor er von dannen zog, um sich Herluins Anweisungen zu fügen und zu versuchen, die Schnüre der Geldbeutel der braven Bürger von Shrewsbury ein wenig zu lockern.

Cadfael schaute der schlanken Gestalt mit dem federnden Gang nach und wurde beim Anblick der allzu langen Lokken und der zarten jugendlichen Linie des Nackens plötzlich von leichten Zweifeln befallen. Nun ja! Nur wenige Menschen sind genau so, wie sie beim ersten Kennenlernen erscheinen, und er kannte den jungen Mann ja kaum.

In feierlicher Prozession brachen sie zur Stadt auf, und Prior Robert trug mit seiner würdevollen Gegenwart zur Bedeutung des Anlasses bei. Der Sheriff hatte den Bürgermeister und den Gildemeister der Stadt benachrichtigt und überließ es ihnen, dafür zu sorgen, daß ganz Shrewsbury die Anwesenheit als Pflicht erachten würde. Einem so angesehenen Kloster in Not Almosen zu spenden, war eine unfehlbare Möglichkeit, Verdienste zu erwerben, und in solch einer großen Stadt mußte es viele geben, die bereit waren, sich für einen bescheidenen Preis von der ewigen Verdammnis freizukaufen.

Herluin kehrte so sichtlich zufrieden von seinem Raubzug zurück, und Tutilo schleppte einen so schweren Sack, daß jeder erkennen konnte, daß sie reiche Ernte gemacht hatten. Die folgende Sonntagspredigt von der Gemeindekanzel der Klosterkirche vermehrte die Ausbeute noch, und die Truhe, die Radulfus zur Verwahrung der Spenden gestiftet hatte, wurde noch schwerer. Dazu hatten drei Handwerker – ein Zimmermann und zwei Steinmetzgesellen – sich angeboten, mit nach Ramsey zu reisen und beim Wiederaufbau der ausgebrannten Scheune und des Lagerhauses behilflich zu sein. Das Unternehmen schritt also sehr erfolgreich voran. Selbst Rémy de Pertuis hatte eine beachtliche Menge an Silbermünzen gespendet, wie es sich für einen Musiker geziemte, der seinerzeit liturgische Werke für zwei verschiedene Kirchen in der Provence komponiert hatte.

Sie hatten nach der Messe kaum die Kirche verlassen, als ein Reitknecht aus Longner, ein Ersatzpferd mit sich führend, angeritten kam, um ein Ersuchen von Lady Donata vorzubringen. Würde Subprior Herluin erlauben, daß Bruder Tutilo ihr einen Besuch abstatte? Da es schon recht spät sei, habe sie ein Pferd für ihn bereitgestellt und versprochen, daß er rechtzeitig zur Komplet, zum Tagesschlußgebet, zurück sei. Tutilo fügte sich mit größter Demut, aber mit glänzenden Augen dem Willen seines Vorgesetzten. Unbeaufsichtigt zu Donatas Psalterium oder der vernachlässigten Harfe zurückzukehren, schien ihm die angemessene Belohnung dafür, daß er tagsüber so ergeben nach Herluins Pfeife getanzt hatte.

Cadfael sah ihn vom Torhaus aus davonreiten, wobei die kindliche Freude des Novizen selbst aus der Entfernung deutlich zu erkennen war; die Freude, daß man sich seiner erinnerte und ihn brauchte, die Freude, ausreiten zu können, wo er sich doch zunächst auf einen gewöhnlichen Abend innerhalb der Klostermauern eingerichtet hatte. Cadfael konnte das verstehen und entschuldigen.

Sein Gesicht trug noch immer das nachsichtige Lächeln, als er in sein Herbarium trat, um dort verschiedene Heilmittel zusammenzustellen. Und dort, vor der Tür seiner Hütte, wartete ein anderes blutjunges, wenn auch wohl nicht so unschuldiges Wesen auf ihn.

»Bruder Cadfael?« fragte Rémy de Pertuis' Sängerin und blickte ihn mit kühnen blauen Augen an, die auf gleicher Höhe wie die seinen waren.

Sie war nicht hochgewachsen, eher durchschnittlich groß für eine Frau, sehr schlank, fast mager und aufrecht wie eine Lanze. »Bruder Edmund schickt mich zu Euch. Mein Herr und Meister ist erkältet und krächzt wie ein Rabe. Bruder Edmund sagt, Ihr könntet ihm helfen.«

»So Gott will«, erwiderte Cadfael und musterte sie mit ähnlicher Offenheit. Er hatte sie noch nie aus so geringer Entfernung gesehen und auch gar nicht damit gerechnet, denn sie hielt sich stets abseits, wohl weil sie bei einem so anspruchsvollen Herrn wie dem ihren kein Risiko eingehen wollte. Sie trug keine Kopfbedeckung, und ihr schmales, ovales Gesicht schimmerte zwischen Kaskaden schwarzgelockten Haars.

»Tretet ein«, sagte er, »und berichtet mir mehr über sein Befinden. Seine Stimme ist ihm natürlich äußerst wichtig. Ein Handwerker, der sein Werkzeug verliert, ist seiner Lebensgrundlage beraubt. Welcher Art ist seine Erkältung? Hat er tränende Augen? Eine verstopfte Nase? Eine glühende Stirn?«

Sie folgte ihm in die Werkstatt, die dämmrig und nur vom Schein eines Kohlenfeuers erleuchtet dalag, bis Cadfael mit einem Schwefelholz ein Öllämpchen angezündet hatte. Sie betrachtete neugierig die beladenen Regale, die Kräuterbündel, die von den Balken hingen und im Luftzug der Tür leise raschelten.

»Sein Hals macht ihm Sorgen«, sagte sie gleichgültig. »Er ist heiser, sonst fehlt ihm nichts. Bruder Edmund meint, Ihr hättet Pastillen und Säfte. Wirklich krank ist er nicht«, fügte sie eine Spur herablassend hinzu. »Weder erhitzt noch fiebrig. Bei allem, was seiner Stimme zusetzen könnte, bricht ihm der Angstschweiß aus. Dieselbe Sorge gilt auch meiner Stimme. Eins seiner Werkzeuge zu verlieren, kann er sich nicht leisten, so wenig er sich auch sonst um mich sorgt. Bruder Cadfael, stellt Ihr all diese Pastillen und Tränke selbst her?« Tief beeindruckt wanderten ihre weitgeöffneten Augen die Regale mit den Flaschen und Krügen auf und ab.

»Mir obliegt das Zerkleinern und Mischen«, erwiderte Cadfael. »Die Zutaten liefert die Erde. Ich schicke Eurem Herrn die Pastillen für den Hals und einen Hustensaft, den er alle drei Stunden einnehmen soll. Aber den muß ich erst zubereiten. Es dauert nur wenige Minuten. Setzt Euch ans Kohlenbecken; es wird abends sehr kalt hier.«

Sie dankte ihm, ohne jedoch Platz zu nehmen. Die vielen geheimnisvollen Gefäße faszinierten sie. Sie strich neugierig, lautlos, katzenhaft hinter seinem Rücken umher, während er aus seinen Tonkrügen Gänsefingerkraut und Andorn, Minze und eine Prise Mohn in eine grüne Glasflasche füllte. Ihre schmale, langgliedrige Hand strich sanft über die Behältnisse mit den lateinischen Aufschriften.

»Braucht Ihr nichts für Euch selbst«, fragte er, »um Euch vor Ansteckung zu schützen?«

»Ich erkälte mich nie«, entgegnete sie voll Verachtung für die Schwächen von Rémy und seinesgleichen.

»Ist er ein guter Herr?« fragte Cadfael unverblümt.

»Er ernährt und kleidet mich«, antwortete sie ohne Umschweife.

»Nichts sonst? Das ist er doch schon seinem Pferdeknecht oder Küchengehilfen schuldig. Ihr aber, so höre ich, seid die Stütze seines Rufs.«

Während er seine Flasche bis zum Rand mit einem honigfarbenen Sirup auffüllte und zustöpselte, wandte sie ihm das Gesicht zu. Und so, Auge in Auge, wirkte sie illusionslos und erfahren, nicht verletzt, doch auf der Hut vor Verletzungen und allzeit bereit, ihnen auszuweichen oder aber ihnen zu begegnen. Und dabei erschien sie ihm jetzt noch jünger, als er anfangs vermutet hatte, gewiß nicht über achtzehn.

»Er ist ein großer Dichter und Sänger, ohne Frage. Was ich kann, hat er mich gelehrt. Was Gott mir gegeben hat, ja, das ist mein; doch Rémy hat mir beigebracht, mich dieser Gaben zu bedienen. Sollte es je eine Schuld gegeben haben, so wäre sie damit und mit Essen und Kleidung beglichen, aber es gibt keine. Er ist mir nichts schuldig. Den Preis für mich, den hat er bezahlt, als er mich kaufte.«

Cadfael musterte sie eingehend, um zu ergründen, wie wörtlich dieser letzte Satz zu verstehen war. Sie lächelte ihm zu. »Gekauft, nicht verdingt. Ich bin Rémys Sklavin, und das ist weit besser, als weiterhin dem zu gehören, von dem er mich kaufte. Wußtet Ihr nicht, daß es so etwas noch gibt?«

»Bischof Wulstan predigte schon vor Jahren dagegen«, sagte Cadfael, »und tat alles Menschenmögliche, um es in England, ja, in der ganzen Welt auszumerzen. Und obwohl er die Händler angeklagt hat, weiß ich, daß es das noch immer gibt. Sie treiben ihre Geschäfte von Bristol aus. Im stillen zwar, aber man weiß davon. Dabei werden vor allem walisische Sklaven nach Irland verschifft, doch hier bei uns wird wohl selten Geld durch Menschenhandel verdient.«

»Meine Mutter«, sagte das Mädchen, »ist Beweis dafür,

daß der Handel in beide Richtungen geht. Während einer Hungersnot hat ihr Vater sie, eine unnütze Esserin, an einen Händler in Bristol verkauft, der sie an den Herrn eines Landgutes in der Nähe von Gloucester weiterverkaufte. Der benutzte sie bis zu ihrem Tod regelmäßig als Bettgenossin. Aber nicht in seinem Bett wurde ich gezeugt. Sie verstand es, im Bett eines Mannes zu bleiben, den sie liebte, verstand es, sich die Brut ihres Herrn vom Leibe zu halten«, sagte das Mädchen mit schonungsloser Offenheit. »Aber ich, das steht fest, wurde als Sklavin geboren.«

»Es gäbe vielleicht einen Ausweg«, meinte Cadfael zögernd.

»Einen Ausweg wohin? In eine andere, noch schlimmere Sklaverei? Von Rémy werde ich wenigstens nicht mißbraucht. Ich werde in gewisser Weise geschätzt, ich darf singen und spielen, auch wenn ein anderer den Ton angibt. Ich besitze nichts, nicht einmal die Kleider, die ich am Leibe trage. Wohin sollte ich gehen? Was sollte ich tun? Wem sollte ich vertrauen? Nein, ich bin keine Närrin. Fortgehen würde ich zwar, wenn ich einen Ort für mich wüßte, aber das Wagnis eingehen, zurückgebracht zu werden, nachdem ich geflohen bin? Es käme eine andere, weit schlimmere Knechtschaft. Er würde mich wahrscheinlich in Ketten legen lassen. Nein, ich kann warten. Die Dinge können sich ändern«, sagte sie und hob ihre mageren, für ein Mädchen etwas zu breiten und knochigen Schultern. »Rémy ist kein so schlechter Herr. Ich habe schlimmere erlebt. Ich kann warten.«

Wenn man ihre augenblickliche Lage betrachtete, war das eine sehr vernünftige Sichtweise. Ihr provenzalischer Gebieter machte offensichtlich keine Ansprüche auf ihren Körper geltend, und die Art und Weise, wie er ihre Stimme einsetzte, bereitete ihr offenbar große Freude.

Und es ist eine der schönsten Freuden, die Gaben Gottes zu schulen. Er kleidete und ernährte sie. Wenn sie auch keine Liebe für ihn empfand, so war es doch auch kein Haß. Und sie gab sogar gerechterweise zu, daß seine Schulung ihr ein Mittel für ein unabhängiges Leben gegeben habe, sollte sie jemals einen sicheren Ort entdecken, an dem sie dieses führen könnte. Und in ihrem Alter durfte sie sich ruhig ein paar Jahre des Wartens gönnen. Rémy selbst war auf der Suche nach einem mächtigen Mäzen. Am Hofe eines solchen Gönners könnte sie sich eine äußerst bequeme Stellung sichern.

Allerdings, so schloß Cadfael seine praktischen Betrachtungen ab, auch nur als Leibeigene.

»Ich hatte gehofft, von Euch zu hören«, sagte das Mädchen, ihn neugierig musternd, »es gäbe einen Ort, an dem ich Zuflucht finden würde, ohne Verfolgung fürchten zu müssen. Rémy würde nie wagen, mich bis in ein Nonnenkloster zu verfolgen.«

»Da sei Gott vor!« rief Cadfael eifrig. »Innerhalb von nur einem Monat hättet Ihr jedes Kloster auf den Kopf gestellt. Nein, solch einen Rat würdet Ihr niemals von mir hören. Das ist nicht Euer Weg.«

»Aber es war der Eure«, stellte sie verschmitzt lächelnd fest. »Und der dieses jungen Tutilo von Ramsey. Oder hättet Ihr auch ihn abgelehnt? Sein Fall ist ganz ähnlich wie der meine. Ich hasse es, in Knechtschaft zu leben, er haßte es, Knecht im Haus eines widerwärtigen alten Lüstlings zu sein, dem er allzusehr gefiel. Als dritter Sohn eines armen Mannes, mußte er für sich selber sorgen.«

»Ich hoffe doch«, sagte Cadfael, indem er die Flasche noch einmal kräftig schüttelte, um sicherzugehen, daß der Inhalt gut vermischt war, »ich hoffe doch, daß dies nicht sein einziger Grund war, ins Kloster einzutreten.«

»Genau das nehme ich an, auch wenn er es sich selbst nicht eingesteht. Er glaubt, eine höhere Stimme habe ihn aufgefordert, alle Übel dieser Welt zu meiden.« Sie selbst, so vermutete Cadfael, war mit manchem dieser Übel in Berührung gekommen und hatte sie doch eher geringschätzig als ängstlich oder besudelt überstanden. »Das ist auch der Grund, weshalb er so hart daran arbeitet, heilig zu sein«, fuhr sie mit ernster Stimme fort. »Was immer er sich in den Kopf setzt, das führt er mit aller ihm zu Gebote stehenden Kraft aus. Wäre er wirklich überzeugt, so wäre er viel gelassener.«

Cadfael musterte sie erstaunt. »Ihr scheint mehr über meinen jungen Bruder zu wissen als ich«, sagte er. »Und doch hatte ich den Eindruck, als hättet Ihr nicht einmal seine Gegenwart wahrgenommen. Wenn man Euch überhaupt einmal sieht, bewegt Ihr Euch hier in der Klosterenklave wie ein bescheidener Schatten, die Augen stets niedergeschlagen. Wie ist es möglich, daß Ihr auch nur ein Wort mit ihm habt wechseln, geschweige denn die Gedanken des armen Burschen habt lesen können?«

»Rémy hat ihn für die dritte Stimme in einem Trio ausgeliehen. Aber dabei hatten wir keine Gelegenheit, miteinander zu sprechen. Natürlich sieht uns niemand Blicke oder Worte wechseln. Das wäre von Übel für uns beide. Er soll Mönch werden und darf sich niemals vertraulich mit einer Frau zeigen, und ich bin eine Leibeigene, und wenn ich mit einem jungen Mann rede, so wird man denken, ich hege Absichten, die nur einer freien Frau zustehen, und könnte versuchen, meine Fesseln abzustreifen. Ich bin es gewohnt, mich zu verstellen, und er ist dabei, es zu lernen. Ihr braucht keinen Schaden zu befürchten. Er hat die Augen allein auf die Heiligkeit gerichtet, auf den Dienst für sein Kloster. Und ich bin eine Sangesstimme. Wir reden über Musik, das einzige, was uns verbindet.«

Wohl wahr, aber doch nicht die volle Wahrheit. Denn wie hätte sie bei zwei so kurzen Begegnungen so viel über den jungen Mann in Erfahrung bringen können? Und warum war sie sich ihrer Einschätzung so sicher?

»Ist es fertig?« fragte sie, sich plötzlich an ihren Auftrag erinnernd. »Er wird schon ungeduldig sein.«

Cadfael reichte ihr die Flasche und füllte Pastillen in eine kleine Holzschachtel. »Ein Löffel, kleiner als die in Eurer Küche, jeden Abend und Morgen langsam schlucken und, wenn nötig, auch tagsüber, aber immer nur im Abstand von drei Stunden. Und diese Pastillen kann er lutschen, wann immer er will, sie sind gut gegen Heiserkeit.« Und während er ihr die Schachtel gab, fragte er unvermittelt: »Weiß sonst noch jemand, daß Ihr Euch mit Tutilo getroffen habt? Mir gegenüber seid Ihr nicht sehr vorsichtig gewesen.«

Sie hob unbesorgt die Schultern und lächelte. »Sei's drum. Aber Tutilo hat von Euch gesprochen. Wir tun nichts Schlechtes, und Ihr werdet uns nichts Schlechtes anlasten. Wo es notwendig ist, nehmen wir uns in acht.« Sie dankte ihm freundlich, und als sie schon an der Türe war, fragte er: »Darf ich Euren Namen wissen?«

Sie hielt inne und drehte sich zu ihm um. »Ich heiße Daalny. So nannte mich meine Mutter. Ich habe den Namen nie geschrieben gesehen; ich kann weder lesen noch schreiben. Meine Mutter hat mir erzählt, daß der erste Held ihres Volkes von den westlichen Meeren her nach Irland kam, vom Land der glücklichen Toten her, das sie das Land der Lebenden nennen. Sein Name war Partholan«, fuhr sie fort, und ihre Stimme hatte für einen Augenblick den rhythmischen, singenden Tonfall der Geschichtenerzähler. »Und Daalny ist seine Königin. Es gab dort damals ein Geschlecht von Ungeheuern, aber Partholan trieb sie gen Norden ins Meer und weiter noch. Aber am Ende kam es zu einer gewaltigen Pestepidemie, und das gesamte Volk des Partholan versammelte sich auf der großen Ebene und starb, und so wurde das unbevölkerte Land dem nächsten Volk überlassen, das aus dem Westen kam. Immer aus dem Westen. Sie kommen von dort, und wenn sie sterben, kehren sie dorthin zurück.«

Sprach's und verschwand, die Tür weit geöffnet, mit aufrechtem und geschmeidigem Gang im Dämmerlicht. Cadfael sah ihr nach, bis sie um eine Buchsbaumhecke gebogen war. Königin Daalny in der Sklaverei, fast so mythisch wie ihre Namensschwester und ebenso gefährlich.

Am Ende der Stunde, die sic sich gegönnt hatte, drehte Donata das Stundenglas auf der Bank neben sich um und öffnete die Augen. Sie hatte sie, solange Tutilo spielte, geschlossen gehalten, um sich in gewisser Weise von ihm fernzuhalten, um ihn von der Last des Anblicks einer verwitterten Frau zu befreien und damit er ungehindert seiner Gabe frönen konnte, ohne Rücksicht auf seine Zuhörerin nehmen zu müssen. Auch wenn es ihr selbst gewiß Freude bereitet hätte, die Augen auf seiner jugendlichen Frische ruhen zu lassen, so wäre es für ihn doch wohl kaum ergötzlich gewesen, ihres ausgemergelten und eingefallenen Gesichts gewahr sein zu müssen. Sie hatte die Harfe aus der Halle in ihre Bettkammer bringen lassen, damit er sie stimmen und bespielen konnte, und hatte zufrieden festgestellt, daß er, den Lockenkopf über das Instrument geneigt, beim Straffen und Korrigieren der Saiten ihre Gegenwart völlig vergessen hatte. So sollte es sein. Denn so schwanden ihre heftigen Qualen in seiner Musik, während er sich ganz in seiner Glückseligkeit verlor.

Aber länger als eine Stunde konnte sie ihn nicht beanspruchen. Hatte sie doch versprochen, daß er zur Komplet wieder im Kloster sein würde. Sie drehte das Stundenglas um, und augenblicklich brach er ab, und sein leichtes Zusammenzucken ließ die Saiten vibrieren.

»Habe ich falsch gespielt?« fragte er erschrocken.

»Nein, aber Eure Frage ist falsch gestellt«, entgegnete sie trocken. »Ihr wißt, daß Euer Spiel ohne Fehl war. Aber die Zeit verfliegt, und Ihr müßt zurück zu Euren Pflichten. Ihr seid sehr freundlich gewesen, und ich bin Euch dankbar, aber Euer Subprior erwartet Euch, wie ich's versprochen habe, rechtzeitig zur Komplet. Wenn ich darauf hoffen will, Euch noch einmal kommen lassen zu dürfen, muß ich mich an die Absprache halten.«

»Ich könnte Euch, bevor ich gehe, in den Schlaf singen«, sagte er.

»Ich werde schlafen, macht Euch um mich keine Sorgen. Nein, Ihr müßt gehen, aber ich möchte, daß Ihr etwas mitnehmt. Öffnet die Truhe dort – neben dem Psalterium findet Ihr einen kleinen Lederbeutel. Holt ihn mir.«

Er stellte die Harfe beiseite und tat, wie ihm befohlen. Sie löste die Kordel, die den kleinen abgenutzten Beutel zusammengehalten hatte, und leerte den Inhalt auf ihre Bettdecke. Eine Handvoll Schmuckstücke – ein goldenes Collier, ein doppeltes Armband, ein schwerer, edelsteinbesetzter Halsreif, ein massiver Siegelring und ein zierlicherer Damenring mit tiefer Gravur – kam zum Vorschein. Einer ihrer Finger zeigte noch die blasse Kerbe unterhalb des geschwollenen Knöchels, wo sie ihn einst getragen hatte. Und schließlich kam noch eine große, ringförmige Fibel aus Rotgold, eine sächsische Handarbeit, zutage.

»Nehmt dies und fügt es dem hinzu, was Ihr schon für Ramsey gesammelt habt. Mein Sohn Eudo stellt eine größere Holzladung zusammen, teils Brennholz, teils abgelagertes Bauholz. Er wird den Wagen morgen abend hinunterschicken. Dies hier aber ist meine Spende. Es ist das Lösegeld für meinen jüngeren Sohn.« Sie steckte das Gold zurück in den Beutel und zog die Kordel fest an. »Nehmt es!«

Tutilo stand zögernd vor ihr und schaute sie unsicher an. »Es bedarf keines Lösegelds. Er hat sein endgültiges Gelübde nicht abgelegt und hatte das Recht, seinen eigenen Weg einzuschlagen. Er ist nichts schuldig geblieben.«

»Sulien wohl nicht, aber ich«, entgegnete sie lächelnd. »Habt keine Bedenken, es anzunehmen. Es gehört mir und stammt von meinem Vater, nicht aus der Familie meines Mannes.«

»Aber hat nicht die Gemahlin Eures Sohnes einen Anspruch darauf?« fragte er eindringlich. »Und das Mädchen, das sich mit Euerm Sulien vermählen wird? Das Geschmeide ist sehr wertvoll, und Frauen lieben so etwas.«

»Ich habe mich mit meinen Töchtern beraten. Wir sind alle einer Meinung. Ramsey soll für meine Seele beten«, sagte sie heiter, »und damit sind alle meine Rechnungen beglichen.«

Noch immer verwundert und zweifelnd gab er schließlich nach, nahm den Beutel an sich und küßte die schenkende Hand.

»Geht jetzt«, sagte Donata und sank seufzend in ihre Kissen zurück. »Edred wird bis zur Fähre mit Euch reiten und das Pony zurückbringen. Ihr solltet den Weg heute abend nicht allein zurücklegen.«

Er nahm Abschied von ihr, noch immer unsicher, ob es recht gewesen war, das Geschenk anzunehmen, das ihn so kostbar dünkte. An der Tür schaute er noch einmal zurück, ihr energisches Kopfschütteln aber veranlaßte ihn, möglichst rasch hinauszutreten, als sei er gescholten worden.

Im Hof wartete der Pferdeknecht mit den Ponys. Es war schon finster, aber mondklar mit nur wenigen Wolken, die über den Himmel jagten. An der Fähre war der Wasserspiegel des Flusses weit höher als bei ihrem Hinritt. Von irgendwoher stromaufwärts war Hochwasser unterwegs.

Stolz lieferte er seine Schätze nach Abschluß der Komplet bei Subprior Herluin ab. Alle Klosterbewohner und die meisten Gäste waren beim Öffnen des abgetragenen Lederbeutels zugegen und begutachteten den Inhalt, den Tutilo freudig vor ihnen ausbreitete. Donatas Gaben wurden mit den Spenden der Bürger von Shrewsbury in der Holztruhe untergebracht, die zusammen mit der Ladung Bauholz nach Ramsey transportiert werden sollte, während Herluin und Tutilo weiter nach Worcester und vielleicht auch nach Evesham und Pershore reisen würden, um dort weitere Hilfe zu erbitten.

Herluin verschloß die Schatztruhe mit dem Schlüssel und stellte sie auf den Altar der Marienkapelle, wo sie bleiben sollte, bis es an der Zeit wäre, sie Nicol, seinem vertrauenswürdigsten Diener, für den Heimweg anzuvertrauen. Zwei Tage noch, und sie würden aufbrechen. Die Abtei wollte für die Beförderung einen großen Wagen und die Stadt die Zugpferde dafür zur Verfügung stellen. Pferde aus dem Klosterstall sollten Herluin und Tutilo auf ihrer Weiterreise tragen. Shrewsbury hatte seinem Schwesterhaus große Wohltaten erwiesen, und Donatas Gold war die Krönung derselben. Viele Augen sahen zu, wie die Truhe verschlossen und auf dem Altar niedergestellt wurde, wo die Ehrfurcht vor dem Herrn sie vor Entweihung bewahren sollte. Gott besitzt eine mächtige Bindekraft.

Beim Verlassen der Kirche verweilte Cadfael einen Augenblick, um in die Luft zu schnuppern und den Himmel zu prüfen, in dem schwere, regenträchtige Wolken hingen, durch die gelegentlich der Mond schimmerte, um sogleich wieder zu verschwinden. Auf dem Weg zu seiner Werkstatt bemerkte er, daß der Bach einen weiteren Teil seines Erbsenfeldes überspült hatte.

Von Matutin an regnete es die ganze Nacht wie aus Kübeln.

Früh am nächsten Morgen, zur Stunde der Prim, kam Hugh Beringar, König Stephens Sheriff von Shorpshire, aus der Stadt herbeigeeilt, um die erste Warnung vor drohendem Unheil zu verbreiten. Er schickte seine Offiziere aus, um die Nachricht in der Abteivorstadt ausrufen zu lassen, während er sie Abt Radulfus persönlich überbrachte.

»Laut gestriger Botschaft ist der Severn unterhalb der Stadt auf Höhe der Flußverbreiterung schon über die Ufer getreten, und in Wales regnet es noch immer heftig. Flußaufwärts, bei Montford, stehen die Wiesen unter Wasser, und mit den Hauptmassen wird erst noch zu rechnen sein, und zwar sehr bald. Deshalb schlage ich vor, alles Wertvolle in Sicherheit zu bringen.« In Hochwasserzeiten war die Stadt mit Ausnahme der Fischerhütten und Handwerkerschuppen am Flußufer und der Gärten unterhalb der Stadtmauer mehr oder weniger sicher. Die Abteivorstadt indes könnte schon sehr bald unter Wasser stehen, und Teile des Klosters wurden gleich von mehreren Seiten bedroht, vom Fluß selbst, vom sich zurückstauenden Meole-Bach und vom Mühlteich, der vom Druck beider anschwoll.

»Ich würde Euch gern Hilfe schicken, aber wir müssen zuerst einige Flußanrainer hinauf in die Stadt schaffen.«

»Wir verfügen über genügend Kräfte«, erwiderte der Abt, »und können die Auslagerung allein bewältigen. Aber habt dennoch Dank für die Warnung. Glaubt Ihr, die Flut kann gefährlich werden?«

»Das ist noch ungewiß, aber Euch bleibt genug Zeit, die notwendigen Vorkehrungen zu treffen. Wenn Ihr das Bauholz von Longner heute abend aufladen wollt, so laßt den Wagen lieber beim Pferdemarkt. Der Untergrund dort ist ausreichend befestigt, und Ihr könnt durch die Friedhofstore in die Ställe und Scheunen gelangen.«

»Am besten wäre es vielleicht«, erwiderte Radulfus, »wenn Herluins Leute ihre Ladung schon morgen auf den Weg bringen könnten.«

Er erhob sich, um alles für die anstehende Arbeit vorzubereiten, und Hugh machte sich auf den Weg zum Torhaus, ohne bei Bruder Cadfael vorbeizuschauen, was höchst außergewöhnlich war. Doch der Zufall wollte es, daß dieser gerade in großer Eile um die Hecke seines Kräutergartens bog und so den Weg seines Freundes kreuzte.

»Ah«, rief Cadfael und hielt abrupt inne. »Du bist mir zuvorgekommen, nicht wahr? Der Abt ist gewarnt?«

»So ist es. Du kannst ruhig ein wenig verschnaufen«, sprach Hugh und gönnte sich selbst eine Pause, indem er den Arm um Cadfaels Schulter legte. »Nicht daß wir erahnen könnten, was uns erwartet. Vielleicht wird es nicht so dramatisch, wie zu befürchten steht, aber es ist besser, gewappnet zu sein. Der untere Teil der Stadt ist bereits überspült. Begleite mich zum Tor; ich habe dich seit Weihnachten kaum zu Gesicht bekommen.«

»Es wird nicht lange andauern«, versicherte ihm Cadfael atemlos. »Bald hoch, bald niedrig. Zwei oder drei Tage werden wir im Wasser waten müssen, weit länger indes wird es dauern, bis alles vom Schlamm und Geröll gesäubert ist. Aber es ist ja nicht das erste Mal.«

»Du solltest dir jetzt schon Gedanken machen, welche Arzneien benötigt werden könnten, und bring sie gleich nach oben ins Infirmarium. Und wate nicht zuviel durchs Wasser, am Ende mußt du noch selbst das Krankenbett hüten.«

»Ich habe schon alles zusammengestellt«, versicherte Cadfael. »Ich will jetzt ein Wort mit Bruder Edmund, dem Krankenpfleger, reden. Zum Glück sind Aline und Giles oben in der Nähe von Saint Mary sicher im Trockenen. Sind sie wohlauf?«

»Gewiß, doch du hast deinen Patensohn schon allzulang nicht mehr besucht.« Hughs Pferd war beim Torhaus angebunden; er griff nach dem Zügel. »Komm doch, sobald der Severn wieder in sein Flußbett zurückgetreten ist.«

»Das will ich tun. Grüß sie von mir und vertröste den Jungen.«

Schon war Hugh im Sattel und auf dem Weg, um den Bürgermeister der Abteivorstadt ausfindig zu machen und sich mit ihm zu beraten.

Und Cadfael raffte sein Habit und begab sich zum Infirmarium. Man würde später die schwereren Wertgegenstände höher lagern müssen, doch seine erste Pflicht war es, sich zu vergewissern, daß er alle etwa erforderlichen Arzneimittel an einem leicht zugänglichen Ort beisammen hatte, außer Reichweite der Wasser, die auf der einen Seite vom aufgestauten Meole-Bach und auf der anderen vom überfüllten Mühlteich langsam hochkrochen.

Das Hochamt wurde an diesem Morgen wie immer ehrfürchtig und ohne Hast abgehalten, das Kapitel aber war nur eine Sache von Minuten, die hauptsächlich dazu dienten, alle notwendigen Arbeiten den geeigneten Gruppen von Brüdern zuzuweisen und eine geordnete und geziemende Bergung sicherzustellen. Zunächst sollten alle Wertgegenstände, die vielleicht über Treppen auf Speicher getragen werden mußten, verpackt, dann aber erst einmal umhüllt an Ort und Stelle gelassen werden. Es war unnötig, sie fortzuschaffen, ehe das steigende Wasser es unumgänglich machte. Vorher gab es andere Dinge, die von den am tiefsten gelegenen Stellen des Klosters weiter nach oben befördert werden mußten, ehe die Flut an die Türen der Kirche spülte.

Da die Klosterställe besonders tief lagen, wurden die Pferde zu den Scheunen und Ställen gleich neben dem Pferdemarkt gebracht, wo genügend Futter vorhanden war, so daß man nicht eigens welches aus den Speichern des Klosters, wo es relativ sicher war, herbeischaffen mußte. Nicht einmal im Frühling nach der Schneeschmelze und nach den heftigsten Regenfällen hatte der Severn bisher die oberen Stockwerke erreicht, und so würde es auch diesmal sein; der Severn hatte entlang seines Laufs genügend Gelegenheit, sich in Senken zu ergießen. An manchen Stellen würden zunächst die Wiesen eine Meile breit oder mehr unter Wasser stehen, ehe die Fluten den Chorraum erreichten. Es war schon vorgekommen, daß im Längsschiff ein Floß – einmal sogar ein kleines Boot – gefahren war. Das war das Schlimmste, was zu befürchten war. Also verpackte man die Truhen und Kisten mit den kostbaren Gewändern, dem Silber, den Kreuzen, den Leuchtern und allem Altarzubehör und den kostbaren kleineren Reliquien der Schatzkammer. Und der silberbeschlagene Reliquienschrein der heiligen Winifred wurde sorgfältig in alte, zerschlissene Vorhänge und Wolldecken gewickelt, aber an seinem Platz gelassen, bis es sich als notwendig erweisen würde, ihn an einen höher gelegenen Ort zu tragen. Und sollte das erforderlich sein, so wäre dies die schlimmste Flut, an die Cadfael sich würde erinnern können, etwas, was sich seit der Überführung der Heiligen nach Shrewsbury noch nie ereignet hatte.

Cadfael verzichtete auf sein Mittagessen, und während alle anderen, auch die Gäste, sich in Eile stärkten, ging er in die Kirche und kniete, wie er es bisweilen tat, still vor ihrem Altar, zu überwältigt von Erinnerungen, um beten zu können, obwohl dennoch ein Dialog zwischen ihnen stattzufinden schien. Wenn ihn unter den Heiligen eine gütige Seele durch und durch kannte, so war es Winifred, sein junges walisisches Mädchen, das sich keineswegs hier befand, sondern sicher und zufrieden in ihrer walisischen Erde in Gwytherin ruhte. Niemand wußte das, nur die Heilige selbst und ihr ergebener Diener Cadfael, der ihre Ruhestätte dort eingerichtet, und Hugh Beringar, den er später in sein Geheimnis eingeweiht hatte. Hier in England wußte sonst niemand davon. In ihrem Wales aber, in ihrem Gwytherin war es kein Geheimnis, sondern ein Fundament walisischen Glaubens, das keiner Erwähnung bedurfte. Sie weilte immer noch unter ihnen, alles war gut.

Und so war es nicht *ihre* Ruhe, die jetzt bedroht war, sondern nur der unbehagliche Schlaf eines ehrgeizigen, wankelmütigen jungen Mannes, der wegen seiner irregeleiteten Träume, aus Gier zugunsten der Abtei von Shrewsbury und Gier nach eigenem Ruhm, einen Mord begangen hatte. Durch den Tod dieses Mannes war es Winifred möglich gewesen, auf heimatlichem Boden zu bleiben, den sie liebte, an dem ihr Herz hing. Das wenigstens konnte ihm bei seinem Vergehen als mildernder

Umstand zugebilligt werden. Denn sie hatte ihren Segen nicht zurückgezogen, weil ein Sünder in dem für sie bestimmten Sarg lag und unter ihrem Namen beerdigt wurde. Dort wo er, nicht wo sie lag, hatte sie göttliche Wunder vollbracht.

»*Geneth… Cariad!*« murmelte er. »Mädchen, liebes Mädchen, ist er lange genug im Fegefeuer gewesen? Wirst du ihn gar aus seinem Morast herausziehen?«

Im Laufe des Nachmittags schien der Anstieg des Baches und des Flusses sich zu verlangsamen, obwohl das Wasser keineswegs schon zurückging. Man hoffte bereits, die Gefahr sei gebannt. Am späten Abend indes tosten die Hauptfluten aus dem walisischen Hochland heran, in einem Gewirr aus Schaum, abgerissenen Ästen und nicht wenigen Kadavern von Schafen, deren Weideland zu niedrig gelegen hatte, um ihnen Schutz zu bieten. Entwurzelte Bäume blieben unter der Brücke stecken und stauten die Fluten noch höher an. Jede Seele im Kloster legte eifrig Hand an, um das wertvolle Mobiliar an höhere Orte zu befördern, während das Wasser von Fluß, Bach und Teich gierig in alle tiefen Teile des Klosterareals und des Friedhofs vordrang, bereits die Stufen des West- und des Südportals bedeckte und den Hof des Kreuzgangs in einen Schlammsee verwandelte.

Die Gewänder, die Möbel, die Kreuze, alle Kostbarkeiten wurden in die beiden Räume über dem Nordportal getragen, wo Cynric, der Küster, wohnte und Vater Boniface immer seinen Ornat anlegte. Die Schreine mit den kleineren Reliquien wurden durch die Friedhofstore zum Speicher über der Pferdemarktscheune gebracht. Ein Tag, der nie richtig hell gewesen war, ging rasch in düstere Dämmerung über, und ein hartnäckiger Nieselregen heftete sich an Augen und Lippen, um das allgemeine Unbehagen noch zu steigern.

Zwei Fuhrleute aus Longner hatten die versprochene Ladung Holz für den Wiederaufbau herbeigeschafft und damit begonnen, sie für die Reise nach Ramsey in das größere Fuhrwerk umzuladen. Die Truhe mit den Spenden der Bürger von Shrewsbury stand noch auf dem Altar der Marienkapelle, der Schlüssel im Schloß, und bereit, am nächsten Tag zur sicheren Weiterbeförderung dem Diener Nicol übergeben zu werden. Der Altar war hoch genug gelegen, um jeder Flut standzuhalten, es sei denn, sie nähme biblische Ausmaße an. Die Fuhrleute von Longner hatten eine willige Hilfskraft mitgebracht, einen Schäfer aus dem benachbarten Weiler Preston. Doch die drei hatten kaum mit dem Umladen begonnen, als sie auch schon von Bruder Richard fortgezerrt wurden, um bei der Rettung verschiedener bedrohter Schätze der Abtei zu helfen, sie aus der Kirche zu tragen oder an einen sicheren Platz im Innern zu schaffen. Alle Brüder und Gäste waren an diesen Bergungsarbeiten beteiligt, die sich durch die einbrechende Dunkelheit recht verwirrend gestalteten.

Etwa eine Stunde später war das Nötigste getan, und die Gäste begannen sich in höhere und trockenere Gefilde zurückzuziehen, ehe ihnen das steigende Wasser bis an die Knie reichen konnte. Im Kirchenschiff wurde es still bis auf das leichte Plätschern des Wassers, das an die Säulen schlug. Rémys Diener Bénezet, in kniehohen Stiefeln und mit Regenschutz, ging als letzter.

Die Fuhrleute aus Longner und ihr Begleiter kehrten zu ihrem Wagen zurück, um das Bauholz weiter umzuladen, der Schäfer aus Preston aber wurde von der Hand eines zierlichen Bruders, dessen Gesicht unter der Kapuze verborgen war, festgehalten. »Freund, da ist noch etwas, das nach Ramsey verladen werden muß. Kommt und seid mir dabei behilflich.«

Bis auf die Altarlichter waren alle Kerzen niedergebrannt. Der Schäfer ließ sich von der Hand leiten und tastete sich an einen langen, schmalen Gegenstand heran, der sorgfältig in Wolldecken gewickelt war. Sie hoben ihn, eine leichte Last für zwei Männer, gemeinsam auf. Als sie sich aufrichteten, warf das einsame Altarlicht seinen gelblichen Schein unter die Benediktiner-Kapuze und streifte flüchtig ein ernstes, ebenmäßiges Gesicht, bevor es im Luftzug der Sakristeitür verlosch. Gemeinsam trugen sie ihre Last zwischen den Grabstätten der Äbte hindurch zu der Stelle, wo der Wagen nach Ramsey hinter dem schweren Doppeltor wartete. Die beiden Männer von Longner waren auf ihrem eigenen Wagen damit beschäftigt, die Stämme zum hinteren Teil zu tragen, um sie leichter herunterheben zu können. Und über allem lag die Dämmerung, angefüllt mit feuchtem Nebel. Der umwickelte Gegenstand wurde nach oben gehievt und sorgsam zwischen dem schon geladenen Holz abgelegt. Unterdessen hatte der junge Bruder sich aufgerichtet, seine Hände vom Schmutz befreit und sich befriedigt zum offenen Tor begeben. Die beiden Fuhrleute hatten eine weitere Ladung Bauholz auf den Wagen getragen und waren dabei, die nächste zu holen. Die letzte Falte der Umhüllung, ein flüchtiges Glitzern der Goldstickerei, ausgefranst und fadenscheinig, verschwand unter dem Rest des Bauholzes von Longner.

Irgendwo vom Friedhof her, aus dem Schatten der Kirche, rief eine helle Stimme ihnen Dankes- und Segenswünsche und ein herzliches »Gute Nacht« zu.

KAPITEL
3

Am Morgen, direkt nach dem Hochamt, machte sich der geborgte Wagen auf den Weg nach Ramsey. Die Truhe vom Altar war Nicol anvertraut worden, und da einer seiner Gefährten mit Herluin nach Worcester weiterreisen sollte, war jener um so dankbarer, bis nach Ramsey von den drei kräftigen arbeitswilligen Handwerkern begleitet zu werden, die einen gewissen Schutz für die mitgeführten Wertgegenstände gewährleisteten. Das Bauholz war sicher verkeilt, die vier Zugpferde hatten die Nacht im trockenen Stall am Pferdemarkt zugebracht und waren bereit zum Aufbruch.

Ihr Weg führte ostwärts über Saint Giles, und wenn sie erst einmal die überschwemmten Wiesen und die Brücke von Atcham hinter sich gelassen hätten, würden sie sich auf gut befestigten und belebteren Straßen von dem derzeit so gefährlichen Fluß entfernen. Und in Anbetracht der Tatsache, daß sich die Mörderbanden von Geoffrey de Mandeville zerstreut hatten, um ihr Unwesen in kleineren Gruppen zu treiben, würde Nicol, sobald er seinem Ziel näherkam, vielleicht gern auf die Hilfe der drei zähen und kräftigen Shropshire-Burschen zurückgreifen.

Der Wagen holperte an der Abteivorstadt vorbei. Sie würden mehrere Tage unterwegs sein, aber wenigstens querten sie Regionen, die weit entfernt von den walisischen Bergen lagen, welche nach den heftigen Schneefällen des letzten Winters solche Mengen von Schmelzwasser ins Flachland herabgesandt hatten.

Etwa eine Stunde nach ihrem Aufbruch, machte sich auch Subprior Herluin, begleitet von Tutilo und dem dritten Laiendiener, auf den Weg, um in Saint Giles die südöstliche Richtung einzuschlagen. Offenbar war Herluin nie der Gedanke gekommen, daß die Flut, die er hier dankbaren Herzens hinter sich zu lassen glaubte, stromabwärts Schritt mit ihm halten und ihn bei Worcester triumphierend einholen könnte. Die Geschwindigkeit des Flutwassers war in manchen Jahren unberechenbar: Es konnte ihn, wenn er die tiefer gelegenen Wiesen unterhalb der Stadt erreicht hätte, sogar schon überholt haben.

Rémy de Pertuis dagegen machte keine Anstalten abzureisen. Selbst die unteren Räumlichkeiten des Gästehauses waren trocken geblieben, da sie auf einem tiefen unterirdischen Gewölbe errichtet worden und über eine solide Steintreppe zu erreichen waren, so daß er seine Heiserkeit in einigermaßen warmer und behaglicher Umgebung kurieren konnte. Sein bestes Pferd, sein eigenes Reitpferd, lahmte noch immer, wie sein Diener Bénezet ihn wissen ließ, der für die Pferde verantwortlich war und täglich gelassen durch den überspülten Hof watete, um sie im trockenen Stall beim Pferdemarkt zu versorgen. Die Stallungen im Kloster standen knietief unter Wasser, und daran würde sich in den nächsten Tagen wohl auch nichts ändern. Bénezet empfahl, noch einige Zeit hier zu verweilen, und sein Herr, der an mögliche Behinderungen auf dem Weg nach Chester – teils durch den Severn stromaufwärts, teils durch den unberechenbaren Dee – zu denken schien, hatte keine Einwände vorzubringen. Hier war er im Trockenen und wurde zudem bestens verpflegt. Die Regenfront schien sich allmählich zu entfernen, im Westen riß die Wolkendecke auf, und nur ein oder zwei sporadische Schauer unterbrachen den gewohnten Tagesablauf.

Trotz der Schwierigkeiten wurde das Horarium strikt eingehalten. Der Chor war vom Wasser verschont geblieben und konnte über die Nachttreppe vom Dormitorium aus trockenen Fußes erreicht werden. Der Boden des Kapitelsaals war am ersten und zweiten Tag nur spärlich mit Wasser bedeckt, doch schon am dritten Tag zeugten nur noch die feuchten Fugen zwischen den Steinplatten von der Flut. Das war das erste Anzeichen dafür, daß der Fluß sich wieder in der Gewalt hatte und die überschüssigen Wassermassen davonzutragen vermochte. Nach zwei Tagen hatte sich auch der Rückstau des Meole-Bachs aufgelöst, so daß er sich wieder ungehindert in den Severn ergießen und das Wasser der überfluteten Wiesen und des Mühlteichs aufnehmen konnte, der wiederum die Klostergärten überschwemmt hatte. Auch am Severn-Ufer unterhalb der Stadtmauern fiel der Wasserstand mit jedem Tag und gab den schmalen Streifen mit den kleinen Häusern, Fischerhütten und Bootsschuppen frei, der jetzt mit Schlamm bedeckt und mit Treibgut aller Art übersät war.

Nach einer Woche waren Fluß, Bach und Teich wieder in ihren alten Grenzen, randvoll zwar, aber weiter sinkend. Der Pegelstand im Kirchenschiff hatte nur knapp die zweite Stufe des Altars der heiligen Winifred erreicht.

»Wir hätten sie gar nicht fortschaffen müssen«, sagte Prior Robert kopfschüttelnd. »Unser Glaube hätte tiefer sein sollen. Sie ist gewiß in der Lage, auf sich selbst und auf ihre Herde achtzugeben. Sie hätte es nur befehlen müssen, und die Wasser hätten sich zurückgezogen.«

Dennoch war ein feuchter, kalter, mit Schlamm und Unrat bedeckter Ort nicht geeignet, eine Heilige zu beherbergen. Und so machten sich die Brüder ohne Murren ans Werk, kehrten, schrubbten und wischten die Pfützen auf, die sich zwangsläufig auf den Unebenheiten des

Bodens gebildet hatten. Sie holten die Fackelsteine herbei, alle drei, füllten ihre Decken mit Öl und entzündeten sie, um die Luft zu erwärmen und die zurückgebliebene Feuchtigkeit zu beseitigen. Blütenessenzen, die dem Öl beigemischt wurden, kämpften tapfer gegen den modrigen Geruch des Schwemmwassers an. Auch die Gewölbe, Lagerhäuser, Scheunen und Ställe mußten noch gesäubert werden, aber die Kirche hatte Vorrang. Erst wenn sie wieder vollständig hergestellt war, würden alle Schätze an ihren angestammten Platz zurückgebracht werden.

Abt Radulfus beging die Reinigung des heiligen Ortes mit einer feierlichen Messe. Dann wurde damit begonnen, das Altarzubehör, die Truhen mit den Gewändern und Vorhängen, mit dem Silber und den Leuchtern und den kleineren Reliquien von den trockenen Speichern herunterzutragen. Es verstand sich von selbst, daß alles ausgebessert und auf Hochglanz gebracht werden mußte, bevor der teuerste Schatz, die größte Zierde der Abtei von St. Peter und St. Paul in gebührender Zeremonie an ihren rechtmäßigen, frisch geschmückten Platz zurückgebracht würde.

»Nun«, sprach Prior Robert und richtete sich zu seiner ganzen stattlichen Größe auf, »nun wollen wir die heilige Winifred zurück an ihren Altar holen. Sie wurde, wie ihr wißt, in den Raum über dem Nordportal gebracht.« Die kleine Außentüre an der Ecke des Portals und die Wendeltreppe im Innern, über die man auch unter Anstrengung nur kleinere Truhen tragen konnte, war bis zum höchsten Wasserstand zugänglich geblieben, und man hatte den Reliquienschrein sorgfältig gegen mögliche Schäden gepolstert. »So laßt uns denn ehrfürchtig und in Freuden gehen, um sie zu ihrer Berufung und unserm Segen zurückzuholen in unsere Mitte.«

Prior Robert war immer fest davon überzeugt gewesen, so dachte Cadfael, als er den anderen ergeben durch die enge Tür und über die tückische Treppe folgte, daß das Mädchen ihm gehöre, weil er glaubte – nein, Gott sei seiner armen Seele gnädig, weil er irrigerweise, aber in festem Glauben *weiß*! –, daß er sie hierher gebracht hat. Möge Gott verhüten, daß er jemals die Wahrheit herausfindet, die Wahrheit nämlich, daß sie weit weg von hier an einem von ihr gewählten Ort ist und ihr stillschweigendes Dulden seines Stolzes auf sie nur das Mitleid eines gutherzigen Mädchens mit einem törichten Kind ist.

Cynric, Vater Bonifaces Gemeindeküster, hatte seine kleine Wohnung über dem Portal während der Flut für die Unterbringung der Kirchenschätze zur Verfügung gestellt. Bald würde er sie wieder beziehen können. Er war ein hochgewachsener, hagerer, stiller Mann mit eingefallenen Wangen, eine für jeden normalen Sterblichen Scheu einflößende Gestalt, von allen Unschuldigen jedoch gänzlich akzeptiert, denn die Kinder der Abteivorstadt und ihre von ihnen unzertrennlichen Begleiter, die Hunde, kamen voller Vertrauen zu ihm und hockten im Sommer zufrieden mit ihm auf den Treppenstufen. Sein kleines Zimmer war jetzt fast leer und beherbergte nur noch den kostbaren Gast. Der umhüllte und verschnürte Reliquienschrein wurde ehrfurchtsvoll angehoben und mit größter Vorsicht die enge Wendeltreppe hinuntergetragen.

Im Kirchenschiff hatte man Böcke aufgestellt, auf die man den Schrein legen wollte, um die Umhüllung, die man zu seinem Schutz angebracht hatte, leichter entfernen zu können. Die Stoffbahnen wurden eine nach der anderen abgenommen und zur Seite gelegt, und es schien Cadfael, der den Vorgang beobachtete, als sei die Form, die sich mit jeder abgewickelten Bahn deutlicher abzeichnete, zu starr, zu eckig, um dem zu entsprechen, was er in so liebevoller Erinnerung hatte. Die letzte Polsterung war vielleicht dermaßen fest und steif, daß die Feinheiten der Silhouette, die er so gut kannte, noch zu sehr verborgen waren. Prior Robert streckte feierlich die Hand aus, um das letzte Tuch zu ergreifen und das zu enthüllen, was darunter lag.

Plötzlich aber stieß er einen erstickten Schrei aus, der, obwohl nicht laut, aus so erhabener Kehle kommend, von erschreckender Wirkung war. Erschrocken wich er einen unsicheren Schritt zurück, schnellte dann unverzüglich wieder vor und riß die Umhüllung vollständig beiseite, um den unerklärlichen und unerhörten Gegenstand, den sie so behutsam von seinem sicheren Verwahrungsort herabgetragen hatten, den Augen aller darzubieten. Nicht der silberbeschlagene Reliquienschrein der heiligen Winifred kam zum Vorschein, sondern ein grobgeschlagener Holzklotz, kleiner und kürzer als der Sarg, für den er hatte gelten sollen, und so leicht, daß ein Mann allein ihn zu tragen vermochte; auch kein junges Holz, sondern trockenes, gut abgelagertes.

Alle Vorsicht und Ehrfurcht, die sie an den Tag gelegt hatten, erwies sich nun als vergeudet. Wo immer die heilige Winifred jetzt auch war, hier war sie jedenfalls nicht.

Nach einem Augenblick fassungslosen und verwirrten Schweigens brach von allen Seiten Gemurmel und Aufruhr aus, was andere Brüder herbeieilen ließ, die sehen wollten, was die Ursache solchen Tumultes war. Prior Robert stand aufrecht und unbewegt da, hielt das Tuch mit beiden Händen umklammert und starrte sprachlos auf den abscheulichen Klotz. Es war sein kummervoller Schatten, der an seiner Statt Protest erhob.

»Das ist alles ein schreckliches Versehen!« rief Bruder Jerome händeringend aus. »Bei dem Drunter und Drüber ... Und es war schon finster ... Jemand hat sie irrtümlicherweise anderswo untergebracht. Wir werden sie schon finden ... Unversehrt auf einem der Speicher ...«

»Und *das* hier?« fragte Prior Robert, voller Verachtung auf den beleidigenden Gegenstand vor ihnen deutend. »Es wurde genauso sorgfältig umwickelt, wie wir *sie* umhüllt haben. Nein, das kann kein Irrtum sein! Kein unschuldiges Versehen! Das geschah mit Absicht, um uns hinters Licht zu führen. Jemand hat dies hier an ihren Platz gelegt, damit es statt ihrer gehegt und gepflegt wird. Aber wo ... wo ist *sie*?«

Die Unruhe lag in der Luft und wurde in Windeseile fortgetragen, die Hiobsbotschaft überall verbreitet. Mit jeder Minute kamen weitere Zeugen aus allen Richtungen herbeigeeilt, Brüder, die zum Säubern der Scheunen und Ställe ausgeschickt worden waren, neugierige Gäste, die ihre Unterkünfte verließen, zwei schaulustige Novizen, die von Bruder Paul mit ungewohnter Schärfe fortgejagt wurden.

»Wer ist als letzter mit ihr in Berührung gewesen?« kam die nüchterne Frage von Bruder Cadfael. »Irgendwer ... und es war mehr als einer ... hat sie in Cynrics Wohnung getragen ... Jemand von euch hier?«

Bruder Rhun schob sich durch die Mauer der neugierigen und angsterfüllten Brüder. Er war der jüngste unter ihnen, der besondere Schützling der Heiligen und, wie jedermann wußte, ihr glühendster Verehrer und Diener.

»Ich habe sie zusammen mit Bruder Urien sorgsam eingewickelt. Betrüblicherweise aber war ich nicht zugegen, als sie von ihrem Altar fortgetragen wurde.«

Eine hochgewachsene Gestalt, die die Köpfe der umstehenden Brüder überragte, reckte den Hals, um in Erfahrung zu bringen, was den Tumult verursacht hatte. »Handelt es sich um den Gegenstand, der vom Altar fortgetragen wurde?« fragte Bénezet und drängte sich vor, um besser sehen zu können. »Der Reliquienschrein, der Sarg der Heiligen? Aber was …? Ich habe doch geholfen, sie in die Räume des Küsters zu tragen. Das war ungefähr das letzte, was wir geborgen haben. Ich war hier, um zu helfen, und einer der Brüder – Bruder Matthew wurde er gerufen – bat mich, ihm zur Hand zu gehen. Und so geschah es. Wir haben sie gemeinsam die Treppe hinaufgetragen und sicher untergebracht.« Er ließ suchend den Blick schweifen, aber Bruder Matthew, der Kellermeister, war nicht zugegen, um Bénezets Worte zu bestätigen. »Er wird Euch nichts anderes sagen«, fügte er zuversichtlich hinzu. »Aber das hier – ein Stück Holz? War es das, was wir so übervorsichtig in die Wohnung des Küsters geschafft haben?«

»Seht Euch die Decke an«, sagte Bruder Cadfael und breitete sie vor den Augen des Mannes aus. »Die äußere Umhüllung, schaut sie Euch genau an. Habt Ihr sie deutlich gesehen, als Ihr den vermeintlichen Schrein in Händen hieltet? Ist dies hier dieselbe?« Zufällig war es eine walisische Decke mit einem regelmäßigen Muster aus einfachen vierblättrigen Blüten in mattem Blau; viele Decken dieser Art kamen über den Markt von Shrewsbury in englische Haushalte. Sie war an einigen Stellen abgewetzt, ansonsten indes von festem, schwerem Gewebe und an den Rändern mit Flachs eingefaßt.

»Dieselbe«, antwortete Bénezet ohne Zögern.

»Seid Ihr ganz sicher? Es war, wie Ihr sagtet, später Abend. War der Altar noch erleuchtet?«

»Ich bin mir sicher.« Bénezets Lippen äußerten die Gewißheit mit der Schnelligkeit eines abgeschossenen Pfeils. »Ich sah das Gewebe ganz genau. Dies hier haben wir an jenem Abend aufgehoben und fortgetragen. Wer hätte ahnen können, was sich darin befand?«

Bruder Rhun gab einen leisen, bekümmerten Laut von sich, mehr ein Schluchzen als ein Schrei, trat fast ängstlich vor, um die Decke zu befühlen, und wollte seinen Augen nicht trauen, so jung, klar und zuverlässig sie sonst auch waren.

»Aber es ist nicht die Decke«, flüsterte er fast unhörbar, »in die Bruder Urien und ich Winifred am Vormittag eingehüllt haben. Wir ließen sie, in eine einfache Decke gewickelt und ein altes ausgefranstes Altartuch über sie ausgebreitet, zurück. Bruder Richard meinte, es würde ihrer Heiligkeit Genüge tun. Es war ein wunderschönes Tuch, das mit viel Liebe bestickt worden war. Darin war sie eingehüllt. Aber das hier ist keineswegs dasselbe. Was dieser gute Mann von hier aus zu dem erhöhten Platz trug, der für die Verwahrung der heiligen Winifred bestimmt war, war nicht der Schrein, sondern dieser Klotz, dieses Blendwerk. Vater Prior, wo ist nur unsere Heilige? Was kann nur mit der heiligen Winifred geschehen sein?«

Prior Robert ließ einen gebieterischen Blick durch den Raum schweifen, über den lächerlichen, jetzt enthüllten Gegenstand und die gramerfüllten Brüder hinweg bis zu dem anklagenden jungen Novizen, der vor Eifer und Empörung weiß glühte wie eine Kerzenflamme und nicht ruhen und auch seinen Vorgesetzten keine Ruhe gönnen würde, bis die heilige Winifred gefunden war.

»Laßt alles so, wie es jetzt ist«, sprach Prior Robert im Befehlston, »und entfernt euch. Kein Wort soll gesprochen und nichts unternommen werden, bis Vater Abt von diesem Vorfall unterrichtet wurde, denn in seiner Gewalt liegt es, eine Entscheidung zu fällen.«

»Ein bloßer Irrtum kann es auf keinen Fall sein«, sagte Cadfael an diesem Abend im Empfangszimmer des Abtes. »Bruder Matthew und auch dieser Bénezet sind sich völlig sicher, was sie fortgetragen haben oder zumindest über das Muster der Umhüllung, die darumgewickelt war. Und Bruder Rhun und Bruder Urien sind sich ebenso sicher, womit sie den Schrein umwickelt und zugedeckt haben. Allem Anschein nach hat sich niemand an der Umhüllung zu schaffen gemacht. Die Last auf dem Altar wurde ausgetauscht, um dann in gutem Glauben in Sicherheit gebracht zu werden. Die Träger trifft keine Schuld.«

»Nicht die geringste«, sagte Radulfus. »Der junge Mann hat seine Hilfe aus reiner Freundlichkeit angeboten, daran besteht kein Zweifel. Aber wie konnte das alles geschehen? Wer konnte es wünschen, und wer konnte die Tat ausführen, wenn er es wünschte? Bedenkt doch, Bruder Cadfael! Es war Hochwasser, jeder war wachsam, trotz aller Hoffnung während des Tages, und am Abend herrschte Not. Menschen bereiten sich auf eine plötzliche Bedrohung vor, doch solange sie ausbleibt, glauben sie nicht recht daran. Aber wenn sie dann hereinbricht – kann ihr dann mit Ruhe und Glauben begegnet werden, so wie es sein sollte? Im Dunkeln, im Durcheinander tut der schwache Mensch törichte Dinge. Besteht nicht doch die Möglichkeit, daß dies alles ein Versehen ist – oder gar ein dummer und übler Scherz?«

»Wie kann von Dummheit die Rede sein«, erwiderte Cadfael entschieden, »wenn ein Stück Holz so bearbeitet wird, daß es der Größe und dem Gewicht des Reliquienschreins entspricht? Nein, das hier geschah mit Absicht. Wohl mit dem Ziel, dieses Haus zu demütigen, auch wenn mir nicht klar ist, warum und wer einen so schändlichen

Groll hegen könnte. Eine Absicht aber steckt auf jeden Fall dahinter.«

Cadfael hatte sich, bevor er den Abt aufsuchte, die Aussage Bénezets durch einen Zeugen bestätigen lassen – durch Bruder Matthew, der das Kopfende des Reliquienschreins nach oben getragen und sich mit den Fingern in den sich auflösenden Flachsfäden der Außennaht verfangen hatte. Prior Robert hatte zwar den Vorfall mit enormer Leidenschaft vorgetragen, dadurch aber die Last, wie Cadfael vermutete, mit großer Erleichterung in die Hände seines Vorgesetzten gelegt.

»Und der Holzklotz«, sagte Radulfus, sich den Einzelheiten zuwendend, »stammt er nicht aus der Longner-Ladung?«

»Longner hat zwar unter anderem abgelagertes Holz geschickt, aber keine Eiche. Das andere Holz war frisch geschlagen. Nein, dieses Holz wurde vor mehreren Jahren geschlagen und ist so trocken, daß es, in etwa wenigstens, dem Gewicht des Reliquienschreins entspricht. Es ist kein Geheimnis. Im Südteil der Krypta, unter dem Refektorium, liegt ein kleiner Stapel Bauholz, der vom letzten Umbau der Scheunen übriggeblieben ist. Ich habe nachgeschaut«, sagte Cadfael. »An einer Stelle wurde ein Klotz von der entsprechenden Größe entfernt. Man kann die Lücke deutlich erkennen.«

»Und Ihr meint, er wurde erst kürzlich entfernt?« fragte Radulfus.

»So ist es, Vater Abt.«

»Dann ist es mit Absicht geschehen«, sagte Radulfus nachdenklich. »Mit Vorbedacht geplant, wie Ihr sagtet. Es fällt mir schwer, das zu glauben. Aber ich sehe auch keine Möglichkeit, daß es durch Zufall, durch irgendeine unglückliche Verquickung von Umständen hätte geschehen können. Ihr sagt, Urien und Rhun haben den Schrein kurz vor Mittag hergerichtet. Und was am späten Abend auf ihrem Altar zum Forttragen bereitlag, war dieser unbehauene Klotz. In der Zeit zwischen Mittag und Abend wurde unsere Heilige entfernt und durch dieses Ding hier ersetzt. Mit welchem Ziel, mit welcher bösen Absicht? Bedenkt doch, Cadfael! In den wenigen Tagen des Hochwassers hat fast niemand das Kloster verlassen, und ganz gewiß hat niemand eine so auffällige Last davontragen können. Irgendwo innerhalb unserer Mauern muß der Reliquienschrein verborgen sein. Jedenfalls sollten wir, bevor wir weitere Schritte unternehmen, jeden Winkel dieses Hauses und der anliegenden Gebäude durchsuchen.«

Die fieberhafte Suche nach der heiligen Winifred währte zwei Tage und beanspruchte alle verfügbare Zeit zwischen den Andachten. Und als wäre die Ehre aller innerhalb der Klostermauern durch ihren Verlust verletzt, stapften selbst die Gäste und die getreuen Mitglieder der Gemeinde Holy Cross durch den verbliebenen Schlamm, um sich der Suche anzuschließen. Selbst Rémy de Pertuis vergaß seinen empfindlichen Hals und durchstöberte an der Seite von Bénezet jeden Winkel der Ställe des Pferdemarktes und der Speicher darüber, von wo die Reliquie des heiligen Elerius und andere, weit weniger wertvolle Schätze bereits zurückgetragen worden waren. Für die junge Daalny schickte es sich nicht, sich während des Tages unter die Brüder zu mischen; auf der Treppe des Gästehauses hockend aber beobachtete sie mit unermüdlicher Aufmerksamkeit das Kommen und Gehen der Suchenden, wie sie auftauchten aus den verschiedenen Türen, aus den Scheunen und Ställen, wie sie den Schlafsaal über die äußere Treppe verließen, um im Kreuzgang zu verschwinden, und wieder aus dem Skriptorium kamen, um hinüber zum Infirmarium zu eilen – und immer mit leeren Händen.

All jene, die am Abend des Hochwassers bei der Bergung der Klosterschätze geholfen hatten, berichteten, was sie wußten, und anhand der Summe dessen, was sie wußten, folgte man den Spuren der meisten Kostbarkeiten zurück an ihren angestammten Platz, was allerdings keineswegs erhellte, was zwischen Mittag und Abend des besagten Tages mit der eingewickelten Reliquie der heiligen Winifred geschehen war. Und am Ende des zweiten Tages mußte selbst Prior Robert, reglos vor Empörung, die Niederlage eingestehen.

»Sie ist nicht hier«, sagte er. »Nicht innerhalb dieser Mauern und nicht in der Abteivorstadt. Wenn man dort irgend etwas über ihren Verbleib wüßte, hätte man uns davon in Kenntnis gesetzt.«

»Es läßt sich nicht bestreiten«, gab der Abt mit finsterer Miene zu, »daß sie weiter fortgeschafft worden ist. Ein Irrtum oder ein Versehen ist ausgeschlossen. Sie wurde vertauscht, und das mit betrügerischer Absicht. Wer aber hat unsere Tore in den letzten Tagen verlassen, außer unseren Brüdern Herluin und Tutilo? Und die beiden haben gewiß nur das wieder mitgenommen, was sie hergebracht hatten, die wenigen Dinge, die man auf einer Reise benötigt.«

»Da war noch der Wagen«, sagte Cadfael, »der Wagen nach Ramsey.«

Schweigend blickten die Männer einander an und erwogen mit großem Unbehagen die unheilvollen Möglichkeiten, die sich da eröffneten.

»Ist es denkbar?« ließ sich Bruder Richard, der Subprior, schließlich fast hoffnungsfroh vernehmen. »Im Dunkeln und bei dem Durcheinander? Eine mißverstandene Anweisung? Sollte sie versehentlich auf den Wagen geladen worden sein?«

»Nein«, sagte Cadfael, diese Möglichkeit mit einem Wort vom Tische wischend. »So wie sie vom Altar entfernt wurde, ist sie auch mit Absicht anderswohin getragen worden. Und doch, es ist wahr, der Wagen brach am nächsten Morgen auf und sie vielleicht mit ihm. Aber nicht zufällig, nicht versehentlich.«

»Dann handelt es sich hier um einen gotteslästerlichen Diebstahl«, wetterte Robert. »Ein Vergehen gegen die Gebote Gottes und des Königreiches, das mit aller Härte geahndet werden muß.«

»Wir sollten nicht so sprechen«, tadelte Radulfus mit einer beschwichtigenden Geste, »bevor wir nicht jeden Mann befragt haben, der an diesem Tag hier war und etwas zu dem hinzufügen könnte, was wir bereits wissen. Das ist bisher noch nicht geschehen. Subprior Herluin und Bruder Tutilo waren an jenem Tag noch bei uns, und, wie ich weiß, hat Tutilo bis spät abends beim Verstauen des Altarzubehörs geholfen. Und da waren bestimmt noch andere, die mitgeholfen haben. Wir müssen, bevor wir von Diebstahl sprechen, jeden befragen, der etwas gesehen haben könnte.«

»Eudo Blounts Fuhrleute, die das Holz für Ramsey brachten«, sagte Richard, »kamen, bevor sie es auf den anderen Wagen umluden, in die Kirche, um uns behilflich zu sein. Sollten wir sie nicht befragen? Es war schon dunkel zu diesem Zeitpunkt, doch vielleicht haben sie etwas beobachtet, was uns weiterbringt.«

»Wir werden nichts unberücksichtigt lassen«, sagte der Abt. »Vater Herluin und Bruder Tutilo werden ja bekanntlich hierher zurückkommen, um die Pferde wieder bei uns abzuliefern, aber das kann noch einige Tage dauern, und so lange sollten wir nicht warten. Sie müßten inzwischen in Worcester sein. Robert, wollt Ihr ihnen nachreiten und in Erfahrung bringen, was sie von jenem Tag berichten können?«

»Das will ich gerne tun«, antwortete Robert eifrig. »Aber, Vater, wenn es sich tatsächlich um einen Diebstahl handeln sollte, wäre es dann nicht ratsam, den Fall dem Sheriff anzuvertrauen und ihn zu fragen, ob er mir nicht einen Mann seiner Garnison mitgeben könnte? Schließlich könnte es sich genausogut als ein Fall für die Gerichtsbarkeit des Königs wie für die unsrige herausstellen, und, wie Ihr sagtet, Zeit ist kostbar.«

»Ihr habt recht«, stimmte Radulfus zu. »Ich werde mit Hugh Beringar sprechen. Und was die Männer von Longner betrifft, so will ich einen von unseren Brüdern hinschicken, um in Erfahrung zu bringen, was sie zu berichten haben.«

»Wenn Ihr gestattet«, sagte Cadfael, »so werde ich das erledigen.« Er sträubte sich gegen die Vorstellung, daß jemand von Prior Roberts Gesinnung in das bescheidene Gehöft von Eudo Blount eindrang, um in einer Angelegenheit, die vielleicht auf Doppelspiel und Diebstahl hinauslief, peinliche Nachforschungen anzustellen.

»Tut das, Cadfael, wenn Ihr wollt. Ihr kennt die Leute dort besser als irgendeiner von uns, und mit Euch werden sie offen reden. Wir müssen und werden Winifred finden«, sagte Abt Radulfus mit grimmiger Miene. »Morgen soll Hugh Beringar erfahren, was beschlossen wurde, und dann vorgehen, wie er's für richtig hält.«

Eine halbe Stunde nach Ende der Prim kam Hugh Beringar von einer Besprechung mit dem Abt und ließ sich seufzend auf eine Bank in Cadfaels Werkstatt sinken.

»Wie ich höre, hast du dich diesmal in eine ziemlich ausweglose Lage gebracht, lieber Cadfael. Wie konnte es passieren, daß du deine vermeintliche Heilige verloren hast? Und was, mein Freund, willst du tun, wenn irgend jemand irgendwo auf den Gedanken kommt, den Deckel dieses wunderschönen Schreins zu lüften?«

»Warum sollte jemand auf den Gedanken kommen«, entgegnete Cadfael, nicht allzu überzeugt.

»In Anbetracht menschlicher Neugier, die dir vertrauter sein dürfte als mir«, sagte Hugh mit einem verschmitzten Lächeln, »warum sollte da nicht jemand auf eben diesen Gedanken kommen? Nehmen wir einmal an, das Ding gelangt irgendwohin, wo niemand weiß, was es ist oder was es bedeutet, wie könnte er seine Neugier besser befriedigen? Du selbst wärst der erste, der die Siegel erbrechen würde.«

»Ich *war* der erste«, erwiderte Cadfael arglos, denn Vorsicht war hier überflüssig, wußte Hugh doch genau, was sich in dem Reliquienschrein der heiligen Winifred befand. »Und hoffentlich auch der letzte. Hugh, ich habe Zweifel, daß du die Angelegenheit mit dem nötigen Ernst betrachtest.«

»Es fällt mir schwer, sie nicht amüsant zu finden«, gab Hugh zu. »Aber sei unbesorgt, ich werde dein Geheimnis hüten, wie ich kann. Die Angelegenheit reizt mich. Und da all meine hiesigen Störenfriede bis zum Frühling wie vor Kälte erstarrt scheinen, kann ich es mir erlauben, nach Worcester zu reiten. Das könnte selbst in Roberts Begleitung vergnüglich sein. Und ich werde deine Belange im Auge behalten, so gut ich kann. Wie denkst du über die Sache? Hat jemand geplant, euch zu berauben, oder beruht alles nur auf einem Versehen, das im Drunter und Drüber während des Hochwassers entstand?«

»Nein«, sagte Cadfael entschieden und wandte sich von dem Tisch ab, auf dem er Pastillen gegen Magenbeschwerden herstellte, »kein Versehen. Ein klarer Kopf hat den in Decken gehüllten Reliquienschrein vom Altar genommen und durch einen Holzklotz aus der Krypta ersetzt, den er ebenfalls in Decken hüllte. So wurden beide, ohne daß irgendwer Verdacht schöpfte, an einen sicheren Ort getragen – der Schrein mit der Absicht, ihn aus dem Kloster fortzuschaffen. Vorübergehend fortzuschaffen«, verbesserte er sich entschlossen. »Denn wir werden Winifred wiederfinden.«

Hugh betrachtete ihn über die Glut des Kohlenbeckens hinweg mit einem Zucken in den Mundwinkeln und einem leichten Anheben der Augenbrauen, was Cadfael an längst vergangene Zeiten erinnerte, als die beiden Männer sich zum ersten Mal begegnet waren und keiner hatte sicher sein können, ob der andere Freund oder Feind war, wobei jeder auf halb ernste, halb schelmische Weise bemüht gewesen war, dieser Frage auf den Grund zu gehen.

»Ist dir eigentlich klar«, fragte Hugh mit sanfter Stimme, »daß du von diesem verschwundenen Reliquienschrein schon seit vielen Jahren so redest, als enthielte er wirklich die Gebeine der walisischen Heiligen? Du sagst stets ›sie‹ und nie ›es‹ oder ›er‹, was ja am ehesten zutrifft. Und dabei weißt du nur allzugut, daß du sie dort in Gwytherin zurückgelassen hast. Kann sie denn gleichzeitig an zwei Orten sein?«

»Etwas von ihrem Wesen ganz bestimmt«, sagte Cadfael, »denn sie hat hier bei uns schon Wunder gewirkt. Drei Tage lag sie in dem Sarg. Warum sollte sie die Kraft ihrer Gnade nicht auf ihn übertragen haben? Ist sie etwa an Raum und Zeit gebunden? Bisweilen frage ich mich, was man in diesem Sarg finden würde, sollte der Deckel jemals gelüftet werden. Obwohl ich zugeben muß, daß ich inständig bete«, fügte Cadfael kläglich hinzu, »daß es niemals zu dieser Prüfung kommt.«

»Das solltest du auch«, stimmte Hugh zu. »Man stelle sich den Aufruhr vor, wenn jemand irgendwo jene Siegel erbricht, die du so sorgfältig wiederhergestellt hast, den Deckel hebt und den Leichnam eines jungen Mannes von etwa vierundzwanzig Jahren statt der Gebeine einer jungfräulichen Heiligen vorfände. Und dazu auch noch splitterfasernackt! Du würdest es dir mit allen verderben!« Er erhob sich mit einem Lachen, das allerdings eine leicht bittere Note hatte, denn die Möglichkeit der Entdeckung bestand wirklich und sie konnte zu einem Desaster führen. »Ich muß mich jetzt bereitmachen. Prior Robert möchte aufbrechen, sobald er gespeist hat.« Er umarmte Cadfael und klopfte ihm ermunternd auf die Schulter. »Nur keine Angst; du bist ihr Günstling, und sie wird sich schon um sich selbst kümmern – ganz abgesehen davon, daß auch du dich bisher höchst erfolgreich um dich selbst gekümmert hast.«

»Das Sonderbare ist«, sagte Cadfael plötzlich, als Hugh schon die Tür erreicht hatte, »das Sonderbare ist, daß ich mich fast ebenso um den armen Columbanus sorge.«

»Der arme Columbanus?« wiederholte Hugh, wandte sich um und starrte Cadfael erstaunt und zugleich belustigt an. »Du hältst doch immer wieder Überraschungen für mich bereit. Weiß Gott, der arme Columbanus. Ein heimlicher Mörder, und das nur zu seinem eigenen Ruhme, nicht zum Ruhme Shrewsburys und noch weniger zum Ruhme Winifreds.«

»Ich weiß, aber er endete als Verlierer. Und tot! Und jetzt – fortgeschwemmt von seinem letzten Zufluchtsort, einem stillen Altar, und an einen fremden Ort getragen, wo er niemanden kennt, keinen Freund, keinen Feind.

Und vielleicht«, fügte Cadfael hinzu und schüttelte den Kopf über den verirrten Sünder, »wird man Wunder von ihm erwarten, die er nicht vollbringen kann. Darf man da nicht ein wenig Mitleid mit ihm haben?«

Gleich nach dem Mittagsmahl begab sich Cadfael nach Longner und traf den jungen Hausherrn in seiner Schmiede innerhalb der Palisaden an, wo er die Anfertigung einer neuen Eisenschar für einen Pflug überwachte. Eudo Blount war der geborene Bauer, ein großer, kräftiger, blonder Bursche, allem Anschein nach weit geeigneter für den Kriegsdienst als sein jüngerer Bruder, doch ein Mann, für den Erde und Ernte und gut gehaltenes Vieh zum Glück ausreichten. Er würde Söhne großziehen, die ihm ähnlich wären, und die Erde würde sich ihrer erfreuen. Jüngere Söhne mußten sich ihr Glück selber schmieden.

»Die heilige Winifred ist verschwunden?« sagte Eudo, als er den Grund von Cadfaels Besuch erfuhr. »Wie zum Teufel konnte das geschehen? So etwas kann man doch nicht in der Hand verschwinden lassen oder in einen Beutel stecken, wenn gerade mal niemand achtgibt. Und Ihr wollt mit Gregory und Lambert sprechen? Ihr nehmt doch nicht an, daß sie etwas mit ihr vorgehabt hätten, selbst wenn ihr Wagen auf dem Gelände des Pferdemarkts stand. Es gibt doch keine Klagen über meine Männer, hoffe ich.«

»Nicht die geringsten«, sagte Cadfael freundlich. »Doch der Zufall könnte gewollt haben, daß sie etwas sahen, für das wir blind waren. Sie eilten uns zu Hilfe, als wir in Not waren, und wir sind ihnen von Herzen dankbar dafür. Es ist aber sinnlos, weiter weg zu suchen, bevor wir nicht in unmittelbarer Nähe alles durchforstet und uns vergewissert haben, daß kein übereifriger Tölpel die Heilige an einen sicheren Ort gebracht und sie unfindbar verlegt hat. Wir haben jede Menschenseele innerhalb der Klostermauern befragt, nun wollen wir auch noch diese beiden letzten aushorchen, um nicht eine vielleicht einfache Antwort außer acht zu lassen.«

»Fragt, was immer Ihr wollt«, sagte Eudo schlicht. »Ihr findet die beiden drüben im Stall oder im Schuppen. Ich hoffe, Ihr bekommt Eure einfache Antwort, aber ich bezweifle es. Sie haben unten bei Euch das Holz abgeladen und umgeladen und sich unverzüglich wieder auf den Heimweg gemacht. Ich weiß noch, daß Gregory mir berichtet hat, was in der Kirche vor sich ging und wie hoch das Wasser im Kirchenschiff stand, sonst aber nichts. Doch versucht nur Euer Glück.«

Da Eudo sich seiner Leute völlig sicher war, hielt er es nicht für erforderlich zuzuhören, was bei der Befragung ans Licht kommen würde, und wandte sich wieder seiner Arbeit am Blasebalg zu. Der Lärm des Schmiedehammers folgte Cadfael auf seinem Weg über den Hof zu der weitgeöffneten Tür des Schuppens.

Gregory und Lambert waren beide drinnen – damit beschäftigt, den Wagen an seiner Deichsel in eine Ecke zu ziehen. Die Wärme des Pferdes, das sie kurz vorher abgeschirrt hatten, hing noch in der Luft. Beide waren stämmig und muskulös und von ihrer Arbeit im Freien wettergegerbt. Der eine war gute zwanzig Jahre älter als der andere, so daß sie leicht Vater und Sohn hätten sein können. Die meisten Männer dieser ländlichen Gegenden, die durch Leibeigenschaft, aber auch durch einen unverbrüchlichen Hang an ihre Scholle gebunden waren, heirateten meist in einem Umkreis von nur wenigen Meilen und besaßen oft eine große Familienähnlichkeit und eine starke Treue zu ihrem Clan. Aufgrund ihrer walisischen Abstammung waren sie eher klein, drahtig und zäh und auf Unabhängigkeit bedacht.

Sie grüßten Cadfael höflich und ohne sonderlich überrascht zu sein. In den letzten beiden Jahren war Cadfael erst ein gelegentlicher und dann ein willkommener Besucher geworden. Aber als er jetzt erläuterte, was er von ihnen erfahren wollte, schüttelten sie betrübt die Köpfe und setzten sich ohne Eile auf die Deichsel, um nachzudenken.

»Wir haben den Wagen hinuntergebracht, bevor es dunkelte«, sagte der Ältere schließlich und kniff die Augen zusammen, als versuche er, die Woche voller Arbeit und gelegentlicher Mußestunden im Geiste vorbeistreichen zu lassen, »aber es war ein pechschwarzer Tag, selbst mittags schon. Als wir anfingen, das Holz auf den Wagen des Klosters umzuladen, tauchte der Subprior zwischen den Gräbern auf und sagte: ›Leute, helft uns, die Schätze da drinnen ins Trockene zu schaffen, denn die Wasser steigen immer schneller.‹«

»Subprior Richard?« fragte Cadfael. »Seid Ihr sicher, daß er es war?«

»Gewiß, ihn kenne ich genau, und es war noch nicht so dunkel. Lambert kann das bestätigen. Also gingen wir hinein und rafften die Wandbehänge zusammen, trugen Kisten an die Stellen, die man uns gewiesen hatte – auf den Speicher über der Scheune und hinauf in Cynrics Wohnung. Es war recht dunkel da drinnen, und die Brüder eilten hin und her, schleppten Truhen, Kerzenständer und Kruzifixe, und den Lampen ging das Öl aus, oder sie wurden vom Luftzug der offenen Türen ausgeblasen. Sobald das Kirchenschiff leergeräumt schien, gingen wir hinaus und machten uns wieder an unsere Arbeit.«

»Aldhelm ist noch einmal hineingegangen«, sagte der junge Lambert, der bisher nur stumm dagesessen und zustimmend genickt hatte.

»Aldhelm?« fragte Cadfael.

»Er ist herbeigekommen, um bei uns auszuhelfen«, erklärte Gregory.

»Er besitzt eine achtel Hufe Land nahe Preston und ist Schäfer auf dem Landgut Upton.«

Also gab es noch jemanden, der verhört werden mußte, bis die Aufgabe als erledigt gelten konnte. Doch nicht heute, dachte Cadfael, die Zeit überschlagend, die ihm noch blieb.

»Dieser Aldhelm half also wie ihr in der Kirche aus? Und ging im letzten Augenblick noch einmal hinein?«

»Einer der Brüder packte ihn am Ärmel und zog ihn hinein, um irgendein letztes Ding zu bergen«, sagte Gregory gleichgültig. »Wir waren da schon wieder beim Umladen, und ich weiß nur, daß jemand ihn rief und daß er zurückging. Er blieb freilich nur ein paar Augenblicke, denn als wir mit der nächsten Ladung zum Klosterwagen kamen, war er schon wieder da und half uns, die Stämme hochzuhieven und zu verkeilen. Und der Mönch war zurück auf dem Weg zur Kirche. Er rief uns ›Gute Nacht‹ zu.«

»Aber er war mit Aldhelm wieder auf die Straße getreten?« fragte Cadfael beharrlich.

»Jeder war erleichtert, denn alles Wertvolle war an sicheren und trockenen Orten verstaut, bis das Hochwasser zurückgehen würde. Als höflicher Mensch wollte er uns danken und uns einen Segenswunsch zurufen – warum nicht?«

In der Tat, warum nicht, wenn ehrliche Männer ihre Hilfe anboten, noch dazu ohne Entgelt? »Ihr habt nicht zufällig gesehen«, fragte Cadfael behutsam, »ob die beiden etwas mit sich trugen und es auf den Klosterwagen luden? Bevor er euch mit seinem Segenswunsch verließ?«

Sie sahen sich nachdenklich an und schüttelten die Köpfe. »Wir waren dabei, die Stämme zum hinteren Teil des Wagens zu tragen, um sie leichter abladen zu können. Wir hörten sie kommen. Wir waren mit schwerem Holz bepackt. Als wir beim Klosterwagen angelangt waren, half uns Aldhelm beim Aufladen, und der Bruder war schon wieder im Friedhof verschwunden. Nein, ich sah sie nichts zum Wagen tragen.«

»Und ich auch nicht«, sagte Lambert.

»Könnte denn einer von euch diesen Mönch, der ihn zurückrief, mit einem Namen belegen?«

»Nein«, sagten beide wie aus einem Munde, und Gregory fügte entschuldigend hinzu: »Wißt Ihr, Bruder, es war inzwischen dunkel. Und ich kenne nur wenige mit Namen, diejenigen, die jeder kennt.«

Wohl wahr, Mönche sind Brüder, die nur innerhalb des Klosters Namen tragen; außerhalb der Klostermauern sind sie namenlos, was in mancherlei Hinsicht wohl bedauerlich ist.

»So dunkel«, lautete Cadfaels letzte Frage, »daß ihr, wenn ihr ihn wiedersähet, ihn nicht erkennen würdet? Vielleicht an seinem Gesicht oder seiner Statur oder seinem Gang oder seiner Körperhaltung? Nichts, das euch aufgefallen wäre?«

»Bruder«, sagte Gregory geduldig, »es regnete, und er trug eine Kapuze. Er war schwarz gekleidet und verschwand im Dunkeln. Und sein Gesicht haben wir überhaupt nicht gesehen.«

Cadfael seufzte, dankte ihnen und schickte sich an, seinen Heimweg über die aufgeweichten Felder anzutreten, als Lambert sein gewohntes beharrliches Schweigen brach und sagte: »Aber Aldhelm hat es vielleicht gesehen.«

Der Tag war schon zu weit fortgeschritten, er mußte aufbrechen, wenn er rechtzeitig zur Vesper zurück sein wollte. Der winzige Weiler Preston lag nur eine Meile ab von seinem Weg, aber wenn dieser Aldhelm die Schafe in Upton weidete, würde er zu dieser Stunde noch dort und nicht in seiner Hütte auf seiner achtel Hufe sein. Ihn auszuhorchen, mußte aufgeschoben werden. Cadfael stapfte durch den Wald der Longners und überquerte den langen Wiesenhang oberhalb des zurückweichenden Flusses. Die Furt würde inzwischen wieder passierbar, aber sicher gräßlich verschlammt und übelriechend sein. Mit der Fähre würde er den Fluß angenehmer und schneller überqueren können. Der Fährmann, eine schweigsame Seele, brachte ihn so rasch ans heimatliche Ufer, daß er den Schritt verlangsamen und ein wenig verschnaufen konnte. Auch auf dieser Seite des Flusses mußte er einen Waldgürtel durchqueren, bevor er die ersten Straßen und Hütten der Abteivorstadt erreichte; offener heidebewachsener Baumbestand auf dem Kamm, dann immer dichterer und dunklerer Wald, während der Pfad sich verengte. Man würde ihn für Roß und Reiter ein wenig verbreitern müssen. Selbst zu dieser Stunde, noch vor der Abenddämmerung, aber bei bewölktem Himmel, erforderte es größte Anstrengung, den Weg zu erkennen und den überwuchernden Ästen auszuweichen. Ein idealer Ort für einen Überfall, für heimliche Gewalt und jede denkbare Art von Verbrechen. Es waren die schwere Wolkendecke und die trostlose Stille des Tages, die ihm solche Gedanken einflößten, und während er ihnen nachhing, wollte er dennoch nicht glauben, daß sie wahr werden würden. Trotzdem lag Unheil in der Luft, denn Winifred war fort oder vielmehr das Pfand, das sie ihm hinterlassen und gesegnet hatte, und seine Welt war aus dem Gleichgewicht geraten. Seltsam, da er doch wußte, wo sie war und in der Lage hätte sein müssen, ihr Botschaften dorthin zu senden, und das gewiß mit größerer Zuversicht als hin zu dem Sarg, in dem sie nicht war. Aber eben von diesem Sarge hatte er stets seine Antworten erhalten, und der Wind, der ihm ihre Stimme von Gwytherin hätte hertragen sollen, blieb stumm.

Verärgert über sich selbst, weil er sich solch düsteren, seiner Natur so gar nicht entsprechenden Gedanken hingegeben hatte, erreichte er die Abteivorstadt beim Pferdemarkt, steuerte auf das Torhaus zu und beschleunigte gereizt seine Schritte, um rascher in eine faßbare Welt zurückzukehren, in der handfeste Arbeit auf ihn wartete. Einmal mußte er Aldhelm von Preston ausfindig machen, doch zunächst – und das war genauso wichtig – warteten ein paar alte, kranke und mehrere junge, verwirrte Männer und dazu noch die Ordensregeln, die einzuhalten er sich verpflichtet hatte.

Zu dieser Zeit waren nicht viele Leute draußen auf den Straßen in der Abteivorstadt. Es war noch sehr kalt, und die Düsterkeit des Tages hatte die Menschen veranlaßt, nach getaner Arbeit rasch in ihre Häuser zurückzukehren. Ein Stück weiter vor ihm erblickte er zwei Gestalten, von denen die eine stark hinkte. Cadfael hatte den unbestimmten Eindruck, diese breiten Schultern und diesen zottigen Kopf schon einmal gesehen zu haben, kürzlich erst, doch der hinkende Gang paßte nicht dazu. Die andere Gestalt war jünger und zierlicher gebaut. Sie gingen mit gesenkten Köpfen und hängenden Schultern, wie erschöpfte Männer nach einem langen Marsch, die rasch an ihr Reiseziel gelangen wollten, um sich einer Pflicht zu entledigen. Es überraschte Cadfael nicht, daß sie beim Torhaus abbogen und mit beschleunigtem Schritt den großen Hof durchquerten. Zwei Neue für das Gästehaus, dachte Cadfael, sich selbst dem Tore nähernd; ein Platz am Feuer, eine warme Mahlzeit und ein Getränk werden ihnen willkommen sein.

Als er den Hof betrat, waren die beiden an der Tür der Pförtnerloge angelangt, und der Pförtner trat soeben zu ihnen heraus. Noch war das Licht nicht so weit verblaßt, als daß Cadfael nicht erstaunt hätte zur Kenntnis nehmen können, wie das Gesicht des Pförtner, der bereits zu seiner gewohnten freundlichen Begrüßung und höflichen Nachfrage ansetzen wollte, plötzlich den Ausdruck betroffenen Staunens und Befremdens annahm, und wie die Worte, die sich schon auf seinen Lippen formen wollten, sich in einen gedämpften Schrei verwandelten.

»Meister James! Wie das – Ihr hier? Ich glaubte – o weh –«, rief er bestürzt, »was ist Euch unterwegs widerfahren?«

Mit einem Ruck hielt Cadfael inne, nur noch zehn Schritte von der Vesper entfernt. Er wandte sich eilig ab, um an diesem unerwarteten Zusammentreffen teilzunehmen und sich den hinkenden Mann aus der Nähe anzusehen.

»Meister James von Betton? Herluins Zimmermeister?« Kein Zweifel, derselbe, der vor mehr als einer Woche mit dem Wagen voll Bauholz nach Ramsey aufgebrochen war, jetzt aber zu Fuß und hinkend wieder dort angelangt war, wo die Fahrt begonnen hatte, schmutzig und voller Schrammen, die nicht nur von der Straße stammen konnten. Sein Begleiter war der Ältere der beiden Steinmetze, jener, der gehofft hatte, eine feste Anstellung in Ramsey zu finden. Nun stand er mit zerrissenem Wams, einem um den Kopf gewickelten Lappen und einer Platzwunde an der Schläfe da.

»Was uns unterwegs alles widerfahren ist!« jammerte der Zimmermeister. »Alles Üble, fast Mord. Raub durch Halsabschneider und Banditen. Wagen weg, Bauholz weg, Pferde weg – gestohlen, jeder Stamm und jedes Tier und nur durch Gottes Gnaden keiner unsrer Männer getötet. Laßt uns ein, um Himmels willen. Martin hier hat einen verletzten Schädel, aber er wollte mit mir gehen.«

»Kommt«, sagte Cadfael, einen Arm um die Schulter des Mannes gelegt. »Kommt ins Warme, und Bruder Pförtner wird euch etwas Wein einflößen, während ich dem Abt berichte, was vorgefallen ist. Ich bin im Nu wieder bei euch und kümmere mich um den Schädel des Jungen. Macht euch jetzt keine Sorgen mehr. Preist den Herrn, daß ihr mit dem Leben davongekommen seid. Es wiegt schwerer als alle Spenden für Ramsey.«

KAPITEL 4

Es ging alles gut«, berichtete Meister James von Betton, als er eine Stunde später in des Abtes holzgetäfeltem Empfangszimmer saß, »bis wir in den Wald hinter Eaton kamen. Es ist ein dichtbewachsenes Waldstück südlich von Leicester, aber gepflegt und mit guten Straßen. Und wir hatten fünf kräftige Kerle dabei und dachten nicht im Traum daran, in ernste Schwierigkeiten zu geraten. Die paar herumstreunenden Gauner, die sich im Buschwerk verstecken und auf Beute lauern, hätten nie gewagt, ihr Glück bei uns zu versuchen. Nein, wir hatten es mit einer gänzlich anderen Sorte zu tun. Elf oder zwölf waren es insgesamt, mit Dolchen und Knüppeln, und zwei mit Lanzen. Sie müssen sich im Schutz des Buschwerks dicht neben uns bewegt und uns beobachtet haben, vorneweg zwei Bogenschützen, auf jeder Seite des Pfades einer. Als wir an die engste Stelle gelangten, pfiff einer von ihnen, den Bogen schon gespannt, und befahl uns anzuhalten. Roger von Ramsey saß auf dem Kutschbock, und der versteht etwas von Pferd und Wagen, aber was sollte er machen, wenn zwei Pfeile auf ihn gerichtet waren? Er sagt, er hätte daran gedacht, sie niederzupeitschen und zu überrollen, aber das wäre sinnlos gewesen, denn schließlich können die schneller schießen, als er fahren kann. Und zudem kamen sie von zwei Seiten.«

»Ich danke Gott«, ließ sich Abt Radulfus mit Inbrunst vernehmen, »daß Ihr lebt und uns davon berichten könnt.

Und alle, sagt Ihr, alle Eure Leute sind mit dem Leben davongekommen? Der Verlust der Güter ist ersetzbar, Euer Leben wäre es nicht gewesen.«

»Vater«, sagte Meister James, »jeder von uns hat seine Blessuren davongetragen. Wir haben es ihnen nicht leicht gemacht. Martin hier wurde bewußtlos geknüppelt und ins Gebüsch geworfen. Und Roger schlug wie wild mit der Peitsche um sich und hat zwei von den Schuften übel zugerichtet, bevor sie ihn vom Wagen rissen und mit der Peitschenschnur fesselten. Doch wir waren nur fünf gegen eine doppelt so große Übermacht, die dazu noch schwer bewaffnet und bereit war zu töten. Auf unsere Pferde hatten sie's vor allem abgesehen, sie besaßen nur drei, die meisten Wegelagerer mußten also laufen; aber auch der Wagen kam ihnen offenbar gelegen, denn einer von ihnen war wohl schon verwundet. Sie prügelten und drängten uns beiseite, und ehe wir uns versahen, waren sie mit Rössern und Wagen auf einem Pfad, der gen Süden führt, im Wald verschwunden. Und mit ihnen die ganze Ladung. Als ich ihnen zusammen mit dem jungen Payne nachrennen wollte, schossen sie mit Pfeilen nach uns, wobei mich einer an der Schulter streifte – Ihr könnt die Wunde hier sehen. Uns blieb nichts weiter übrig, als aufzugeben und Martin und Roger zu befreien. Auch Nicol, obwohl weit älter als wir, hat sich wacker geschlagen und geweigert, den Schlüssel der Truhe herauszugeben, aber sie warfen ihn vom Wagen, und nun ist auch die Truhe verschwunden, denn sie lag zwischen dem Bauholz. Was hätten wir noch tun können? Wir waren nicht darauf gefaßt gewesen, in einem Wald so nah bei Leicester auf eine bewaffnete Horde zu stoßen.«

»Ihr habt alles Menschenmögliche getan«, sagte der Abt entschlossen. »Ich bedauere nur, daß Ihr solcher

Gefahr ausgesetzt wart, und bin über alle Maßen erleichtert, daß Euch Schlimmeres erspart geblieben ist. Ruht Euch ein paar Tage bei uns aus und laßt Eure Wunden pflegen, bevor Ihr den Heimweg antretet. Ich frage mich, wer diese Schufte sein mögen, die so zahlreich und so gut bewaffnet umherstreunen. Wie sahen sie aus, wie armselige Bettler oder wie grausame Barbaren, die ihre Untaten nicht mit Bedürftigkeit rechtfertigen könnten?«

»Vater«, sagte Meister James in ernstem Tone, »ich habe wohl noch nie arme Teufel gesehen, die feine Lederwamse und feste Stiefel trugen und Dolche wie die Leibwache eines Barons.«

»Und sie zogen gen Süden ab?« fragte Cadfael, der über einen Wegelagerertrupp rätselte, der zwar äußerst waffenbewehrt, aber ohne Reitpferde war.

»Nach Südwesten«, verbesserte der junge Martin. »Und wie es aussah, in größter Eile.«

»Wohl deshalb, um möglichst schnell außer Reichweite des Grafen von Leicester zu sein«, mutmaßte Cadfael. »Der würde, sollten sie ihm in die Hände fallen, kurzen Prozeß mit ihnen machen. Ich frage mich, ob sie nicht zu den Horden gehören, die Geoffrey de Mandeville einst um sich scharte und die jetzt, da der König wieder Herr über die Fens ist, in weniger beschützte Beuteländer dringen. Sie haben sich in alle Richtungen zerstreut, werden überall davongejagt und wollen gewiß nicht in Leicesters Grafschaft verweilen.«

Zustimmendes Gemurmel erhob sich. Kein Übeltäter bei Verstand würde seinen räuberischen Geschäften in einem Gebiet nachgehen, das von einem so mächtigen und tatkräftigen Herrn beherrscht wurde, wie Robert Beaumont, Graf von Leicester, es war. Er war der jüngere der Beaumont-Zwillingsbrüder, der Söhne des älteren Robert, der einer der treuesten Anhänger des alten Königs Henry gewesen war, ähnlich wie sie jetzt König Stephen unterstützten. Ihr Vater war als Herr der Grafschaft Leicester in England, Beaumont, Brionne und Pontaudemer in der Normandie sowie der Grafschaft Meulan in Frankreich gestorben, und bei seinem Tod hatte der ältere Zwillingsbruder Waleran die normannischen und französischen Gebiete geerbt, der jüngere Robert dagegen die englischen Titel.

»Er ist gewiß nicht der Mann, der Diebe und Banditen in seinen Landen duldet«, sagte der Abt. »Durchaus möglich, daß er die Schurken noch faßt, bevor sie aus seinem Territorium entwischen können. Und vielleicht wird uns einiges von den gesammelten Spenden wieder zukommen. Doch zurück zu Euren Begleitern, Meister James. Sie sind, wie Ihr sagt, alle am Leben. Und wo genau halten sie sich jetzt auf?«

»Nun, Herr, als wir wieder allein waren – und wären die Angreifer nicht so in Eile gewesen, so hätten sie mit Sicherheit keinen von uns am Leben gelassen, um von der Tat zu berichten –, kümmerten wir uns zunächst um die schlimmsten Verletzungen. Dann hielten wir Rat und beschlossen, die Nachricht nach Ramsey und auch hierher nach Shrewsbury zu tragen. Und Nicol, der wußte, daß Subprior Herluin inzwischen in Worcester sein mußte, bot an, sich dorthin auf den Weg zu machen und zu berichten, was geschehen war. Roger wollte in Begleitung des jungen Payne nach Ramsey aufbrechen. Martin hier wäre mit ihnen gegangen, aber da ich nicht mehr allzu sicher auf den Beinen war, wollte er mich den Weg nicht alleine zurückgehen lassen. Und hier, zu Hause, will ich bleiben, denn nach diesem Abenteuer steht mir der Sinn nicht mehr nach Reisen, das könnt Ihr mir glauben.«

»Das kann ich Euch nicht verübeln«, stimmte der Abt nickend zu. »Inzwischen müßte Eure Nachricht sowohl

Ramsey als auch Worcester erreicht haben, falls unterwegs nicht ein weiterer Überfall stattgefunden hat, was Gott verhüten möge! Hugh Beringar müßte jetzt in Worcester sein und erfahren haben, was geschehen ist. Sollte man unseren Wagen und die geliehenen Pferde aufspüren – nun gut! Wenn nicht, so ist doch wenigstens die kostbarste Fracht, das Leben von fünf Menschen, gerettet, Gott sei's gedankt!«

Bis zu diesem Augenblick hatte Cadfael seine eigenen Neuigkeiten zugunsten der weit wichtigeren Nachrichten dieser beiden übel zugerichteten Überlebenden aus dem Wald von Leicester zurückgehalten. Jetzt schien es ihm angemessen, sich zu Wort zu melden. »Vater Abt, ich komme soeben aus Longner zurück, ohne freilich viel erreicht zu haben, denn keiner der jungen Männer, die uns das Bauholz brachten, hatte etwas von Belang zu berichten. Aber ich habe das Gefühl, daß etwas von ungeheuerem Wert mit diesem Wagen fortgeschafft worden ist. Ich sehe nicht, wie der Reliquienschrein der heiligen Winifred aus unseren Klostermauern auf andere Art hat verschwinden können.«

Der Abt warf ihm einen langen, durchdringenden Blick zu und sagte schließlich: »Ihr sprecht ernst, und ich sehe die Tragweite Eurer Vermutung. Habt Ihr denn inzwischen mit jedem gesprochen, der an jenem Abend geholfen hat?«

»Nein, Vater, es gibt noch einen, den man befragen sollte, einen jungen Mann aus einem Nachbarweiler, der den Fuhrleuten beim Umladen des Bauholzes geholfen hat. Die beiden habe ich schon verhört, und sie berichteten, daß jener Helfer gegen Ende des Abends von einem der Brüder für einen abschließenden Hilfsdienst in die Kirche zurückgerufen wurde, wobei der Bruder den jungen Mann nach verrichteter Arbeit nach draußen begleitet, allen gedankt und eine gute Nacht gewünscht hat. Sie haben nicht gesehen, daß irgend etwas auf den Wagen nach Ramsey geladen wurde; sie waren zu beschäftigt gewesen und hatten nur Augen für die eigene Arbeit. Ich weiß, es ist nur ein unbestimmter Verdacht, daß im Schutze der Dunkelheit etwas unerlaubt auf den Wagen gelangt ist, aber ich hege ihn, weil ich keine andere Möglichkeit sehe.«

»Und Ihr wollt diesem Verdacht nachgehen?« fragte der Abt.

»Wenn Ihr es gestattet, werde ich diesen jungen Mann namens Aldhelm aufsuchen.«

»Was bleibt uns anderes übrig«, sagte Radulfus. »Also einer der Brüder, sagtet Ihr, rief den jungen Mann zurück und trat später mit ihm wieder ins Freie? Kennen die beiden Fuhrleute seinen Namen?«

»Nein, sie würden ihn nicht einmal wiedererkennen. Es war dunkel, und sein Gesicht war unter der Kapuze verborgen. Vielleicht ist er ja auch unschuldig. Aber ich will noch dieser letzten Spur folgen und den Mann befragen.«

»Wir sollten tun, was in unserer Macht steht«, sagte Radulfus mit Nachdruck, »um wieder in den Besitz dessen zu gelangen, was man uns nahm. Wenn wir scheitern, scheitern wir. Aber wir sollten alles dransetzen, daß es nicht geschieht. Und wo«, fragte er, an die beiden Heimkehrer gewandt, »wo genau fand der Überfall statt?«

»In der Nähe des Dorfes Ullesthorpe, ein paar Meilen vor Leicester«, sagte Meister James von Betton.

Die beiden Fuhrleute saßen vornübergebeugt, erschöpft von ihrem langen, beschwerlichen Heimweg und schläfrig vom Glühwein, der ihnen zum Essen gereicht worden war. Radulfus wußte, wann er ein Gespräch abschließen mußte.

»Begebt euch nun zu eurer wohlverdienten Ruhe und überlaßt alles dem Herrgott und den Heiligen, die uns ihre Gunst nicht entzogen haben.«

Wären Hugh und Prior Robert nicht mit so vorzüglichen Rössern ausgestattet gewesen und hätte der ältliche, aber resolute frühere Diener von Ramsey zu Fuß gehen müssen, so wäre letzterer wohl nicht nur einen Tag später als die beiden anderen in der Kathedrale von Worcester angelangt. Nicol hatte nach dem schrecklichen Zwischenfall bei Ullesthorpe fünf Tage gebraucht, um hinkend zu Subprior Herluin zu gelangen und seinen Bericht zu erstatten. Er war ein unerschrockener, ja eigensinniger Mann, der sich von ein paar Blessuren nicht einschüchtern oder von der Erfüllung eines Auftrags abhalten ließ. Wenn schon eine Verfolgung des Verbrechens, dann wollte Nicol diese von demjenigen erbitten, der in diesen Breiten die Befehlsgewalt innehatte.

Hugh Beringar und Prior Robert waren spät abends in der Priorei angekommen. Sie hatten dem dortigen Prior ihre Aufwartung gemacht, der Vesper beigewohnt, um den Heiligen des Klosters, Oswald und Wulstan, zu huldigen, und hatten dann Herluin und seinen Begleitern von dem Verlust – oder wenigstens von der irrtümlichen Verlegung – des Reliquienschreins der heiligen Winifred Bericht erstattet. Dabei fiel Hugh die Rolle zu, scharf zu beobachten, wie die Nachricht aufgenommen wurde. Aber er konnte nichts Falsches an Herluins Reaktion feststellen, die ganz natürliche Bestürzung und Sorge erkennen ließ und keineswegs unangemessen wirkte. Zu heftiges Protestieren und Lamentieren hätten gewisse Zweifel an seiner Lauterkeit geweckt, Herluin aber schien zu glauben, daß es sich hier um nichts anderes als um ein

Durcheinander von allzu vielen Hilfskräften in allzu großer Aufregung und Eile handelte und daß das Vermißte wiedergefunden würde, sobald jedermann die aufgeregte Suche unterbrechen würde, um sich zu sammeln und nachzudenken. Auffallend war, daß Herluin sogleich seine Absicht bekundete, umgehend nach Shrewsbury zurückzukehren und bei der Klärung der Verwirrung behilflich zu sein, obwohl es den Eindruck hatte, als verließe er sich mehr auf seine natürliche Autorität, Chaos in Ordnung zu verwandeln, und weniger auf seine Fähigkeit, die Angelegenheit zu durchleuchten. Er selbst hatte nichts zur Klarstellung beizutragen. Er hatte sich nicht an der hastigen Bergung der Klosterschätze beteiligt, sondern sich würdevoll in der Unterkunft des Abtes aufgehalten, die sicher vor den Fluten gewesen war. Nein, er hatte keine Ahnung, wer die heilige Winifred geborgen hatte. Ihren Schrein hatte er zum letzten Mal bei der Morgenmesse gesehen.

Tutilo schüttelte scheu und stumm den Kopf, der noch immer von der Aureole ungeschorener Locken umgeben war, und riß, als er die Schreckensbotschaft vernahm, seine bernsteinfarbenen Augen weit auf. Aufgefordert, sich zu äußern, sagte er, er sei in die Kirche gegangen, um zu helfen, und habe nur ausgeführt, was man ihm aufgetragen habe. Wo sich der Schrein der Heiligen jetzt befinde, wisse er nicht.

»Diese Angelegenheit duldet keinen Aufschub«, ließ sich Herluin gebieterisch vernehmen. »Gleich morgen wollen wir zurück nach Shrewsbury reiten. Winifred kann nicht weit sein. Sie wird gefunden werden.«

»Morgen nach der Messe«, verkündete Prior Robert, um seine eigene Autorität als Vertreter von Shrewsbury zu betonen, »brechen wir auf.«

Und das hätten sie wohl auch getan, wäre Nicol nicht plötzlich aufgetaucht.

Ihre Pferde standen gesattelt bereit, vom Prior und von den Brüdern hatte man bereits Abschied genommen, und Hugh wollte eben nach seinen Zügeln greifen, als Nicol durchs Torhaus gestapft kam, schmutzüberzogen, mit Schrammen übersät und auf einen Stab gestützt, den er sich im Wald aus einem Ast zurechtgeschnitten hatte. Als Herluin ihn erblickte, stieß er einen wortlosen Schrei aus, der eher Ausdruck von Unmut als von Erstaunen war, denn der Verwalter hätte längst in Ramsey sein und seine kostbare Fracht abgeliefert haben sollen. Sein überraschendes Erscheinen hier, ganz gleich aus welchem Grund, verhieß nichts Gutes.

»Nicol!« rief Herluin aus, nachdem er seinen ersten Ärger über die Durchkreuzung seiner weiteren Pläne hinuntergeschluckt hatte. »Was macht Ihr hier? Warum seid Ihr nicht zurück in Ramsey? Ich hatte geglaubt, ich könnte mich auf Euch verlassen und sichergehen, daß Ihr Eure Fracht wohlbehalten nach Hause bringt. Was ist passiert? Wo habt Ihr den Wagen gelassen? Und Eure Begleiter, wo sind sie?«

Nicol holte tief Luft. »Vater, wir wurden im Wald, südlich von Leicester überfallen. Wir waren fünf und sie wohl ein Dutzend, mit Knüppeln und Dolchen, auch zwei Bogenschützen waren dabei. Pferde und Wagen begehrten sie und nahmen sie uns, wie sehr wir sie auch verteidigten. Nur weil sie in so großer Eile waren, sind wir noch lebend davongekommen. Wenigstens einer von ihnen war schwer verletzt, und sie mußten rasch die Flucht ergreifen. Sie warfen uns ins Gebüsch und preschten davon – mit dem Wagen, dem Gespann und der ganzen Ladung. Nur das nackte Leben ließen sie uns. Das ist die ganze Geschichte«, sagte er, klappte den Mund zu und starrte Herluin mit dem trotzigen Blick eines Älteren an, der herausgefordert wurde und bereit ist zum Kampf.

Alles dahin – der Wagen und die Pferde der Abtei, die Ladung mit dem Bauholz und, das Schlimmste, auch die kleine Schatztruhe für den Wiederaufbau des Klosters, alles verloren an eine Horde von umherstreunenden Banditen! Prior Robert schnappte zischend nach Luft, Subprior Herluin stieß einen gequälten Laut bitterer Enttäuschung aus und entlud einen Schwall von Vorwürfen mitten in Nicols starres Gesicht.

»Hättet Ihr Euch nicht geschickter anstellen können? All meine Mühen umsonst! Und ich dachte, ich könnte mich auf Euch verlassen, Ramsey könnte sich auf Euch verlassen …«

Hugh legte beschwichtigend die Hand auf die schwere Schulter des Subpriors und überging dessen Klagen auf etwas ungehobelte Art und Weise. »Wurde einer von Euch ernsthaft verletzt?«

»Nicht so schwer, daß er sich nicht zu Fuß auf den Weg hätte machen können. So wie ich, all diese Meilen, um möglichst schnell Bericht zu erstatten.«

»Das habt Ihr gut gemacht«, sagte Hugh. »Gott sei Dank ist niemand zu Tode gekommen. Und wo sind Eure Begleiter, nachdem sie Euch allein hierher gehen ließen?«

»Roger und der junge Steinmetz sind zusammen nach Ramsey gegangen. Und der Zimmermeister ist mit dem anderen Burschen zurück nach Shrewsbury. Sie müßten inzwischen dort angelangt sein, wenn ihnen unterwegs nicht wieder etwas zugestoßen ist.«

»Und wo hat sich der Vorfall zugetragen? Südlich von Leicester, sagt Ihr? Könnt Ihr uns dorthin führen? Aber nein«, sagte Hugh entschieden, als er den Mann betrachtete. Nicol war über fünfzig und dazu übel zugerichtet und erschöpft von dem langen und beschwerlichen Fußmarsch. »Nein, Ihr braucht Ruhe. Nennt mir ein Dorf in der Nähe der Überfallstelle, dort werden wir die Fährte aufnehmen können. Wir sind bereit zum Aufbruch. Egal ob nach Leicester oder nach Shrewsbury.«

»Es war im Wald nicht weit von Ullesthorpe«, sagte Nicol. »Aber die Wegelagerer werden längst fort sein. Wie ich Euch sagte, brauchten sie den Wagen und die Pferde, denn der Boden war ihnen zu heiß unter den Füßen geworden, und sie jagten davon wie die Teufel.«

»Wenn sie den Wagen und die Pferde so dringend brauchten«, sagte Hugh, »dann ist eines sicher: daß sie keine schwere Ladung Bauholz mit sich führen wollten, die sie nur behindern würde. Sobald sie euch los waren, werden sie sich der lästigen Fracht entledigt haben. Und wenn Eure kleine Schatztruhe zwischen dem Holz versteckt war, Vater Herluin, besteht die Chance, daß wir sie wiederfinden.« Und sollte wirklich im letzten Augenblick noch etwas auf den Wagen geschmuggelt worden sein, dachte er, wer weiß, ob wir das nicht auch noch finden können!

Bei der Vorstellung, das verlorene Gut wiederzubekommen, erhellte sich Herluins Miene, und er fand zu seiner gewohnten Würde zurück. Auch Nicol blickte sichtlich heiterer drein, freilich eher, weil er hoffte, sich an den Teufeln rächen zu können, die ihn vom Wagen gezerrt und seine Begleiter mit Pfeilen und Klingen bedroht hatten.

»Ihr wollt ihnen nachjagen?« fragte er mit glänzenden Augen. »Dann, Herr, begleite ich Euch mit Freuden. Ich finde die Stelle wieder und führe Euch hin. Vater Herluin ist mit drei Pferden von Shrewsbury hergekommen. Gebt mir das, welches der Laiendiener ritt, und ich bringe Euch auf schnellstem Weg nach Ullesthorpe. Laßt mir einen Augenblick Zeit, damit ich rasch meine Kehle befeuchten und einen Bissen zu mir nehmen kann. Dann bin ich bereit!«

»Ihr werdet vor Schwäche vom Pferd fallen«, rief Hugh lachend, aber voller Verständnis für diesen Eifer.

»Da kennt Ihr mich schlecht, Herr! Laßt mich nur einen von dieser Drecksbande in die Finger kriegen, und ich werde Bärenkräfte entwickeln. Ich will auf jeden Fall dabeisein! Die Überführung der Ladung war mein Auftrag, und ich habe die Pflicht, ihn zu Ende zu führen. Den Schlüssel habe ich gerettet, Vater Herluin, aber ich hatte nicht genug Zeit, die Truhe ins Gebüsch zu werfen, bevor ich selbst dort landete, um von Dornen zerkratzt und zerstochen zu werden. Ihr laßt mich doch jetzt nicht zurück?«

»Um keinen Preis!« erwiderte Hugh. »Einen tapferen Mann kann ich stets gebrauchen. Geht also rasch, nehmt Brot und Bier zu Euch. Wir lassen den Burschen von Ramsey zurück, und Ihr seid unser Führer.«

Der Vogt von Ullesthorpe war ein Mann von etwa fünfundvierzig Jahren, drahtig und lebhaft und darauf bedacht, nicht nur sich und seine Stellung zu verteidigen, sondern auch die Belange seines Dorfes. Obwohl er sich einer Gesellschaft gegenübersah, in der die Geistlichkeit überwog, zog er es vor, sich an die weltliche Gerichtsbarkeit in der Person von Hugh Beringar zu wenden.

»Ganz recht, mein Herr! Wir haben die Stelle vor ein paar Tagen gefunden. Uns war zu Ohren gekommen, daß diese Schurken durch unsere Wälder zogen, obgleich sie nicht in die Nähe unserer Dörfer kamen. Dann tauchte dieser Zimmermeister mit seinem Gefährten auf und erzählte, was ihnen widerfahren war, und wir taten unser Möglichstes, damit sie ihren Rückmarsch nach Shrewsbury antreten konnten. Ich vermutete, so wie Ihr, mein

Herr, daß sie sich der Wagenladung entledigen würden, die ihnen nur hinderlich sein konnte. Ich führe Euch zu der Stelle, es sind nur ein paar Meilen in den Wald hinein.«

Er schwieg, bis sie im dichten Wald waren, den nur ein einziger Fahrweg durchquerte, auf dem, selbst nach all den Tagen, Spuren von Wagenrädern im feuchten Grund sichtbar waren. Die Marodeure hatten den Wagen einfach in einer winzigen Lichtung zurückgesetzt und nach hinten gekippt, bis die Baumstämme hinabgeglitten waren, hatten das Restholz ausgeharkt und ihren Weg fortgesetzt. Hugh wunderte sich keineswegs, daß das Holz nicht mehr so dalag, wie es gefallen sein mußte, sondern weit verstreut, daß das abgelagerte Bauholz verschwunden war und nur noch seine Spuren im niedergedrückten Buschwerk zu erkennen waren. Auf ihr Wohl bedachte Dorfbewohner hatten das Beste zum eigenen Gebrauch, zum jetzigen oder späteren, aussortiert und nach Hause getragen. Es würde nicht lange dauern, bis auch der letzte Rest Brennholz eine gute Heimstatt gefunden hatte. Der Vogt, der dicht neben Hugh stand, schaute ihn von der Seite an und sprach sibyllinisch: »Ihr werdet es einem guten Bauern doch nicht verübeln, wenn er sich nimmt, was Gott ihm sendet, und dankbar dafür ist?«

»Es war das Eigentum des Klosters Ramsey«, ließ sich Herluin mit beherrschter Resignation vernehmen.

»Aber Vater, das wußten sicher nur die wenigsten, höchstens die, die mit den Männern aus Shrewsbury gesprochen haben. Die anderen glaubten sicher, das Holz stamme noch von einer Jahre zurückliegenden Rodung. Es war ein Gottesgeschenk für sie. Warum es verrotten lassen? Sie haben weder den Wagen noch die Männer gesehen, die es herbrachten. Der Graf gestattet uns, gefälltes Holz aufzulesen und dieses hier wurde bestimmt schon vor langer Zeit gefällt.«

»Besser als Balken für ein neues Dach genutzt, als hier herumzuliegen«, sagte Hugh mit einem Achselzucken. »Man kann den Leuten kaum einen Vorwurf daraus machen.« Seit Tagen immer wieder durchwühlt, lag das Holz jetzt über den Weg verstreut und im Gras zwischen Sträuchern und Bäumen herum. Sie durchkämmten den Ort gewissenhaft, suchten den Boden zwischen den Holzresten ab, als Nicol, der etwas abseits von den anderen herumstöberte, plötzlich einen Schrei ausstieß, zwischen den Büschen verschwand und, die kleine Truhe in Händen, die Ramseys Schatz enthalten hatte, wieder auftauchte. Sie war gewaltsam geöffnet worden, der Deckel war zersplittert, und als er sie umdrehte, fielen nur eine Handvoll Steine und trockene Blätter heraus.

»Seht Ihr? Seht Ihr? Sie konnten mir den Schlüssel nicht entreißen und hätten ihn auch niemals bekommen, was sie aber nicht gehindert hat. Mit einem Dolch nahe beim Schloß aufgebrochen … Und all die guten Spenden sind in die Hände von Gaunern und Schurken gefallen!«

»Ich hatte nichts anderes erwartet«, sagte Herluin bitter, indem er Nicol die aufgebrochene Truhe abnahm und auf den beschädigten Deckel starrte. »Nun, wir haben schon Schlimmeres überlebt und werden auch diesen Verlust überleben. Es gab Zeiten, da fürchtete ich, unser Haus sei für immer verloren. Dies ist nur ein Straucheln auf dem Weg, doch wir werden ihn trotzdem zu Ende gehen, so wie wir es gelobt haben.«

Aber es besteht, so dachte Hugh bei sich, nur eine geringe Chance, die gestohlenen Schätze zurückzuerhalten. Alle Gaben der Bürger von Shrewsbury, ganz gleich ob sie nun von Herzen oder aus Gewissensgründen gespendet wurden, all der von Donata selbstlos geschenkte Schmuck – alles dahin und geraubt von den flüchtigen

Schuften, und wie weit die inzwischen geflohen waren, wußte niemand.

»Das war's denn wohl«, sagte Prior Robert bekümmert.

»Herr ...« Der Vogt trat näher zu Herluin und beugte sich vertraulich zu dessen Ohr hin. »Es wurde noch etwas zwischen den Stämmen gefunden. Gut darunter verborgen war es, sonst hätten es die Schurken entdeckt, als sie die Last abwarfen, oder aber der erste, der sich das Bauholz holen wollte. Der Zufall indes sorgte dafür, daß es gut versteckt dalag und erst ans Licht kam, als ich zum ersten Mal an der Stelle war. Und als wir es auswickelten, wußte ich gleich, daß wir die Finger davon lassen sollten.«

Aller Aufmerksamkeit und aller Augen waren jetzt auf ihn gerichtet, Herluin und Robert im Begriff, wider alle Vernunft zu hoffen, argwöhnisch freilich und auf der Hut vor Enttäuschung, Nicol neugierig und dabei verwirrt, wußte er doch nichts vom Verlust des Heiligenschreins und von der Möglichkeit, daß er sich auf seinem Wagen befunden haben und mit allem anderen hätte geraubt werden können. Tutilo hielt sich im Hintergrund und blieb, während seine Vorgesetzten sich berieten, bescheiden abseits stehen. Er hatte sogar, wie er es bei Bedarf zu bewirken vermochte, das Strahlen seiner bernsteinfarbenen Augen gedämpft.

»Und was ist das für ein Ding, das Ihr gefunden habt?« fragte Hugh mit aller Vorsicht.

»Ein Sarg, Herr, der Form nach. Nicht sehr groß, wenn es denn einer ist; und wer immer auch darin liegen mag, muß zartgliedrig und schlank gewesen sein. Mit Silber verziert ist er, so kostbar, daß er vor niemandem sicher war. Deshalb habe ich ihn in meine Obhut genommen.«

»Und was«, ließ sich jetzt Prior Robert vernehmen, der bei der Aussicht auf einen Triumph zu strahlen begann, »was habt Ihr mit diesem Sarg gemacht?«

»Ich habe ihn meinem Herrn gebracht, da er auf dessen Territorium gefunden wurde. Ich wollte nicht riskieren, daß einem Bewohner meines Dorfes oder jemandem aus der Gegend der Diebstahl eines so wertvollen Gegenstandes angelastet werden könnte. Graf Robert hielt und hält sich noch auf seinem Landgut Huncote auf«, sagte der Vogt. »Wir haben den Sarg dorthin gebracht und Graf Robert berichtet, wie wir ihn gefunden haben. Er steht jetzt dort im Gutssaal, wo er mit Gewißheit sicher aufgehoben ist.«

»Lob sei dem Herrn, der uns wundersames Erbarmen erweist!« stieß Prior Robert verzückt hervor. »Mich dünkt, wir haben die Heilige wiedergefunden, deren Verlust wir schon beklagten.«

Einen flüchtigen Augenblick lang sah Hugh das Gesicht von Bruder Cadfael vor sich, so wie es sich wohl kaum merklich verzogen hätte, wäre er hier gewesen, um sich an der Ironie der Situation zu ergötzen. Doch beide, sowohl die jungfräuliche Heilige als auch der reuelose Sünder, mußten nach menschlichem Maß beurteilt werden. Und vielleicht hatte Cadfael letzten Endes doch recht, wenn er ganz einfach vom »armen Columbanus« sprach. Gebe Gott, dachte Hugh, halb belustigt, halb besorgt, gebe Gott, daß die Heilige so gnädig und rücksichtsvoll war, den Deckel ihres Schreins fest verschlossen zu halten, damit wir uns doch noch ohne Skandal aus dieser Affäre ziehen können. Wie auch immer, der nächste Schritt war vorgezeichnet.

»Sehr gut!« sagte Hugh, scheinbar gleichgültig. »Dann wollen wir uns nach Huncote begeben und beim Grafen vorsprechen.«

Huncote war ein sauberes kleines Dorf. Die Wiesen, die zum Landsitz gehörten, waren groß und grün, die Äcker fruchtbar, und in der Mühle war von früh bis spät zu tun. Das Dorf lag eine gute Meile vom Waldrand entfernt und schmiegte sich eng an das Herrenhaus, das von einer Mauer umgeben war. Das Haus war nicht sonderlich groß, aber aus Stein errichtet und mit einem gedrungenen Turm versehen, der an einen Bergfried erinnerte. Die einreitenden Fremden wurden von der Dienerschaft sogleich mit ungeheurer Wachsamkeit empfangen, die wohl darauf zurückzuführen war, daß sich der Graf zur Zeit hier aufhielt. Stallburschen waren sofort zur Stelle, um die Zügel der Rösser zu ergreifen, und ein schmucker Page kam die Stufen des Eingangs herabgeeilt, um die Neuankömmlinge zu begrüßen und nach dem Grund ihres Besuches zu fragen, wurde aber von einem älteren Verwalter, der aus den Ställen aufgetaucht war, beiseite gewunken. Das Erscheinen der drei Benediktiner, zwei davon offenbar höheren Ranges, und der zwei Weltlichen, einer davon von einem Stand, der dem kirchlichen ebenbürtig, jedoch deutlich säkularer Art war, ließ die Begrüßung höflich, wenn auch kühl ausfallen. Hier wurde jedem Besucher Gastfreundschaft entgegengebracht, Wärme indes erst nach einem entsprechenden Austausch.

In einem Land, das noch immer zwischen zwei rivalisierenden Machthabern zerrissen war und geplagt von zahllosen gleichgültigen Herren, denen nur an der Vermehrung der eigenen Macht gelegen war, kamen weise Männer zwar ihren gastlichen Verpflichtungen nach und öffneten allen ihre Häuser, prüften aber erst genau deren Lauterkeit, bevor sie sich ihnen selbst öffneten.

»Hochwürden, verehrte Herren«, sagte der ältere Mann. »Seid willkommen auf Robert Beaumonts Landsitz Huncote, dessen Verwalter ich bin. Wie kann ich dem Benediktinerorden und seinen Begleitern zu Diensten sein? Führen Euch geschäftliche Angelegenheiten hierher?«

»Wenn Graf Robert hier ist und uns empfangen will«, sagte Hugh, »so hätten wir tatsächlich eine geschäftliche Angelegenheit mit ihm zu besprechen. Wir kommen wegen eines Gegenstandes, der aus der Abtei von Shrewsbury verschwunden ist und, wie wir erfahren haben, hier in den Wäldern des Grafen aufgefunden wurde. Eine Angelegenheit, die mit den Reliquien einer Heiligen zu tun hat. Euer Herr wird es vielleicht sogar kurzweilig oder zumindest doch aufschlußreich finden, denn er muß sich gefragt haben, was man ihm da vor die Tür gelegt hat.«

»Ich bin der Prior von Shrewsbury«, sprach Robert mit feierlicher Würde, fand aber nur wenig Beachtung. Der Verwalter war ein betagter, erfahrener und intelligenter Mann, und obwohl er nur Aufseher eines kleineren Gutes von Leicesters gewaltigen Besitztümern war, die teilweise auch außer Landes lagen, besaß er wegen seiner Scharfsicht das volle Vertrauen seines Herrn und wußte genau Bescheid über den mysteriösen und kunstvollen Sarg, den man unter so unerklärlichen Umständen in den Wald bei Ullesthorpe geworfen hatte.

»Ich bin König Stephens Sheriff von Shropshire«, sagte Hugh, »und auf der Suche nach der erwähnten Heiligen. Wenn Euer Herr sie sicher geborgen hat, so hat er Anspruch auf die Gebete aller Brüder von Shrewsbury und darüber hinaus von halb Wales.«

»Ein oder zwei zusätzliche Gebete können keinem Menschen schaden«, sagte der Verwalter, sichtlich aufatmend. »Tretet ein, Brüder, und seid herzlich willkommen. Robin hier wird Euch den Weg weisen. Um Eure Tiere kümmern wir uns.«

Der Junge, keck und lebhaft und etwa sechzehn Jahre alt, hatte mit gespitzten Ohren gelauscht, als sie den Anlaß ihres Besuches kundtaten. Es handelte sich wohl um den jüngeren Sohn eines der Pächter von Leicester, der als pflichtbewußter Vater diese Stellung für den Sohn besorgt hatte, die einen Aufstieg nicht ausschloß. Und nach der ungezwungenen Art des Jungen zu urteilen, war Leicester, so dachte Hugh, kein strenger Herr für jemanden, der offenbar seinen Anforderungen entsprach. Den Blick über die Schulter werfend, sprang der Knabe vor ihnen die Treppe hinauf und betrachtete sie mit leuchtenden Augen.

»Mein Herr ist aus der Stadt hergekommen, als bekannt wurde, daß diese Banditen unsere Wälder durchquerten, gesehen aber hat sie keiner von uns. Sicher sind sie längst über alle Berge. Er wird die Zerstreuung schätzen, da Ihr solch seltsame Geschichten zu erzählen habt. Er hat seine Gemahlin in Leicester zurückgelassen.«

»Und der Reliquienschrein ist hier?« fragte Prior Robert, begierig, eine Bestätigung seiner schönsten Hoffnungen zu hören.

»Wenn es wirklich der Schrein ist, Vater, dann ja.«

»Und er hat keinen Schaden genommen?«

»Nicht, daß ich wüßte«, sagte der Junge, eifrig bemüht, gefällig zu sein. »Aber aus nächster Nähe habe ich ihn noch nicht gesehen. Doch ich weiß, daß der Graf die Silberarbeit sehr bewundert hat.«

Er ließ sie in einem holzgetäfelten Empfangszimmer jenseits des Gutssaals zurück, um seinem Herrn die unerwarteten Gäste zu melden, und keine fünf Minuten später öffnete sich die Tür vor dem Herrn, dem halb Leicestershire, ein gutes Stück Warwickshire und Northampton gehörte und dazu ein bedeutender Titel in der Normandie, den ihm seine Ehe mit der Erbin von Breteuil eingebracht hatte.

Hugh, der ihm noch nie persönlich begegnet war, sah der Begegnung mit großer Teilnahme entgegen. Robert Beaumont, auch er, wie vor ihm sein Vater, Graf von Leicester, war ein Mann von knapp über vierzig Jahren, kräftig gebaut und von mittlerer Größe, mit schwarzem Haar und noch schwärzeren Augen, kostbar, aber dunkel und schlicht gekleidet, bestimmt zwar, aber nicht übermäßig streng, denn dazu bestand kein Anlaß. Auf normannische Art glattrasiert und ohne den Schutz eines Bartes offenbarte er ein Gesicht mit breiter Stirn, hervortretenden Wangenknochen, schmalem Kinn, einer entschlossenen Mundpartie mit vollen Lippen, an den Mundwinkeln leicht nach oben geneigt, um einem gewissen unberechenbaren Funkeln seiner Augen zu entsprechen. Die Symmetrie seines Körpers und die Geschmeidigkeit seiner Bewegungen wurden durch eine geringfügige Wölbung gestört, die seine rechte Schulter nicht mit der linken in Einklang scheinen ließ. Kein großer Makel und doch einer, der die Augen von Gästen, die ihm zum erstenmal begegneten, zunächst verwirrte.

»Lord Sheriff, Euer Ehren«, sagte der Graf, »Ihr kommt sehr gelegen, wenn Robin mir Euer Anliegen richtig gemeldet hat, denn ich war, wie ich gestehen muß, sehr in Versuchung, den Deckel von diesem Ding, was immer es sein mag, was mir von Ullesthorpe hergebracht wurde, zu lüften. Es wäre bedauerlich gewesen, die wunderschönen Siegel zu brechen, und ich bin froh, meine Hand zurückgehalten zu haben.«

Und ich hätte es auch bedauert, dachte Hugh aufgeregt, und Cadfael erst. Des Grafen Stimme war tief und voll, dem Ohre sehr angenehm, und das, was sie verkündete, noch angenehmer. Prior Robert schmolz dahin, wurde liebenswürdig und redselig. In der Gegenwart eines normannischen Herrschers von solcher Macht und Würde entsann sich Robert, selbst Normanne, obwohl dem Kloster zugehörig, seiner Herkunft und blühte auf, als putzte er sich vor einem Spiegel.

»Hoher Herr, wenn ich für Shrewsbury, für die Abtei und auch die Stadt sprechen darf, so muß ich Euch sagen, wie glücklich wir uns schätzen, daß die heilige Winifred in solch edle Hände wie die Euren gefallen ist. Fast möchte man glauben, sie selbst habe alles auf wundersame Weise in die rechte Richtung geführt und sich und ihre Schutzbefohlenen aus solchen Gefahren errettet.«

»Das könnte man fast, in der Tat«, erwiderte Graf Robert, und seine eloquenten und empfindsamen Lippen verzogen sich zu einem sanften und nachdenklichen Lächeln. »Wenn die Heiligen durchsetzen können, was immer ihre ureigensten Wünsche sind, so hat diese verehrte Heilige es vielleicht als sinnvoll empfunden, sich an mich zu wenden. Ich fühle mich über alle Maßen geehrt. Kommt nun und seht, wie ich sie untergebracht habe und daß ihr kein Leid und kein Schimpf angetan worden ist. Ich werde Euch den Weg weisen. Ihr solltet hier verweilen, wenigstens eine Nacht oder solange Ihr nur wollt. Beim Nachtmahl müßt Ihr mir die ganze Geschichte erzählen, und wir werden beraten, was zu geschehen hat, um der Heiligen zu willfahren.«

Die Tafel war üppig, der Empfang offen und großzügig, und sie hätten nach all diesen Plagen kaum in reichere Weidegründe geraten sein können; dennoch blieb Hugh während des ganzen Mahls merkwürdig angespannt und auf der Hut, als erwartete er, daß sich jeden Augenblick etwas Unvorhergesehenes ereignen würde und die Dinge plötzlich eine unvermittelte Wendung nehmen könnten, und das zu einem Zeitpunkt, da Prior Robert zu glauben begann, seine Nöte hätten ein Ende gefunden. Es war weniger ein Gefühl der Unruhe als das einer Erwartung, einer fast angenehmen Ahnung. Denn was sollte das bisher erfolgreiche Unternehmen jetzt noch vereiteln können?

Der Haushalt des Grafen in Huncote bestand nur aus wenigen Bediensteten, und trotzdem saßen sie zu zehnt an der großen Tafel, lauter Männer, waren die Gräfin und ihre Dienerinnen doch in Leicester geblieben. Der Graf hatte die beiden klösterlichen Würdenträger zu seiner Rechten und zu seiner Linken plaziert, Hugh saß neben Herluin. Nicol hatte sich auf den ihm gebührenden Platz unter den Hausangestellten begeben, während Tutilo, schweigsam und zurückhaltend in solch vornehmer Gesellschaft, ganz am Ende bei den Hofgeistlichen saß und auch dort kaum den Mund aufzumachen wagte. Zuweilen ist es besser, nur Zuhörer zu sein, wenn man dazu noch sehr aufmerksam ist.

»Fürwahr eine seltsame Geschichte«, ließ sich der Graf vernehmen, der Prior Roberts wortreicher Darlegung der ganzen Geschichte der heiligen Winifred, ihrer triumphalen Überführung von Gwytherin in die Klosterkirche und von ihrem unerklärlichen Verschwinden während des Hochwassers mit schmeichelhafter Teilnahme gelauscht hatte. »Denn es hat den Anschein, als wäre sie ohne menschliches Eingreifen von ihrem Altar verschwunden – jedenfalls habt Ihr keine Spur von einem solchen Eingreifen gefunden. Und sie hat bereits, wie ich von Euch erfahre, verschiedene Wunder gewirkt. Ist es möglich«, fragte der Graf, ehrfürchtig an Prior Roberts tiefere Kenntnis in Sachen Heiligkeit appellierend, »daß sie sich zu einem besonderen wohltätigen Zweck auf so wundersame Weise von dem Ort entfernt hat, an den Ihr sie überführt hattet? Könnte sie den Wunsch gehabt haben, an einem anderen Ort als dem Euren einen segensreichen Auftrag zu erfüllen? Oder könnte sie gar eine Abneigung gegen ihren Aufenthaltsort verspürt haben?« Seine Fragen, obwohl durchaus ernst und ehrfurchtsvoll, ja fast demütig gestellt, ließen den Prior erbleichen und eine kerzengerade Haltung einnehmen. »Wenn ich zu dreist in geheiligte Bereiche eindringe, so tadelt mich«, sagte der Graf mit der unterwürfigen Süße eines frischgebackenen Novizen.

Dafür sehe ich kaum eine Möglichkeit, dachte Hugh, der dem allen mit einem Vergnügen zuhörte und zusah, das ihn an seine ersten und höchst behutsamen Gespräche mit Bruder Cadfael erinnerte, in denen sie sich, Schlag um Schlag und Schritt für Schritt über kleine Schlachtfelder hinweg bis hin zu einer dauerhaften Freundschaft angenähert hatten. Der Prior argwöhnte wohl, daß man sich über ihn lustig machte, denn er war kein Narr, doch er wollte nicht den Fehler begehen, einen Herrn von so hohem Range wie Robert Beaumont herauszufordern oder zu provozieren. Und außerdem hatte der andere strenge Benediktiner am Tisch sich schon ködern lassen. Herluins hageres Gesicht hatte plötzlich den Ausdruck berechnenden, wenn auch vorsichtigen Eifers angenommen.

»Mein Herr«, sagte er, sichtlich bemüht, einen Tonfall zu vermeiden, der triumphierend hätte klingen können, »selbst ein Laie könnte sich inspiriert fühlen, Prophezeiungen zu machen. Mein Bruder Prior selbst hat ihr wunderwirkende Kräfte zuerkannt und sagt deutlich, daß bisher kein Mann gefunden wurde, der gestanden hat, den Reliquienschrein fortgetragen zu haben. Ist es deshalb verwegen anzunehmen, daß Winifred selbst ihre Gebeine auf den für Ramsey bestimmten Wagen brachte? Für

Ramsey, das so schändlich von gottlosen Schurken ausgeplündert und beraubt wurde? Wo sonst könnte sie mehr benötigt und verehrt werden? Wo mehr Wundertaten für ein mißbrauchtes Haus vollbringen? Denn es ist ja nun ganz sicher, daß sie Shrewsbury auf dem Wagen mit den Spenden der Frommen für unsere notleidende und heimgesuchte Abtei verlassen hat. Dürfen wir die Augen vor ihren Wünschen verschließen, wenn es ihre Absicht war, ihren Segen dort zu spenden?«

Oh, da saßen sie nun, zwei stolze Hirsche, Geweih an Geweih, mit gesenkten Köpfen und rollenden Augen, ihre Kräfte sammelnd für den Stoß, der einen von ihnen aus der Arena werfen würde. Der Graf aber hob besänftigend die Hand, ohne freilich erkennen zu lassen, daß er den drohenden Zusammenstoß bemerkt hatte.

»Ich maße mir nicht an«, sprach er, »irgendwelche Ansprüche zu erheben. Wer bin ich schon, um solche Rätsel zu lösen? Denn Shrewsbury, das ist sicher, hat die Heilige aus Wales überführt, und in Shrewsbury hat sie Wunder getan und seine Ergebenheit nicht enttäuscht. Ich suche Rat und würde mich niemals erdreisten, ihn in solchen Angelegenheiten zu erteilen. Ich erwähne nur eine Möglichkeit. Sollten Menschen bei ihrem Verschwinden die Hände mit im Spiel haben, ist alles, was ich sagte, hinfällig, denn dann ist alles klar. Doch solange wir nicht wissen …«

»Wir haben allen Grund zu glauben«, ließ sich Robert in seiner Entrüstung ehrfurchtgebietend vernehmen, »daß sich die Heilige bei uns zu Hause fühlt. Wir haben es ihr gegenüber nie an Ergebenheit fehlen lassen. Ihr Tag wurde jedes Jahr feierlich begangen, und der Tag ihrer Überführung war uns besonders heilig. Einer unserer frommsten Brüder wurde durch sie von seiner Lahmheit geheilt und ist seither ihr ergebenster Diener und Verehrer. Ich kann nicht glauben, daß sie uns jemals aus freien Stücken verlassen wollte.«

»Ganz gewiß niemals mit der Absicht, Euch zu schaden«, rief Herluin. »Aber könnte sie nicht aus Mitgefühl mit einem geplünderten Kloster den Wunsch verspürt haben, dort zu wirken? Auf Eure Großmut vertrauend, daß Ihr diesen Wunsch respektiert und uns zu den bereits gegebenen Spenden auch noch die Kraft und die Gnade zukommen laßt, die sie uns gewähren könnte? Denn sicher ist, daß sie Euer Kloster mit meinen Leuten verlassen und mit ihnen den Weg nach Ramsey angetreten hat. Warum hätte sie das getan, wenn sie nicht den Wunsch gehabt hätte, Euch zu verlassen, um bei uns zu weilen?«

»Noch ist nicht erwiesen«, verkündete Prior Robert, auf die sachlichen Fakten des Falles zurückgreifend, »daß nicht doch Menschen an ihrem Verschwinden beteiligt waren – sündige Menschen, denn sollte es sich so abgespielt haben, handelt es sich um gotteslästerlichen Diebstahl. Unser Abt in Shrewsbury hat angeordnet, alle Männer ausfindig zu machen, die, als die Fluten stiegen, an der Bergung der Klosterschätze beteiligt waren. Noch wissen wir nicht, was bisher aufgedeckt worden ist, welche Aussagen gemacht wurden. Vielleicht ist die Wahrheit dort inzwischen bekannt. Hier jedenfalls ist sie es nicht.«

Der Graf hatte sich zwischen den zornigen Kämpfern behaglich zurückgelehnt und sich selbst von jeder Verantwortung losgesprochen, außer der, in seinem Saal Frieden und Harmonie zu wahren. Er hatte Verständnis für beide Parteien und war bemüht, beiden Gerechtigkeit widerfahren zu lassen.

»Hochwürden«, sagte er sanft, »wie ich höre, beabsichtigt Ihr, in jedem Falle nach Shrewsbury zurückzukehren. Was hindert Euch daran, alle Auseinandersetzungen so lange aufzuschieben, bis Ihr dort angelangt seid und hört, was in Eurer Abwesenheit ans Licht gekommen ist? Vielleicht ist dann schon alles geklärt. Und wenn nicht, wenn sich noch immer keine menschliche Hand als beteiligt erwiesen hat, erst dann ist es an der Zeit, ein sachliches Urteil in Betracht zu ziehen. Jetzt aber noch nicht!«

Mit insgeheimer Erleichterung, aber ohne große Begeisterung nahmen beide den Vorschlag des Grafen an, ihre Feindseligkeiten aufzuschieben.

»Ihr habt recht«, sagte Prior Robert, wenn auch etwas frostig, »wir wollen nicht voreilig handeln. Man wird dort alles Menschenmögliche getan haben, um die Wahrheit ausfindig zu machen. Wir sollten warten, bis wir Bescheid wissen.«

»Ich habe«, beharrte Herluin, »während ich mit Euch dort weilte, die Heilige um Hilfe in unserem Elend angefleht. Es ist sicherlich denkbar, daß sie es erhörte und Erbarmen mit uns hatte. Aber Ihr habt recht, jetzt ist Geduld geboten, bis wir mehr über die Angelegenheit erfahren.«

Etwas List ist schon dabei, dachte Hugh, zufrieden mit seiner Rolle als Zuschauer mit dem besten Blick auf das Geplänkel, aber keine Arglist. Der Graf zerstreut sich in einer toten Jahreszeit, zudem sind seine Frauen nicht da, aber er dämpft den Sturm ebenso geschickt, wie er ihn heraufbeschworen hat. Was kann er Besseres tun, um den Abend angenehm zu verbringen und seine Gäste zu unterhalten? Jedenfalls einen von ihnen, gestand er sich ein wenig schuldbewußt ein, und dann kam ihm in den Sinn, daß er die beiden ehrgeizigen Geistlichen noch ohne Blutvergießen zurück nach Shrewsbury begleiten mußte.

»Da ist noch eine Kleinigkeit, die unserer Aufmerksamkeit entgangen ist«, sagte der Graf, fast entschuldigend. »Es wäre mir zuwider, weitere Schwierigkeiten zu bereiten, aber ich muß einen bestimmten Gedankengang logisch zu Ende führen. Wenn die heilige Winifred tatsächlich ihren Aufbruch mit dem Wagen nach Ramsey geplant und verfügt hat, und wenn die Pläne einer Heiligen nicht von Menschen durchkreuzt werden können, dann muß sie sicher auch alles gewollt haben, was nachher geschah … den Überfall der Wegelagerer, den Diebstahl des Wagens und des Gespanns, den Verlust der Ladung und damit auch ihres Reliquienschreins, den meine Pächter fanden und zu mir brachten. Heißt das nicht letzten Endes, daß sie jetzt dort ist, wohin sie gehört? Denn hätte sie beabsichtigt, nach Ramsey zu gehen, so hätte es keinen Überfall gegeben, sie wäre ohne Behinderung dort angelangt. Aber statt dessen begab sie sich in meine Obhut. Unmöglich also, vom ersten Schritt zu behaupten, es sei ihre Absicht gewesen, und vom zweiten das Gegenteil: Das würde jeder Logik entbehren.«

Beide Tischnachbarn starrten ihn in höchster Besorgnis an, dabei außerstande, auch nur ein Wort hervorzubringen, ein Umstand, der allein schon einen kleinen Sieg des Grafen darstellte. Er blickte mit einem entwaffnenden Lächeln von einem zum anderen.

»Das also ist mein Standpunkt. Sollten die Brüder in Shrewsbury die Narren gefunden haben, die die Heilige entführten, gibt es keinen Streit zwischen uns. Sollten sie aber keinen solchen ermittelt haben, so habe einzig ich einen berechtigten Anspruch. Meine Herren, um nichts in der Welt möchte ich Richter in einer Angelegenheit sein, in der ich eine Partei unter dreien vertrete. Ich beuge mich gern einem unvoreingenommenen Tribunal. Wenn Ihr morgen nach Shrewsbury aufbrecht, muß auch die heilige Winifred mitreisen. Und auch ich will eine Eskorte für diese Reise stellen. Ich werde selbst mit Euch reiten.«

KAPITEL
5

Bruder Cadfael hatte sich auf den Weg zum Weiler Preston gemacht, um den jungen Aldhelm aufzusuchen. Der aber half, wie er dort erfuhr, beim Lammen auf den Weiden des Upton-Lehnguts am Flußufer. Da die Schäfer mehrere Mutterschafe vor den steigenden Wassern retten mußten, waren sie Tag und Nacht beschäftigt. Bei seinem zweiten Versuch begab sich Cadfael geradewegs nach Upton, um dort zu erfragen, wo der junge Schäfer zu finden war, und so legte er beherzt eine weitere Meile zu einem Pferch auf einer leichten Erhebung zurück, von der aus man die überschwemmten Wiesen überblicken konnte.

Als er Cadfael sah, erhob sich Aldhelm, der neben einem neugeborenen Lamm kniete, das, umhätschelt von seiner Mutter, auf seinen wackeligen Beinen zu stehen versuchte. Der Schäfer war ein junger Bursche, breitschultrig und stämmig, dabei aber äußerst flink und geschmeidig in seinen Bewegungen. Er hatte ein offenes, freundliches Gesicht und dichtes rötliches Haar. Als er herbeigeholt worden war, um bei der Bergung der Klosterschätze behilflich zu sein, hatte er ohne Neugier, aber pflichtbewußt und gewissenhaft alles ausgeführt, was man ihm aufgetragen hatte.

»Ja, Bruder, ich war dort. Ich bin hinuntergegangen, um Gregory und Lambert beim Bauholzverladen zu helfen, und Bruder Richard bat uns, verschiedene Klosterschätze fortzutragen. Es war noch ein anderer Mönch da, einer aus dem Gästehaus, der alle möglichen Gegenstände von den Altären geschleppt hat. Er schien sich in der Kirche bestens auszukennen und zu wissen, wo anzupacken war. Ich habe nur das getan, was man mir auftrug.«

»Und hat irgend jemand Euch später am Abend noch aufgetragen, ihm zu helfen, ein langes Bündel auf den Wagen mit dem Bauholz zu heben?« fragte Cadfael ohne Umschweife, aber auch ohne große Erwartungen. Die simple Antwort verblüffte ihn.

»Ja, gewiß. Der Mönch sagte, das Bündel gehöre auf den Wagen, der für Ramsey bestimmt sei, und wir verstauten es zwischen den Hölzern. Dort haben wir es gut verkeilt, so daß ihm kein Schaden zugefügt werden konnte.«

Ihm war schon genug Schaden widerfahren, doch das konnte der junge Schäfer nicht wissen. »Und die beiden Männer von Longner haben es nicht bemerkt«, sagte Cadfael. »Wie war das möglich?«

»Wie das möglich war? Es war stockfinster, und es regnete, und die beiden waren damit beschäftigt, das Holz ans hintere Ende des Longner-Karrens zu ziehen, damit es später leichter abgeladen und hinübergetragen werden konnte. Dabei können sie uns leicht übersehen haben. Ich habe nicht weiter darüber nachgedacht; ich tat, was der Bruder von mir erbat – nur noch diesen letzten Gegenstand fortzuschaffen. Ich glaubte, er wußte, worum es ging. Es geziemt sich für uns nicht, neugierig zu sein, was die Angelegenheiten des Klosters betrifft.«

Mit Sicherheit wußte jener Bruder nur zu genau, worum es ging, und es bestand wenig Zweifel daran, um wen es sich handelte, doch ohne Zeugen konnte er nicht angeklagt werden.

»Was war das für ein Bruder? Habt Ihr schon vorher mal mit ihm in der Kirche gesprochen?«

»Nein, er kam herausgerannt und packte mich im Dunkeln am Ärmel. Es regnete, und die Kapuze hing ihm tief ins Gesicht. Gewiß ein Benediktinerbruder, so viel kann ich sagen. Nicht sehr groß, etwas kleiner als ich. Der Stimme nach jung. Was gäbe es sonst noch zu sagen? Nun, wenn ich ihn sähe, würde ich ihn trotzdem wiedererkennen«, sagte er bestimmt.

»Einmal im Dunkeln gesehen, dazu mit einer Kapuze? Und Ihr würdet ihn wiedererkennen?«

»Das würde ich bestimmt. Als ich mit ihm zurück in die Kirche ging, brannte die Altarlampe noch. Ich sah sein Gesicht kurz aus der Nähe, als ein Lichtstrahl darauffiel. Müßte ich ihn beschreiben, so sah er wie jeder beliebige aus«, sagte Aldhelm. »Aber wenn ich ihn sähe, würde ich ihn unter Tausenden wiedererkennen.«

»Ich habe ihn gefunden«, sagte Cadfael und schilderte Abt Radulfus unter vier Augen das Ergebnis seiner Nachforschungen. »Und er sagt, er würde den Mann wiedererkennen.«

»Ist er sich da sicher?«

»Er ist es. Und ich glaube ihm. Er ist der einzige, der das Gesicht des Mönchs gesehen hat – im Altarlicht, als sie die Reliquien fortbrachten. Das heißt, daß er ihn aus der Nähe und sehr deutlich gesehen hat, wobei das Licht für einen Augenblick unter seine Kapuze fiel. Die anderen waren draußen, im Finstern und im Regen. Ja, ich denke, er ist sich sicher.«

»Und er wird kommen?« fragte Radulfus.

»Er wird kommen, sobald er Zeit hat. Er hat einen Herrn und viel Arbeit, denn er muß den Lämmern ans Licht der Welt verhelfen. Solange eins der Muttertiere in Gefahr ist, wird er sich nicht von der Stelle bewegen.

Aber wenn ich abends nach ihm schicke, wenn er sein Tagewerk beendet hat, wird er sich auf den Weg machen. Jetzt macht es noch keinen Sinn«, sagte Cadfael, »nicht bevor die anderen aus Worcester zurück sind. Doch wenn der Tag kommt, da ich ihn rufen lasse, wird er herbeieilen.«

»Gut!« sagte Radulfus nicht allzu begeistert. »Uns bleibt keine andere Wahl.« Es erübrigte sich, zu erläutern, warum es sinnlos war, schon jetzt nach dem Zeugen zu schicken. »Und, Cadfael, auch wenn dieser Tag gekommen ist, wollen wir diesen Zeugen nicht sofort bekanntgeben. Warnt niemanden vorher, damit weder Angst noch Gerüchte sich breitmachen. Wir wollen möglichst vernünftig vorgehen und möglichst wenig Schaden für alle anrichten, auch für den Schuldigen.«

»Wenn Winifred unversehrt zurückkehrt«, sagte Cadfael, »soll die Angelegenheit ohne Schaden oder Schande für den Übeltäter beigelegt werden. Ich rechne fest mit ihrer Rückkehr und mache mir keine Sorgen um sie.« Und es dämmerte ihm plötzlich, wie recht Hugh gehabt hatte mit der Behauptung, er, Cadfael, spreche unwillkürlich von diesem »leeren«, so gut wie leeren Reliquienschrein, als würde er wirklich die Wundertätige enthalten. Und wie sehr er doch Winifred vermißte, samt ihrem vermeintlichen Schrein, dem ihr Name zu Würde verholfen hatte.

Und in ihrem symbolhaften Schrein, den sie also selbst billigte, kehrte »sie« am folgenden Tag in nobler Begleitung zurück.

Bruder Cadfael hatte Bruder Edmunds Vorräte im Arzneischrank aufgefüllt und trat eben aus der Tür des Infirmariums, als die Heimkehrer vor seinen Augen beim Torhaus einritten. Nicht nur Hugh, Prior Robert und die beiden Abgesandten aus Ramsey, die ihre Laiendiener wohl irgendwo zurückgelassen hatten, sondern zusätzlich noch zwei Pferdeknechte oder Knappen, oder was auch immer ihre Stellung sein mochte, und ein gedrungener Herr im besten Mannesalter, der zwar hinter den beiden Prioren an Hughs Seite einherritt, die Prozession jedoch ohne große Worte oder Gesten zu beherrschen schien. Seine Reitkleidung war kostbar, aber in dezenten Farben gehalten, das Roß unter ihm, ein stolzer Rappe, war prächtiger geschmückt als sein Reiter. Und hinter ihm, auf einem schmalen, von einem einzigen Pferd gezogenen Wagen – der Reliquienschrein der heiligen Winifred, gebettet auf edel gewirktes Tuch. Es war erhebend zu sehen, wie der große Hof sich füllte, als wäre die Botschaft von Winifreds triumphaler Rückkehr mit dem Wind verbreitet worden. Bruder Denis kam aus dem Gästehaus, Bruder Paul aus dem Schulzimmer, begleitet von zweien seiner Schüler, die hinter seinem Rock hervorlugten. Zwei Novizen und zwei Pferdeknechte eilten aus den Ställen und ein halbes Dutzend Brüder von ihren jeweiligen Pflichten herbei – alle waren zur Stelle, noch ehe der Pförtner aus seiner Loge treten konnte, um Prior Robert, den Sheriff und die Gäste zu begrüßen.

Tutilo, der bescheiden am Ende des Zuges ritt, sprang aus dem Sattel und stürzte herbei, um Herluins Steigbügel zu halten und seinem Herrn, wie ein höflicher Page, beim Absitzen zu helfen. Unser vorbildlicher Novize war vielleicht etwas zu beflissen für einen, der ein reines Gewissen hatte. Und wenn das, was Cadfael argwöhnte, tatsächlich der Wahrheit entsprach, so hatte der junge Mann allen Grund, sich von seiner besten Seite zu zeigen. Der vermißte Reliquienschrein war, wie es schien, wieder an seinem Heimatort, und inzwischen gab es ja einen Zeugen, der genau würde erläutern können, auf welche Weise der

Schrein entwendet worden war. Und obwohl Tutilo noch nicht wußte, was ihm bevorstand, konnte er nicht sicher sein, daß mit dieser scheinbar freudigen Rückkehr alles wieder im reinen war. Die Hände in banger Hoffnung gefaltet, würde er sich völlig tugendhaft verhalten, bis die letzte Gefahr vorüber und er selbst noch immer unerkannt war. Vielleicht besaß er sogar die unschuldige Dreistigkeit, zur heiligen Winifred zu beten, ihn zu beschützen.

Cadfael konnte nicht umhin, Mitleid mit dem zu empfinden, dessen zweifelhafte, aber kühne Tat sich jetzt gegen den Täter richten, ihn mit Strafe und Schaden bedrohen würde; das um so mehr, als Cadfael jetzt eine ähnliche Bloßstellung erspart blieb. Der Deckel des Reliquienschreins mit dem Silberschmuck war – von weitem erkennbar – noch immer fest versiegelt. Niemand hatte sich daran zu schaffen gemacht, niemand hatte den Leichnam darin zu Gesicht bekommen. Wenigstens Cadfael konnte aufatmen.

Wieder auf heimatlichem Boden, nahm Prior Robert die Dinge in die Hand. Die aufgeregten Brüder hoben den Reliquienschrein auf und trugen ihn in die Kirche zum Altar der Heiligen, und Tutilo folgte ergeben. Die Stallburschen und Novizen führten die Pferde fort und schoben den Wagen in eine der Scheunen. Robert, Herluin, Hugh und der Fremde machten sich auf den Weg zum Haus des Abtes, wo Radulfus sie bereits auf der Schwelle erwartete.

Obwohl der neue Gast ohne Frage ein Fremder war, den Cadfael noch nie zuvor gesehen hatte, war es nicht schwer zu erraten, wer er war, auch wenn der Grund für seinen Besuch zunächst ein Rätsel blieb. Der Überfall hatte nicht weit von Leicester entfernt stattgefunden. Der Mann war zweifellos eine Persönlichkeit, die über beträchtliche Macht verfügte und eine hohe Stellung innehatte, warum also weiter über den Namen rätseln? Zudem war Cadfael die Mißbildung der Schulter nicht entgangen, die jetzt bei der Rückansicht als ein deutlicher Höcker hervortrat, wenn auch nicht gewichtig genug, um den sonst gut proportionierten Körper zu entstellen. Es war allgemein bekannt, daß der jüngere Beaumont-Zwilling ein gezeichneter Mann war. Robert Bossu wurde er geheißen, Robert der Bucklige, und angeblich hatte er nichts gegen diesen Namen einzuwenden.

Was also hatte Robert Bossu hierhergeführt? Inzwischen waren alle im Haus des Abts verschwunden, und was immer der Grund für Roberts Besuch sein mochte, würde bald bekannt werden. Was Hugh Abt Radulfus zu berichten hatte, würde in Kürze mit Bruder Cadfael besprochen werden. Er mußte nur abwarten, bis die Unterredung zwischen kirchlicher und weltlicher Macht beendet war.

Während nun die ganze Gesellschaft versammelt war, erinnerte er sich, daß es an der Zeit war, Bruder Bonifaces Laufburschen auszuschicken, um Aldhelm in Upton bei seinen Schafen zu suchen und zu bitten, zum Kloster zu kommen, sobald er sein Tagewerk beendet habe. Jetzt sollte er versuchen, aus der vollzähligen Schar der Mönche den bewußten Mann herauszufinden.

Nachdem Hugh die Geschichte von der Odyssee der Heiligen zu Ende erzählt und berichtet hatte, wie und unter welchen Voraussetzungen Robert Beaumont in den Wettbewerb um den Besitz von Winifred eingetreten war, herrschte zunächst Stille in Cadfaels Werkstatt beim Kräutergarten.

»Ist er ernst zu nehmen?«

»Teilweise. Er spielt, um sich die langweilige Zeit zu vertreiben, in der es praktisch keine Kämpfe und nur wenige

Truppenbewegungen gibt. Selbst wenn er beides nicht sonderlich liebt, fühlt er sich doch unbehaglich, tatenlos dazusitzen. In Ermangelung sinnvoller Beschäftigung, sieht man einmal von der schwierigen Aufgabe ab, die Interessen seines Bruders hierzulande zu vertreten, so wie Waleran Roberts Interessen in der Normandie vertritt, macht sich dieser einen Spaß daraus, den Fuchs unters Federvieh zu mischen, zwischen zwei so gespornte Kampfhähne wie euren Prior und Ramseys Herluin. Es ist sicher keine Bosheit dabei«, sagte Hugh großmütig. »Sollte ich ihm diesen Spaß mißgönnen? Ich habe seinerzeit ähnlich gehandelt.«

»Aber er besteht darauf, einen Anspruch zu haben?«

»Solange es ihn amüsiert und er nichts Besseres zu tun hat. Mein Gott, schließlich haben die beiden anderen ihn selbst auf den Gedanken gebracht! Man könnte fast glauben, sagt Robert – unser Robert, wenn ich ihn so nennen darf –, daß sie die Angelegenheit selbst gelenkt hat. Das könnte man fast, sagt der andere Robert, und ich sah die Saat auf fruchtbaren Boden fallen, und dort hat er sie seither gehegt und gepflegt. Doch mach dir keine Sorgen um ihn, er wird nie so weit gehen, einen der beiden zu demütigen, und schon gar nicht Abt Radulfus, den er als sich ebenbürtig betrachtet.«

»Er ist kaum zu erkennen«, sagte Cadfael, plötzlich vom Thema abschweifend.

»Wer oder was?«

»Der Buckel. Robert Bossu! Ich habe von ihm gehört – wer hätte das nicht? Robert und Waleran von Beaumont scheinen sich in den letzten Jahren voneinander entfernt zu haben, Zwillinge hin, Zwillinge her. Der ältere der beiden ist schon seit vier Jahren in der Normandie. König Stephen kann ihn kaum mehr als die zuverlässige Stütze betrachten, die er einst war.«

»Das tut er auch nicht«, stimmte Hugh trocken zu. »Stephen weiß, wenn er einen Getreuen verloren hat. Mit großer Wahrscheinlichkeit hat er Verständnis für den Grund, der dahintersteckt, und man kann niemandem einen Vorwurf machen. Beide Brüder haben sowohl in England als auch in der Normandie Landbesitz. Da sich Geoffrey von Anjou zugunsten seines Sohns zum Herrn über die Normandie gemacht hat, fürchtet jeder Mann in Stephens Umkreis um seine Besitzungen drüben und ist versucht, das Lager zu wechseln, um in Anjous Gunst zu stehen. Die französischen und normannischen Ländereien sind Waleran am wichtigsten; wen sollte es also wundern, daß er hinübergegangen ist und sich um Geoffreys Wohlwollen bemüht, statt das Risiko einzugehen, seine Besitzungen zu verlieren? Und es geht um mehr als nur um das Land. Waleran bekam den französischen Besitz, das Kernstück des Titels, als beider Vater, der Graf von Meulan, starb. Seine Linie ist aber eng mit dem Titel verknüpft. Ohne Meulan wäre Waleran ohne Titel. Roberts Erbe sind die englischen Ländereien. Breteuil kam nur durch Heirat dazu, und deshalb gehört er hierher. Deshalb kommt auch Waleran hierher zurück, wo seine Wurzeln liegen, nur um zu verhindern, daß sie gänzlich ausgerissen werden, auch wenn er gleichzeitig Anjou huldigen muß um des Bodens willen, den sie seit Generationen besitzen. Wo sein Herz schlägt, kann ich nicht sagen. Er ist Geoffrey jetzt zur Treue verpflichtet, tut aber so wenig wie möglich, um ihn zu unterstützen, und so wenig wie möglich, um Stephen zu schaden, indem er seine eigenen Interessen und die seines Bruders vertritt, während Robert das gleiche hier für ihn tut. Sie halten sich beide aus allen Kampfhandlungen heraus. Kein Wunder!« fügte Hugh hinzu. »Es ist natürlich auch eine Sache des schieren Überdrusses. Dieses Chaos dauert nun schon zu lange an.«

»Es ist nie leicht, zwei Herren zu dienen«, sprach Cadfael salbungsvoll, »selbst wenn es zwei Brüder sind, die sich die Aufgabe teilen.«

»Sie sind nicht die einzigen mit solcherart Sorgen«, sagte Hugh.

»Und es werden immer mehr, jetzt, da die einen hier und die anderen dort drüben die Vormacht anstreben. Aber wir haben hier unser eigenes Problem, Hugh, und selbst wenn der Graf nur Zerstreuung sucht, so kannst du gewiß sein, daß Herluin dies nicht tut. Hätte ich gewußt«, sagte Cadfael abwägend, »daß ihr sie unversehrt heimbringt und kein großer Schaden entstanden ist, so wäre ich nicht so bemüht gewesen, herauszufinden, auf welche Weise sie verlorengegangen ist.«

»Ich bezweifle, daß du die Wahl gehabt hättest«, sagte Hugh mitfühlend. »Auf jeden Fall hast du jetzt keine mehr.«

»Wirklich keine! Ich habe nach dem Jungen vom Upton-Lehngut schicken lassen, wie ich es Radulfus versprochen habe, und noch vor der Komplet wird er hier sein, und die Wahrheit wird ans Licht kommen. Jeder von uns weiß jetzt, wie die Reliquie gestohlen und fortgeschafft wurde, und es fehlt nur noch die Zeugenaussage dieses Schäfers, um dem Dieb ein Gesicht und einen Namen zu geben. Eine zierliche Gestalt und eine junge Stimme, sagt Aldhelm, der durch List überredet wurde, dem Übeltäter zu helfen, und der dabei dessen Gesicht aus nächster Nähe sah. Es bedarf kaum dieser letzten Bestätigung«, räumte Cadfael ein, »nur müssen wir, damit der Gerechtigkeit Genüge getan wird, völlig sicher gehen. Herluin ist weder klein noch jung. Und welches Interesse könnte einer unserer Brüder aus Shrewsbury schon daran haben, daß unsere verehrte Schutzpatronin nach Ramsey geschafft wird? Da wir jetzt wissen, auf welche Weise es geschah – wer sonst als Tutilo könnte es getan haben?«

»Ein kühner Bursche!« sagte Hugh und konnte dabei ein anerkennendes Lächeln nicht unterdrücken. »Seine Begabung wird in der Mönchskutte vergeudet sein. Und weißt du, ich hege starke Zweifel, daß Herluin etwas gegen einen erfolgreichen Diebstahl einzuwenden gehabt hätte; jetzt aber, da das Unternehmen gescheitert ist, wird er dem Burschen tüchtig das Fell gerben müssen.« Er erhob sich und reckte die Glieder, die vom langen Ritt noch steif waren. »Ich mache mich auf den Heimweg. Ich werde hier nicht mehr gebraucht, bis dieser Aldhelm seine Rolle gespielt und mit dem Finger auf deinen Tutilo gedeutet hat, was, wie du so sicher glaubst, geschehen sein wird, bevor die Nacht um ist. Ich möchte lieber nicht dabei sein. Sollte es Arbeit für mich geben, so heb sie für morgen auf.«

Cadfael geleitete ihn ins Freie, freilich nur bis zum Kräutergarten, denn dort wartete auf ihn selbst noch Arbeit. Im Gemüsebeet lehnte Bruder Winfrid, jung, groß und kräftig auf seinem Spaten und schaute einer schlanken Gestalt nach, die soeben um die Buchsbaumhecke verschwunden war.

»Was hatte Bruder Jerome in deiner Werkstatt herumzulungern?« fragte Bruder Winfrid, als er sein Werkzeug forträumte, da die Dämmerung schon hereinbrach.

»Hat er das?« fragte Cadfael geistesabwesend und zerstieß in einem Mörser Kräuter, um damit einen Saft zu bereiten. »Er hat sich aber nicht gezeigt.«

»Das war offenbar auch nicht seine Absicht«, entgegnete Winfrid in der ihm eigenen direkten Art. »Er wollte erfahren, was der Sheriff dir zu berichten hatte, nehme ich an. Er stand eine Weile vor der Tür, bis er hörte, daß ihr euch zum Gehen anschicktet; dann hat er sich rasch aus dem Staub gemacht. Ich bezweifle, daß er etwas Gutes über sich selbst gehört hat.«

»Er kann überhaupt nichts über sich gehört haben«, sagte Cadfael zufrieden. »Auch nichts, das ihm guttun könnte.«

Rémy de Pertuis war schon so gut wie entschlossen gewesen, an jenem Tag aufzubrechen, bei der Nachricht von der Ankunft des Grafen von Leicester indes besann er sich eines anderen und machte seine an Bénezet und Daalny gerichteten Anordnungen, mit dem Packen zu beginnen, rückgängig. Das lahmende Pferd war zwar wieder einsatzfähig, aber wäre es nicht klug, die Abreise um ein paar Tage zu verschieben und die Möglichkeiten auszuloten, die sich durch die Begegnung mit diesem Adligen ergeben konnten, der wie durch göttliche Fügung plötzlich hier aufgetaucht war? Rémy kannte Ranulf, den Grafen von Chester, nicht persönlich und konnte nicht sicher sein, welchen Empfang man ihm dort bereiten würde. Gerüchte aber ließen ihn vermuten, daß Robert Beaumont ein gebildeter Mann war und deshalb wahrscheinlich auch die Musik schätzte. Zumindest war er jetzt hier, war im selben Gästehaus untergebracht und speiste an derselben Tafel. Warum eine sich bietende und vielversprechende Chance vertun, um einer fernen und unsicheren hinterherzulaufen?

Also machte sich Rémy daran, die Lage zu erkunden, und legte sich mächtig ins Zeug, um zu gefallen. Und wenn er sich bemühte, waren sein Talent und sein Können dazu beachtlich. Bénezet stand schon lang genug in seinen Diensten, um seine Rolle in diesem Unternehmen zu kennen, ohne daß es dazu irgendwelcher Anweisungen bedurfte. Er machte sich bei den Knappen des Grafen in den Ställen nützlich, hielt Augen und Ohren offen, um Neigungen, Temperament und Interessen des Grafen in Erfahrung zu bringen. Was er dabei vernahm, war vielversprechend. Ein solcher Gönner würde vollen Schutz bieten können, ein vergleichsweise üppiges Leben und eine sehr ansprechende Anstellung. Bénezet schlenderte mit seinen Erkenntnissen zurück zum Gästehaus, als er Bruder Jerome mit gesenktem Kopf und in großer Eile um die Buchsbaumhecke biegen sah. Er schien außerdem in großer Gemütserregung und von fiebriger Ungeduld, bei jemandem etwas loszuwerden, was er auf dem Herzen hatte. Es gab nur eine Person, der Jerome mit solchem Eifer Bericht erstatten würde. Bénezet, von Natur aus neugierig, was Dinge betraf, die ihm dienlich oder einträglich sein konnten, war nicht abgeneigt, bei dieser Gelegenheit ein paar nützliche Hinweise aufzulesen. Er verlangsamte den Schritt, um zu sehen, wohin Jerome so eilig ging, und folgte ihm ohne Hast ins Kloster.

Prior Robert stellte ein Buch in den Schrank am Ende des Skriptoriums zurück. Beladen mit gewichtigen Neuigkeiten steuerte Jerome auf ihn zu. Bénezet schlich unbemerkt hinterdrein und verbarg sich im Dunkel einer der nächsten Arbeitsnischen. Es war ein denkbar günstiger Zeitpunkt, denn das Tageslicht verblaßte schon, und die Brüder, die eben noch mit Lesen und Kopieren beschäftigt gewesen waren, hatten ihr Tagewerk beendet und den Prior allein zurückgelassen, der jetzt dafür sorgte, daß alles an seinem Platz war. In der dämmrigen Stille trugen die Stimmen besonders gut; Jerome war zudem erregt, und Robert hatte noch nie dazu geneigt, eine Stimme zu dämpfen, die er gern hörte. Nützliche Dinge, das wußte

Bénezet, konnten an den ungewöhnlichsten Orten aufgelesen werden.

»Vater Prior«, sprach Bruder Jerome, halb entrüstet, halb befriedigt, »mir ist etwas zu Ohren gekommen, was Ihr wissen solltet. Allem Anschein nach war ein Mann am Verladen der heiligen Winifred auf den Wagen nach Ramsey beteiligt – völlig ahnungslos über das, was er tat, von einem Bruder unseres Ordens darum gebeten. Dieser Mann behauptet, er könne den Übeltäter wiedererkennen. Heute abend wird er hier erscheinen, um ihn zu identifizieren. Warum, Vater, sind wir nicht davon in Kenntnis gesetzt worden?«

»Ich weiß darum Bescheid«, entgegnete der Prior und verriegelte den eben noch geöffneten Schrank, um Frömmigkeit und Weisheit vor fremdem Zugriff zu schützen. »Unser Abt hat es mir mitgeteilt. Es wurde nicht bekanntgegeben, weil der Schuldige sonst gewarnt wäre.«

»Aber Vater, seht Ihr, was das bedeutet? Es war die Bosheit der Menschen, die Winifred unserer Obhut entriß. Und ich hörte bereits den Namen des unfrommen Mönches, der sich erdreistete, sie zu entwenden. Bruder Cadfael nannte den Namen. Das vermeintliche Unschuldslamm ist der Novize aus Ramsey, Tutilo.«

»Das wurde mir allerdings nicht zugetragen«, sagte Robert mit leicht verletztem Stolz. »Gewiß deshalb, weil der Abt keinen Menschen verurteilen will, bis dessen Schuld von einem Zeugen bestätigt wurde. Wir müssen nur bis heute abend warten, dann halten wir den Beweis in Händen.«

»Aber, Vater, ist eine solche Schlechtigkeit bei einem Menschen überhaupt denkbar? Und welche Strafe kann die Tat wiedergutmachen? Sicher hätte der Blitzschlag des

Himmels ihn bei der Ausführung seiner Missetat treffen und vernichten sollen.«

»Die Vergeltung mag aufgeschoben werden«, sagte Prior Robert und steuerte mit seinem beflissenen Schatten auf den Fersen der Tür des Skriptoriums zu, »aber gewiß nicht aufgehoben. Wenige Stunden noch, und der Übeltäter bekommt, was er verdient.«

Das rachsüchtige und unbefriedigte Murren Bruder Jeromes verlor sich, als er durch die Südtür hinaus in die kühle Abendluft trat. Bénezet ließ ihn davongehen und nahm einen Augenblick Platz, um zu überdenken, was er vernommen hatte, dann erhob er sich ohne Hast und machte sich gedankenversunken auf den Weg zum Gästehaus. Ein geruhsamer Abend lag vor ihm; er und Daalny waren aller Dienste entbunden, denn Rémy würde mit dem Abt und dem Grafen zu Abend speisen – die ersten Früchte seiner beflissenen Suche nach Stellung und Status. Kein Diener mußte ihm dabei aufwarten, und obwohl es durchaus denkbar war, daß musiziert würde, bevor der Abend endete, wäre die Darbietung einer jungen Sängerin wie Daalny in den Räumlichkeiten des Abtes nicht schicklich gewesen. So konnten beide endlich einmal tun, wonach ihnen der Sinn stand.

»Ich habe dir etwas mitzuteilen«, flüsterte er Daalny zu, die unter einer der Fackeln in der Halle einen Rebec stimmte. »Heute nacht soll eine Jagd stattfinden, der dein Tutilo tunlichst aus dem Weg gehen sollte.« Und er berichtete ihr, woher der Wind wehte. »Erzähl ihm das, wenn du willst«, fügte er liebenswürdig hinzu, »und sorge dafür, daß er sich rar macht. Es mag vielleicht nur ein kurzer Aufschub sein, aber selbst ein Tag ist eine Verschnaufpause. Ich glaube, er ist geschickt genug, eine glaubwürdige Geschichte zu ersinnen oder diesen Zeugen zu einer anderen Aussage zu überreden. Warum sollte ich dem Burschen größeren Schaden wünschen als den, in den er sich schon hineinmanövriert hat?«

»Er ist nicht *mein* Tutilo«, sagte Daalny. Aber sie legte den Rebec auf die Knie und schaute mit nachdenklicher Miene zu Bénezet auf. »Was du mir da erzählst – ist es auch die Wahrheit?«

»Was sonst? Du hast all das Hin und Her bemerkt; meine Geschichte ist der Hintergrund dazu. Und gerade jetzt bist du vielleicht das einzige Mal so frei wie ein Vogel, vorausgesetzt, du kommst rechtzeitig in deinen Käfig zurück. Tu, wonach dir der Sinn steht, aber laß ihn wissen, was ihn erwartet. Ich für mein Teil will mir die Beine in der Stadt vertreten, wenn ich schon einmal die Gelegenheit dazu habe. Ich werde meinen Mund geschlossen halten.«

»Er ist nicht mein Tutilo«, wiederholte sie, fast abwesend, immer noch nachdenklich.

»Aber an der Art, wie er deinem Blick ausweicht, könnte er es leicht sein, wenn du wolltest«, erwiderte Bénezet mit einem Grinsen. »Doch laß ihn nur schmoren, wenn das dein Wunsch ist.«

Es war nicht ihr Wunsch, und das wußte er nur zu gut. Noch vor Ende der Vesper, wenn nicht schon früher, würde Tutilo wissen, was ihm bevorstand.

Auf dem Weg zum Abendessen mit Abt Radulfus und dem vornehmen Mitbewohner im Gästehaus traf Subprior Herluin, den diese Einladung angenehm überrascht hatte, im Hof einen demütigen Bittsteller in Gestalt von Tutilo, der, ganz Pflicht und Dienstbeflissenheit, um die Erlaubnis bat, Lady Donata in Longner aufsuchen zu dürfen.

»Vater, die Dame läßt fragen, ob ich zu ihr kommen und für sie spielen darf, wie ich es schon tat. Habe ich Eure Erlaubnis dazu?«

Herluins Gedanken kreisten mehr um das bevorstehende Essen und den Vortrag seiner Argumente in der Angelegenheit der heiligen Winifred. Kein Wort von dem üblen Verdacht und der bevorstehenden Ankunft eines Augenzeugen war an sein Ohr gedrungen.

Ohne sich anstrengen zu müssen, erhielt Tutilo seine Erlaubnis. Er entfernte sich durchs Torhaus und ging den Weg an der Abteivorstadt entlang, damit jemand, der ihn beobachtete oder zufällig sah, feststellen konnte, daß er die richtige Richtung einschlug. Er ging nicht weit und schon gar nicht bis nach Longner, aber weit genug, um außer Reichweite des Klosters zu sein, wenn unmittelbare Gefahr drohen würde. Er war nicht so töricht zu glauben, daß die Gefahr vorbei wäre, wenn Aldhelm unverrichteterdinge wieder heimzog, doch dem, was dann folgte, würde er sich zu stellen wissen. Er hatte großes Vertrauen in seinen Einfallsreichtum.

Auf vielen Umwegen gelangte die Nachricht auch an Bruder Jeromes Ohr, daß dem Vogel, den er mit all seinen dürftigen Kräften hatte einfangen wollen, die Flucht in sichere Gefilde gelungen war. Jerome wand sich vor Zorn und Verbitterung. Ganz offensichtlich gab es keine Gerechtigkeit, nicht einmal von seiten des Himmels. Der Teufel war allzu erfolgreich in seiner Gier nach einer eigenen Gerechtigkeit.

Jerome mußte wohl am Saft seiner eigenen Galle erkrankt sein, denn er war für den Rest des Abends verschwunden. Nicht, daß ihn jemand vermißte. Prior Robert bemerkte seinen Schatten nur dann, wenn er einen Auftrag für ihn hatte oder wenn er herausbekommen wollte, ob jemand an seiner Würde kratzte. Die meisten Brüder waren sich deshalb Jeromes Gegenwart immer achtsam bewußt, atmeten aber auf, wenn dieser einmal nicht anwesend war, dankten und vergaßen ihn; und die Novizen und Schuljungen mieden seine Nähe, wenn es irgendwie möglich war. Erst bei der Komplet löste sein Nichterscheinen Befremden, Getuschel und schließlich Unbehagen aus. Denn er war unerbittlich, was die Einhaltung der Ordensregeln betraf. Subprior Richard, eine gütige Seele, selbst gegen jene, denen er nicht sonderlich gewogen war, wurde unruhig, machte sich auf die Suche und fand ihn im Dormitorium auf seinem Bett, bleich wie ein Leintuch und am ganzen Leib zitternd, frierend, grau und verhärmt.

Nun litt er ohnehin die meiste Zeit an Magendrücken oder sonstigen Verstimmungen, und so war niemand besonders erstaunt, es sei denn wegen der Heftigkeit seines Anfalls. Bruder Cadfael brachte ihm ein wärmendes Getränk und eine Arznei zur Beruhigung des Magens, und die Brüder ließen ihn seine Unpäßlichkeit ausschlafen.

Das war die letzte gelinde Überraschung des Abends, denn die, die noch bevorstand und sich irgendwann nach Mitternacht ereignen sollte, konnte gewiß nicht als gelinde bezeichnet werden. Die halbe Stunde nach der Komplet schien in völliger Enttäuschung zu enden, denn der junge Mann vom Upton-Lehngut, der so ungeduldig erwartete Zeuge, der die Wahrheit ans Licht bringen sollte, erschien nicht.

Die Gäste des Abts hatten sich diskret zurückgezogen. Rémy und Graf Robert waren gemeinsam zum Gästehaus aufgebrochen, wo Bénezet, von seinem Ausflug in die Stadt zurückgekehrt, und auch die beiden Knappen des Grafen sich bereithielten, um ihren Herren aufzuwarten. Daalny löste und bürstete ihr langes schwarzes Haar in den Frauengemächern und lauschte dem Geschwätz einer Kaufmannswitwe aus Wem, die auf dem Weg nach Wenlock zur Niederkunft ihrer Tochter hier ein Nachtquartier gefunden hatte. Alles innerhalb der Klostermauern bereitete sich auf die Nachtruhe vor.

Aldhelm jedoch erschien nicht, und auch Tutilo kehrte von seinem Besuch bei der Lady von Longner nicht zurück.

Da die Ordensregeln streng eingehalten werden mußten, ganz gleich, wer erkrankt war oder seine Pflichten versäumte, ertönte die Glocke zur Mette im Dormitorium so wie stets um Mitternacht, und die Brüder erhoben sich und gingen schlaftrunken die Nachttreppe hinunter in die Kirche. Cadfael, der buchstäblich überall und bei jeder Gelegenheit schlafen konnte, genoß stets die besondere Feierlichkeit der Nachtmessen, die Unermeßlichkeit der verdunkelten Kuppel, dort oben, wo das Kerzenlicht verebbte und sich in luftige Fernen verlor, die sich bis in die Unendlichkeit ausdehnen mochten – oder auch nicht. Die Stille in den mitternächtlichen Stunden fügte eine kosmische Dimension hinzu, und das leiseste Geräusch, das die vorgeschriebenen Laute der Andacht unterbrach, schien die Fundamente der Erde zu erschüttern. Etwa solche Geräusche, so dachte er, in der Meditations- und Gebetspause zwischen Mette und Laudes, wie jetzt das schwache, kurze Knirschen der Angeln der Südtür. Sein Gehör war schärfer als das der meisten anderen und noch nicht vom Alter beeinträchtigt; sicher hatten es nur wenige gehört. Und doch war jemand ganz leise durch die Tür getreten, stand jetzt reglos auf der Schwelle und zögerte, zum Chor zu gehen und etwa den zweiten Gottesdienst des Tages zu unterbrechen. Wenige Augenblicke später gesellte sich eine zarte und atemlose Stimme sehr sanft den Gebeten hinzu.

Als sie nach Ende der Laudes ihre Chorstühle verließen und sich der Nachttreppe näherten, um in ihre Betten zurückzukehren, erhob sich eine zierliche Gestalt in Ordenstracht von den Knien, um ihnen entgegenzutreten; sie bewegte sich langsam, aber mit ergebener Entschlossenheit auf das schwache Licht zu, wie jemand, der auf einen rauhen Empfang gefaßt und doch willens ist, ihn durchzustehen und zu überleben. Tutilos Gewand glänzte auf den Schultern vom Wasser des sanften und geräuschlosen Frühlingsregen, der etwa gegen Mitte des Abends eingesetzt hatte, seine Locken waren feucht und zerzaust, und die Hand, die über die Stirn fuhr, um die Locken zurückzustreichen, ließ eine dunkle Spur zurück. Seine Augen waren weit aufgerissen und starr vor Entsetzen, und sein Gesicht war an den Stellen, wo seine Hand es nicht besudelt hatte, totenbleich.

Bei Tutilos Anblick löste sich Herluin von Prior Roberts Seite, wobei er einen scharfen, dröhnenden Laut des Zorns und der Verwirrung ausstieß, doch bevor er wieder Luft schöpfen und die heftigen Vorwürfe äußern konnte, mit denen er ihn zweifellos zu überhäufen gedachte, hatte Tutilo seinerseits Worte gefunden, wenige nur, aber energisch genug, um jedem anderen zuvorzukommen.

»Vater, ich bedauere, so spät erst zu erscheinen, aber ich hatte keine andere Wahl. Ich war zunächst gezwungen, in die Stadt zu gehen, zur Burg, wohin solche Nachrichten gehören, und so habe ich es auch getan. Vater, auf meinem Weg von der Fähre zurück durch den Wald, bin ich über einen toten Mann gestolpert. Ermordet ... Vater«, sagte er und zeigte die Hand, die seine Stirn besudelt hatte, »ich sage, was ich weiß, denn es war selbst im Stockfinsteren deutlich genug. Ich habe ihn berührt ... sein Kopf ist zerschmettert!«

KAPITEL
6

Als er im Licht seine Hände erblickte, zuckte er zusammen und hielt sie von sich fern, um sie nicht mit anderen Teilen seines Körpers oder seines Gewandes in Berührung kommen zu lassen. Seine Rechte war auf dem Ballen und zwischen den Fingern mit trocknendem Blut verschmiert, und die Linke war an den Fingerkuppen mit Tupfern bedeckt, als hätte er besudelte Kleider abgetastet. Er wollte oder konnte keinen Bericht abgeben, bis er die Hände gesäubert hatte. Er rieb sie so heftig gegeneinander, als wollte er seine beschmutzte Haut zusammen mit dem Blut abscheuern. Als er dann endlich im Empfangszimmer des Abtes war – nur mit Radulfus, Prior Robert, Herluin und Bruder Cadfael, auf dessen Anwesenheit er bestanden hatte –, holte er tief Luft und begann mit seinem Bericht.

»Ich kam von der Fähre und ging über den Pfad durch den Wald, und da, wo die Bäume am dichtesten stehen, bin ich über den Toten gestolpert. Er lag mit den Beinen quer über den Weg, und ich fiel neben ihn hin. Es war stockfinster, aber man konnte dem Pfad durch den blassen Streifen am Himmel zwischen den Zweigen folgen. Am Boden aber war nichts als Finsternis. Ich tastete neben mich und fühlte die Rundung eines Knies. Ich glaubte erst, der Mann sei betrunken, aber er gab keinen Laut von sich und rührte sich nicht. Ich tastete vom Oberschenkel bis zur Hüfte und beugte mich über die Stelle, wo ich sein Gesicht vermutete, aber nichts, kein

Atem, kein Lebenszeichen. Ich legte meine Hand auf seinen zertrümmerten Schädel, und – Gott sei mir gnädig – da wußte ich, daß er tot war. Und nicht durch irgendein Mißgeschick! Ich fühlte, daß der Schädel gespalten war.«

»Habt Ihr irgendeine Ahnung, wer dieser Mann sein könnte?« fragte der Abt mit ruhiger und sanfter Stimme.

»Nein, Vater, es war viel zu dunkel. Ohne Fackel oder Laterne war nichts zu erkennen. Und zuerst konnte ich keinen klaren Gedanken fassen. Aber dann fiel mir ein, daß es Sache des Sheriffs ist und daß die Kirche vom Umgang mit allen Bluttaten ferngehalten werden soll. Darum bin ich zuerst in die Stadt gelaufen, um in der Burg Bericht zu erstatten, und der Herr Beringar hat bis zum Tagesanbruch Wachleute an der Stelle postiert. Was ich berichten konnte, habe ich berichtet, das übrige muß bis zum Tageslicht warten. Und, Vater, er trug mir auf – der Sheriff trug mir auf –, Euch zu bitten, daß auch Bruder Cadfael unterrichtet werde, und bei Tagesanbruch, wenn Ihr erlaubt, soll ich Bruder Cadfael an diesen Ort führen und den Sheriff dort treffen. Deshalb habe ich darum ersucht, daß Bruder Cadfael hier anwesend ist. Ich will ihm morgen gern den Ort zeigen, und wenn er mich jetzt etwas fragen möchte, will ich ihm antworten, so gut ich kann. Er sagte – Hugh Beringar sagte –, daß Bruder Cadfael etwas von Wunden versteht, weil er so viele Jahre Soldat war.«

Er war inzwischen völlig außer Atem und fast am Ende seiner Kräfte, stieß aber einen Seufzer der Erleichterung aus, war ihm nun doch die schwere Last von den Schultern genommen.

»Wenn der Ort bewacht ist«, sagte Cadfael, dem fragenden Blick des Abtes begegnend, »so kann das, was wir dort erfahren können, getrost bis Tagesanbruch warten.

Ich denke, wir sollten keine voreiligen Schlüsse ziehen. Allzu leicht wird ein falscher Weg eingeschlagen. Nur eines möchte ich Euch fragen, Tutilo: Zu welcher Stunde habt Ihr Longner verlassen?«

Tutilo zuckte zusammen, zauderte und nahm sich auffallend lange Bedenkzeit, bevor er antwortete: »Es war spät, später als die Stunde der Komplet, als ich aufbrach.«

»Und Ihr seid auf dem Rückweg niemandem begegnet?«

»Nicht auf dieser Seite des Flusses.«

»Ich glaube«, sagte Radulfus, »wir sollten abwarten, bis Ihr den Ort des Geschehens bei Tageslicht inspiziert habt und die glücklose Seele identifiziert ist. Genug für heute. Geht zu Bett, Tutilo, und Gott gewähre Euch einen guten Schlaf. Wenn wir uns zur Prim erheben, wollen wir uns vergewissern und weitere Betrachtungen anstellen, ehe wir uns an einer Deutung versuchen.«

Wer aber, dachte Cadfael später, zwar schon im Bett, aber noch nicht gewillt zu schlafen, wer von uns fünfen, von denen einer redete und vier lauschten, wird diese Nacht ein Auge zutun? Und wie viele von uns dreien, die wir wußten, daß ein junger Mann, um heute abend zu uns zu gelangen, diesen Pfad nehmen mußte, hat schon einen Schritt weitergedacht und diesem namenlosen Opfer einen Namen gegeben? Wer mag erkannt haben, daß es für eine gewisse Person von Vorteil sein könnte, wenn dieser junge Mann nie bei uns ankommen würde? Radulfus? Ihm kann eine so naheliegende Möglichkeit nicht entgangen sein, aber er schreckt offenbar davor zurück, weitere Schlüsse aus der Sache zu ziehen, bis mehr darüber bekannt ist. Prior Robert? Nun, man muß gerechterweise zugeben, daß er heute abend kaum ein Wort gesprochen hat; er muß warten und Beweise finden, bevor er jemanden anklagen kann, aber er ist intelligent genug, all diese kleinen Nichtigkeiten zusammenzufügen und etwas aus ihnen herauszulesen. Und ich? Ich muß wohl für mich selbst wie für jeden anderen jene Warnung ausgesprochen haben: Allzu leicht wird ein falscher Weg eingeschlagen. Und wenn man einmal auf dem falschen Weg ist, so ist es unendlich schwer, umzukehren und die richtige Fährte zu finden.

Überlegen wir also, was wir schon wissen: Aldhelm – möge er daheim sein, seinen Auftrag vergessen haben und jetzt tief schlafen! – sollte heute abend ins Kloster kommen, um den unbekannten Mann herauszudeuten. Den Brüdern hat man noch nichts gesagt, nur Radulfus, Prior Robert, Hugh und ich wußten davon, läßt man Cynrics Jungen einmal beiseite, der seine Botengänge getreulich ausführt, aber kaum versteht, was er überbringt, um seine Botschaften, sobald er sie abgegeben und seine Belohnung dafür erhalten hat, wieder zu vergessen. Auch Herluin hat man nichts erzählt, und ich bin mir sicher, daß er auch nichts wußte. Und, soweit mir bekannt ist, hatte auch Tutilo keine Ahnung. Dennoch ist es merkwürdig, daß er am selben Abend nach Longner gerufen worden sein soll. Hat man wirklich nach ihm geschickt? Diese Frage kann leicht bewiesen oder widerlegt werden. Angenommen, er hatte doch irgendwie von Aldhelms Kommen erfahren, so konnte er durch sein Weggehen die Gegenüberstellung nicht verhindern, sondern nur kurzfristig verzögern, denn letzten Endes mußte er ja irgendwann wieder auftauchen. Ja, aber angenommen *er* taucht wieder auf, und Aldhelm kommt nicht. Und zwar nicht nur an jenem Abend, sondern überhaupt nie mehr.

Alle diese Einzelheiten bauten sich Stück für Stück zu einem ungeheueren Szenarium auf, an das er indes nicht glauben wollte. Schon den bloßen Gedanken daran wollte er beiseite schieben, bis er den Ort der gräßlichen Tat und das Opfer, das sie über sich hatte ergehen lassen müssen, in Augenschein genommen hatte.

Das trübe Morgenlicht, das widerwillig durch die fast kahlen Bäume und das Gewirr des Unterholzes hindurchsickerte, erreichte den schmalen Pfad nur spärlich – ein feuchter, brauner Streifen aus faulendem Laub und verstreuten Steinen, auf dem sich die Schatten vereinzelter schlanker Bäume wie die Sprossen einer Leiter abzeichneten. Die Sonne war noch nicht durch die Wolkendecke im Osten gedrungen, und das Licht war farblos und unbestimmt vom Regen des Vortags, aber doch klar genug, um das zu zeigen, was Tutilo im Dunkeln hatte stolpern lassen. Die Leiche lag, wie er berichtet hatte, quer über dem Pfad, aber nicht auf dem Bauch, sondern eher auf der rechten Schulter, wobei der rechte Arm deutlich nach hinten gebogen und der linke wie tastend vorgestreckt war, der Ärmel des groben, mit einer Kapuze versehenen Umhangs, den die Leiche trug, bis zum Ellenbogen hochgeschoben. Die Kapuze war, nach der Art zu schließen, wie sie sich im Nacken bauschte, nach hinten gerutscht, als der Mann zu Boden stürzte. Die rechte Wange hatte sich dabei ins feuchte Laub gedrückt. Die sichtbare linke Kopfseite war ein dunkler Klumpen getrockneten Blutes, ein verkrustetes Etwas, auf das Tutilo, entsetzt und angewidert, am Abend zuvor die Hand gelegt hatte.

Er wirkte jetzt etwas gefaßter und stand ein wenig abseits am Rande eines Gebüsches und starrte, die Lider halb über das matte Gold seiner Augen gesenkt, unverwandt auf das, was die Nacht vor ihm verborgen hatte. Tutilo preßte die Lippen fest zusammen, das einzige, was verriet, wieviel Kraft es ihn kostete, sich still und ruhig zu verhalten. Er hatte sich, wohl nach einer schlaflosen Nacht, früh erhoben, um sie an diesen Ort im dichtesten Teil des Waldes zu führen. Außer dem geflüsterten Morgengruß hatte er kein Wort gesprochen und stumm jede an ihn gerichtete Anweisung befolgt. Kein Wunder, wenn sein gestriger Bericht der Wahrheit entsprechen sollte, und vielleicht noch weniger verwunderlich, wenn er heute gezwungen sein sollte, an einen Schauplatz zurückzukehren, über den er nicht die ganze Wahrheit erzählt hatte; nicht gegenüber dem Gesetz, nicht gegenüber den Vorgesetzten seines Ordens, den er aus freiem Willen, auf eigenen Wunsch gewählt hatte.

Das Gesicht, halb in den Morast gepreßt, war größtenteils unversehrt geblieben. Cadfael kniete dicht neben dem zertrümmerten Schädel nieder und schob vorsichtig eine Hand unter die rechte Wange, um das Gesicht ein wenig anzuheben und freizulegen.

»Kennt Ihr ihn?« fragte Hugh, der neben Cadfael stand. Die Frage, an Tutilo gerichtet, verlangte eine klare Antwort, doch der Befragte versuchte gar nicht, ihr auszuweichen, sondern erwiderte mit ruhiger, wachsamer Stimme:

»Ich kenne ihn nicht mit Namen.«

Verwunderlich, aber wahrscheinlich wahr; diese wenigen Augenblicke am Ende eines chaotischen Abends hatten keiner Namen bedurft. Tutilo war für Aldhelm genauso namenlos geblieben wie Aldhelm für ihn.

»Aber Ihr kennt den Mann?«

»Ich habe ihn einmal gesehen«, sagte Tutilo. »Er hat uns bei der Bergung der Klosterschätze geholfen.«

»Sein Name ist Aldhelm«, sagte Cadfael knapp, ließ das verschmutzte Gesicht sanft in sein Laubpolster zurücksinken und erhob sich von den Knien. »Er war gestern abend auf dem Weg zu uns, kam aber nie im Kloster an.« Sollte Tutilo das bisher nicht gewußt haben, so erfuhr er es jetzt. Er hörte aufmerksam zu, zeigte aber keine Regung. Er hatte sich in sich zurückgezogen und würde nicht leicht dazu bewegt werden können, wieder aus sich herauszukommen.

»Wollen wir einmal zusammenfassen, was wir bisher feststellen konnten«, sagte Hugh und wandte der schlanken, demütigen Gestalt, die sich so argwöhnisch vom Tatort fernhielt, von dem sie selbst berichtet hatte, den Rücken zu. »Er kam von der Fähre her diesen Pfad herab, und hier, an dieser Stelle, wurde er niedergeschlagen. Schau, wie er gefallen ist! Eine Elle oder zwei entfernt – dort wo das Unterholz besonders dicht ist – hat ihn jemand von hinten angegriffen, dort links vom Pfad, aus dem Hinterhalt.«

»So sieht es aus«, sagte Cadfael und starrte auf die Büsche, die halb über den Pfad wucherten. »Hier raschelt es, wenn einer entlangläuft, laut genug, um das schnelle Vordringen eines anderen durch das Buschwerk zu übertönen. So, wie er jetzt daliegt, muß er gefallen sein. Kannst du irgendein Anzeichen dafür erkennen, daß er sich noch einmal bewegt hat, Hugh?« Das Erdreich um ihn herum mit dem dichten, feuchten Laub des Vorjahres wies keine Spuren von Krämpfen seiner Beine oder Arme oder von Fußstapfen seines Angreifers auf.

»Als er bewußtlos am Boden lag«, sagte Hugh, »wurde die Tat vollendet. Ohne Kampf, ohne Gegenwehr.«

Mit scheuer, gedämpfter Stimme sprach Tutilo aus dem Schatten seiner Kapuze heraus: »Es hat geregnet.«

»Das hat es wohl«, sagte Cadfael. »Ich habe es nicht vergessen. Seine Kapuze müßte den Kopf demnach noch bedeckt haben. *Dies hier* – das ist später geschehen, als er schon am Boden lag.«

Der Junge stand immer noch reglos da, den Blick hinab auf den Leichnam gerichtet. Im Schatten seiner Kapuze waren nur die gesenkten Augenlider, der Schwung der Brauen und die sanfte Kontur der Wangen sichtbar. An den mädchenhaft langen Wimpern hingen Tränen.

»Bruder, darf ich sein Gesicht zudecken?«

»Noch nicht«, sagte Cadfael. »Ich muß es mir erst genauer ansehen, bevor wir ihn forttragen.« Zwei von Hughs Beamten warteten mit einer Bahre, auf der die Leiche, je nach Hughs Anweisung, zur Burg oder zur Abtei geschafft werden sollte. Aus angemessener Entfernung schauten sie stumm und gelassen zu. Sie hatten schon so manches übel zugerichtete Gewaltopfer gesehen.

»Tu, was immer du für notwendig hältst«, sagte Hugh. »Welcher Stock oder Knüppel auch immer eingesetzt wurde – er wird wohl mit dem Mann, der sich seiner bediente, verschwunden sein. Aber wenn die Leiche des armen Teufels uns irgend etwas erzählen kann, so wollen wir es erfahren, bevor wir sie forttragen.«

Cadfael kniete hinter der Schulter des Toten nieder und betrachtete die klaffende Wunde, in der sich im verkrusteten Blut ganz deutlich weiße Knochensplitter abzeichneten. Die Schädeldecke war unmittelbar über und hinter der linken Schläfe zertrümmert worden – wie es schien mit einem einzigen Schlag, auch wenn Cadfael sich dessen nicht ganz sicher sein konnte. Eine Keule mit einem schweren, abgerundeten Ende hätte eine solche Wunde verursachen können, der entstandene Krater indes war gewaltig und zerklüftet, nicht glatt. Cadfael zog behutsam den Rand der Kapuze hoch und stülpte sie über seine Hand. Die Kapuze war auf der Rückseite gesäumt, und als er mit den Fingerspitzen über den Saum strich, fühlte er einen kleinen Fleck, der klebrig war und schon etwas stockte, und als Cadfael die Hand zurückzog, waren die Kuppen mit halbgetrocknetem Blut verschmiert. Sehr wenig Blut nur, wohl von dem ersten Schlag, der das Opfer durch die Kapuze hindurch traf und niederstreckte. Zudem gab es offenbar nur eine kleine Wunde am Hinterkopf, lediglich die Mittelnaht der Kapuze war geringfügig mit Blut verschmutzt. Cadfael schob die Hand weiter unter den Kopf und strich mit den Fingern durch das dichte rotbraune Haar des Toten, vom Nacken bis zur Rundung des Hinterkopfes, wo diese Naht gesessen und offenbar dazu beigetragen hatte, die Wucht des Hiebes zu dämpfen. Er ertastete eine Abschürfung, die eine feine, fast gänzlich getrocknete Blutspur im Haar zurückgelassen hatte. Am Schädel unter der Haut war keine Bruchstelle zu erfühlen.

»Der Schlag, der ihn zu Boden gestreckt hat, war nicht sehr heftig«, sagte Cadfael. »Davon wäre er nicht lange bewußtlos geblieben. Was nach dem Schlag geschah, wurde sehr rasch ausgeführt, bevor Aldhelm wieder zu sich kommen konnte. Der erste Schlag kann nicht zum Tod geführt haben. Das, was nach dem Schlag kam, war absichtlich, kaltblütig und tödlich. Hätte auch ein Betrunkener im Streit getan haben können.«

»Der Hieb bewirkte genau, was er sollte«, sagte Hugh bitter. »Lieferte das Opfer dem Täter gnadenlos aus. Keine Eile vonnöten! Reichlich Zeit, um abzuwägen und es in aller Ruhe zu Ende zu bringen.«

Cadfael strich die groben Falten der Kapuze glatt und entdeckte ein paar farblose, flockige Teilchen, die er vorsichtig zwischen den Handflächen rieb. Es waren Splitter von verrottetem Holz. Holz, von dem es in diesem dichten, überwachsenen Wald zweifellos reichlich gab, auch wenn er immer wieder von den Burschen der Abteivorstadt auf der Suche nach Brennholz durchgekämmt worden war. Aber wie kam das Holz unter Aldhelms Kapuze? Er tastete die Schulter des Umhangs ab, fand jedoch keine weiteren derartigen Splitter mehr. So hob er den Rand der Kapuze in die Höhe und zog sie behutsam über den zerschmetterten Kopf, um das Gesicht zuzudecken. Cadfael fühlte mehr, als daß er es hörte, wie Tutilo nach Atem rang, und spürte den Schauer, der diesen durchrieselte.

»Laßt uns noch einen Augenblick warten. Wir wollen prüfen, ob der Mörder, wenn er hier seinem Opfer auflauerte, vielleicht Spuren hinterlassen hat.« An dieser Stelle boten sich dem Täter auf dem ganzen Weg zwischen Fähre und Abteivorstadt die besten Versteckmöglichkeiten. Der Pfad gabelte sich an der höchsten Stelle des heidebewachsenen Kamms, führte mit einem Arm geradewegs zum Pferdemarkt und mit dem anderen, auf dem sie sich gerade befanden, in einem leichten Bogen zur Abteivorstadt – fast in Sichtweite des klösterlichen Torhauses. Über diesen mußte Tutilo nach Longner aufgebrochen sein, und auf diesem war er zurückgekehrt, um auf halber Strecke diese gräßliche Entdeckung zu machen. Vorausgesetzt natürlich, daß Tutilo in der gestrigen Nacht tatsächlich weiter als bis zu diesem schrecklichen Ort gekommen war.

Cadfael trat einen Schritt zurück, um sich noch einmal zu vergegenwärtigen, in welchem Winkel der Tote über dem Pfad ausgestreckt lag und wo sich der Angreifer demnach versteckt haben mußte. Das Gestrüpp war dicht gespickt mit trockenen Zweigen und Ästen, auch totes Holz lag dazwischen; er suchte nach geknickten Zweigen und fand sie bald. »Hier!« Er zwängte sich längs des Weges durchs Unterholz in eine Lücke zwischen den Bäumen, wo spärlich Gras wuchs, gesprenkelt mit totem Laub, und noch feucht vom nächtlichen Regen. Der Untergrund war weich und vor nicht langer Zeit von unruhig auf der Stelle tretenden Füßen niedergetrampelt worden. Nichts sonst, außer einem dicken toten Ast, der unter einem Busch lag, und nicht weit entfernt der Abdruck im Gras, wo er offenbar vorher gelegen hatte. Cadfael bückte sich und hob den Ast auf. Von seinem dickeren Ende, dort, wo er abgebrochen war, rieselten, als Cadfael ihn hin- und herschwang, kleine Holzflocken hinab. Dick und schwer genug war der Stock, wenn auch morsch.

»Hier hat der Täter gelauert. Eine ganze Weile wohl, nach der Art zu urteilen, wie er den Boden festgetreten hat. Und mit diesem Stock hier hat er den ersten Schlag ausgeführt und ihn dabei zerbrochen.«

Hugh betrachtete den Ast und nagte grübelnd an der Unterlippe. »Den zweiten Schlag aber ganz gewiß nicht. Nicht mit solch einem Ast! Der wäre in tausend Stücke zersplittert, ohne eine solche Verletzung anrichten zu können.«

»Ja, den hier hat der Übeltäter ins Gebüsch geworfen, nachdem er ihm zerbrach. Ob er schnell nach etwas Tödlichem gesucht hat? Denn wenn er seinen ersten Schlag hiermit ausgeführt hat, muß er ohne irgendeine Waffe hier aufgelauert haben.« Vielleicht sogar, dachte Cadfael, den Gedanken weiterspinnend, wenn er denn unbewaffnet war, ohne die Absicht zu töten. »Laß uns einmal überlegen, was sich ihm angeboten hat.«

Denn er konnte nicht weit entfernt gesucht haben – was immer er suchte –, dafür hatte die Zeit gefehlt. Nach wenigen Minuten hätte Aldhelm sich gerührt und versucht, wieder auf die Beine zu kommen. Cadfael begann, den Wegesrand zu beiden Seiten, erst weiter oben, dann weiter unten, abzusuchen. Am Boden, zwischen Heide und Gras, trat hier und da der steinige Untergrund zutage. Der Mörder hatte sich auf der Linken des Pfades versteckt, also untersuchte Cadfael zunächst diese Seite. Ein paar Schritte oberhalb der Stelle, an der die Leiche lag, und etwa eine Elle vom Wegesrand entfernt im Buschwerk entdeckte er einen Fleck freiliegenden Kalksteins, spärlich von Flechten und Gras überwuchert und allem Anschein nach seit mehr als einem Jahr unberührt; etwas an dem zuoberst liegenden Stein machte ihn dennoch stutzig und veranlaßte ihn, den Stein genauer zu untersuchen. Im Gegensatz zu den restlichen Steinen war er gänzlich frei von Flechten, Gras oder Moos und schien somit nicht zu den anderen zu gehören, obwohl er genau an einer Stelle lag, die er gewiß schon seit einem oder zwei Jahren ausfüllte. Cadfael bückte sich, nahm ihn in beide Hände und hob ihn behutsam hoch. Es hing kein einziger Halm, kein Rest von Moos daran, denn offensichtlich war er schon in jener Nacht einmal aufgenommen und wieder an seinen Platz zurückgelegt worden.

»Nein!« sagte Cadfael leise zu sich selbst. »Damit hätte ich niemals gerechnet. Daß wir es mit einer dermaßen kalt berechnenden Seele zu tun haben würden.«

»Ist das die Waffe?« fragte Hugh und starrte auf den Stein. Er war schwer, etwa doppelt so groß wie eine Faust, die Oberseite glatt; doch als Cadfael ihn umdrehte, kam eine rauhe und blasse Fläche zum Vorschein mit ein paar spitzen Zacken, die mit einer dunklen, noch nicht ganz getrockneten Kruste versehen waren. »Das ist Blut«, sagte Hugh mit fester Stimme.

»Ja, Blut«, sagte Cadfael. »Nach vollbrachter Tat hatte der Mörder keine Eile mehr. Er hatte alle Zeit – und allen Grund – genau zu überlegen. Es geschah kalt, eiskalt und wohlbedacht. Er legte den Stein sorgfältig an seinen alten Platz zurück, genau so wie er ihn vorgefunden hatte. Die kleinen Wurzeln, die den Stein an seinem Fleck festgehalten hatten, konnte er nicht wiederherstellen, aber wer sollte das in seinen Augen auch entdecken. Nun haben wir getan, was hier zu tun ist, Hugh. Wir müssen jetzt nur noch alles zusammenfügen und überlegen, was für ein Bursche das gewesen sein kann.«

»Wir sollten den armen Teufel fortschaffen«, sagte Hugh.

»Kann ich ihn mit ins Kloster nehmen? Ich möchte ihn mir gern noch einmal gründlicher anschauen. Ich glaube, Aldhelm hat allein gelebt, ohne Familie. Wir werden uns mit seinem Priester in Upton in Verbindung setzen. Und dieser Stein...« Er war zu schwer für Cadfael, der froh war, den Brocken vorerst einmal loszuwerden. »Nehmt den auch mit.«

Während der ganzen Zeit hatte Tutilo schweigend, aber auf jedes Wort lauschend dicht bei ihnen gestanden. Die Tränen an seinen Wimpern, die zuvor die ersten Strahlen der aufgehenden Sonne eingefangen hatten, waren inzwischen getrocknet. Seine Lippen waren fest zusammengepreßt. Nachdem Hughs Leute den Leichnam Aldhelms auf die Bahre gehoben hatten und sich auf den Weg zur Vorstadt machten, schloß sich Tutilo der kleinen Prozession wie ein Trauernder an und ging schweigend, die Augen noch immer zu Boden gesenkt, hinter ihnen.

»Er wird doch nicht davonlaufen?« flüsterte Hugh Cadfael ins Ohr, als sie sich ihrerseits dem Zug anschlossen.

»Er wird nicht davonlaufen. Dafür werde ich sorgen. Er hat einem strengen Herrn zu dienen und außerdem sonst keine andere Bleibe.«

»Und was hältst du von ihm?«

»Ich will mir kein Urteil über ihn anmaßen«, sagte Cadfael. »Ich bekomme ihn nicht ganz zu fassen. Aber es gab Zeiten, als ich das gleiche von dir hätte sagen können«, fügte er lakonisch hinzu. Er wurde sofort wieder beherzter, als er Hugh, wenn auch nur kurz und leise, lachen hörte. »Ich weiß! Das hat auf Gegenseitigkeit beruht. Aber wir wissen ja beide, was letzten Endes dabei herausgekommen ist.«

»Tutilo ist mit der Nachricht direkt zu mir gekommen«, sagte Hugh mit gedämpfter Stimme, die nur für Cadfaels Ohr bestimmt war. »Er zitterte und war erschüttert, aber bei klarem Verstand. Er hat keine Zeit verschwendet. Die Leiche sei noch warm gewesen, als lebte Aldhelm noch, nur daß kein Leben mehr in ihm war. Der Bursche hat sich ganz so verhalten, wie es ein Mann tun würde, der sich unversehens einer Mordtat gegenüber sieht. Vielleicht sogar mit mehr Bedacht, als es viele andere fertiggebracht hätten.«

»Was entweder ein Beweis für seine Rechtschaffenheit sein könnte«, sagte Cadfael, »oder für seine Gerissenheit. Sowohl für das eine wie für das andere. Wer kann das entscheiden?«

»Es kommt nicht oft vor«, meinte Hugh mit einem mitleidigen Lächeln, »daß du in deiner Einschätzung junger Leute, die in Schwierigkeiten geraten sind, völlig danebenliegst. Nun denn, behalte Tutilo in deiner Obhut. Lassen wir uns Zeit mit der Entscheidung, ob er freigesprochen oder verurteilt werden soll.«

In der Totenkapelle lag Aldhelms sterbliche Hülle auf ihrer Bahre, Arme und Beine ausgestreckt, die Augen geschlossen, wie endlich zur Ruhe gekommen und gleichgültig, nachdem sie alles preisgegeben hatte, was Cadfael ihr an Wissenswertem hatte entlocken können. Nicht all die fahlen Sprenkel auf dem zerschmetterten Schädel hatten sich als Knochensplitter erwiesen. Es waren ausreichend Reste von Kalkstein und Erdreich darunter, um den Verdacht zu erhärten, welchem Zweck der Stein gedient hatte. Ein Leintuch wurde über das Gesicht des jungen Mannes gelegt. Über seine Brust gebeugt, standen sich Cadfael und Tutilo gegenüber.

Der Junge war sehr blaß, abgespannt, grau vor Erschöpfung. Wie verabredet, hatte Cadfael ihn bei sich behalten, während Hugh Abt Radulfus meldete, was man gefunden hatte und was unternommen worden war. Stumm hatte Tutilo alles, was Cadfael verlangte, herbei- und fortgetragen, hatte Wasser und Tücher gebracht, Kerzen geholt und angezündet und bereitwillig die Gegenwart des Todes erduldet. Nun, da nichts mehr zu tun war, stand er reglos da.

»Wißt Ihr«, sagte Cadfael, in Tutilos müde Augen blikkend – trübes Gold jetzt, selbst im Schein der Kerzen –, »warum dieser Mann auf dem Weg hierher war? Wißt Ihr, was er behauptet hatte, klären zu können, wenn er alle Ordensbrüder hier im Hause versammelt sähe?«

Tutilos Lippen bewegten sich kaum, während sie ein tonloses »Ja, ich weiß« hervorbrachten.

»Und Ihr wißt auch, auf welche Weise die Reliquien der heiligen Winifred von hier fortgeschafft wurden. Das ist jetzt jedermann bekannt. Ihr wißt, daß es ein Ordensbruder war, der den Diebstahl geplant und Aldhelm um Hilfe gebeten hat. Und daß Winifred nach Ramsey geschafft worden wäre, hätte es nicht den Überfall gegeben. Glaubt Ihr, das Gesetz wird den Dieb unter den Brüdern von Shrewsbury suchen, denen sie gestohlen wurde? Oder eher unter denen des Hauses, das einen Vorteil gehabt hätte?«

Tutilo blickte ihn unverwandt an, antwortete aber nicht.

»Und hier liegt Aldhelm, der jenem Bruder ein Gesicht und einen Namen hätte geben können. Nur daß er jetzt keine Stimme mehr besitzt, um es auszusprechen. Und Ihr kamt von Longner zurück, wohin Ihr vorgeblich gerufen wurdet, als er starb – kamt zurück auf demselben Weg, den er nehmen mußte.«

Tutilo schwieg weiter beharrlich, ohne Bestätigung, ohne Leugnen.

»Mein Sohn«, sagte Cadfael, »Ihr wißt doch, was man glauben wird, nicht wahr?«

»Ja«, sagte Tutilo, der endlich den Mund aufmachte. »Das weiß ich.«

»Man wird glauben und auch behaupten, daß Ihr im Hinterhalt gelegen und Aldhelm dann getötet habt, damit er niemals mit dem Finger auf Euch würde zeigen können.«

Tutilo wandte nicht ein, daß er doch derjenige gewesen sei, der den Mord gemeldet, nach dem Gesetz gerufen und die Jagd auf den Mörder ausgelöst habe. Er richtete die Augen auf Aldhelms bedecktes Gesicht, hob sie dann wieder, um in die seines Gegenübers zu blicken. »Nur«, ließ er sich schließlich vernehmen, »wäre es unrichtig, so etwas zu behaupten. Niemand sollte das tun. Denn ich werde zum Vater Abt und zu Bruder Herluin gehen und ihnen berichten, was ich getan habe. Niemand soll mit dem Finger auf mich deuten als ich selbst. Denn für das, was ich getan habe, will ich die Verantwortung tragen, nicht aber für einen Mord, den ich nicht begangen habe.«

»Junge«, sagte Cadfael nach einem langen und grüblerischen Schweigen, »glaubt nicht, daß Ihr damit jedes Lästermaul zum Schweigen bringen könnt. Manch einer wird gern behaupten, daß Ihr, da Ihr bereits wußtet, daß Ihr verdächtigt werdet, Eure Chancen abgewogen und von zwei Übeln das geringere gewählt habt. Wer würde nicht lieber Diebstahl und Betrug innerhalb der Machtbefugnis der Kirche zugeben, als seinen Hals wegen Mordes in die Schlinge des Sheriffs zu stecken? Ob Ihr redet oder schweigt, es wird nicht leicht für Euch werden.«

»Sei's drum«, sagte Tutilo. »Wenn ich eine Strafe verdiene, so möge sie über mich verhängt werden. Ob ich nun freikomme oder zahlen muß – ganz gleich welchen Preis –, so werde ich doch nicht zulassen, daß man behauptet, ich habe einen ehrbaren Mann getötet, um ihn daran zu hindern, mich anzuklagen. Wenn man die Dinge, so wie sie scheinen, in beiden Punkten zu meinen Ungunsten verdreht, bleibt mir wohl nicht viel übrig. Bruder Cadfael, verhelft mir zu einem Gespräch mit Abt Radulfus! Wenn Ihr ihn um eine Audienz bittet, wird er mich anhören. Bittet auch, daß Vater Herluin zugegen sein möge, solange der Sheriff noch hier ist. Ich kann nicht bis zum Kapitel warten.«

Er hatte seinen Entschluß gefaßt und war begierig, ihn so rasch wie möglich in die Tat umzusetzen. Und soweit Cadfael es beurteilen konnte, war dies der beste Weg, den Tutilo gehen konnte. Die Wahrheit – falls von diesem zartbesaiteten Menschenkind im Zustand der Verzweiflung Wahrheit zu erwarten war – könnte Licht auf mehr als einen Umstand werfen.

»Wenn das wirklich Euer Wunsch ist«, sagte Cadfael. »Aber hütet Euch davor, Euch zu verteidigen, ehe Ihr angeklagt seid. Berichtet ohne Übertreibung, was Ihr zu berichten habt, und zumindest Abt Radulfus wird Euch Gehör schenken, das kann ich Euch versprechen.«

Er wünschte, er hätte dasselbe auch von Subprior Herluin behaupten können. Und vielleicht spielte auch Tutilo mit dem gleichen Gedanken, denn plötzlich, mitten in seiner tiefernsten Entschlossenheit, verzog er den Mund zu einem halb spöttischen, halb ängstlichen Lächeln, das sogleich wieder erlosch.

»Kommt jetzt mit mir«, sagte Cadfael.

Im Empfangszimmer des Abtes hatte Tutilo eine größere Zuhörerschaft als erwartet, war aber offensichtlich froh darüber, wohl weil es den rauhen Empfang, den er von Herluin zu erwarten hatte, etwas verzögerte. Hugh war noch da, und es war selbstverständlich, daß man Graf Robert zur Besprechung eingeladen hatte, als Akt der Höflichkeit, da das Gesetz des Landes und König Stephens Verfügungsgewalt betroffen waren. Herluin war auf Tutilos Ersuchen hin zugegen, da es letzten Endes nicht zu umgehen war, und Prior Robert konnte nicht ausgeschlossen werden, wo Herluin zugelassen war. Weit besser, sich ihnen allen zu stellen und sie daraus machen zu lassen, was sie wollten.

»Vater Abt... Vater Herluin... Meine ehrwürdigen Herren...« Er nahm eine kerzengerade Haltung ein, faltete die Hände und blickte alle der Reihe nach an, als wären sie die Geschworenen eines Tribunals. »Ich muß Euch etwas berichten, was ich schon früher hätte mitteilen müssen, da es mit der Angelegenheit zu tun hat, die hier zur Debatte steht. Es ist bekannt, daß der Reliquienschrein der heiligen Winifred auf dem Wagen mit dem Bauholz für Ramsey weggeschafft wurde, aber niemand kam darauf, wie das hat geschehen können. Ich war es, der sie auf dem Wagen versteckte, das bekenne ich nun. Ich trug sie heimlich vom Altar, nachdem sie sorgfältig eingewickelt worden war, um an einen sicheren Ort gebracht zu werden. Sodann legte ich einen umwickelten Holzstamm an ihre Stelle, damit er statt ihrer hinaufgetragen würde. Und am Abend fragte ich einen der jungen Männer, die uns bei den Bergungsarbeiten halfen, einen, der mit den Fuhrleuten gekommen war, mir dabei zu helfen, den Schrein mit der Heiligen auf den Wagen nach Ramsey zu laden, zum Beistand und Ruhm unseres geschundenen Klosters. Das ist die ganze Wahrheit. Niemand außer mir war daran beteiligt. Führt keine weiteren Nachforschungen durch, denn hier stehe ich, um zu bekennen, was ich getan habe, und meine Tat zu rechtfertigen.«

Herluin hatte schon den Mund geöffnet und Luft geholt, um seinen anmaßenden Novizen mit einem Schwall empörter Vorwürfe zu überschütten, dann aber hielt er die Luft an, noch bevor der Abt ihn mit beschwichtigender Hand gewarnt hatte. Denn diesen unruhestiftenden Jungen in diesem Augenblick zu verunglimpfen, hieße, jeglichen Anspruch Ramseys auf das zu verwirken, dessentwegen der verwegene Bursche solch ein gefährliches Unternehmen gewagt hatte. Was konnte eine wunderwirkende Heilige nicht alles für den künftigen Ruhm Ramseys tun? Und der Streit war noch lange nicht beigelegt, denn hier, neben ihm, saß, aufmerksam lauschend, ein trockenes Lächeln um die Lippen, der Graf von Leicester, der, ob nun im Ernst oder nur zum Zeitvertreib, Anspruch auf dieselbe Beute erhoben hatte. Nein, sag jetzt nichts, bis die Dinge klarer geworden sind. Beuge dich demütig Abt Radulfus' beschwichtigender Geste, und halte den Mund.

»Ihr habt recht gehandelt, wenigstens was Euer Geständnis betrifft«, sprach Radulfus in mildem Tone. »Wie Ihr selbst uns gestern nacht berichtet habt, und wie der Sheriff uns inzwischen bestätigte, ist der junge Mann, den Ihr auf diese Weise verleitet habt, zu unserem größten Kummer, und gewiß auch zu Eurem, nun tot und liegt hier in unseren Mauern, wo wir für die ihm zustehende Bestattung Sorge tragen werden. Wäre es nicht besser gewesen, Ihr hättet früher gesprochen und ihm den Gang erspart, der für ihn in den Tod führte?«

Der letzte Rest an Farbe wich jetzt langsam aus Tutilos Wangen, ließ ihn grau und stumm und wie versteinert dastehen. Als er seiner verkrampften Kehle wieder Leben einzuhauchen vermochte, war seine Stimme nur mehr ein ersticktes Flüstern: »Vater, es ist meine Schuld. Aber ich konnte es nicht ahnen! Selbst jetzt vermag ich es nicht zu begreifen!«

In diesem Augenblick wurde es Cadfael gänzlich klar, daß Tutilo nicht gemordet hatte, ja nicht einmal hatte vorhersehen können, daß seine hinterlistige Tat eine andere Seele in Todesgefahr bringen würde.

»Was geschehen ist, ist geschehen«, sagte der Abt ohne Regung. »Ihr spracht von Rechtfertigung. Wenn Ihr meint, es sei zu rechtfertigen, so fahret fort. Wir wollen Euch zu Ende hören.«

Tutilo schluckte, sammelte sich und straffte die wohlgeformten Schultern. »Vater, was ich auch nicht gänzlich rechtfertigen kann, das kann ich doch wenigstens erklären. Ich kam mit Vater Herluin hierher, tief bekümmert über Ramseys Verlust und voller Verlangen, etwas Großes für den Wiederaufbau unseres Klosters zu tun. Ich hörte von den Wundertaten der heiligen Winifred und von den vielen Pilgern und den reichen Gaben, die sie

Shrewsbury eingebracht hat, und ich träumte davon, solch eine Schutzheilige zu finden, die neues Leben nach Ramsey bringen würde. Ich betete, sie möge sich für uns einsetzen und uns ihr Wohlwollen bezeigen. Und mir war, als hätte sie mich erhört und sei gewillt, uns ihre Gunst zu erweisen. Es kam mir vor, Vater, als sei sie uns wohl geneigt und zudem gewillt, zu uns zu kommen. Und ich fühlte die schwere Pflicht auf mir lasten, ihren Willen in die Tat umzusetzen.«

Die Farbe war in sein Gesicht zurückgekehrt und brannte auf seinen Wangen, ein wenig hektisch, ein wenig fiebrig. Cadfael beobachtete ihn, und ihn befielen Zweifel. War Tutilo selbst überzeugt, oder konnte er mit der Kraft seines Willens diesen Zauber hervorbringen, um andere zu überzeugen? Oder versuchte er, wie jeder fehlbare Sünder, voller Verzweiflung einen Schutzwall der Naivität um seine Machenschaften zu errichten? Die entlarvte Sünde vermag allerlei Schleier zu ersinnen, um ihre Nacktheit zu verhüllen.

»Ich ersann und führte alles so aus, wie ich es Euch berichtet habe«, sagte Tutilo, plötzlich knapp und trocken. »Ich hatte nicht das Gefühl, ein Unrecht zu begehen. Ich glaubte, einen Auftrag zu haben – und gehorchte. Aber es schmerzt mich bitter, daß ich eines anderen Mannes bedurfte, der mir half – in Unkenntnis.«

»In Unschuld«, sagte der Abt. »Auf seine Gefahr.«

»Das gebe ich zu«, sagte Tutilo, aufrecht und mit weit geöffneten Augen. »Ich bedaure es. Gott möge mir vergeben.«

»Wenn die Zeit gekommen ist«, sagte Radulfus mit beharrlicher Unvoreingenommenheit. »Vielleicht. Es steht uns nicht zu, uns einzumischen. Was uns betrifft, so haben wir Euren Bericht, wir haben eine Heilige, die auf seltsamen Wegen zu uns zurückgekehrt ist, und wir haben jene, die auf dieser Reise ihre Freunde waren, und wir könnten sogar glauben, wie Ihr es glaubt, daß sie über ihr eigenes Schicksal entscheiden konnte und ihre Freunde und ihre Anhänger selbst ausgewählt hat. Aber bevor wir diese Frage klären, haben wir hier noch einen ermordeten Mann. Weder Gott noch seine Heiligen nehmen einen Mord hin. Dieser junge Aldhelm schreit zu uns nach Gerechtigkeit. Wenn Ihr uns etwas sagen könnt, was Licht auf seinen Tod zu werfen vermag, so sprecht nun.«

»Vater«, rief Tutilo, plötzlich wieder erschreckend bleich geworden, »ich flehe Euch an, mir zu glauben, daß ich ihm niemals irgendein Leid zugefügt habe oder zufügen wollte. Ich weiß auch von niemandem, der Grund gehabt hätte, ihm etwas Böses zu wünschen. Es stimmt zwar, daß er Euch hätte erzählen können, was ich Euch jetzt mitgeteilt habe. Aber das war kein Grund für mich, ihn so sehr zu fürchten, daß ich versucht haben könnte, ihn zum Schweigen zu bringen. Er half mir. Er half *ihr*! Hätte er auf mich gewiesen, ich hätte nicht geleugnet. Ich gebe zu, ich hatte ein wenig Angst und hätte es gern geheimgehalten. Aber jetzt gibt es keine Geheimnisse mehr.«

»Und doch seid Ihr der einzige«, beharrte der Abt, ohne das Vorgebrachte wie eine Anklage klingen zu lassen, »von dem bekannt ist, daß er einen Grund hatte, Aldhelms Kommen zu fürchten. Das, was Ihr uns zu berichten geruhtet, kann diese Wahrheit weder ungeschehen machen, noch Euch von ihr freisprechen. Ich halte es daher für geboten, daß Ihr, solange der Mord nicht aufgeklärt ist, in diesem Kloster unter Verwahrung bleibt. Die einzige Anklage, die derzeit gegen Euch vorgebracht werden kann, lautet auf Diebstahl aus unserem Hause. Darüber aber soll erst später verhandelt werden. Das unterstellt Euch meiner Verfügungsgewalt. Ich denke, der Lord Sheriff möchte etwas zu dieser Anordnung sagen.«

»Ich habe keinen Einwand dagegen vorzubringen«, entgegnete Hugh ohne Zögern. »Ich überlasse ihn Eurer Verantwortung, Vater Abt.«

Herluin hatte bisher kein Wort dafür oder dagegen geäußert. Er wog im stillen die Möglichkeiten ab, die ihm geblieben waren, und bis jetzt schienen sie ihm nicht völlig hoffnungslos zu sein. Der törichte Junge mochte zwar verheerende Fehler gemacht haben, aber er hatte die Grundlage seines Anspruchs auf die Heilige aufrechterhalten. Die Heilige hatte es gewollt! Wie könnte das Haus, in dessen Obliegenheit sie sich derzeit befand, das Gegenteil beweisen? Winifred hatte sich auf den Weg gemacht, und nur die Schlechtigkeit der Menschen hatte ihre Reise zunichte gemacht.

»Bittet Vater Vitalis, die Wächter zu rufen, um Tutilo in Gewahrsam zu nehmen«, sagte der Abt. »Und Ihr, Bruder Cadfael, begleitet ihn in seine Zelle, und kommt danach, so Ihr wollt, zu uns zurück.«

KAPITEL
7

Als Cadfael wieder in das Empfangszimmer des Abtes trat, spürte er sogleich, daß die Kampfhandlungen zwar noch nicht begonnen, die Trompeten zum Angriff aber schon gestimmt waren. Radulfus bewahrte seine richterliche Ruhe, und der Gesichtsausdruck des Grafen war wohlwollend und aufgeschlossen, auch wenn man nicht abschätzen konnte, was im hochintelligenten Geiste dahinter tatsächlich vor sich ging. Prior Robert und Subprior Herluin indes saßen kerzengerade mit steifem Rückgrat und mit langen, würdevollen und versteinerten Gesichtern da, bemüht, einander nicht anzusehen und dabei dennoch freundlich dreinzublicken und den Eindruck zu erwecken, als dächten sie mit herrschaftlicher Unvoreingenommenheit über die Sachlage nach, der sie sich gegenübersahen.

»Wenn man die Frage des Mordes beiseite läßt, für dessen Hergang wir ja bisher keinerlei beweiskräftigen Hinweis haben«, sprach Herluin, »so kann man Tutilos Bericht gewiß Glauben schenken. Es handelte sich um einen heiligen Diebstahl. Er hat ausgeführt, was die Heilige wollte.«

»Es fällt mir nicht leicht«, sagte Abt Radulfus mit betont frostiger Stimme, »das Thema Mord außer acht zu lassen. Es hat Vorrang vor allen sonstigen Dingen. Hugh, was haltet Ihr von diesem Jungen? Er hat uns jetzt über das aufgeklärt, was – wie er befürchten mußte – Aldhelm uns berichtet hätte. Somit hatte er keinen Grund zu töten.«

»Nein«, sagte Hugh. »Er hatte, wie er selbst zugab, einen Grund, und wir wissen von keinem anderen Menschen, der einen hatte. Er könnte gemordet und nach dem Mord beschlossen haben, seine Tat zu vertuschen. Es ist immerhin möglich... Mehr will ich nicht sagen. Er kam direkt zu uns auf die Burg und erzählte uns, daß er die Leiche gefunden hat. Und er war ohne Frage sehr erschüttert und verwirrt, was aber nicht beweist, ob er schuldig oder unschuldig war. Heute, muß ich zugeben, hat er ein Verhalten an den Tag gelegt wie einer, der unschuldig ist – bewegt, teilnahmsvoll, bedauernd. Wenn das alles nur gespielt war, um seine Schuld zu verschleiern, dann ist er, über sein Alter hinaus, verwegen, scharfsinnig und verschlagen. Dennoch«, fügte er hinzu und schnitt ein Gesicht, »kann ich mir tatsächlich vorstellen, daß er die Kühnheit besitzt, ein solches Spiel zu treiben.«

»Aber«, sagte Radulfus, nachdenklich die Stirn runzelnd, »warum sollte er dann jetzt zu mir kommen und eine Tat gestehen, die Aldhelm jetzt nicht mehr hätte aufdecken können?«

»Weil ihm noch nicht völlig klar geworden war, daß weiterhin ein Verdacht auf ihm lasten würde, und zwar der Verdacht auf Mord. In solch einem Fall ist es besser, jedwede Strafe auf sich zu nehmen, die die Kirche verhängt, als in die Hände des weltlichen Gerichts – *meine* Hände – zu fallen«, sagte Hugh bestimmt. »Eines Gerichts, das Mord mit dem Galgen bestraft. Wenn er durch das Eingeständnis der einen Schuld den Verdacht auf die schlimmere Tat vermeiden kann... und ich glaube, er ist gerissen genug, diese Wahl zu treffen, und zäh genug, es durchzustehen. Vater Herluin sollte ihn besser kennen als wir.«

Cadfael aber war sich inzwischen völlig sicher, daß Herluin seinen Tutilo überhaupt nicht kannte und wahrscheinlich keine Vorstellung hatte, was in den Köpfen seiner Novizen vor sich ging, weil er ihnen nämlich gar keine Beachtung schenkte. Mit seiner Unterstellung hatte Hugh ihn, vielleicht bewußt, in eine schwierige Lage gebracht. Einerseits würde Herluin jeden Verdacht, daß seine Abtei einen Mörder beherbergt haben könnte, mit Abscheu von sich weisen wollen, andererseits aber, solange noch die Möglichkeit bestand, von einem Diebstahl, ob heilig oder nicht, profitieren zu können, den Eindruck erwecken wollen, daß er dem Dieb glaubte und ihn schätzte.

»Bruder Tutilo war bis zu dieser Reise nicht unter meiner besonderen Obhut«, sagte Herluin vorsichtig. »Aber ich habe in ihm stets einen treu ergebenen Diener der Abtei von Ramsey gesehen. Er behauptet, seine Anweisungen im Gebet von der Heiligen empfangen zu haben, und ich habe allen Grund, ihm zu glauben. Man weiß ja von solchen heiligen Eingebungen. Und es wäre anmaßend, sie zu mißachten.«

»Wir sprechen hier von Mord«, entgegnete Radulfus streng. »Obwohl es mir widerstrebt, von irgendeinem Menschen zu behaupten, er sei fähig zu töten, wage ich nicht zu behaupten, er sei völlig unfähig, solches zu tun. Der Junge befand sich nach eigenen Aussagen am Tatort und hatte, wie sehr er die Tat danach auch bereuen mochte, allen Grund, sich eines Mannes zu entledigen, der ihn anklagen konnte. Das spricht soweit gegen ihn. Zu seinen Gunsten muß gesagt werden, daß er den Tod sofort der zuständigen Behörde gemeldet hat und dann zu uns zurückkam, um uns die Geschichte zu berichten. Hätte er nicht – so er tatsächlich der Mörder ist – direkt zu uns zurückkommen, kein einziges Wort sagen und es einem anderen überlassen können, den Toten zu finden und Alarm zu schlagen?«

»Tutilos Verfassung wäre auffallend gewesen«, meldete sich Prior Robert zu Wort. »Der Sheriff sagt, Tutilo sei in größter Erregung gewesen. Nach einer solchen Tat ist es nicht einfach, sich vor anderen ruhig und gelassen zu geben.«

»Oder nach der Entdeckung einer solchen Tat«, gab Hugh zu bedenken.

»Was auch immer die Wahrheit sein mag«, sagte der Graf zuversichtlich, »Ihr habt ihn in sicherem Gewahrsam und braucht nur abzuwarten. Und wenn er tatsächlich noch mehr oder sogar Schlimmeres zu berichten hat, werdet Ihr es wohl von ihm selbst erfahren. Ich wage zu bezweifeln, daß er hartgesotten genug ist, es lange durchzustehen. Wenn er nach ein paar Wochen nichts hinzufügt, könnt Ihr davon ausgehen, daß er nicht mehr zu sagen hat.«

Das klang sehr weise, dachte Cadfael, der respektvoll zuhörte. Was war für einen jungen Mann zermürbender, was auf Dauer schwerer zu ertragen, als in eine enge Steinzelle eingesperrt zu sein, hinter Schloß und Riegel, mit nichts als einer schmalen Pritsche, einem winzigen Lesepult, einem Kruzifix an der Wand und einem halben Dutzend Steinfliesen zum Auf- und Abgehen? Und dennoch hatte Tutilo seine Zelle vor erst einer halben Stunde mit sichtbarer Erleichterung betreten und ohne Zittern vernommen, wie der Schlüssel sich im Schloß drehte. Die Pritsche war Geschenk genug. Wie schmal und hart sie auch sein mochte, sie war ihm willkommen gewesen. Doch sollte er erst mal zehn Tage allein darin eingepfercht sein – ja, wenn er dann noch irgendwelche Geheimnisse hatte, würde er sie gern preisgeben, und sei es nur, um wieder einmal die Luft des großen Hofes atmen und den Meßgesang hören zu dürfen.

»Ich kann meine Zeit nicht mit Warten vertun«, sagte Herluin. »Es ist mein Auftrag, die Spenden, die ich unter den wohlgesinnten Bürgern von Worcester und Evesham habe sammeln können, nach Ramsey zu bringen. Und sofern keine weltliche Anklage gegen Tutilo vorliegt, werde ich ihn mitnehmen. Wenn er aber gegen das kirchliche Recht oder die Ordensregel verstoßen hat, liegt es an Ramsey, ihn zu züchtigen. Der eigene Abt hat diese Pflicht zu erfüllen. Mit gütiger Erlaubnis aller hier Anwesenden indes fechte ich Eure Ansicht an, Vater Abt, daß er eine Straftat begangen hat, indem er die Reliquien der heiligen Winifred fortschaffte. Ich wiederhole, es handelte sich um einen heiligen Diebstahl, den er in treuer Pflichterfüllung und in aller Ehrfurcht begangen hat. Die Heilige selbst wies ihn dazu an. Wenn dem nicht so wäre, hätte sie niemals gestattet, daß es gelang.«

»Nur äußerst ungern kreuze ich die Klingen mit Euch«, sprach Robert Bossu mit der süßesten und ruhigsten aller Stimmen, die erhabene Schulter lässig an die Holzwand hinter sich gelehnt, »doch muß ich feststellen, daß sie es *nicht* hat gelingen lassen. Der Wagen, der sie fortbrachte, wurde von Wegelagerern in den Wäldern meines Besitztums überfallen und gestohlen.«

»Dieser Zwischenfall geschah durch die Schlechtigkeit böser Menschen«, entgegnete Herluin erregt und mit Augen, die Funken sprühten.

»Aber Ihr habt behauptet, daß die Macht solch einer Heiligen die Schlechtigkeit böser Menschen zunichte machen kann und wird. Wenn Winifred nicht dafür sorgte, daß die bösen Taten vereitelt wurden, dann doch wohl, weil sie ihrem Zwecke dienten. Sie ließ ihre Entführung geschehen, sie ließ den Überfall der Schurken geschehen. In meinen Wäldern beschloß sie, ihre Reise zu unterbrechen, und in meinem Haus suchte sie Zuflucht. Gemäß Eurer Argumentation muß, wenn überhaupt, doch *alles* nach ihrem Willen geschehen sein.«

»Darf ich Euch beide daran erinnern«, sagte der Abt behutsam, »daß die heilige Winifred – wenn sie denn die ganze Zeit dem eigenen Willen gefolgt ist und ihn uns Sterblichen kundgetan hat – auf ihren Altar in unserer Kirche zurückgekehrt ist. Das muß dann wohl Sinn und Zweck der Irrfahrt gewesen sein. Und sie ist dort, wo sie zu sein wünscht.«

Der Graf lächelte, ein äußerst charmantes und spitzfindiges Lächeln. »Nein, Vater Abt, denn dieser letzte Schritt ging anders vonstatten, als ihr ihn uns beschreibt. Sie ist hier, weil *ich*, der ich selbst einen Anspruch anzumelden habe, aus reiner Anständigkeit die Heilige nach Shrewsbury zurückgebracht habe, von wo sie ihre umstrittene Irrfahrt begann, um selbst wählen zu können, wo sie bleiben wollte. Zu keinem Zeitpunkt hat sie irgendeine Absicht erkennen lassen, daß ihr der Aufenthalt in meiner Kapelle mißfiel, in der ihre Ruhe respektiert wurde. Aus freien Stücken brachte ich sie hierher. Und deshalb gebe ich meinen Anspruch nicht auf. Sie kam zu mir, ich hieß sie willkommen. Und wenn sie es wünscht, nehme ich sie wieder mit nach Hause und lasse ihr einen Altar errichten, so kostbar wie der Eure.«

»Mein Lord«, ließ sich jetzt Prior Robert, verkrampft vor Widerwillen und Empörung, vernehmen, »Euer Argument steht auf schwachen Füßen. Denn warum sollen Heilige, die sich der eigenen Zwecke halber selbst böswilliger Kreaturen bedienen können, sich nicht doch eher gutwilliger Menschen bedienen? Daß Ihr sie zurückbrachtet in ihre selbstgewählte Heimat, gibt Euch kein gewichtigeres Anrecht als uns, wenn es Euch auch zu größter Ehre gereicht. Die heilige Winifred ist mehr als sieben Jahre lang hier glücklich gewesen, und in dieses Haus ist sie zurückgekehrt. Sie wird es jetzt nicht mehr verlassen.«

»Aber sie hat Bruder Tutilo zu verstehen gegeben«, rief Herluin, nun seinerseits aufbrausend, »daß sie Mitleid mit dem heimgesuchten Ramsey empfindet und uns in unserem Elend zu unterstützen wünscht. Ihr könnt es nicht außer acht lassen: Sie wollte fort von hier, und sie ging fort, um uns zu Hilfe zu eilen.«

»Wir sind alle drei gleichermaßen von unserer Auslegung überzeugt«, sprach der Graf mit heiterer Unbekümmertheit. »Wäre es deshalb nicht ratsam, die Entscheidung einer neutralen Instanz, einem Schlichter, zu überlassen und uns seinem Urteil zu beugen?«

Es folgte ein tiefes, spannungsgeladenes Schweigen. Schließlich antwortete Radulfus mit gelassener Würde. »Wir haben bereits einen Schlichter. Wir wollen die heilige Winifred selbst ihren Willen öffentlich zum Ausdruck bringen lassen. Sie war im vorgerückten Alter eine Dame von großer Gelehrsamkeit. Sie legte ihren Nonnen die Heilige Schrift aus, sie wird sie jetzt ihren Jüngern auslegen. Bei der Weihe jedes Bischofs wird die Prognose für dessen geistliche Amtszeit erstellt, indem man das Evangelium auf seine Schultern legt und blind aufschlägt und die vom Schicksal bestimmte Zeile vorliest. Wir wollen die *sortes Biblicae* auf dem Reliquienschrein der Heiligen lesen, und ohne Zweifel wird sie ihren Richterspruch offenbaren. Warum sollen wir die Wahl, die von Rechts wegen die ihre ist, irgendeinem anderen überlassen?«

Nach einem erneuten langen Schweigen, während dessen sie alle diesen Einwand verdauten und sich mit einem so unerwarteten Vorschlag anzufreunden versuchten, sagte der Graf mit offensichtlicher Genugtuung, die in Cadfaels Ohren an Schadenfreude grenzte: »So sei es denn! Ein gerechteres Verfahren könnte es nicht geben. Vater Abt, gewährt uns zwei Tage, damit wir unsere Gedanken ordnen und unsere Ansprüche prüfen können, um nur das einzufordern, was uns gebührt. Und laßt am dritten Tag diese *sortes* befragen. Wir wollen unsere Bitten an die Heilige selbst richten und uns jedem von ihr gefällten Urteil beugen.«

»Du mußt mir das erklären«, sagte Hugh eine Stunde später, als er mit Cadfael in dessen Werkstatt im Kräutergarten war. »Ich sitze nicht im Rat von Bischöfen und Erzbischöfen. Wie ist die Verfügung des Himmels in diesen *sortes Biblicae,* die Radulfus im Sinn hat, zu deuten? Gewiß, ich kenne den üblichen Brauch, die Zukunft zu lesen, indem man blindlings das Evangelium aufschlägt und den Finger auf eine Zeile legt, aber was hat es mit dem offiziellen Brauch bei einer Weihe eines neuen Bischofs auf sich? Schließlich ist es doch zu spät, ihn gegen einen Besseren einzutauschen, wenn das Wort auch gegen ihn spricht.«

Cadfael nahm einen siedenden Topf vom Rost über dem Kohlenbecken, stellte ihn zum Abkühlen am Boden ab und dämpfte die Glut mit ein paar Torfstücken, bevor er sich vorsichtig aufrichtete, den Rücken streckte und neben seinem Freund Platz nahm.

»Ich habe nie selbst einer solchen Weihe beigewohnt«, sagte er. »Die Bischöfe machen das unter sich aus. Ich frage mich, wie die Ergebnisse jemals durchsickern, aber sie tun es. Wenn sie nicht jemand erfindet, versteht sich. Die sind zu eindeutig, um wahr zu sein, denke ich manchmal. Aber doch, der Vorgang läuft so ab, wie Abt Radulfus es erläutert hat, und zwar sehr feierlich, wie ich gehört habe. Das Evangelium wird dem neugewählten Bischof auf die Schultern gelegt und aufs Geratewohl geöffnet, und es wird ein Finger auf die Seite gelegt ...«

»Von wem?« fragte Hugh und legte damit den eigenen Finger auf den fatalen Schwachpunkt.

»Nun, das zu fragen, ist mir nie in den Sinn gekommen. Wahrscheinlich von dem noch amtierenden Erzbischof oder Bischof. Zugegeben, er könnte Freund oder Gegner des neuen Mannes sein. Ich denke mal, daß sie ein faires Spiel spielen, aber was weiß man schon? Ob nun gut oder nicht, die gefundene Zeile ist die Prophezeiung für die Amtszeit des neuen Bischofs. Ziemlich zutreffend, manchmal. Der gute Bischof Wulstan von Worcester erhielt den Satz: ›Siehe, ein Israeliter in welchem kein Falsch ist.‹ Andere waren nicht so gut dran. Weißt du, Hugh, was die *sortes* für Roger von Salisbury bereithielten, der vor Jahren bei König Stephen in Ungnade fiel und in Schande starb? ›Bindet ihm Hände und Füße und werfet ihn in die Finsternis hinaus.‹«

»Kaum zu glauben!« sagte Hugh und hob skeptisch eine Augenbraue. »Ist nicht vielleicht irgendwer auf die Idee gekommen, ihm den Spruch nach seinem Sturz anzuhängen? Ich frage mich, wie die himmlische Antwort für Henry von Winchester lautete, als der sein Bischofsamt erlangte. Selbst mir fallen ein paar reichlich gewagte Zeilen ein, da ich seine bestimmten Vorlieben kenne.«

»Ich glaube«, sagte Cadfael, »es war etwas aus dem Matthäus-Evangelium, was die letzten Tage betrifft, wenn falsche Propheten sich unter uns vermehren würden. Irgend etwas des Inhalts, daß, wenn jemand behaupten würde: Hier ist Christus!, man ihm nicht glauben solle. Doch mit Deutungen läßt sich leicht herumspielen.«

»Das wird auch diesmal der Pferdefuß sein«, sagte Hugh gewitzt, »es sei denn, das Evangelium spricht eindeutig und kann nicht mißverstanden werden. Was meint Ihr, warum hat der Abt diesen Vorschlag gemacht? Ohne Zweifel kann es so eingerichtet werden, daß die gewünschten Antworten herauskommen. Aber nicht, so denke ich, wenn Radulfus den Vorsitz hat. Ist er sich der himmlischen Gerechtigkeit so sicher?«

Cadfael hatte sich bereits dieselbe Frage gestellt und konnte nur den Schluß ziehen, daß der Abt tatsächlich fest darauf vertraute, daß die *sortes* Shrewsburys Anspruch auf die Heilige bestätigen würden. Er war sich stets der Ironie bewußt gewesen, von einem Reliquienschrein, in dem die Gebeine Winifreds nur drei Tage und Nächte lang geruht hatten, bevor sie ehrfürchtig wieder in ihre Heimaterde in Wales zurückgelegt worden waren, großartige Wunder zu erwarten; und noch erstaunter war er über die grenzenlose Güte, mit der die Heilige über all die Meilen hinweg ihre Gnade hatte zuteil werden lassen und die Anwesenheit eines erbärmlichen menschlichen Sünders in ihrem Sarg verziehen hatte, und wie sie den Glanz des Wunders auf ihrem Altar unsichtbar wirken ließ, unvorhersehbar, aber zugänglich, eine Spur leichtfertig dabei, wo sie gab und wo sie verwehrte, wie es Wunder aber oft sind, wenigstens für das menschliche Auge. Sie war nicht hier, war niemals hier gewesen, nicht mit den Überresten ihres sterblichen Fleisches; und doch hatte sie gewiß zugestimmt, daß ihre Aura hierher gebracht wurde und daß sich ihre Präsenz mit erstaunlichen Wundertaten offenbarte.

»Ja«, sagte Cadfael, »ich glaube, er vertraut darauf, daß Winifred Recht widerfährt. Ich denke, er weiß, daß sie uns niemals wirklich verlassen hat und uns niemals verlassen wird.«

Cadfael machte nach dem Abendessen noch einmal einen letzten Rundgang durch seine Werkstatt, um die Glut im Kohlenbecken zu dämpfen, so daß sie bis zum nächsten Morgen langsam verglimmen würde, und um sich zu vergewissern, daß alle irdenen Töpfe zugedeckt und alle Flaschen und Flakons sicher zugestöpselt waren. Da er um diese Zeit keinen Besuch mehr erwartete, wandte er sich überrascht um, als die Tür hinter ihm leise, fast verstohlen geöffnet wurde und das Mädchen Daalny hereinkam. Im Schein seiner kleinen Öllampe stand sie in höchst ungewöhnlicher Aufmachung da – das schwarze Haar mit einem roten Band verflochten, kleine Locken kunstvoll um die Schläfen arrangiert, das Gewand von tiefstem Blau, wie ihre Augen, und um die Taille ein goldverzierter Gürtel. Sie war sehr schnell von Begriff, bemerkte sogleich den Blick, der sie von Kopf bis Fuß begutachtete, und lachte.

»Das ist meine Tracht bei offiziellen Anlässen. Ich habe vor seiner Lordschaft von Leicester gesungen. Jetzt sind sie im vertraulichen Gespräch, und da habe ich mich davongeschlichen. Man wird mich nicht vermissen. Wenn Rémy geschickt vorgeht, wird er wohl mit Robert Bossu nach Leicester reiten. Ich sagte Euch ja, daß er ein guter Musiker ist. Leicester würde es nicht zu bereuen haben.«

»Braucht er wieder Medikamente von mir?« fragte Cadfael sachlich.

»Nein. Und ich auch nicht.« Wie schon bei ihrem ersten Besuch lief sie unruhig im Raum hin und her, neugierig, aber gedankenverloren, und es dauerte lange, bis sie zu dem kam, was sie hergeführt hatte. »Bénezet behauptet, Tutilo sei wegen Mordes in Haft genommen worden. Er habe den Mann getötet, den er dazu überreden konnte, Eure Heilige fortzutragen. Das kann gar nicht wahr sein«, sagte sie mit fester Stimme. »In Tutilo ist kein Falsch, keine Gewalttätigkeit. Er träumt. Er handelt nicht.«

»Eine Heilige entwenden – das dürfte wohl etwas mehr als bloße Träumerei sein«, gab Cadfael zu bedenken.

»Er träumte es, ehe er es tat. O ja, er ist in der Lage zu stehlen, das ist etwas anderes. Es war sein innigster Wunsch, seinem Kloster ein großartiges Geschenk zu machen, um seine Visionen in die Tat umzusetzen und gelobt und geachtet zu werden. Ich glaube nicht, daß er für sich selbst stehlen würde, aber für Ramsey, ja, das gewiß. Er fing sogar an, davon zu träumen, mich aus meinem Sklavendasein zu befreien«, sagte sie, nachsichtig lächelnd über die unschuldigen Phantasien eines Knaben. »Aber jetzt habt Ihr ihn irgendwo hinter Schloß und Riegel, ohne Hoffnung auf einen guten Ausgang, egal was geschieht. Wenn Eure Heilige jetzt hierbleibt und wenn Tutilo dem Gesetz des Sheriffs entkommt und mit Herluin nach Ramsey zurückkehrt, wird man ihn für das zahlen lassen, was er lediglich versucht, aber nicht zum Erfolg geführt hat. Sie werden ihn hungern und auspeitschen lassen. Wenn es aber anders kommt und er wegen Mordes verurteilt wird, dann wird er hängen.« Endlich war sie bei dem angelangt, was sie eigentlich wissen wollte: »Wohin habt Ihr ihn gebracht? Ich weiß, daß er Euer Gefangener ist.«

»Er ist in der ersten Büßerzelle, gleich beim Durchgang zum Hospital. Wir haben nur zwei solcher Zellen, denn in unseren Klostermauern haben wir selten das, was man gemeinhin unter Missetätern versteht. Die verriegelte Tür, die dazu bestimmt ist, ihn drinnen zu behalten, hält auch seine Feinde draußen, wenn man denn sagen kann, daß er Feinde hat. Ich habe vor etwa einer halben Stunde nach ihm geschaut; er schlief fest und sah ganz so aus, als würde er bis morgen, noch nach der Prim, weiterschlafen.«

»Weil er ein reines Gewissen hat«, entgegnete Daalny triumphierend, »so wie ich's gesagt habe.«

»Ich würde nicht behaupten, daß er uns immer die reine Wahrheit erzählt hat«, sagte Cadfael sanft, »falls das überhaupt sein Gewissen berührt. Aber ich gönne dem armen Kerl die Ruhe, er kann sie brauchen.«

Sie tat diese Bemerkung mit einem leichten Achselzucken und der Andeutung eines Schmollmunds ab. »Natürlich ist er ein sehr guter Lügner, das ist Teil der Stärke seiner Einbildungskraft. Man muß ihn schon sehr gut kennen, um zu wissen, wann er lügt und wann er die Wahrheit sagt. Ich weiß, wovon ich rede!« fügte sie herausfordernd hinzu und hielt Cadfaels spöttischem Blick stand. »Ich selbst mußte eine gute Lügnerin sein, um meinen Kopf all die Zeit über Wasser zu halten. Das gilt auch für ihn. Aber einen Mord begehen? Dazu wäre er gar nicht in der Lage.«

Und immer noch wollte sie nicht gehen, sondern schlenderte rastlos umher, strich mit langen Fingern über seine Regale, streckte die Arme hoch, um die Kräuterbündel, die von den Balken hingen, zum Rascheln zu bringen, und wandte ihm ihre Seite zu. Da gab es noch mehr, was sie in Erfahrung bringen wollte, doch sie wußte nicht, wie sie fragen sollte, oder, besser noch, wie sie es herausfinden konnte, ohne zu fragen.

»Man wird ihm doch zu essen geben? Man kann ihn schließlich nicht verhungern lassen. Wer kümmert sich um ihn? Ihr vielleicht?«

»Nein«, sagte Cadfael geduldig. »Der Pförtner bringt ihm sein Essen. Aber ich kann ihn besuchen. Und das werde ich auch. Wenn Ihr es gut mit ihm meint, Mädchen, dann laßt ihn, wo er ist.«

»Was bleibt mir sonst übrig«, sagte Daalny bitter. Aber nicht bitter genug, dachte Cadfael bei sich. Eher so, als wollte sie Resignation nur vortäuschen. Sie begann, eigene Träume zu hegen, Träume, denen Taten folgen würden. Sie brauchte sich am nächsten Tag nur auf die Lauer zu legen und sich die Zeiten zu merken, zu denen der Pförtner den Häftling aufsuchte, und mußte nur auskundschaften, wo die beiden Schlüssel im Torhaus nebeneinander hingen. Wales war nicht weit, und an jedem Hof dieses Landes, ob nun groß oder klein, würde eine Stimme wie die Tutilos, solch eine geschickte Hand im Umgang mit den Saiten, leicht Unterschlupf finden. Aber mit dem Makel des Mordverdachts fliehen und immer fürchten müssen, verfolgt und gefaßt zu werden? Nein, lieber alles hier aussitzen und die Wahrheit sagen. Denn Cadfael war sicher, daß Tutilo niemals einem Menschen Gewalt angetan hatte und er nicht mit dieser Schmach fürs ganze Leben befleckt bleiben durfte.

Das schmale Gesicht angespannt, die Augen halb verschleiert, aber leuchtend unter den langen schwarzen Wimpern, strich Daalny noch immer umher, als wollte sie noch etwas sagen oder fragen. Plötzlich wandte sie sich um und ging zur Tür. Auf der Schwelle sagte sie, ohne den Kopf zu wenden: »Gute Nacht, Bruder!« und zog die Tür hinter sich zu.

Cadfael machte sich zunächst kaum Gedanken über Daalnys Besuch, glaubte er doch, sie könne es nicht so ernst meinen und tatsächlich versuchen, ihren ungeheueren Traum in die Tat umzusetzen. Am nächsten Tag aber, als er sah, wie sie dem Pförtner nachschaute, der kurz vor Mittag, vom Refektorium kommend, zwischen Hospital und Schulzimmer abbog, wo, nahe der Pforte, die auf die Mühle und den Teich führte, die beiden kleinen Steinzellen in die Mauerecke eingefügt waren – da wurde er stutzig. Als er außer Sichtweite war, ging sie über den großen Hof zum Torhaus und, scheinbar ohne einen Blick darauf zu werfen, an der geöffneten Tür vorbei, blieb eine Weile im Torbogen stehen, den Blick auf die Abteivorstadt gerichtet, bevor sie sich umdrehte und ins Gästehaus zurückkehrte. Das Brett mit den Schlüsseln, die der Pförtner verwahrte, hing im Eingang neben der Tür, und mit ihren scharfen Augen konnte sie leicht den Haken ausmachen, der leer war, und, unmittelbar daneben, auch das Gegenstück des fehlenden Schlüssels. Sie waren sich gleich in Größe und Form, wurden aber nicht gleichermaßen gehütet.

Und selbst dieses unauffällige Beobachten könnte nur Teil ihres Wunschtraums sein. Vielleicht würde sie niemals wirklich versuchen, ihn in die Tat umzusetzen. Dennoch sprach Cadfael noch vor dem Abend mit dem Pförtner. Sie würde bis zur Dämmerung oder gar Dunkelheit nichts unternehmen; überflüssig also, noch einmal auszukundschaften, wie Tutilo das Essen zugetragen wurde; sie wußte jetzt, oder glaubte zu wissen, welchen Schlüssel sie benötigte. Der Pförtner brauchte ihn nur noch an den falschen Haken zu hängen und für sie den nutzlosen Zwilling zurückzulassen.

Cadfael beschattete sie nicht; dazu sah er keine Veranlassung, und er war fast überzeugt, daß nichts geschehen würde. Ihre eigene Lage war so gefährdet, daß sie nichts Übereiltes wagen würde. So verstrich der Tag wie jeder andere mit dem üblichen Ritual von Arbeit und Lesen, Studium und Gebeten, wie die Ordensregel es eben vorschrieb. Cadfael verrichtete seine Arbeit um so gewissenhafter, als seine Gedanken zum Teil anderswo weilten, und er empfand seine Geistesabwesenheit als Schuld, obwohl seine Grübeleien um ernste Dinge wie Gerechtigkeit, Schuld und Unschuld kreisten. Tutilo mußte irgendwie von einer Schmach befreit werden, die er so nicht verdient hatte, ganz gleich, welche Strafen für seine tatsächlichen Missetaten anstanden. Hier, innerhalb des Klosters, bedeutete Gefangenschaft immerhin Sicherheit vor jeder weltlichen Bedrohung. Einmal draußen, wäre er vogelfrei und – sofern nicht jeder Verdacht ausgeräumt war –, allen Härten des Gesetzes ausgeliefert. Und allein schon die Tatsache, daß er auf der Flucht wäre, würde als Beweis für seine Schuld gelten. Nein, er mußte hier bleiben, bis er, von jedem Mordverdacht befreit, seine Zelle würde verlassen können.

Kurz vor der Komplet, nach seinem letzten Rundgang durch den Kräutergarten, sah Cadfael drei Männer durchs Tor hereinreiten. Sulien Blount, selbst auf einem Schecken, führte ein fertig gesatteltes, gedrungenes Pferd am Zügel, hinter sich zwei berittene Diener. Zu dieser dämmrigen Stunde ein unerwarteter Besuch. Während Cadfael den Hof überquerte, um sie zu begrüßen, sprang Sulien schon vom Pferd und redete auf den Pförtner ein. Nur etwas von größter Dringlichkeit konnte die Boten aus Longner so spät hergebracht haben.

»Sulien, was ist los? Was führt dich zu dieser Stunde hierher?«

Sulien wandte sich dankbar zu ihm um. »Bruder Cadfael, ich habe eine Bitte an den Abt zu richten. Vielleicht brauchen wir dazu auch noch ein gutes Wort von diesem

Subprior aus Ramsey ... Meine Mutter verlangt nach seinem jungen Musiker, Tutilo, den, der schon einmal vor ihr gespielt und gesungen und ihr zum Schlaf verholfen hat. Sie hat große Zuneigung zu ihm gefaßt. Diesmal wird es ein langer Schlaf sein, Cadfael. Sie wird die heutige Nacht nicht überstehen. Und da ist noch etwas, was sie tun möchte und tun muß ... Ich habe nicht zu fragen gewagt, was es ist. Auch Ihr hättet das nicht, wenn Ihr sie gesehen hättet ...«

»Der Bursche, nach dem du verlangst, ist hinter Schloß und Riegel«, sagte Cadfael bedauernd. »Er wird verdächtigt, ein Verbrechen begangen zu haben, nachdem er vor zwei Nächten bei Lady Donata war. Sie ist ihrem Ende nahe, sagst du? Der Abt wird ihn wohl nur zu ihr lassen, wenn Tutilos Rückkehr gesichert ist.«

»Ich weiß Bescheid«, sagte Sulien. »Hugh Beringar war bei uns, und ich weiß, wie die Dinge stehen. Aber unter Geleitschutz ... Ihr seht selbst, wir können ihn gut bewachen und, wenn nötig, in Fesseln zurückbringen. Fragt wenigstens! Erklärt Radulfus, daß es das letzte Mal sein wird. Die Gnade des Todes hat schon allzulang auf sich warten lassen, aber diesmal, das schwöre ich, ist es das Ende. Radulfus kennt die ganze Geschichte meiner Mutter, er wird Euch anhören!«

»Warte«, sagte Cadfael, »ich will ihn rasch fragen.«

»Aber, Cadfael ... vor zwei Tagen? Vor zwei Tagen haben wir nicht nach ihm geschickt.«

Nun, das verwunderte Cadfael nicht sonderlich. Diese Möglichkeit hatte er schon früher in Betracht gezogen. Nein, es wäre zu einfach, zu passend gewesen. Tutilo hatte wohl herausgefunden, was ihn erwartete, und sich rechtzeitig vom Ort des Geschehens entfernt, in der Hoffnung, der Anschuldigung durch den Zeugen zu entgehen. Jetzt spielte es keine Rolle mehr. »Das tut nichts zur Sache«, sagte er. »Warte hier auf mich!«

Abt Radulfus war allein in seinem Empfangszimmer. Den Blick nach innen gekehrt, die Brauen hochgezogen, lauschte er dieser späten Kunde. Und als er sie vernommen hatte, sprach er nachdenklich: »Es ist höchste Zeit für sie. Wie könnten wir ihr diesen Wunsch ausschlagen? Ihr sagt, sie haben genügend Wachen für ihn? Ja, laßt ihn gehen.«

»Und Vater Herluin? Soll ich auch ihn um Erlaubnis bitten?«

»Nein. Tutilo befindet sich innerhalb meiner Mauern und steht unter meiner Obhut. Holt ihn aus seiner Zelle, Cadfael, und laßt ihn mit den Männern nach Longner ziehen. Wenn ihr tatsächlich nur noch wenig Zeit bleibt, so vergeudet sie nicht.«

Cadfael eilte zum Torhaus zurück. »Er wird kommen. Wartet hier, ich bringe Euch den Jungen.«

Als er den Schlüssel beim Pförtner vom Haken nahm, wunderte es ihn kaum, daß der Haken daneben leer war. Jetzt verlief alles mit traumähnlicher Gewißheit. Daalny hatte also doch gehandelt. Sie mußte den zweiten Schlüssel während der Vesper von dem Haken genommen haben, an den der Pförtner, wie sie beobachtet hatte, mittags den ersten gehängt hatte. Aber sie hatte die Dämmerung abwarten müssen, bevor sie den Schlüssel benutzen konnte. Jetzt, da die Brüder sich zur Komplet in der Kirche versammelten, schlug ihre Stunde. Cadfael ließ die Boten aus Longner am Tor warten und machte sich eilig auf den Weg vorbei am Schulzimmer hin zu den Büßerzellen, wo im engen Durchgang zur Pforte in der Klostermauer schon tiefe Schatten hingen.

Und da war sie. Cadfael gewahrte sie sofort, obwohl sie auch nur ein schmaler Schatten in der tiefen Türöffnung war. Er hörte, wie der Schlüssel vergeblich in einem Schloß knirschte, in das er nicht paßte, und vernahm ihr hilfloses, verärgertes Schnaufen, während sie immer wieder das Unmögliche versuchte. Er hörte sie zornig mit dem Fuß aufstampfen und mit den Zähnen knirschen, so sehr mit ihrem Tun beschäftigt, daß sie Cadfael erst bemerkte, als er sie sanft mit dem Arm zur Seite schob.

»Es ist zwecklos, mein Kind«, sagte er. »Laßt es mich machen.«

Sie stieß einen erstickten Verzweiflungsschrei aus und wich aufgebracht zurück. Aus der Zelle war kein Laut zu hören, obwohl die kleine Lampe des Gefangenen brannte und ihr Licht matt durch das hohe, vergitterte Fenster schimmerte.

»Wartet, so wartet doch!« sagte Cadfael. »Ihr habt hier eine Botschaft zu überbringen und ich ebenfalls. So laßt es uns beide tun.« Er bückte sich, um den falschen Schlüssel aufzuheben, der ihr vor Schreck aus der Hand gefallen war. »Kommt, ich lasse Euch hinein.«

Der richtige Schlüssel drehte sich geschmeidig im Schloß, und Cadfael öffnete die Tür. Kerzengerade und starr stand Tutilo vor ihnen, sein Gesicht eine schmale, blasse Flamme, seine bernsteinfarbenen Augen weit und vor Schreck aufgerissen. Er hatte nichts von Daalnys Vorhaben gewußt, ahnte auch nicht, was auf ihn wartete und warum sich diese schwere Tür jetzt, am Ende des Tages, nachdem die Besuchszeit vorüber war, noch einmal öffnete.

»Sagt, was Ihr ihm habt sagen wollen«, forderte Cadfael Daalny auf. »Aber haltet Euch kurz. Vergeudet keine Zeit. Denn ich, und auch er, haben keine zu vergeuden.«

Voller Anspannung und Unsicherheit zögerte Daalny einen Augenblick, ehe sie plötzlich in die Zelle stürzte, als fürchte sie, die Tür könnte wieder zugeschlagen werden, bevor sie es zu verhindern vermochte, obwohl Cadfael sich nicht von der Stelle bewegt hatte. Tutilo starrte verwirrt von einem zum anderen, ohne etwas zu begreifen, ja, fast ohne sie zu erkennen.

»Tutilo«, sagte sie leise und beschwörend, »geh, du mußt jetzt gehen. Durch die Pforte hier, und du bist frei. Und bist du erst außerhalb der Mauern, wird dich keiner sehen. Sie sind jetzt alle in der Kirche. Geh, rasch, solange noch Zeit ist. Geh nach Westen, nach Wales. Laß dich hier nicht zum Sündenbock machen, geh, jetzt ... rasch!«

Mit einem Schauer erwachte Tutilo aus seiner Benommenheit, goldene Flammen blitzten in seinen Augen auf. »Frei? Was hast du getan? Daalny, sie werden sich gegen *dich* wenden ...« Am ganzen Leibe zitternd, drehte er sich zu Cadfael um, argwöhnisch und im Zweifel, ob er einen Freund oder einen Feind vor sich hatte. »Ich verstehe nicht.«

»Das war es, was sie Euch sagen wollte«, sprach Cadfael. »Auch ich habe eine Botschaft für Euch. Sulien Blount ist mit einem Pferd für Euch hier, um Euch zu bitten, daß Ihr zu seiner Mutter kommt, jetzt sofort, denn Lady Donata liegt im Sterben und möchte Euch sehen – und hören – bevor sie stirbt.«

Tutilo erstarrte wie zu Stein. Das Flackern in seinen Augen ging über in sanftes Schimmern. Seine Lippen bewegten sich, formten lautlos ihren Namen: »Donata?«

»Geh, auf der Stelle!« Daalny sprach im Befehlston, nun, da der Kampf nicht mehr abzuwenden war. »Ich habe das alles für dich gewagt, wie kannst du es da wagen, alles zunichte zu machen? Geh, solange Zeit dafür ist. Er ist allein, wir sind zu zweit. Er kann uns nicht hindern.«

»Ich werde ihn nicht zu hindern versuchen. Es liegt an ihm, die Wahl zu treffen.«

»Donata stirbt?« sagte Tutilo mit klarer, ruhiger, bekümmerter Stimme, nachdem er die Sprache wiedergefunden hatte. »Wirklich, sie stirbt?«

»Und verlangt nach Euch«, sagte Cadfael. »So, wie sie es angeblich schon vor zwei Tagen getan hat. Aber heute abend ist es wahr, und heute abend wird es das letzte Mal sein.«

»Du hast es gehört«, sagte Daalny, innerlich glühend, aber beherrscht. »Die Tür steht offen. Er will dich nicht hindern, sagt er. Also entscheide dich! Wie ich mich entschieden habe.«

Tutilo schien Daalny gar nicht wahrzunehmen. »Ich habe Lady Donata benutzt!« sagte er kläglich. Und, an Cadfael gewandt, fragte er zweifelnd. »Und Herluin läßt mich gehen?«

»Nicht Herluin, der Abt läßt Euch gehen. Unter Bewachung und auf Euer Ehrenwort, zurückzukommen.«

Jetzt trat Tutilo auf Daalny zu, legte die Arme auf ihre Schultern und schob sie sanft zur Seite. Von plötzlicher Leidenschaft überwältigt, hob er eine Hand, und seine schlanken Finger glitten in einer Geste hilfloser Abbitte von ihrer Schläfe zum Kinn.

»Sie braucht mich«, sagte er leise. »Ich muß zu ihr gehen.«

KAPITEL 8

Als die Entscheidung gefallen war – und zwar so, daß keine Hoffnung blieb, sie könnte rückgängig gemacht werden –, gab Daalny ihr hartnäckiges Flehen auf. Sie folgte ihnen bis an die Ecke des Schulzimmers, blieb dort stehen und sah schweigend zu, wie Tutilo aufsaß und der kleine Trupp zum Tor hinausritt, um den Weg an der Abteivorstadt entlang einzuschlagen. Der breitere Pfad vom Pferdemarkt aus war besser zum Reiten geeignet; und so brauchte Tutilo nicht noch einmal den schmalen Pfad zu nehmen, auf dem er über Aldhelms Leichnam gestolpert war.

Die Glocke hatte zur Komplet geläutet, als sie ihn zur Tür hinaus in eine Welt hatte jagen wollen, der er jetzt vielleicht schon nachtrauerte, die sich für einen davongelaufenen Benediktinernovizen am Ende aber wohl kaum als gastlich erwiesen hätte. Es wäre auf jeden Fall besser gewesen, zwanzig Meilen und eine Grenze zwischen sich und dem Galgen zu wissen, das wenigstens hatte Daalny geglaubt. Jetzt stand sie, den Klang der Glocke noch in den Ohren, sinnend da. Und als Cadfael gemächlichen Schrittes über den leeren Hof zurückkam, trat sie auf ihn zu, die Miene ernst, die Augen weit geöffnet, wie um in den geheimsten Winkel seines Geistes einzudringen.

»Ihr glaubt auch nicht, daß er es getan hat«, sagte sie bestimmt. »Ihr wißt, daß er diesen armen Schäferjungen nicht getötet hat. Hättet Ihr wirklich ruhig zugesehen und ihn freigelassen?«

»Wenn er es gewollt hätte«, sagte Cadfael, »dann ja. Aber ich wußte, daß er's nicht wollte. Die Entscheidung lag bei ihm. Er hat sie getroffen. Und jetzt gehe ich zur Komplet.«

»Ich warte in Eurer Werkstatt«, sagte Daalny. »Ich muß mit Euch reden. Jetzt, da ich sicher bin, will ich Euch alles sagen, was ich weiß. Auch wenn nichts davon irgend etwas beweist, entdeckt Ihr vielleicht etwas darin, was ich nicht gesehen habe. Mein Verstand allein reicht nicht aus, und zwei, die Tutilo beistehen, sind besser als einer.«

»Ich beginne mich zu fragen«, sagte Cadfael langsam und musterte ihr schmales, entschlossenes Gesicht, »ob Ihr den jungen Mann für Euch selbst haben wollt, oder ob Ihr aus reiner und uneigennütziger Nächstenliebe handelt.« Sie blickte ihn an, und ein Lächeln huschte über ihre Lippen.

»Gut, ich komme«, sagte er. »Auch ich kann einen zweiten Verstand brauchen. Es ist kalt in der Werkstatt; entfacht das Feuer im Kohlenbecken nur wieder. Ich habe noch genügend Soden, um die Glut zu ersticken, wenn wir sie nicht mehr benötigen.«

Die Luft duftete würzig nach Holz, und die Kräuterbüschel an der Decke raschelten in der aufsteigenden Wärme. Daalny saß am Kohlenbecken über die Glut gebeugt, die ihre hohen Wangenknochen und die breite Stirn unter dem schwarzgelockten Haar in ein goldenes Licht tauchte.

»Jetzt wißt Ihr«, sagte sie, »daß er an jenem Abend nicht nach Longner gerufen wurde. Es war eine glaubwürdige Lüge, er suchte aber bloß einen Vorwand, um anderswo, keinesfalls aber hier zu sein, als der Schäfer erwartet wurde. Das wäre zwar noch keine Lösung gewesen, doch das Schlimmste hätte wenigstens aufgeschoben werden können, denn Tutilo blickt selten über den Tag hinaus. Wenn er die Begegnung mit dem armen Mann sogar um mehrere Tage hätte hinauszögern können, wäre der Streit um die Gebeine der Heiligen so oder so beigelegt gewesen, und Herluin hätte seine Reise zusammen mit Tutilo fortgesetzt. Nicht daß das ein beneidenswertes Leben gewesen wäre«, fügte sie, die Unterlippe mißbilligend vorgeschoben, hinzu, »jetzt, wo er sein hohes Ziel verfehlt hat. Wenn die Sache mit der Bibelbefragung sich gegen Herluin wendet, wird er die ganze Schuld und Schmach auf Tutilo abwälzen, und das mit Wucherzinsen. Das wißt Ihr genausogut wie ich. Diese Mönche bleiben so, wie sie geboren wurden, werden allerdings besessener. Wenn sie hart und kalt auf die Welt kommen, so sind sie am Ende noch härter und kälter, kommen sie großzügig und sanft auf die Welt, werden sie noch sanfter und großzügiger. Entweder das eine oder das andere. Und alles gerade jetzt, wo Tutilo sich klar wird, wohin er gehört und was wirklich in ihm steckt«, sagte sie eifrig. »So also war es. Was Longner betrifft, so hat er gelogen, damit er den ganzen Abend von hier fern sein konnte. Jetzt steht er in Lady Donatas Schuld und geht, sie zu begleichen.«

»Es geht um mehr als um eine Schuld«, sagte Cadfael. »Vom ersten Moment, da sein Blick auf sie fiel, hat diese Lady ihn gezähmt. Ganz gleich, welche Köder Ihr in die andere Waagschale geworfen hättet – er wäre zu ihr gegangen. Und Ihr sagt mir, er habe genau gewußt, daß Aldhelm an jenem Abend im Kloster erwartet wurde? Woher soll er es denn gewußt haben? Es war den Brüdern gar nicht mitgeteilt worden. Nur der Abt und ich wußten es, obwohl der sich vielleicht verpflichtet sah, Prior Robert davon in Kenntnis zu setzen.«

»Tutilo wußte es«, erwiderte sie schlicht, »weil ich es ihm gesagt habe.«

»Und woher wußtet Ihr es?«

Plötzlich auf der Hut, blickte sie ihn scharf an. »Ja, gewiß, nur wenige wußten es. Es geschah ganz zufällig. Bénezet hörte, wie Prior Robert und Bruder Jerome davon sprachen, und er kam, um es mir zu berichten. Er wußte, ich würde Tutilo warnen, das war wohl auch seine Absicht. Er weiß«, fügte sie hinzu, »daß ich Tutilo mag.«

Die einfachsten und maßvollsten Worte eignen sich am besten dazu, vertrackte und maßlose Gefühle zum Ausdruck zu bringen. Sie hatte mehr gesagt, als sie wußte.

»Und er?« fragte Cadfael, scheinbar beiläufig.

Aber sie war nicht einfältig. Das sind Frauen nie, und sie war eine Frau, die mehr Lebenserfahrung gesammelt hatte, als ihr Alter es vermuten ließ. »Er weiß kaum, was er empfindet«, sagte sie, »weder für mich noch für sonst etwas. Er läßt sich treiben. Er hat einen herrlichen Traum und rennt Hals über Kopf drauflos. Er redet sich diese Herrlichkeit selbst ein. Der Traum vom Klosterleben ist jetzt schon im Verblassen. Ich weiß, es *hat* Glanz, dieses Leben, aber nicht für ihn. Er ist nicht der Mann, der sich mit Frieden und stillem Glück begnügt.«

»Dann sagt mir«, sprach Cadfael sanft, »was an jenem Abend geschah, nachdem er die Erlaubnis erhielt, nach Longner aufzubrechen.«

»Ich hätte es sofort erzählen können«, sagte sie reuig, »aber es hätte ihm nichts genützt. Denn ohne Zweifel ging er den Pfad entlang und fand dort die arme, tote Seele, lief, wie ein ehrlicher Mann es tut, zur Burg und berichtete dem Sheriff von dem schrecklichen Fund. Was ich hinzufügen kann, ändert nichts an alledem. Aber wenn Ihr ein Körnchen Gutes darin zu entdecken vermögt, um Himmels willen, hebt es auf und zeigt es mir, denn ich habe es wohl übersehen.«

»So erzählt denn.«

»Wir heckten den Plan gemeinsam aus«, sagte sie, »und es war das erste Mal, daß wir uns außerhalb der Klostermauern trafen. Er ging hinaus und nahm den Pfad, der über den Kamm zur Fähre führt. Ich schlich durchs Friedhofstor zum Pferdemarkt, und wir kletterten auf den Heuboden über den Ställen dort. Die Tür war noch nicht verriegelt, da die Pferde nach der Flut in die Ställe des Klosters zurückgeführt worden waren. Es dauerte über eine Woche, bis die Klosterställe wieder trocken waren. Und dort blieben wir, bis wir die Glocke zur Komplet läuten hörten. Inzwischen, so glaubten wir, hätte Aldhelm Shrewsbury wieder verlassen haben und unterwegs sein müssen. Es war sehr spät und die Nacht finster.«

»Und es regnete«, erinnerte Cadfael sie.

»Ja, auch das. Keine Nacht also, um länger als nötig im Freien zu verweilen. Wir glaubten, der Hirte müsse längst wieder auf dem Heimweg sein, überhaupt nicht erbaut darüber, die sinnlose Reise angetreten zu haben.«

»Und was habt ihr getan – die ganze Zeit?« fragte Cadfael.

Sie lächelte wehmütig. »Wir haben geredet. Wir haben zusammen im Heu gesessen, um uns warm zu halten, und haben geredet. Von seinem Beruf, den er frei gewählt hat, von der Sklaverei, in die ich hineingeboren wurde, und wie wir am Ende doch ganz ähnlich wurden«, sagte sie ernst. »Ich wurde in die Falle hineingeboren, und er tappte freiwillig hinein, um einer anderen Knechtschaft zu entkommen, mit offenen Augen und doch ohne zu sehen, wohin er den Fuß setzte. Und dann, die Hände und Füße selbst in Fesseln, träumte er davon, mich zu befreien.«

»So wie Ihr ihm heute abend ja auch die Freiheit angeboten habt. Sei's drum, und wie ging es weiter? Ihr hörtet die Glocke zur Komplet und hieltet es für ratsam zurückzukehren. Wieso war er dann allein auf dem Pfad?«

»Wir wagten es nicht, zusammen zurückzukommen. Und falls ihn jemand sähe, war es besser, er kam auf dem Weg zurück, den er angeblich von Longner aus genommen hatte. Ich selbst schlüpfte wieder durchs Friedhofstor herein, und er ging durch den Wald zu dem Pfad, den er vorher zu unserem Treffen gegangen war. Es wäre nicht ratsam gewesen, zusammen zu kommen. Er hat den Frauen abgeschworen«, sagte sie mit einem bitteren Lächeln, »und ich darf mich nicht mit Männern einlassen.«

»Er hat sein endgültiges Gelübde noch nicht abgelegt«, sagte Cadfael. »Höchst bedauerlich übrigens, daß er den Pfad allein gegangen ist. Wären zwei gemeinsam auf den Toten gestoßen, hätten sie füreinander bürgen können.«

»Wir beide?« rief sie, kurz auflachend. »Sie hätten uns niemals geglaubt ... Eine Leibeigene und ein Novize kurz vor seinem Gelübde – und beide eben aus dem Heu gekommen? Man hätte gesagt, wir hätten uns verbündet, um den Mann zu töten. Und jetzt«, sprach sie, und ihre Bitternis ging in beherrschte Traurigkeit über, »jetzt habe ich Euch wohl alles gesagt und habe Euch doch nichts gesagt. Aber es ist die ganze Wahrheit. Er mag ein guter Lügner und ein kühner Dieb sein, sonst aber ist Tutilo so unschuldig wie ein neugeborenes Kind. Wir haben sogar zusammen das Nachtgebet gesprochen, als die Glocke erklang. Wer würde das schon glauben?«

Cadfael glaubte es, konnte sich aber Herluins Miene vorstellen, wenn diese Behauptung vor ihm abgegeben worden wäre. »Wenigstens habt Ihr mir erzählt«, sagte er nachdenklich, »daß mehr Menschen von Aldhelms Erscheinen wußten als nur zwei oder drei von uns. Wenn Bénezet belauscht hat, wie Jerome sein Wissen ausplauderte, wie viele andere sonst, so frage ich mich, werden es dann noch vor dem Abend erfahren haben? Prior Robert kann verschwiegen sein, aber Jerome?... Da habe ich meine Zweifel. Und könnte Bénezet all das, was er aufgeschnappt hat, nicht an Rémy weitergegeben haben, so wie er es bei Euch tat? Was immer ein Kammerdiener aufschnappt, kann Wasser auf die Mühlen seines Herrn sein. Und was Rémy hört, könnte sehr gut mit dem Gönner besprochen worden sein, den er umwirbt. O nein, ich würde nicht sagen, daß wir unsere Zeit vertan haben. Ich brauche jetzt nur eine Weile zum Nachdenken. Geht zu Bett, mein Kind, und zermartert Euch nicht das Gehirn.«

»Und wenn Tutilo nicht aus Longner zurückkommt?« fragte sie, zwischen Hoffnung und Furcht schwankend.

»Darüber braucht Ihr Euch sicher keine Gedanken zu machen«, sagte Cadfael. »Er wird zurückkommen.«

Noch vor der Prim, im schimmernden Licht einer klaren, stillen Dämmerung, brachten sie Tutilo zurück. Der März war auf Sammetpfoten gekommen, Buschwindröschen blühten in den Wäldern, und die ersten Primeln begannen sich eben zu öffnen, nachdem sie Frost, Regen und Schlamm heil überstanden hatten. Die Longner-Burschen, die zu beiden Seiten ihres ausgeliehenen Spielmanns ritten, brachten diesen bis zum Torhaus und warteten schweigend, bis er abgestiegen war. Der Abschied, den sie ihm bereiteten, während sie ihm die Zügel seines Ponys abnahmen und sich anschickten, den Heimweg anzutreten, war still und ernst, aber durchaus herzlich. Der Ältere der beiden beugte sich aus seinem Sattel zu ihm hinab, klopfte ihm freundschaftlich auf die Schulter und sagte ihm ein oder zwei Worte ins Ohr, bevor sie an der Abteivorstadt vorbei in Richtung Pferdemarkt davontrabten.

Cadfael war schon seit über einer Stunde wach und auf den Beinen. Er hatte die Zeit damit ausgefüllt, an den buschigen Rändern seiner Bohnenfelder und am Ufer des Mühlteiches die weißen, eben erst aufgesprungenen Knospen des Schwarzdorns zu pflücken. In diesem frühen Stadium eigneten sie sich am besten zum Aufbrühen, um jenes wirksame Purgativum für die alten, bettlägerigen Männer im Hospital herzustellen, die sich nicht mehr genügend Bewegung verschaffen konnten. Eine sehr nützliche Pflanze, dieser Schwarzdorn, gut gegen fast alles, was die Eingeweide des Menschen plagt, vorausgesetzt Knospe, Blüte oder bittere schwarze Beere wurden im richtigen Augenblick geerntet. Gut auch in Hecken, um Vieh und Schafe von bepflanzten Beeten fernzuhalten.

Immer wieder unterbrach er seine Arbeit, um im großen Hof nach dem zurückkehrenden Tutilo Ausschau zu halten. Sein Ränzel war schon mit den kleinen weißen Blüten gefüllt, als er den Weg zum siebten Male antrat, bevor er endlich die drei Reiter beim Torhaus entdeckte. Er blieb stehen und beobachtete, wie Tutilo vom Pony stieg, freundschaftlich von seinen Wachen Abschied nahm und langsam auf die Tür des Pförtnerhauses zuging, als wollte er selbst den Schlüssel abholen, um sich pflichtgetreu in seine Gefangenschaft zurückzubegeben.

Er ging ein wenig schwankend, und sein blonder, gelockter Haarkranz fiel über etwas, was er fest in den Armen hielt. Einmal stolperte er auf dem Pflaster. Das Licht, das sich an den Stellen, auf die die schrägen Strahlen bereits fielen, schon zu einem Blaßgold aufgehellt hatte, ließ das Torhaus und den Hof innerhalb der Klostermauern weiterhin im Schatten. Tutilo hielt den Blick starr auf die Pflastersteine gerichtet, vorsichtig einen Fuß vor den anderen setzend, als könnte er seinen Weg nicht deutlich sehen. Cadfael ging ihm entgegen, und der Pförtner, der draußen Geräusche vernommen hatte, öffnete die Tür, blieb auf der Schwelle stehen und überließ es Cadfael als dem Älteren, sich des zurückgekehrten Gefangenen anzunehmen.

Tutilo schaute erst auf, als Cadfael schon dicht vor ihm stand, und blinzelte, so als hätte er Schwierigkeiten, selbst ein vertrautes Gesicht wiederzuerkennen. Seine Augen waren rot umrändert, ihr goldener Schimmer getrübt von einer schlaflosen Nacht und vielleicht auch vom Weinen. Die Last, die er mit so seltsamer Zärtlichkeit trug, war eine Riementasche aus weichem Leder mit einem starren Gegenstand, den er mit den Armen umfing und sorgsam ans Herz preßte; der Riemen war fest um die eine Faust gewickelt, als fürchte Tutilo, die Tasche könnte ihm entrissen werden. Er blickte über seinen Schatz hinweg zu Cadfael auf, und kleine, argwöhnische Funken blitzten in seinen Augen auf, die rasch in Furcht und Schmerz übergingen. Mit ausdrucksloser Stimme sagte er: »Sie ist tot. Nicht ein Aufbegehren, nicht ein Seufzen. Ich dachte, ich hätte sie in den Schlaf gesungen. Ich sang weiter … Stille hätte ihre Ruhe stören können …«

»Ihr habt sie im wahrsten Sinne in den Schlaf gesungen«, sagte Cadfael. »Sie hat lange Zeit auf Ruhe gewartet. Nichts wird sie jetzt mehr stören.«

»Ich bin so schnell aufgebrochen, wie es mir angemessen erschien. Ich wollte sie nicht verlassen, ohne geziemend Abschied zu nehmen. Sie war so gut zu mir.« Damit meinte er offenbar nicht die Güte einer Herrin gegenüber einem Diener oder die einer Gönnerin gegenüber einem Schützling. Da war eine andere Art von Güte zwischen ihnen gewesen, wohltuend für beide. »Ich fürchtete schon, Ihr könntet denken, ich würde nicht zurückkommen. Doch der Priester sagte, sie würde die Nacht nicht überleben, deshalb konnte ich sie nicht verlassen.«

»Es war keine Eile vonnöten«, sagte Cadfael. »Ich wußte, Ihr würdet zurückkommen. Seid Ihr hungrig? Kommt mit in die Loge des Pförtners und setzt Euch eine Weile; wir holen Euch etwas zu essen und zu trinken.«

»Nicht nötig ... Man hat mich bewirtet. Man hätte mir auch ein Bett gegeben, aber es war ja nicht vereinbart, daß ich dort bleibe, wenn ich nicht länger gebraucht werde. Ich habe mich an die Abmachung gehalten.« Er wurde von einem plötzlich Gähnanfall geplagt, bei dem ihm die Tränen in die Augen schossen. »Ich brauche jetzt mein Bett«, gestand er fröstelnd.

Das einzige Bett, auf das er derzeit Anspruch hatte, war das in seiner Gefangenenzelle, und doch eilte er dorthin, froh, bald wieder eine verriegelte Tür zwischen sich und der Welt zu haben. Cadfael nahm den Schlüssel vom Pförtner entgegen, der zwischen Sorge und Mitleid schwankte und erleichtert war, einen Häftling, für den er sich verantwortlich fühlte, gehorsam in sein Gefängnis zurückkehren zu sehen. Cadfael führte seinen Schützling hinein und beobachtete, wie dieser dankbar auf seine schmale Pritsche sank, einen Augenblick sitzenblieb und die Tasche mit zärtlicher Sorgfalt neben sich legte.

»Bleibt noch ein Weilchen«, sagte der Junge schließlich. »Ihr habt sie länger gekannt, ich erst seit kurzem. Wie ist es möglich, daß sie, gepeinigt wie sie war, mich auch nur eines Blickes gewürdigt hat?« Er wartete nicht auf eine Antwort, und es konnte auch keine geben. Aber warum sollte eine Frau, die zu früh für ihr Alter, aber viel zu spät angesichts ihres Leidens starb, nicht Gefallen am plötzlichen Anblick von Jugend, Frische und Schönheit finden, vor allem wegen deren Verletzlichkeit und Hilflosigkeit in einer Welt, die wahrlich nicht gerade sanft zu den Schwachen war?

»Ihr habt ihr große Freude bereitet. In den letzten Jahren war der Schmerz ihr engster Vertrauter. Ich glaube, sie sah Euch sehr deutlich, besser als manche, die täglich neben Euch leben und ebensogut blind sein könnten. Besser vielleicht, als Ihr selbst Euch seht.«

»Meine Augen sind so scharf, wie sie sein müssen«, sagte Tutilo. »Ich weiß, was ich bin. Niemand muß ein Engel sein, um wie einer zu singen. Das ist keine Tugend. Man hatte die Harfe, ganz neu besaitet, für mich in die Schlafkammer gebracht. Ich hatte Bedenken, es könnte zu laut für sie werden, dort zwischen den engen Wänden, aber es war ihr Wunsch. Kanntet Ihr sie, Cadfael, als sie jünger war und gesund und schön? Ich spielte eine Weile, und dann warf ich ihr einen verstohlenen Blick zu, weil sie so still war, daß ich glaubte, sie sei eingeschlafen, aber ihre Augen waren weit geöffnet, und Farbe, eine rosige Farbe, war in ihre Wangen gestiegen. Sie sah gar nicht mehr so ausgezehrt und alt aus, und ihre Lippen waren rot und voll und leicht hochgezogen wie zu einem Lächeln, aber es war kein richtiges Lächeln. Ich wußte, sie erkannte mich, obwohl sie kein Wort sagte, kein einziges, die ganze Nacht. Ich habe zuerst einige Hymnen an die Jungfrau gesungen, und dann, ich weiß selbst nicht, warum, es war niemand da, der mir sagte, was ich tun oder lassen sollte, es war die Art, wie sie dalag, ganz ruhig, und wie sie jünger wurde, weil kein Schmerz mehr geblieben war ... und dann – habe ich Liebeslieder gesungen. Sie war glücklich. Ich brauchte sie nur anzusehen, und ich wußte, sie war glücklich. Und manchmal stahl sich die Frau des jungen Herrn herein und lauschte ein Weilchen und brachte mir etwas zu trinken, und manchmal auch das Mädchen, das der jüngere Bruder bald heiraten wird. Der Priester hatte Donata schon die Beichte abgenommen. In den frühen Morgenstunden, gegen drei Uhr, muß sie gestorben sein, aber ich habe es nicht gemerkt... ich glaubte, sie sei nur eingeschlafen, bis der junge Sohn hereinkam und es mir sagte.«

»Sie ist wohl tatsächlich erst eingeschlafen«, sagte Cadfael. »Und wenn Euer Gesang sie durch das Dunkel begleitet hat, so war es ein guter Übertritt. Das ist kein Grund, sich zu grämen. Sie hat geduldig auf dieses Ende gewartet.«

»Nicht das war es, was mich erschüttert hat«, sagte Tutilo. »Denn seht, was dann geschah. Seht, was ich mitgebracht habe.«

Er löste den Riemen des Lederbeutels, der neben ihm lag, langte hinein, um mit liebender Sorgfalt das Psalterium herauszuziehen, auf dem er einst in Donatas Schlafkammer gespielt hatte: Der Resonanzboden war poliert, die Saiten glänzten wie neu. Ein gebrochener Stift war durch einen neugeschnitzten ersetzt worden, und es war dreifach bespannt mit neuen Darmsaiten. Er legte das Instrument neben sich, strich über die Saiten und ließ eine Kaskade silbriger Töne erklingen.

»Sie hat es mir geschenkt. Nachdem sie gestorben war, und nachdem wir für sie gebetet hatten, gab ihr Sohn, der jüngere, es mir, ganz neu poliert, wie Ihr seht. Er sagte, es sei ihr Wunsch gewesen, daß ich es bekomme, denn ein Musikant ohne Instrument sei wie ein Krieger ohne Waffen und ohne Rüstung. Er erzählte mir alles, was sie sagte, als sie beschlossen hatte, es mir zu überlassen. Sie sagte, ein Troubadour brauche nur drei Dinge, ein Instrument, ein Pferd und die Liebe einer Dame, und das erste wolle sie mir geben, und die anderen zwei müsse ich selbst finden. Sie ließ sogar neue Plektren für mich schnitzen, gleich mehrere auf Vorrat.«

Vor kindlichem Staunen war seine Stimme ganz leise geworden, und seine Augen leuchteten, als er sich an ihre schelmische Prophezeiung erinnerte, die eine Zukunft weit weg vom Klosterleben verhieß, weit weg von diesem Leben, das für ihn bereits seinen Glanz zu verlieren begann. Vielleicht hatte sie recht. Sie hatte in ihm nicht ein vergeistigtes Wesen gesehen, sondern ein kräftiges, junges Wesen aus Fleisch und Blut, voll unerprobter Möglichkeiten. Und todgeweihte Männer – und vielleicht mehr noch todgeweihte Frauen – hatten sich schon oft als wahre Orakel erwiesen.

Aus der Ferne, vom Dormitorium her, war das Läuten der Glocke zur Prim zu hören. Cadfael hob das Psalterium auf und legte es mit gebührendem Respekt auf das kleine Gebetspult.

»Ich muß gehen. Und Ihr solltet meinen Rat befolgen und schlafen. Vertreibt alle anderen Gedanken aus Eurem Sinn, während wir die *sortes Biblicae* befragen. Ihr habt der Lady Gutes getan und sie Euch. Mit ihrem Wohlwollen und den Gebeten, die wir anderen für Euch finden mögen, dürften Euch Gnade und Barmherzigkeit sicher sein.«

»O ja«, sagte Tutilo, und seine müden Augen weiteten sich. »Es findet heute statt, nicht wahr? Ich hatte es vergessen.« Ein flüchtiger Schatten huschte über ihn hinweg, konnte ihn aber nicht einschüchtern; er war irgendwie über die Angst um sich selbst hinausgewachsen.

»Und jetzt könnt Ihr es wieder vergessen«, sagte Cadfael mit bestimmtem Ton. »Gerade Ihr, mehr als jeder andere, solltet der Heiligen, die Ihr so hoch verehrt, vertrauen. Legt Euch nieder und schlaft, und glaubt an die heilige Winifred. Meint Ihr nicht auch, daß sie jetzt empört sein muß, weil sie hin- und hergezerrt wird wie ein Knochen zwischen drei Hunden? Und wenn sie Euch unlängst insgeheim ihren Willen kundgetan hat, warum sollte sie ihn dann heute nicht öffentlich kundtun? Schlaft Euch aus, und überlaßt ihr die Entscheidung.«

Cadfael verbrachte die halbe Stunde zwischen Kapitel und Hochamt in seiner Werkstatt und sortierte die reiche Ernte von Schwarzdornblüten auseinander, entfernte Dornen und Reste von zähen schwarzen Zweigen, als Hugh plötzlich eintrat, um ihm die Früchte seiner Ernte mitzuteilen. Sie war recht mager ausgefallen, aber immerhin hatte der Fährmann ihm einen Hinweis geben können, der sich vielleicht noch als nützlich erweisen würde.

»Tutilo ist an jenem Abend nicht nach Longner gegangen. Er hat den Fluß nicht überquert. Das weißt du inzwischen sicher, nehme ich an. Aber der andere arme Teufel hat ihn überquert, und der Fährmann erinnert sich, wann. Der Gemeindepriester in Upton hat einen Diener, der die Familie seines Bruders in Preston einmal die Woche besucht, und genau an jenem Abend ging dieser Bursche zusammen mit Aldhelm, der auf dem Gut arbeitet und im Nachbardorf wohnt, auf der Straße von Upton nach Preston. Ein Schäfer kann vorher nie wissen, wann sein Tagewerk beendet ist, aber der Diener des Priesters verläßt Upton gleich nach der Vesper, und so auch dieses Mal. Er sagt, es müsse kurz vor der sechsten Stunde gewesen sein, als Aldhelm in Preston Abschied nahm, um zur Fähre zu gehen. Von dort aus bis hin zu der Stelle, an der er gefunden wurde – die Überfahrt eingeschlossen –, brauchte er nicht mehr als eine halbe Stunde, eher weniger, wenn er rasch ausschritt, und da es regnete, wird er kaum länger als eben nötig im Regen verweilt haben mögen. Wenn du mich fragst, muß er eine viertel oder halbe Stunde nach der sechsten überfallen und getötet worden sein. Kaum später. Wenn dein Bursche uns also sagen könnte, wo er war, als er in Longner vermutet wurde, und, besser noch, wenn er uns einen Zeugen beibringen kann, um es zu bestätigen, so könnte er seinen Hals wohl aus der Schlinge ziehen.«

Cadfael wandte sich um und warf Hugh einen langen nachdenklichen Blick zu, und durch den Luftzug von der geöffneten Tür her lösten sich ein paar weiße Blütenblätter, die sich im groben Tuch seines Ärmels verfangen hatten, und schwebten hinaus, dem blassen Morgenlicht entgegen. »Wenn das, was du sagst, wahr ist, Hugh, dann habe ich berechtigte Hoffnung, daß sich etwas Gutes daraus entwickeln wird. Wenn ich auch bezweifle, daß *er* schon bereit ist, es einzugestehen, so kenne ich doch jemanden, der bezeugen kann und wird, daß die beiden beisammen waren, bis die Glocke zur Komplet läutete, also fast eine Stunde nach dem Zeitpunkt, den du im Sinn hast, nicht mitgerechnet die Viertelstunde Fußmarsch bis hin zum Tatort. Doch da es sich für seinen Stand nicht recht ziemt und für … für den anderen vielleicht nichts Gutes dabei herauskommt, werden die zwei es nur höchst ungern in aller Öffentlichkeit zugeben. In dein Ohr aber werden beide es – mit etwas Überredung – wohl flüstern.«

»Wo ist der Junge jetzt?« fragte Hugh. »Hinter Schloß und Riegel in seiner Zelle?«

»Und tief im Schlaf, nehme ich an. Bist du letzte Nacht in Longner gewesen, Hugh? Wohl kaum, sonst hätte Tutilo es erwähnt. Dann kannst du noch nicht wissen, daß er gestern abend kurz vor der Komplet auf ausdrücklichen Wunsch von Lady Donata nach Longner gerufen wurde. Und Radulfus ließ ihn ziehen – unter Bewachung. Sie ist gestorben, Hugh. Gott und die Heiligen haben sie endlich erlöst.«

»Nein«, sagte Hugh, »das wußte ich nicht.« Er saß einen langen Augenblick schweigend da und dachte daran, was Donata Blount und ihre Familie in den letzten Jahren durchgemacht hatten. Nein, das war kein Grund zu trauern, eher erleichtert und dankbar zu sein. »Ohne Zweifel wartet die Nachricht schon in der Garnison auf mich«, sagte er. »Und Donata schickte nach Tutilo?«

»Findest du das sonderbar?« fragte Cadfael mit sanfter Stimme.

»Es würde mich enttäuschen, wenn im Leben gar nichts Sonderbares geschähe. Nein, sonderbar daran ist nur, daß die beiden überhaupt miteinander in Berührung gekommen sind. Man hätte meinen sollen, daß zwei wie diese auf dieser Welt sich nicht einmal aus der Ferne erblickt hätten, geschweige denn, sich tatsächlich begegnen würden. Aber wenn sie einmal zusammentreffen, ja, dann ist alles möglich. Sie ist also gestorben. In seinem Beisein?«

»Er glaubte, er hätte sie in den Schlaf gesungen«, sagte Cadfael. »Und das hat er auch. Er hatte sie liebgewonnen und sie ihn. Wo nichts auf dem Spiel steht, gibt es keine Barriere. Wo nichts sie vereint, kann sie nichts trennen. Und er ist heute morgen, erschöpft von neuen Erfahrungen, heimgekehrt, voller Kummer und voller Staunen, denn sie hat ihm das Psalterium, auf dem er für sie spielte, geschenkt und ihm eine Botschaft wie unmittelbar aus den Romanzen der Troubadoure übermitteln lassen. Er ging frohgemut in seine Zelle zurück und wird schlafen, wie ich hoffe, bis unsere Befragung nach der Messe beendet ist. Mögen Gott und die heilige Winifred uns ein gutes Ende gewähren!«

»Ach, ja, das!« sagte Hugh mit einem hintergründigen Lächeln. »Sind diese *sortes* nicht eine höchst fragwürdige Methode, um einen Sachverhalt zu klären? Ich glaube, es ist nicht schwer, dabei zu schwindeln. Es gab einmal eine Zeit – du hast es mir selbst gestanden, da du *selbst* geschwindelt hast – für eine gute Sache, versteht sich!«

»Ich schwindelte damals, um einen Diebstahl zu verhindern, nicht um einen zu ermöglichen«, sagte Cadfael. »Niemals habe ich die heilige Winifred beschwindelt, noch wird sie jetzt einem Schwindel zum Opfer fallen. Sie wird mir nicht mehr vorwerfen, als mir gebührt, und sie wird auch den Jungen nicht für einen Mord zahlen lassen, den er nicht begangen hat. Sie weiß, was wir brauchen und was wir verdienen. Sie wird dafür sorgen, daß Falsches richtiggestellt und Streitigkeiten beigelegt werden, wenn es an der Zeit ist.«

»Und ohne irgendein Eingreifen meinerseits«, sagte Hugh und erhob sich lachend. »Ich gehe und überlasse das euch Brüdern. Danach aber, wenn er wach ist – armer Kerl, ich will ihn nicht stören! –, wollen wir uns deinen Singvogel einmal vornehmen.«

Vor dem Hochamt ging Cadfael in die Kirche, hin- und hergerissen zwischen Vertrauen und Zweifel und reuig zerknirscht ob seiner Unsicherheit – eine doppelte Verwirrung des Geistes. Auf jeden Fall blieb ihm keine Zeit, seinen Aufguß noch vor der Prüfung zu bereiten: also hatte er die Schwarzdornblüten, befreit von Dornen und Hülsen, in einem sauberen Topf, der zum Schutz gegen schwebende Staubpartikel mit einem Leintuch bedeckt war, erst einmal stehenlassen. Ein paar Blütenblätter hingen noch immer an seinem Ärmel, verfangen in dem groben Gewebe. Einige hingen in seiner angegrauten Tonsur: Eine Windböe hatte sie von den höheren Zweigen geschüttelt. Dieser Frühlingsschnee weckte Erinnerungen an andere Frühlingstage und darauffolgende Blütezeiten, fast, aber nur fast wie diese, nämlich dann, wenn der Weißdorn sich zu betörender Süße entfaltet und die Sinne trunken macht. Noch vier oder fünf Wochen, und ein noch dichterer Schnee würde die Hecken mit einer weißen Decke überziehen. Der Geruch von Wachstum und Grün lag schon in der Luft, schwer faßbar, aber stetig wie das unablässige Kräuseln des Wassers, des flüsternden Februarwassers, das jetzt fast gänzlich verstummt war.

Mehr dem Gefühl nach als aus einer Absicht heraus ging er auf den Altar der heiligen Winifred zu und ließ sich mit seinen alten, steifen Knien auf der untersten Stufe nieder, um zu ihr zu sprechen. Er sprach nicht in Worten zu ihr, obwohl er Worte dachte, Worte in walisischer Zunge, ihrer wie seiner Muttersprache. Wohin sie gehörte und wo sie zu sein wünschte, darüber würde sie entscheiden. Was er erbat, war ihr Rat im Falle des Mordes an einem jungen Mann, einem anständigen jungen Mann, der sich mit Liebe und Behutsamkeit seinen Lämmern gewidmet hatte, als ob es die Lämmer Gottes wären, und der niemals einen vorzeitigen Tod verdient hätte, obwohl Gottes Liebe, als der junge Mann fiel, vielleicht eine schützende Hand unter ihn gelegt und ihn ins Licht emporgehoben hatte. Und ihren Rat wegen eines anderen jungen Mannes, der einer Tat verdächtigt wurde, die weit außerhalb seines Wesens lag, und der nicht auch noch einen ungerechten Tod sterben sollte.

Er zweifelte nicht einen Augenblick, daß sie ihn erhörte. Sie würde einem Bittsteller niemals den Rücken zukehren. Doch in welcher Stimmung sie ihm wohl zuhörte, nach allem, was geschehen war, konnte er nicht wissen. Cadfael hoffte und dachte seine Gebete in resignierter Demut, aber immer in gutem Nordwalisisch, dem Walisisch von Gwynedd. Sie mochte aufgebracht sein; sie würde dennoch gerecht sein.

Als er sich von den Knien erhoben hatte, wobei er sich auf den Rand ihres Altars stützte, der zur Feier ihrer Rückkehr und in der Hoffnung auf ihren weiteren Verbleib frisch geschmückt war, verließ er sie nicht sofort. Die Ruhe hier war zugleich wohltuend und unheilvoll, wie die Stille vor einer Schlacht. Und das Evangelium – nicht das große, kostbar illustrierte Buch, sondern ein kleineres, gedrungeneres, durch selteneren Gebrauch und dünnere Seiten geeigneter, allzu schlauen Fingern zu widerstehen – lag bereits mit ehrerbietiger Präzision genau in der Mitte auf dem silberbeschlagenen Schrein. Er legte die Hand darauf und lenkte alle seine Gebete um Hilfe und Erleuchtung in die Berührung seiner Finger, und plötzlich war er entschlossen, es zu öffnen. Mädchen, weise mir jetzt den Weg, denn ich habe ein Kind in meiner Obhut. Ein Lügner, ein Dieb und ein Gauner, zu all dem hat diese Welt ihn gemacht, bei all seiner Sanftmut, bei all seiner Falschheit. Aber er ist kein Mörder, was immer du sonst von ihm wissen magst. Ich bezweifle, daß er mit seinen zwanzig Jahren jemals einer Seele etwas zuleide getan hat. Sag ein Wort zu mir, ein erleuchtendes Wort, damit er seinen Käfig verlassen kann.

Das Buch des Schicksals lag dort vor ihm. Fast ohne einen bewußten Gedanken legte er beide Hände darauf, hob es auf und öffnete es. Er schloß die Augen, während er es wieder an seinen Platz zurücklegte, es mit seiner linken Hand glattstrich und den Zeigefinger seiner Rechten auf der aufgeschlagenen Seite ruhen ließ.

Als ihm bewußt wurde, was er getan hatte, verharrte er, ohne einen Finger zu bewegen, vor allem nicht den Zeigefinger, öffnete langsam die Augen und schaute, worauf er deutete.

Es war das Matthäus-Evangelium, Kapitel 10, und der Finger, der auf Vers 21 ruhte, lag so fest, daß die Seite sich kräuselte.

Cadfael hatte sein Latein erst spät gelernt, aber diese Stelle war leicht:

»... es wird aber ein Bruder den andern zum Tod überantworten.«

Er starrte hinunter auf die Worte, die zunächst keinen Sinn für ihn ergaben, außer daß sie vom Tod sprachen, vom vorsätzlich verursachten Tod, nicht dem ruhigen Abschluß eines Lebens wie dem Ende Donatas. Es wird aber ein Bruder den andern zum Tod überantworten ... Es gehörte zur Prophezeiung vom Zerfall und Chaos in den letzten Tagen; in diesem Zusammenhang war es nur ein Detail in einem großen Bild, aber hier war alles, es war eine Antwort. Für einen, der lange Jahre schon Mitglied einer Bruderschaft war, war der Wortlaut bedeutungsvoll. Kein Fremder, kein Feind, sondern ein Bruder hintergeht einen Bruder.

Und plötzlich überkam ihn eine kurze Vision – ein junger Mann, der bei Regen im Dunkeln einen schmalen Waldweg hinabeilt, gehüllt in einen grauen Umhang, die Kapuze tief ins Gesicht gezogen. Der Schemen eilte vorüber und war nicht mehr als ein Schemen, kaum wahrzunehmen in der Finsternis, nur schwach erleuchtet durch den schmalen Streifen Himmel zwischen den Bäumen.

Doch der Schemen war vertraut, ein Mann in einem dunkelgrauen weiten Umhang, den Kopf unter der Kapuze verborgen. War es ein schwarzer Umhang? Was wäre in diesem Fall der Unterschied gewesen?

Es war, als hätte sich vor ihm eine Tür geöffnet zu einem trüben, aber doch wahrnehmbaren Licht. Ein Bruder, dem Tode ausgeliefert. Was, wenn das stimmte, wenn einem anderen Opfer, nicht Aldhelm, aufgelauert worden war? Niemand außer Tutilo hatte einen bekannten Grund, Aldhelm zu fürchten, und Tutilo, der zwar in jener Nacht jenseits der Klostermauern war, leugnete hartnäckig, den jungen Mann angegriffen zu haben. Kleine Einzelheiten waren ans Licht gekommen, die Tutilos Aussage bestätigten. Und Tutilo war in der Tat ein Bruder, der in jener Nacht auf dem besagten Waldweg erwartet werden konnte. In Statur und Alter und bei schnellem Ausschreiten, um dem Regen zu entfliehen, könnte er von einem lauernden Mörder durchaus mit der Gestalt von Aldhelm verwechselt worden sein.

Der Bruder, der den Bruder in den Tod liefert, so wäre es geschehen, wenn nicht ein anderer Mann vor ihm diesen Weg gegangen wäre. Was aber war mit dem anderen, demjenigen, der den Mord vorhatte? Wenn dieses Orakel den Sinn hatte, den es zu haben schien, hatte das Wort »Bruder« sicher einen doppelten, auch klösterlichen Sinn. Ein Bruder dieses Hauses oder wenigstens des Benediktinerordens. Cadfael kannte niemanden außer Tutilo, der in jener Nacht das Klostergelände verlassen hatte, aber ein Mann, der eine Mordtat plante, würde seine Absichten wohl kaum bekanntgeben oder auch nur jemanden wissen lassen, daß er sich zu entfernen gedachte. Jemand innerhalb des Ordens, der Tutilo so haßte, daß er ihn umbringen würde? Prior Robert wäre gewiß nicht bekümmert gewesen, wenn Tutilo für seine Missetat mit seinem Leben hätte zahlen müssen, aber Prior Robert war zusammen mit anderen Zeugen beim Abt zum Essen gewesen. Und außerdem konnte man sich schlecht vorstellen, wie er nachts in feuchten Wäldern lauerte, um einen Dieb mit seinen vornehmen Händen niederzustrecken. Herluin konnte dem Jungen vorwerfen, daß er Ramsey Schande bereitet hatte, freilich weniger dafür, daß er einen Diebstahl ausgeheckt, als vielmehr dafür, daß er ihn verpfuscht hatte. Aber auch Herluin war beim Abt zu Gast gewesen. Und doch hatte sich das Orakel in Cadfaels Gedanken festgesetzt wie ein Dorn seiner Schwarzdornhecken und war nicht mehr daraus zu entfernen.

Als er sich zu seinem Chorstuhl begab, hallten die Worte in seinem inneren Ohr wider: »Es wird aber ein Bruder den andern zum Tod überantworten«. Es bedurfte all seiner Willenskraft und Konzentration, um den Satz aus seinen Gedanken zu verscheuchen und sich mit Herz und Seele der Zelebrierung der Messe zu widmen.

KAPITEL 9

Nach Ende der Messe, als Bruder Paul und seine Novizen zum Unterricht aufgebrochen und nur die Chormönche als ehrfürchtige Zeugen zurückgeblieben waren, sprach Abt Radulfus ein kurzes Gebet, in dem er um göttliche Führung bat, und ging dann gemessenen Schrittes zum Altar der heiligen Winifred.

»Mit Verlaub«, ließ sich Graf Robert aus gebührendem Abstand und im sanftesten und zurückhaltendsten Tonfall vernehmen, »wie sollen wir bestimmen, wer als erster das Schicksal befragen soll? Gibt es eine Regel, an die wir uns halten müssen?«

»Um das zu erfragen, sind wir hier«, entgegnete der Abt schlicht. »Laßt uns von Anfang bis Ende fragen, von Behauptung bis Auflösung, und keine eigenen Beweisgründe oder Vorbehalte geltend machen. So wurde es beschlossen. Daran haltet Euch. Ich werde nach der Vorgehensweise fragen, und darüber hinaus will ich Shrewsburys Sache Prior Robert überlassen, der einst die Reise nach Wales angetreten hat, um die heilige Winifred zu finden, und der ihre Reliquien hierherbrachte. Wenn einer von Euch etwas einzuwenden hat, so benennt, wen Ihr wollt. Vater Boniface würde sich sicher nicht weigern, uns diesen Dienst zu erweisen, wenn Ihr es verlangt.«

Niemand hatte eine Bemerkung dazu abzugeben, bis Robert Bossu es auf liebenswürdige Weise auf sich nahm, der Billigung Stimme zu verleihen, die sonst durch bloßes Schweigen zum Ausdruck gekommen wäre. »Vater Abt, bestimmt Ihr«, sagte er, »und wir sind damit einverstanden.«

Radulfus erklomm die drei niedrigen Stufen und öffnete das Evangelium, die Augen auf das Kreuz geheftet, um nicht zu sehen, auf welche Stelle der aufgeschlagenen Seite sein Finger weisen würde.

»Tretet näher«, sprach er, »und überzeugt Euch selbst, daß hier kein Betrug vorliegt und daß die Worte, die ich Euch jetzt laut vorlesen werde, die sind, die die *sortes* mir gesandt haben.«

Herluin trat ohne Zögern näher und spähte begierig über Radulfus' Schulter. Graf Robert blieb ruhig stehen, wo er war, und erachtete eine solche Bestätigung als unnötig.

Abt Radulfus blickte hinab auf die Stelle, wo sein Zeigefinger ruhte, und sprach emotionslos: »Ich bin im Evangelium des heiligen Matthäus, Kapitel 20, und die Zeile lautet: ›Also werden die Letzten die Ersten, und die Ersten die Letzten sein.‹«

Dagegen war nichts einzuwenden, dachte Cadfael, der etwas abseits stand und unbehaglich die Stirn runzelte. Es war, wenn man so wollte, eher verdächtig, daß der erste Versuch eine so eindeutige Antwort ergab; die Vorhersagen von Bischöfen waren bekanntlich oft äußerst verschwommen. Hätte dies ein anderer vorgelesen als Abt Radulfus, Radulfus mit seiner unbeugsamen Aufrichtigkeit, so hätte man fast den Verdacht haben können ... Doch das hieße, an der Macht der Heiligen zweifeln. Bei ihr, die einen gelähmten Jüngling zu sich rufen und mit ihrer unsichtbaren Gnade stützen konnte, während er auf den Stufen ihres Altars seine Krücken zur Seite legte – warum zweifeln, daß sie die Seiten eines Evangeliums umzublättern und einen gläubigen Finger hin zu den Worten zu führen vermochte, die ihrem Willen entsprachen?

»Man könnte meinen«, sagte Graf Robert nach einem kurzen, höflichen Schweigen aus Respekt vor jedem anderen, der vielleicht das Wort zu ergreifen wünschte, »daß dies Verdikt mich als den, der als letzter hinzukam, an die erste Stelle rücken will. Ist das auch Eure Deutung, Vater?«

»Der Sinn scheint eindeutig«, sprach Radulfus. Sorgfältig schlug er das Evangelium zu, legte es genau auf die Mitte des Schreins, schritt die Stufen hinab und trat zur Seite. »Nun ist die Reihe an Euch.«

»Gott und die heilige Winifred mögen sprechen!« sagte der Graf, stieg ohne Eile hinauf und blieb einen Augenblick reglos stehen, bevor er mit bedachtsamen, feierlichen Bewegungen, für alle deutlich sichtbar, das Buch mit seinen muskulösen Händen niederlegte, es mit seinen Daumen teilte und öffnete. Als er es ganz aufgeschlagen hatte, glättete er die gewählten Seiten mit beiden Handflächen, ließ den Zeigefinger dann einen Augenblick darüber schweben, bevor er ihn senkte. Er hatte weder hinabgeblickt noch die Fingerspitzen über die Ecken der Blätter gleiten lassen, um zu ertasten, wo etwa im Buch seine Seite sich befand. Es gab Möglichkeiten, die *sortes Biblicae* zu manipulieren, doch er hatte diese peinlichst und für jeden sichtbar gemieden. Es war ihm nicht ernst mit seinem Bemühen, dessen war sich Cadfael sicher, und es würde ihm seinen Spaß verderben, eine List anzuwenden. Seine Absicht war, Prior Robert und Subprior Herluin – wie zwei Kampfhähne, mit purpurroten Kehllappen kollernd – aufeinanderzuhetzen.

Der Graf las laut und übersetzte, so flüssig wie ein Geistlicher, in die Landessprache: ›Ihr werdet mich suchen und nicht finden; und wo ich bin, könnet Ihr nicht hinkommen.‹« Er hob nachdenklich die Augen. »Es ist Johannes, Kapitel 7, Vers 34. Vater Abt, das ist ein seltsamer Spruch, denn sie kam zu mir, als ich sie gar nicht suchte – ich wußte ja nicht einmal von ihrer Existenz. Sie war es, die mich fand. Und es ist gewiß ein schwer zu lösendes Rätsel, daß ich nicht hinkommen kann, wo sie ist, denn schließlich ist sie hier, und ich bin neben ihr. Wie deutet Ihr das?«

Cadfael hätte es ihm sagen können, hütete aber seine Zunge, auch wenn es reizvoll gewesen wäre, die Frage zu beantworten, um zu hören, was dieser feinsinnige Mann darauf erwidert hätte. Es war sogar sehr verlockend, denn Robert Bossu war ein Mann, der jene Ironie zu schätzen gewußt hätte. Er hatte sich dem Disput hier in Shrewsbury in Zeiten der Untätigkeit und Langeweile angeschlossen, und es war bedauerlich, daß ihm das Beste an dem Spaß, der so viel mehr war als bloßer Spaß, vorenthalten werden mußte. Den würde er allein mit Hugh teilen können, der die guten und schlechten Seiten seines Freundes Cadfael kannte. Nein, da gab es noch jemanden, der alles wußte. Sicher erinnerte sich die heilige Winifred manchmal dessen und lächelte in ihrem ruhigen Schlaf in Gwytherin, lachte sogar, wenn sie aufwachte, um die Strahlen ihrer Gnade in die Ferne zu senden und einen gelähmten Jungen in Shrewsbury zu heilen.

Und wie die erste so traf auch die zweite Antwort auf erstaunliche Weise zu und sprach eine geheime, paradoxe Wahrheit vor einem Mann aus, der sie aus vollem Herzen zu schätzen gewußt hätte und doch nicht in das Geheimnis eingeweiht werden durfte. Wenn es seine Absicht war, zu reizen und zu verwirren, warum sollte sie sich dann nicht auf ihre sanfte Weise dafür rächen?

»Ich bin in der gleichen Lage wie Ihr«, sagte der Abt und lächelte. »Ich höre zu und mühe mich zu verstehen. Vielleicht müssen wir warten, bis alles beantwortet worden ist, bevor wir auf Erleuchtung hoffen dürfen. Sollen wir fortfahren und auf die Offenbarung warten?«

»Gern!« sagte der Graf, wandte sich um und schritt die drei Stufen hinunter, wobei sein scharlachroter Überrock herumwirbelte. Als er so hinabschritt, die Altarkerzen im Hintergrund, störten die hohe Schulter und der Buckel kaum das Gleichmaß seines kräftigen und ansonsten wohlgeformten Körpers. Er zog sich sogleich gebührend zurück, um das geheime und gefaßte Vorgehen des nächsten Kandidaten in keiner Weise zu behindern, und seine beiden jungen Knappen, angehalten, sich bescheiden im Hintergrund zu halten, traten mit ihm nach hinten.

Wenn er spielt, um sich die Langeweile zu vertreiben, dachte Cadfael, so spielt er nach noblen Regeln. Hugh mochte ihn vom ersten Augenblick an; und das gilt auch für mich, ich schätze ihn sehr. Und plötzlich fuhren ihm Gedanken über das Befremdliche an menschlichen Beziehungen durch den Kopf. Wie steht ein Mann wie dieser Graf, grübelte er, zu unserem lauten, ungestümen, freimütigen König Stephen, der die Ereignisse in Angriff nimmt wie ein Stier? Und jetzt, da ich die Dinge so deutlich sehe – wie steht Hugh zum König? Müssen nicht alle zum Denken befähigten Seelen dieses langen Haders, der keine Fortschritte macht, der Menschen und Ernten und den Wohlstand des Landes zugrunde richtet, längst überdrüssig sein? Überdrüssig nicht nur des Königs, sondern mehr noch vielleicht jener Dame, die ihre Zähne ins Fleisch des Reiches gräbt und es nicht mehr losläßt? Irgendwo muß es doch einen besseren Erben geben, einen Hoffnungsschimmer auf eine Sonne, die alle Zweifel wie Morgennebel auflöst und mit ihrer Blendkraft König und Kaiserin und all die Zwietracht, Verwirrung und Verwüstung, die sie über dieses Land gebracht haben, aus unserer Erinnerung löscht.

»Vater Herluin«, sprach Abt Radulfus, »wollt Ihr es versuchen?«

Herluin trat sehr langsam auf den Altar zu, als müßten diese wenigen Schritte und das Erklimmen der drei Stufen zum Gebet und zur hingebungsvollen Kontemplation auf jenes Bemühen, das sein ehrgeiziges Ziel sowohl mit Erfolg als auch mit Mißerfolg bescheiden konnte, genützt werden. In seinem langen, eingefallenen Gesicht brannten die Augen dunkel wie halbverglühte Kohlen. Trotz allen Eifers zögerte er, als es an ihm war, die *sortes* zu befragen, denn zwei- oder dreimal legte er die Hände auf das Buch, nur um sie sofort wieder zurückzuziehen. Höchst aufschlußreich, dachte Cadfael, die unterschiedlichen Vorgehensweisen zu beobachten, mit denen verschiedene Männer sich dem Augenblick der Wahrheit nähern. Robert Bossu hatte das Buch energisch niedergelegt, es mit beiden Daumen geteilt und geöffnet und den Finger dorthin bewegt, wohin das Schicksal ihn führte. Aber als Herluin das Buch endlich berührte, geschah es ängstlich und verkrampft, als würde das Pergament brennen, und selbst als er das Buch schon geöffnet hatte, zauderte er eine Weile, welche Stelle auf der Seite er wählen sollte, schwankte zwischen Rekto und Verso und wieder zurück, bis er den Zeigefinger endlich senkte. Sobald das geschehen war, holte er tief Luft und beugte sich hinab, um zu sehen, was das Schicksal für ihn bereithielt. Er schluckte und blieb stumm.

»So lest doch!« trieb der Abt ihn behutsam an.

Es half nichts. Herluins Stimme kratzte, aber er sprach deutlich, vielleicht ein wenig lauter, als es nötig gewesen wäre, weil es ihn solche Mühe kostete, die Worte überhaupt herauszubringen. »Es ist Lukas, Kapitel 13, Vers 27: ›Ich sage euch: Ich kenne euch nicht, wo ihr her seid; weichet alle von mir, ihr Übeltäter!‹« Er hob den Kopf, das Gesicht grau vor Entrüstung, und schlug das Buch fest zu, bevor er in die Runde blickte, in all die ehrfürchtigen Gesichter, die ihn umgaben wie die Pfosten eines Zauns, eine Barriere, durch die es für ihn nur einen würdevollen Rückzug gab – auf Kosten eines anderen! »Ich wurde schmachvoll hintergangen und betrogen. Sie zeigt mir, daß ich falsch daran tat, jemals einem Lügner und Dieb zu vertrauen. Es geschah also nicht mit ihrem Willen, nicht auf ihren Befehl, daß Bruder Tutilo – darf ich ihn überhaupt noch Bruder nennen? – sie stahl und, schlimmer noch, eine andere unschuldige Seele in der Finsternis seines Vergehens zur Sünde verführte, wenn nicht gar in den Tod schickte. Sein Verbrechen ist Blasphemie, nicht nur Diebstahl, denn er bediente sich vom ersten Augenblick an einer gottlosen Lüge, indem er vorgab, es handele sich um einen Auftrag der Heiligen, und er hat sein Verbrechen seither mit Lüge um Lüge zu verdecken versucht. Jetzt hat sie mir seine Schurkerei deutlich offenbart und mir gezeigt, daß all diese Irrfahrten seit ihrer Entführung in der Tat von ihr selbst ersonnen wurden, um dorthin zurückzukehren, von wo sie geraubt wurde. Vater Abt, ich ziehe mich bekümmert und beschämt zurück. Das Mitleid, das sie gewiß für das notleidende Ramsey empfunden haben wird, hat er zunichte gemacht. Wir haben kein Anrecht auf sie. Ich erkenne es mit Tränen an und bete zu ihr um Vergebung!«

Für sich selbst! Gewiß nicht für den glücklosen Jungen, der in diesem Augenblick in seiner engen Steinzelle schlief. Für ihn gäbe es wohl kaum Vergebung, wenn es nach Herluin ging. Jede Pein dieser Demütigung würde auf Tutilo abgewälzt werden, so wie ihm jetzt jede noch so kleine Schuld aufgeladen wurde, damit Herluin sich herauswinden konnte, Herluin, unschuldig und fromm, Opfer eines bösartigen Betruges, Herluin, der sich nichts vorzuwerfen hatte als seine Gutgläubigkeit.

»Wartet!« rief Abt Radulfus. »Fällt noch kein Urteil. Denn man kann sich durchaus selbst betrügen, nicht nur andere. Im ersten Zorn sollte kein Mensch verurteilt werden. Und die Heilige hat uns noch nichts über Shrewsbury mitgeteilt.«

Nur allzu wahr, dachte Cadfael, denn sie könnte an uns – nicht weniger als an Ramsey – durchaus Kritik zu üben haben. Und was, wenn sie diesen Augenblick und diese Zuhörerschaft wählen würde, um uns wissen zu lassen, daß sie uns nur aus reiner Barmherzigkeit besucht und daß das, was in ihrem schönen Reliquienschrein liegt, in Wirklichkeit der Körper eines jungen Mannes ist, der einen Mord beging, um sie für Shrewsbury zu gewinnen, und daß dieser Mann durch einen Unfall starb, unter Umständen, die es notwendig machten, ihn verschwinden zu lassen? Ein schlimmeres Verbrechen als jenes, das Tutilo beging, um Winifred für Ramsey zu gewinnen. Cadfael war damals überzeugt gewesen, und war es heute noch immer, daß er nach ihrem Willen gehandelt hatte, als er sie ehrfürchtig in das Grab zurücklegte, aus dem er sie hervorgeholt hatte, den Mörder daraufhin im leeren Sarg verschwinden ließ, und sie, Winifred, an die Ruhestätte zurückgebracht hatte, an der sie sein wollte. Aber war es nicht möglich, daß Tutilo aus gleicher Überzeugung gehandelt hatte?

Das eine Unternehmen hatte die Heilige soeben verdammt. Nun wurde das andere auf die Probe gestellt. Welch Glück für Prior Robert, daß er sich wenigstens in diesem Augenblick in absoluter Unschuld dem Schrein näherte. Aber ich, dachte Cadfael, wie auf glühenden Kohlen, könnte bald für all meine Sünden zahlen müssen.

Nun, es wäre nur recht und billig!

Prior Robert mochte einige Skrupel gehabt haben, was seine eigene Ehrenhaftigkeit betraf, obwohl dies eine Schwäche war, der er nur selten erlag. Jetzt stieg er jedenfalls sehr feierlich die Stufen zum Altar empor und hob die Hände vors Gesicht, um ein letztes Mal, die Augen geschlossen, inbrünstig zu beten. Und er hielt sie weiter geschlossen, während er das Evangelium aufschlug und den Zeigefinger blind auf die Seite niederfahren ließ. In der Pause, die folgte, bevor er die Augen wieder öffnete und benommen auf das hinabblickte, was das Schicksal für ihn bereithielt, suchten ihn Zweifel an seinen Verdiensten heim. Wer hätte je erwartet, die Säule des Hauses dermaßen erschüttert zu sehen?

Sehr bald indes hatte er sich wieder gefaßt. Er neigte sein eindrucksvolles silbergraues Haupt, und eine Woge triumphierender Farbe stieg von seinem langen Hals hinauf in seine Wangen. Mit einer Stimme, zwischen Frohlocken und Ehrfurcht, trug er vor: »Johannes, Kapitel 15, Vers 16: ›Ihr habt mich nicht erwählt, sondern ich habe euch erwählt.‹«

Wie ein Windstoß oder wie das Heranbranden einer Woge, die ans Ufer rollt, fuhr ein Schauer durch die Versammlung der Brüder, die mit angehaltenem Atem gewartet hatten, um dann, der Welle gleich, die zu Gischt zerstäubt, in flüsterndes, geschäftiges Murmeln überzugehen, als die Brüder sich regten, einander anstießen und, erleichtert und fast hysterisch, zwischen Lachen und Weinen schwankten. Abt Radulfus richtete sich sogleich gebieterisch auf und hob besonnen eine Hand, um dem Sturm Einhalt zu gebieten.

»Ruhe! Achtet diesen heiligen Ort und unterwerft Euch den *sortes* mit der gebührenden ruhigen Fassung. Vater Prior, kommt herunter zu uns. Alles, was erforderlich war, ist geschehen.«

Prior Robert war noch immer so geblendet, daß er auf den Stufen zu straucheln drohte; er fand jedoch rasch zu seiner vornehmen Würde zurück, und als er schließlich den Fuß auf die Steinfliesen setzte, war er wieder ganz der anmaßende, förmliche Prior. Ob aber das Erlebnis religiösen Erschauerns dauerhafte Spuren hinterlassen würde, blieb abzuwarten. Cadfael bezweifelte es. Auf jeden Fall aber hatte es eine eindringliche kurze Auswirkung auf Roberts Selbstgefälligkeit gehabt. Eine Weile lang würde er sehr verhalten zu Werke gehen, aus Scheu vor der Entrüstung und Nachsicht dieser kleinen walisischen Heiligen.

»Vater«, sprach Prior Robert mit wieder bedächtiger und klangvoller Stimme. »Ich habe getreu das mir übermittelte Los vorgetragen. Nun können die *sortes* gedeutet werden.«

O ja, er war wieder ganz er selbst und würde sein Haupt in diese Glorie hüllen, solange sie noch Glanz ausstrahlte. Aber wenigstens in jenen kurzen Augenblicken hatte er sich als Mensch unter Menschen gezeigt. Niemand, der es erlebt hatte, würde es vergessen.

»Vater Abt«, sagte jetzt der Graf mit vornehmer Zurückhaltung. »Ich ziehe meinen Anspruch zurück. Ich verzichte sogar auf die Beantwortung der Frage, wieso ich hier nahe bei der Heiligen stehen kann, und doch gesagt wurde, wo sie sei, dahin könne ich nicht kommen. Ich vermute freilich, daß es da eine Geschichte gibt, die ich äußerst gern hören würde.« Ja, er war schnell von Begriff, wie Cadfael schon bemerkt hatte. Alles Widersprüchliche bereitete dem Grafen Vergnügen. »Das Feld gehört Euch, ganz und gar«, fügte Robert Bossu hinzu. »Ganz eindeutig hat sich die Gesegnete ohne meine oder andere Hilfe selbst hierher zurückgebracht. Und um nichts in der Welt möchte ich ihre Pläne durchkreuzen, obwohl ich stolz bin, daß sie geruht hat, mir auf ihrem Weg einen kurzen Besuch abzustatten. Mit Eurer Erlaubnis werde ich ihr als Zeichen der Anerkennung ein Geschenk darbieten.«

»Ich denke«, sagte Radulfus, »es würde der heiligen Winifred gefallen, wenn Ihr Euer Geschenk zu ihren Ehren der Abtei von Ramsey darbötet. Wir sind alle Brüder eines einzigen Ordens. Auch wenn die heilige Winifred durch menschlichen Irrtum fortgeschafft wurde, wird sie das einem in Not geratenen Bruderhaus gewiß nicht zur Last legen.«

Beide bedienten sich dieses förmlichen und zeremoniellen Vokabulars, so vermutete Cadfael, um die ersten, heiklen Augenblicke zu glätten und Prior Herluin Zeit zu geben, seinen Ärger zu meistern und einen würdevollen Rückzug antreten zu können. Er hatte die bittere Galle schon hinuntergeschluckt, auch wenn er fast daran erstickt wäre. Jetzt konnte er seine Niederlage mit geziemender Höflichkeit eingestehen. Aber nichts, nichts auf der Welt würde jetzt seinen Zorn auf den glücklosen jungen Mann besänftigen, der sicher hinter Schloß und Riegel saß, um auf seine Strafe zu warten.

»Ich schäme mich«, sprach Herluin mit gepreßter Stimme, »für mich und für meine Abtei, daß wir auf einen so falschen Anwärter auf die Bruderschaft setzten und ihm vertrauten. Meine Abtei wage ich zu entschuldigen. Mich selbst nicht. Ich hätte besser gewappnet sein müssen gegen die Ränke des Satans. Blind und töricht war ich, das will ich vor Euch gestehen, aber es war nie meine Absicht, dieses Haus zu betrügen, und ich beuge mich tief ob des geschehenen Übels und bitte um Vergebung. Seine Lordschaft von Leicester hat auch in meinem Sinne gesprochen. Das Feld ist Euer, Vater Abt. Nehmt alle Ehren und allen Gewinn entgegen.«

Es gibt verschiedene Arten, sich zu erniedrigen, um sich zu erhöhen – obwohl Prior Robert, hätten die Dinge einen anderen Verlauf genommen, es vielleicht mit mehr Würde getan hätte. Die beiden waren sich ebenbürtig, obwohl Robert, von noblerer Herkunft als Herluin, die bessere Beherrschung und weniger Arglist besaß, wenn er in Bedrängnis geriet.

»Wenn alle zufrieden sind«, sagte Radulfus, der diesen Wortwechsel nicht nur lästig, sondern auch weitschweifig fand, »möchte ich diese Versammlung mit einem Gebet abschließen und dann auflösen.«

Sie waren nach dem letzten Amen noch immer auf den Knien, als ein plötzlicher Windstoß zu spüren war, der durch das Altarschiff in den Chor drang, als käme er vom Südportal her, doch niemand hatte ein Knirschen des Riegels oder ein Knarren der Tür vernommen. Jeder konnte es spüren, und da die Luft noch immer schwanger war von Prophezeiung und Hader, zuckte jeder zusammen und spitzte die Ohren, und einige öffneten die Augen, um nach der Quelle dieses unvermittelten Windes aus der Außenwelt Ausschau zu halten. Bruder Rhun, der ergebene Diener der heiligen Winifred, wandte als erster seinen schönen Kopf, um in größter Sorge auf ihren Altar zu blicken. Hoch und schrill drang seine Stimme durch die Stille: »Vater, schaut auf den Altar! Die Seiten des Evangeliums schlagen um!«

Prior Robert hatte, als er, noch eingehüllt in Wolken des Triumphes, seinen erhöhten Platz verließ, das Evangelium an der Stelle aufgeschlagen liegen lassen, an der sein Sieg geschrieben stand: bei Johannes, dem letzten der Evangelisten, weit hinten im Buche. Aller Augen waren jetzt auf das Buch gerichtet, und tatsächlich bewegten sich die Seiten rückwärts, langsam, zögernd, kurz aufrecht weilend, um dann nachzugeben, manchmal eine einzelne Seite, manchmal, von einem stärkeren Windhauch bewegt, gleich mehrere auf einmal, fast als würden Finger sie anheben und führen oder manchmal hastig überfliegen. Das Evangelium blätterte zurück von Johannes zu Lukas, von Lukas zu Markus ... und weiter ... Alle sahen gebannt zu und merkten kaum, begriffen kaum, daß der plötzliche Wind vom Südportal sich gänzlich gelegt hatte, und die Seiten, Blatt für Blatt, jetzt zwar ganz langsam, aber dennoch weiter umschlugen. Sie richteten sich auf, verharrten fast still, neigten und legten sich über die späteren Bücher des Evangeliums.

Denn inzwischen mußten sie bei Matthäus angelangt sein. Und jetzt verlangsamte sich die Geschwindigkeit noch weiter, eine Seite nach der anderen richtete sich auf, zitterte einen Augenblick und neigte sich behutsam. Die letzte legte sich locker, nicht ganz flach auf ihre Gefährten, lag dann aber still, und kein Hauch des Windes war mehr zu spüren, der die Seiten umgeblättert hatte.

Eine Weile lang rührte sich niemand. Schließlich erhob sich Abt Radulfus und trat auf den Altar zu. Was die Luft selbst geschrieben hatte, mußte von mehr als natürlicher Bedeutung sein. Ohne das Buch zu berühren, beugte er sich hinab und schaute auf die Seite.

»Tretet näher, zwei oder drei von euch, damit ich nicht der einzige Zeuge bin.«

Prior Robert stand im Nu am Fuße der Altartreppe, groß genug, um lesen zu können, ohne die Stufen erklimmen zu müssen. Cadfael näherte sich von der anderen Seite. Herluin hielt sich fern, zu tief mit seinen Geistesnöten beschäftigt, um sich mit weiteren Wundern zu befassen. Der Graf aber näherte sich mit aufrichtiger Neugier und reckte den Hals, um die aufgeschlagenen Seiten zu erspähen. Das Blatt auf der linken Seite hob sich ein wenig, zitterte leicht unter der eigenen Spannung, denn es war ja jetzt kein Windhauch mehr zu spüren. Die rechte Seite bewegte sich nicht, und im Bund des Buches lagen ein paar weiße Blütenblätter und eine kleine Schwarzdornknospe, die eben aus ihrer dunklen Umhüllung gebrochen war.

»Ich habe nichts angerührt«, sprach Radulfus, »denn hier handelt es sich um keine Frage meinerseits noch von irgendeinem unter uns. Ich betrachte dieses Omen als Gnade und diese Knospe als den Finger der Wahrheit. Er deutet auf den Vers 21 und der Satz lautet: ›Es wird aber ein Bruder den andern zum Tod überantworten.‹«

Es folgte langes, ehrfürchtiges Schweigen. Prior Robert streckte behutsam die Hand aus, um die kleinen losen Blütenblätter und die aufbrechende Knospe, die im Bund des Buches gesteckt hatte, zu berühren.

»Vater Abt, Ihr seid nicht mit uns in Gwytherin gewesen, denn sonst würdet Ihr dieses Wunder wiedererkennen. Als die Heilige uns in der Kirche dort besuchte, wie vorher schon in einer Vision, kam sie in einem Regen von Maiblüten. Die Jahreszeit für den Weißdorn ist noch nicht gekommen, aber diese … diese schickt sie uns an ihrer Stelle, wieder das Weiß ihrer Unschuld. Es ist ein unmittelbares Zeichen der heiligen Winifred. Und wir sind verpflichtet, dem, was sie uns anvertraut, Beachtung zu schenken.«

Ein Murmeln und Raunen ging durch die Versammlung der Mönche, und, angezogen von dem Wunder, kamen sie langsam näher. Einer unter ihnen rang nach Luft, tief und schmerzvoll, und es klang wie ein unterdrücktes Schluchzen.

»Das ist eine Frage der Deutung«, sprach Radulfus ernst. »Wie sollen wir solch ein Orakel verstehen?«

»Es spricht vom Tod«, lautete der sachliche Kommentar des Grafen. »Und es hat hier einen Toten gegeben. Der Verdacht lastet, wenn ich es richtig verstehe, auf einem jungen Mann Eures Ordens. Der Schatten liegt über allen. Das Orakel spricht von einem Bruder als Werkzeug des Todes, was mit dem Fall übereinstimmt, so weit er uns bisher bekannt ist. Aber es spricht auch von einem Bruder als dem Opfer. Das Opfer war jedoch kein Bruder. Wie ist das zu verstehen?«

»Wenn sie tatsächlich in diese Richtung gedeutet hat«, sagte der Abt bestimmt, »so müssen wir ihr folgen. ›Bruder‹ sagt sie, und wenn wir ihrem Worte glauben, war es ein Bruder, dessen Tod von einem Bruder ausgeheckt worden war. Die Bedeutung, die dieses Wort innerhalb dieser Mauern hat, ist der Heiligen ebenso bekannt wie uns. Wenn einer von Euch wichtige Gedanken zu dieser dringlichen Angelegenheit vorzubringen hat, so möge er sprechen.«

In die unbehagliche Stille hinein, während Bruder um Bruder den Blick des Nachbarn suchte oder ihm auswich, sprach Bruder Cadfael: »Bruder Abt, ich habe Gedanken vorzubringen, die mir erst heute morgen gekommen sind und jetzt von Bedeutung sein könnten. In der Mordnacht war es finster, nicht nur wegen der fortgeschrittenen Stunde, sondern auch wegen des Wetters, denn die Wolken hingen tief, und es regnete. Der Ort, an dem Aldhelms Leichnam gefunden wurde, befindet sich in einem dichten Waldstück, auf einem schmalen Pfad, auf den nur das Licht eines klaren Himmels dringen würde. Aber hell genug für einen wartenden Mann, dessen Augen ans Dunkel gewöhnt sind, um eine Gestalt, einen Schemen zu erkennen. Und der Schemen Aldhelms war der eines jungen Mannes, allein schon seinem schnellen Schritt nach zu urteilen. Zudem war er in einen graubraunen Umhang gegen den Regen gehüllt, die Kapuze tief ins Gesicht gezogen. Vater, wie kann man diese Gestalt unter solchen Bedingungen von der eines Benediktinerbruders in dunkler Kutte mit Kapuze unterscheiden, eines jungen Bruders, der kräftig ausschreitet, um rasch ins Trockene zu gelangen?«

»Wenn ich Euch recht verstehe«, sagte Radulfus, nachdem er Cadfaels Miene eingehend betrachtet und für überaus ernst befunden hatte, »wollt Ihr andeuten, daß der junge Mann irrtümlicherweise für einen Benediktinermönch gehalten und an dessen Stelle getötet wurde?«

»Es stimmt mit dem überein, was hier in den *sortes* steht«, sagte Cadfael.

»Und mit dem Dunkel der Nacht, das gebe ich zu. Wollt Ihr weiter andeuten, daß das beabsichtigte Opfer Bruder Tutilo war? Daß er nicht der Jäger, sondern der Gejagte war?«

»Vater, dieser Gedanke ist mir durchaus gekommen. In Körperbau und Alter sind sich die beiden in etwa ähnlich. Und wie jedermann wußte, hat Tutilo in jener Nacht das Kloster mit Erlaubnis verlassen, auch wenn er diese Erlaubnis nur durch eine Lüge erhielt. Es war bekannt, auf welchem Pfad er zurückkehren würde – oder wenigstens hat er so etwas angedeutet. Und, Vater, man muß zugeben, daß er einiges getan hat, um sich Feinde in diesem Haus zu machen.«

»Ein Bruder, der sich gegen einen Bruder wendet …«, sagte der Abt grübelnd. »Nun, wir sind fehlbar wie der

Rest der Menschheit; Haß und Bosheit machen vor unseren Mauern nicht halt. Aber was hat es mit diesem zweiten und todbringenden Bruder auf sich? Niemand anderer hat in jener Nacht das Kloster verlassen.«

»Niemand, von dem wir es wüßten«, sagte Cadfael. »Aber es ist nicht schwer, sich eine Weile unbemerkt zu entfernen. Es gibt Wege für jeden, der dazu die Absicht hat, hinaus- und hineinzukommen.«

Der Abt begegnete Cadfaels Blick ohne ein Lächeln; er wußte stets die Fassung zu wahren. Dennoch gab es nicht viel, was sich im Kloster abspielte, von dem Radulfus nicht wußte. Es hatte Zeiten gegeben, da Cadfael in dringlichen Angelegenheiten, die seine Abwesenheit rechtfertigten, nachts aufgebrochen und zurückgekommen war, ohne das Pförtnerhaus zu passieren. Bei allen guten Taten, die in der Ordensregel des heiligen Benedictus aufgeführt waren, stand die Liebe zu den Menschen an zweiter Stelle, gleich nach der Liebe zu Gott, und für Cadfael war die Ordensregel wichtiger als kleinliche Vorschriften.

»Zweifelsohne sprecht Ihr aus langer Erfahrung«, sagte der Abt. »Und gewiß habt Ihr recht. Jedoch wissen wir von niemandem, daß er in jener Nacht abwesend war. Es sei denn, Ihr wißt etwas, von dem ich nichts weiß.«

»Nein, Vater, ich weiß nicht mehr als Ihr.«

»Wenn ich mir die Bemerkung erlauben darf«, wandte der Graf ein, »warum sollte das Orakel, das von den beiden Brüdern gesprochen hat, nicht gebeten werden, weitere Zeichen zu schicken? Sicher wird von uns erwartet, daß wir dieser Fährte folgen, so gut wir können. Nach einem Namen zu fragen, ginge wohl zu weit, aber es gibt andere Wege, etwas deutlich zu machen, wie diese gesegnete Heilige uns gezeigt hat.«

Nach und nach, fast verstohlen, hatten alle Brüder ihre Chorstühle verlassen und sich im Kreis um den Altar und die davor debattierende Gruppe aufgestellt. Sie kamen nicht zu nahe, aber doch nahe genug, um zu hören, was gesprochen wurde. Und irgendwo unter ihnen, nicht leicht auszumachen, entstand so etwas wie verzweifeltes, aber beherrschtes Unbehagen, eine Unruhe, die die Luft innerhalb des Chors beben ließ, wie vom ängstlichen Flügelschlag eines gehetzten Vogels verursacht. Cadfael spürte es, hielt es aber nur für die Ehrfurcht vor den *sortes*. Und das allein genügte. Ihn selbst überkam ein Unbehagen, als wäre er auf eine Folter gespannt und hätte das Schlimmste noch vor sich. Es war höchste Zeit, diesem Zustand ein Ende zu machen, und all diese überlasteten Seelen in die feuchte, eisige, heilende Luft des beginnenden Märzes hinauszuschicken.

»Wenn in gewisser Weise alle Brüder durch dieses letzte Wort angeklagt sind«, fuhr der Graf fort, »so sind sie es, die demütigeren Kinder dieses Hauses, die am ehesten das Recht haben, nach einem Namen zu fragen. Wenn Ihr es für angebracht haltet, Vater Abt, so laßt einen von ihnen um ein Urteil bitten. Wie sonst können alle übrigen entlastet werden? Gerechtigkeit gebührt dem Unschuldigen – mehr noch als Strafe dem Schuldigen.«

Wenn er sich noch immer lustig machte, dachte Cadfael, so tat er es mit der redegewandten Würde eines Erzbischofs oder eines königlichen Richters. Ob nun im Spaß oder Ernst, ein solcher Mann würde dieses menschliche oder gar übermenschliche Geheimnis nicht ungelöst lassen wollen. Er würde sein ganzes Sinnen und Trachten darauf ausrichten, eine Lösung herbeizuführen. Und in Prior Robert, seinem Namensvetter, hatte er einen willigen Zuhörer gefunden. Jetzt da der Prior sicher war, seine

Heilige zu behalten, und dazu all den Glanz, der auf ihn als ihr Entdecker und Überführer fiel, wünschte er, alles geordnet zu beenden und daß diese lästigen Besucher aus Ramsey das Kloster verließen, bevor sie weiteres Unheil anrichten konnten.

»Vater«, sagte er schmeichlerisch. »Das scheint mir recht und billig. Sollen wir so vorgehen?«

»So sei es denn«, sprach Radulfus. »Ich lege es in Eure Hände!«

Der Prior wandte sich um und ließ den Blick über die versammelten Mönche schweifen, die ihn mit großen, erwartungsvollen Augen ansahen. Es fiel der unvermeidliche Name. Der Prior runzelte etwas die Stirn, daß er überhaupt nach seinem Getreuen suchen mußte.

»Bruder Jerome, ich bitte Euch, diese Anrufung im Namen aller durchzuführen. Tretet vor und macht die Probe.«

Ja, wo war Bruder Jerome, und warum hatte man die ganze Zeit nichts von ihm gehört und gesehen? Sonst hing er doch stets an den Rockzipfeln seines Priors, stets bereit, jedem Wort, das seinem Vorgesetzten über die Lippen kam, kriecherisch und schmeichlerisch zuzustimmen.

Jetzt erst fiel Cadfael auf, daß man die ganzen letzten Tage kaum etwas von ihm gehört und gesehen hatte, genauer gesagt, seit dem Abend, da er ihn in seinem Bett vorgefunden hatte, zitternd und krank, mit Magen- und Kopfschmerzen, die Cadfael mit seinen Pastillen und Säften zu lindern versucht hatte.

Das flüchtige Geräusch einer Bewegung, und Bruder Jerome trat aus den hinteren Reihen der versammelten Bruderschaft und kam langsam, zögernd, ja fast widerstrebend aus seiner ungewohnten Zurückgezogenheit. Er ging mit schlurfenden Schritten, den Kopf gesenkt und die Arme vor dem Körper verschränkt, wie um sich gegen eine tödliche Kälte zu schützen. Seine Züge waren grau und verhärmt, seine Augen entzündet. Er sah krank und elend aus. Ich hätte mich weiter um seine Leiden kümmern sollen, dachte Cadfael, aber ich glaubte, gerade er würde schon dafür sorgen, daß er alle nötige Pflege erhält.

Diese Gedanken gingen ihm durch den Kopf, als Prior Robert – bestürzt und verärgert über diese, wie ihm schien, widerwillige Annahme einer Pflicht, die ihm zur Ehre hätte gereichen sollen – Bruder Jerome mit gebieterischer Geste zum Altar winkte.

»Kommt, wir warten.«

Der Abt hatte die Blütenblätter und die Knospe behutsam entfernt und das Evangelium wieder zugeschlagen. Jetzt trat er zur Seite, um Jerome Platz zu machen.

Jerome schleppte sich zum Fuß der Treppe und blieb dort stehen wie ein scheuendes Pferd, holte tief Luft, versuchte, die Stufen zu erklimmen, warf plötzlich die Hände hoch, verbarg sein Gesicht darin und sank mit einem erbärmlichen, erstickten Schrei auf die Knie, den Kopf tief über die steinerne Stufe gebeugt. Eine gebrochene Stimme stieß unter den gekrümmten Schultern ein Stammeln aus, das sich fast anhörte wie das nächtliche Heulen eines streunenden Hundes.

»Ich wage es nicht … Ich wage es nicht … Die heilige Winifred würde mich totschlagen, wenn ich es wagte … Alles sinnlos, ich ergebe mich, ich bekenne meine schreckliche Schuld! Ich lief dem Dieb nach, lauerte ihm im Dunkeln auf, und, Gott erbarme sich meiner, ich tötete diesen unschuldigen Mann!«

KAPITEL
10

In dem entsetzten Schweigen, das auf dieses Geständnis folgte, erstarrte Prior Robert, die Hand noch erhoben, einen Augenblick lang gleichsam zu Stein, das Gesicht eine Maske völligen Unverständnisses. Daß eines seiner Schäfchen eine Todsünde begangen haben sollte, dazu eine von gewalttätiger Art, war erschreckend genug, daß dieser fügsame Sterbliche indes eigenmächtige Schritte irgendwelcher Art unternommen hatte, war für den Prior ein noch weit größerer Schock. Das gleiche galt für Bruder Cadfael, obwohl es für ihn gleichzeitig ein Schock der Erleuchtung war. Jerome, der nach verzweifeltem Erbrechen bleich und verquollen auf seinem Bett gelegen hatte, elend und still, war an Geist und Seele krank durch das, was er offenbar versehentlich getan hatte, und zum ersten Mal wirklich bedauernswert.

Bruder Rhun, der junge und frische Benjamin der Herde, gehorchte seinem Naturell und kniete, ohne um Erlaubnis zu fragen, neben Jerome nieder, legte den Arm um dessen bebende Schultern und drückte den unglückseligen Sünder fest an sich, bevor er voller Vertrauen zum Abt hinaufblickte.

»Vater, er ist krank, was immer er auch sonst sein mag. Gestattet mir zu bleiben.«

»Tut, wie es Euch recht dünkt«, sagte Radulfus, der auf die beiden hinabblickte, sein Gesicht fast so bleich wie das des Priors, »wie auch ich es tun würde. Jerome«, sprach er mit äußerst fester Bestimmtheit. »Schaut auf, und seht mir in die Augen.«

Es war jetzt zu spät, die Beichte der Öffentlichkeit noch vorzuenthalten, selbst wenn der Abt es gewünscht hätte, denn sie war vor allen Brüdern ausgesprochen worden, und als Mitglieder der Klostergemeinschaft hatten sie ein Recht darauf, an der Heilung all dessen teilzunehmen, was hier noch heilbar war. Sie standen stumm und aufmerksam da, traten aber nicht näher. Der Halbkreis war fast zu einem Kreis angewachsen.

Jerome hatte zugehört und war durch die Stimme des Abtes ein wenig ruhiger geworden. Der befehlende Tonfall veranlaßte ihn, sich einen Ruck zu geben. Die erste und schwerste Last hatte er abgeladen. Als er den Kopf hob und versuchte, sich auf die Knie zu erheben, fühlte er Rhuns stützenden Arm. Ein verzerrtes Gesicht kam zum Vorschein, das allmählich menschliche Züge annahm. »Vater, ich gehorche«, sagte Jerome. »Ich will bekennen. Ich will büßen. Ich habe mich auf schreckliche Weise versündigt.«

»Bekennen in der Beichte«, sprach der Abt, »ist der Anfang aller Einsicht. Auf Leugnen kann keine Gnade erfolgen. Berichtet uns, was Ihr getan habt und wie es sich zutrug.«

Der stockende Bericht zog sich eine Weile hin. Erbärmlich klein, eingefallen, jämmerlich kniete Jerome am Boden, gestützt von Rhuns willfährigem, hilfereichendem Arm. Rhuns strahlendes, stilles Gesicht hob den Gegensatz zwischen den beiden noch besonders hervor. Die Bandbreite menschlicher Möglichkeiten ist unermeßlich.

»Vater, als bekannt wurde, daß die Reliquien der heiligen Winifred zusammen mit dem Bauholz für Ramsey fortgeschafft worden waren, als kein Zweifel mehr bestand, wie sie dorthin gelangten – denn jeder von uns wußte, wer es getan hatte, wer sonst hätte es gewesen sein können? –, da erfaßte mich ein furchtbarer Zorn auf den Dieb, der solch einen Frevel gegen die Heilige, solch eine Kränkung gegen unser Kloster begangen hatte. Und als ich dann hörte, daß er in jener Nacht um Erlaubnis gebeten und sie erhalten hatte, nach Longner zu gehen, fürchtete ich, er wolle uns entwischen, vielleicht sogar fliehen, nachdem ihm klar geworden war, daß er vor den Richter gebracht werden könnte. Ich konnte den Gedanken nicht ertragen, daß er ungestraft davonkommen würde. Ich gebe zu, daß ich ihn haßte! Aber Vater, ich hatte nie vor, ihn zu töten, als ich mich allein davonschlich und am Rande des Weges, auf dem er zurückkommen mußte, auf ihn lauerte. Gewalt hatte ich nie im Sinn gehabt. Ich weiß selbst nicht genau, was ich vorhatte – ihn zur Rede stellen, ihn beschuldigen, ihm bewußt machen, daß die Hölle ihn erwartete, wenn er seine Missetat nicht bekennen und den Preis dafür zahlen würde.«

Er hielt inne, um nach Luft zu ringen, und der Abt fragte: »Ihr gingt mit leeren Händen?« Eine sachliche Frage, die Jerome in seiner Verwirrtheit nicht verstand.

»Natürlich, Vater! Was hätte ich denn mitnehmen sollen?«

»Einerlei! Fahret fort.«

»Vater, was soll ich noch sagen? Als ich jemanden zwischen den Büschen herbeikommen hörte, glaubte ich, es könne nur Tutilo sein. Ich hatte keine Ahnung, welchen Pfad der andere Mann nehmen würde. Ich war davon ausgegangen, daß er schon dagewesen und wieder fort war: unverrichteterdinge, wie es der Dieb beabsichtigt hatte. Und dieser da – so munter kam er daher in der Dunkelheit, ein weltliches Liedchen vor sich hin trällernd. Vergehen über Vergehen, und nicht der Anflug eines Skrupels. Ich konnte es einfach nicht ertragen. Als er vorüberging, hob ich einen heruntergefallenen Ast auf und schlug ihm damit auf den Kopf. Ich habe ihn niedergestreckt«, stöhnte Jerome, »und er fiel quer über den Pfad, und die Kapuze glitt ihm vom Kopf. Er rührte sich nicht mehr. Ich trat näher, kniete neben ihm nieder, und da sah ich sein Gesicht. Selbst in der Dunkelheit sah ich genug. Das war nicht mein Feind, nicht der Feind der Heiligen, nicht der Dieb. Und ich hatte ihn getötet. Ich rannte vor ihm davon ... Krank und am ganzen Leibe zitternd ergriff ich die Flucht vor ihm und versteckte mich, aber er hat mich seither jeden Augenblick verfolgt. Ich bekenne meine schwere Sünde und bereue sie von ganzem Herzen. Ich beklage den Tag und die Stunde, da ich die Hand gegen einen unschuldigen Mann erhob. Aber ich bin sein Mörder!«

Er beugte sich und verbarg das Gesicht in den Händen. Gedämpfte Laute waren zwischen Schluchzern zu hören, aber keine deutlichen Worte mehr. Cadfael hatte schon den Mund geöffnet, um den Bericht dieses unglückseligen Rächers zu Ende zu führen, besann sich aber und schwieg. Jerome hatte sicher alles, was er wußte, erzählt, und wenn die Last, die er trug, auch über Gebühr schwer war, sollte er sie ruhig noch ein wenig länger tragen. ›Ein Bruder wird den andern zum Tod überantworten‹, dieser Orakelspruch traf für Jerome zu, denn wenn er Aldhelm auch nicht getötet hatte, so hatte er ihn doch dem Tode ausgeliefert. War aber das, was dann erfolgte, auch die Tat eines Bruders, dann konnte der Mörder hier anwesend sein. Rühren wir nicht daran! Lassen wir ihn zufrieden davongehen, erleichtert, daß diese Erklärung, die Jerome guten Glaubens angeboten hat, von allen angenommen worden ist, und in der Gewißheit, daß er, der Mörder, sich nun in Sicherheit wiegen kann. Wer sich außer Gefahr wähnt, wird sorglos werden und törichte Dinge tun, die ihn verraten. In vertraulicher Abgeschiedenheit, allein für die Ohren des Abtes bestimmt, mußte die Wahrheit allerdings gesagt werden. Jerome hatte übel gehandelt, aber nicht so übel, wie er selbst und wie alle anderen hier glaubten. Er sollte für seinen Teil an der Schuld zahlen, aber nicht für das weit üblere Verbrechen eines anderen.

»Das ist ein sehr düsteres und schreckliches Geständnis«, sagte Abt Radulfus langsam und bedächtig, »nicht leicht zu begreifen und zu beurteilen und, ach, die Schuld ist nicht wiedergutzumachen. Ich, wie gewiß alle anderen hier, brauche Zeit für Gebete und sorgfältiges Abwägen, bevor ich daran denken kann, Recht zu sprechen, wie es die Pflicht von mir verlangt. Überdies handelt es sich um eine Angelegenheit, die nicht allein meiner Gerichtsbarkeit untersteht, denn es handelt sich hier um Mord und also muß die Gerichtsbarkeit des Königs hinzugezogen werden, auch wenn der geständige Mörder ihr nicht sogleich übergeben werden muß.«

Jerome hatte sich längst in alles ergeben, ganz gleich, was von ihm verlangt oder gegen ihn vorgebracht werden würde. Ausgelaugt und entkräftet, fügte er sich willenlos in alles. Die Unruhe und Bestürzung, die er unter den Brüdern ausgelöst hatte, würde noch eine Weile nachklingen, während er, der alles ausgelöst hatte, schon in einen Zustand von Benommenheit und Erschöpfung gesunken war.

»Vater«, sagte er demütig, »ich begrüße jede Strafe, die mir auferlegt wird. Mir soll keine Milde widerfahren. Es ist mein Wille, für all meine Sünden den vollen Preis zu zahlen.«

An seiner tiefen Zerknirschung in diesem Augenblick konnte kein Zweifel bestehen. Als Rhun ihm gütig den Arm anbot und ihm half, sich zu erheben, war er noch immer gebeugt und klammerte sich an seine verzweifelte Demut.

»Vater, laßt mich von hier fortbringen. Laßt mich allein sein, verborgen vor den Augen der Menschen …«

»Einsamkeit soll Euch gewährt sein«, sprach der Abt, »Verzweiflung indes nicht. Für Prozeß und Urteil ist es noch zu früh, für die Gebete eines wirklich reuigen Sünders aber ist es nie zu früh und nie zu spät.«

Und ohne seinen Blick von der gebrochenen Kreatur zu wenden, die wie ein zerzauster Vogel auf den Fliesen kauerte, befahl er dem Prior: »Nehmt ihn in Gewahrsam. Und nun entfernt auch ihr euch, ihr anderen, kommt zur Ruhe und geht euren Pflichten nach. Zu allen Zeiten und unter allen Umständen bleiben unsere Gelübde bindend.«

Mit eisernem Schweigen, noch immer starr vor Entsetzen und bar aller gewohnten Würde, führte Prior Robert seinen niedergeschmetterten Sekretär in die zweite, noch freie Büßerzelle. So weit sich Cadfael erinnern konnte, war es das erste Mal, daß beide Zellen gleichzeitig besetzt waren. Subprior Richard, ein rechtschaffener, stiller, friedfertiger Mann, geleitete die anderen Brüder hinaus zu ihren üblichen Pflichten und bald darauf ins Refektorium zum Abendessen. Die ihm eigene, etwas einfältige Ruhe vermochte seine Herde derart zu beschwichtigen, daß sie, als die Zeit zum Händewaschen vor dem Mahle gekommen war, schon wieder zu ihrem normalen Hunger zurückgefunden hatte.

Sobald sich herausgestellt hatte, daß Ramseys Ansehen wenigstens teilweise wiederhergestellt und Shrewsbury in peinliche Verlegenheit geraten war, hatte Herluin klugerweise darauf verzichtet, eine Rolle in den weiteren Angelegenheiten zu spielen. Er würde die versprochenen Gaben des Grafen gern entgegennehmen und sich guten Gewissens in sein eigenes Kloster zurückziehen. Was aber Tutilo bevorstand, wenn er ihn erst einmal sicher zurückgebracht hatte, das war nicht auszudenken. Vergessen und vergeben war nicht Herluins Sache.

Was den Rückzug des Grafen vom Schlachtfeld anbetraf, dieses ruhelosen, pflichtbewußten, feinsinnigen und gewandten Mannes, so war er, wie immer, ein Musterbeispiel an Rücksichtnahme und Taktgefühl – ein ruhiges Wort an den Abt gerichtet, ein scharfer Blick hin zu seinen beiden Knappen, die ihn schon beim bloßen Heben einer Augenbraue oder der Andeutung eines Lächelns verstanden. Er wußte genau, wann er seinen Stand auszuspielen und wann und wie er dessen Glanz herunterzuspielen und sich zurückzuhalten hatte.

Beim Verlassen des Chors wartete Cadfael eine Gelegenheit ab, um sich Abt Radulfus zu nähern.

»Vater, auf ein Wort! Zu dieser Geschichte gibt es noch etwas mehr zu berichten, aber wohl besser nicht in der Öffentlichkeit, noch nicht.«

»Hat er etwa nicht gelogen *und* gemordet?« fragte der Abt, ohne den Kopf zu wenden. Seine Stimme war zornig, aber leise genug, um nur bis an Cadfaels Ohren zu dringen.

»Weder das eine noch das andere, Vater, wenn das, was ich vermute, zutrifft. Er hat alles gesagt, was er weiß, und alles, was er meint zu wissen, und ich bin sicher, er hat nichts verschwiegen. Doch es gibt Dinge, die er nicht weiß, Dinge, die seinen Fall, der auch dann noch abscheulich genug ist, ein wenig entlasten. Gewährt mir ein

Gespräch unter vier Augen, und entscheidet dann, was geschehen soll.«

Radulfus war stehengeblieben, ohne sich freilich zu Cadfael zu wenden. Er beobachtete, wie die letzten der Brüder, noch immer entsetzt und stumm, durch den Kreuzgang entschwanden, wie der karmesinrote Umhang des Grafen hochwirbelte, der, mit seinen beiden Knappen im Schlepptau, den Hof überquerte.

»Ihr sagt, wir hätten bisher erst die halbe Geschichte gehört – die schlimmere Hälfte von allem, was zu sagen ist? Der junge Mann ist angemessen eingesargt worden, sein Priester bringt ihn noch heute nach Upton, damit er bei seinen Leuten begraben werden kann. Ich möchte seine Überführung nicht verzögern.«

»Das ist auch nicht nötig«, sagte Cadfael. »Der Tote hat mir alles gesagt, was er zu sagen hatte. Um nichts in der Welt möchte ich ihn von seiner letzten Ruhestatt fernhalten. Aber das, was ich noch hinzufügen muß, habe ich erst jetzt richtig begriffen, obwohl der Beweis von seiner sterblichen Hülle und ihrem Auffindungsort erbracht wurde. Alles, was ich sah, hat auch Hugh Beringar gesehen, aber nach dem, was heute morgen ans Licht gekommen ist, lassen sich diese Einzelheiten lückenlos zusammenfügen.«

»In diesem Fall«, sagte Radulfus nach kurzem Schweigen, »sollten wir Hugh herbitten, bevor wir weitere Schritte unternehmen. Ich brauche seinen Rat, und vielleicht braucht er Euren und auch meinen. Die Tat geschah jenseits unserer Mauern und fällt nicht unter meine Zuständigkeit, wohl aber vielleicht der Täter. Kirche und Staat müssen sich gegenseitig achten und einander beistehen, selbst in diesen schlimmen Zeiten. Denn wenn wir auch zwei sind, sollte die Gerechtigkeit nur eine einzige sein. Geht in die Stadt, Cadfael, und bittet Hugh, heute nachmittag zu einer Besprechung herzukommen. Dann wollen wir anhören, was Ihr uns zu sagen habt.«

»Das will ich gern tun«, sagte Cadfael.

»Und was soll ich nun von dem Kapitel mit Wundern halten, das ihr heute morgen aufgeschlagen habt?« fragte Hugh über den Mittagstisch hinweg. »Soll ich glauben, daß jede Antwort so treffend war, als wärt ihr das Evangelium durchgegangen und hättet alle Stellen markiert, die jeden Befrager in die Enge treiben würden? Bist du sicher, daß ihr das nicht auch getan habt?«

Cadfael schüttelte energisch den Kopf. »Ich mische mich in die Dinge um meine Heilige nicht ein. Ich habe ein ehrliches Spiel getrieben, und die anderen auch, das schwöre ich. Als ich das Buch als erster in die Hand nahm, war keine Markierung, kein Hinweiszeichen darin. Ich öffnete es und erhielt meine Antwort, und die ließ mich klar sehen, wo ich vorher blind gewesen war. Aber wie ich das erklären soll, weiß ich nicht, es sei denn, sie selbst hat gesprochen.«

»Und all die folgenden Orakelsprüche? Ramsey nicht nur zurückgewiesen, sondern angeprangert... Das war sicher ein Schock für Herluin! Und bei dem Grafen ließ sich die Heilige sogar herab, ihn mit einem Paradoxon zu necken! Schade nur, daß er es nicht hat entschlüsseln können, es hätte ihm gewiß Freude bereitet. Und dann der Spruch für Shrewsbury: »Ihr habt mich nicht erwählt, sondern ich habe euch erwählt.« Den halte ich mehr für eine Warnung als für eine Anerkennung. Sie erwählte euch, und sie kann euch genausogut wieder verlassen, wenn es ihr beliebt, und ihr solltet in Zukunft auf der Hut sein, denn sie wird sich nicht noch einmal ein solches

Chaos gefallen lassen, das ihren Regeln widerspricht. Diese Worte sind wohl vor allem an Prior Robert gerichtet, der tatsächlich glaubt, er hätte sie erwählt, und der sich gleichsam als ihr Eigentümer betrachtet. Ich hoffe, er hat die Anspielung verstanden.«

»Das bezweifle ich«, sagte Cadfael. »Er trug sie vielmehr wie einen Heiligenschein.«

»Und dann noch ein Letztes, Cadfael: die Buchseiten, die von selbst umschlugen, um zur selben Stelle zu führen. Zu viele Wunder für einen einzigen Morgen!«

»Wunder«, entgegnete Cadfael ein wenig salbungsvoll, »sind vielleicht nur göttliches Eingreifen in gewöhnliche Umstände. Warum auch nicht? Denn nach dem letzten Orakelspruch war das Evangelium aufgeschlagen gelassen worden, und plötzlich kam ein Luftzug von der südlichen Tür her und blätterte die Seiten um, von Johannes zu Matthäus. Es trat zwar niemand ein, aber ich glaube, irgend jemand muß den Riegel zur Seite geschoben und die Tür geöffnet haben und sie, als er Stimmen drinnen vernahm und weil er nicht stören wollte, behutsam wieder geschlossen haben. Kein Zweifel am Luftzug, jeder hat ihn verspürt. Und, weißt du, dann hielt das Blättern an der besagten Stelle an, weil mir beim Zuschlagen des Evangeliums ein paar Blütenblätter und andere Teilchen vom Schwarzdorn aus dem Ärmel oder Haar in den Bund des Buches gefallen waren. Das Hindernis war so geringfügig, daß es den Ablauf der *sortes* nicht beeinträchtigte, als sie das Buch feierlich mit beiden Händen öffneten und mit einem Finger auf den jeweiligen Satz deuteten. Aber als der Wind die Seiten umschlug, genügte das Gewicht der Blüten, um die Bewegung an jener Stelle zu unterbrechen. Sollten wir da von Zufall sprechen? Und zurückblickend«, sagte Cadfael, den Kopf halb zweifelnd, halb überzeugt wiegend, »fällt mir ein, daß der Wind, der hereinwehte, sich gelegt hatte, noch bevor die Stelle im Buch erreicht war. Ich sah, wie die letzte Seite ganz langsam anhielt und zögerte, ehe sie sich niederlegte. Die Luft über dem Altar regte sich nicht. Nicht das geringste Flackern der Kerzen.«

Aline hatte die ganze Zeit aufmerksam zugehört, ohne etwas zu dem Gespräch beizutragen. Es war etwas Verhaltenes, Geheimnisvolles um sie, dachte Cadfael, als weilte ein Teil ihres Wesens irgendwo an einem einsamen und schönen Ort, obwohl ihre blauen Augen wach auf ihrem Ehemann und seinem Freund ruhten und sie der Unterhaltung mit einer Art duldsamer und belustigter Teilnahme folgte, wie eine Mutter, die ihren Kindern zusieht.

»Und die Dame meines Herzens«, sagte Hugh, der ihren Blick auffing und resigniert lächelte, »die Dame meines Herzens macht sich, wie üblich, über uns beide lustig.«

»Nein«, sagte Aline, plötzlich ganz ernst, »mir scheint nur, daß der Schritt von völlig normalen zu wundersamen Dingen so klein, fast zufällig ist, daß ich mich frage, warum ihr euch überhaupt darüber wundert oder euch bemüht, es mit dem Verstand zu begreifen. Wenn es zu begreifen wäre, könnte es doch kein Wunder sein, oder?«

Im Empfangszimmer des Abtes erwartete sie nicht nur Radulfus, sondern auch Robert von Leicester. Sobald man sich begrüßt hatte, machte der Graf auf seine höfliche Art Anstalten, sich zurückzuziehen.

»Ihr habt hier Dinge zu besprechen, die mich nichts angehen, und ich möchte die Angelegenheit nicht noch erschweren. Abt Radulfus war so freundlich, mich, soweit angebracht, ins Vertrauen zu ziehen, da ich ja Zeuge dessen war, was heute morgen geschah. Nun aber habt Ihr, wie ich höre, Grund, weitere Befragungen vorzunehmen. Ich habe meinen Anspruch auf die Heilige verloren«, fügte er mit einem kurz aufblitzenden Lächeln und einem Zucken seiner erhabenen Schulter hinzu, »und sollte Abschied nehmen.«

»Euer Lordschaft«, sagte Hugh herzlich, »der Friede des Königs, so wie wir ihn bisher zu wahren vermochten, ist vorwiegend Euer Verdienst, und Eure Erfahrung damit ist weit größer als die meine. Wenn Vater Abt es gestattet, hoffe ich, daß Ihr bleibt und uns in den Genuß Eurer Erfahrung kommen laßt. Es geht um eine Mordsache, und sie geht jeden an, der ein Leben zu behalten oder zu verlieren hat.«

»Bleibt!« sagte Radulfus. »Hugh hat recht. Wir können jeden guten Rat gebrauchen.«

»Und ich habe so viel menschliche Neugier in mir, daß ich gern bleibe«, gestand der Graf und nahm bereitwillig wieder Platz. »Der Abt sagt mir, es sei zu dem, was wir heute morgen erlebten, noch etwas hinzuzufügen. Ich vermute, Sir, Ihr seid über den letzten Stand der Dinge informiert.«

»Cadfael hat mir von Verlauf und Ergebnis der *sortes* und vom Geständnis Bruder Jeromes berichtet«, sagte Hugh. »Er versichert mir, daß wir anhand dessen, was er und ich am Tatort sahen, mehr wissen, als Jerome selbst weiß.«

Cadfael ließ sich auf der gepolsterten Bank neben Hugh nieder und lehnte sich an die dunkle Holztäfelung. Das Licht hinter dem Fenster war noch hell und klar, denn die Tage wurden schon länger. Der Frühling war nicht mehr fern, wenn die dornigen schwarzen

Büsche an den Feldrainen plötzlich weiß wurden wie Schneewehen.

»Bruder Jerome hat die Wahrheit gesagt, die ganze Wahrheit, soweit er sie kennt, doch es ist nicht die ganze Wahrheit. Ihr habt ihn gesehen, er war weder willens noch imstande, etwas zu verschweigen, und hat es auch nicht getan. Erinnert Euch, Vater, er sagte, daß er dort stand und wartete. Das hat er wirklich getan, wir haben die Stelle gefunden, wo er unbehaglich von einem Fuß auf den anderen getreten ist, wo das Gras niedergetrampelt war – gleich hinter den Büschen neben dem Pfad. Er beschrieb, wie er einen heruntergefallenen Ast aufgehoben hat, als er den jungen Mann sich nähern hörte, wie er damit auf ihn eingeschlagen hat und der Mann besinnungslos zu Boden stürzte, wobei ihm die Kapuze vom Kopf rutschte. Das alles ist wahr – Hugh kann es bestätigen. Wir fanden den Ast dort, wohin Jerome ihn anschließend geworfen hat. Er war zum Teil morsch und bei dem Schlag entzweigebrochen, aber doch fest und schwer genug, um Aldhelm damit niederzustrecken. Und die Leiche lag, wie von Jerome beschrieben, quer über dem Pfad, und die Kapuze war in den Nacken gerutscht. Und Jerome sagt, als ihm bewußt geworden sei, was er getan hatte, und er glaubte, gemordet zu haben, sei er hierher gelaufen, um sich zu verstecken. Genau das hat er getan, und krank war er auch, denn Bruder Richard fand ihn bleich und zitternd in seinem Bett, nachdem er nicht zur Komplet erschienen war. Aber er sagte kein Wort, nur daß er krank sei, was ja auch der Wahrheit entsprach, und ich flößte ihm Arznei ein. In seinem Geständnis sprach er nur von einem Schlag, und ich bin überzeugt, daß er tatsächlich nur einmal zugeschlagen hat.«

»In der Tat«, sagte Radulfus, nachdenklich die Stirn

runzelnd, »von einem weiteren Schlag war nicht die Rede. Ich glaube nicht, daß er etwas verschwiegen hat.«

»Auch ich glaube das nicht, Vater. Seit jener Nacht ist er wie ein Schwerkranker herumgeschlichen, voller Entsetzen über seine Tat. Diesen einen Schlag fand ich bei meiner Untersuchung von Aldhelms Schädeldecke bestätigt. Sein Hinterkopf war mit wenig Blut befleckt, und in dem rauhen Wollstoff fand ich Holzreste des zerbrochenen Astes. Der Schlag auf den Hinterkopf wird Aldhelm für eine kurze Weile bewußtlos gemacht haben, hat aber ganz gewiß seinen Schädel nicht gespalten und nicht zum Tode geführt. Hugh, was sagst du dazu?«

»Ich meine, sein Kopf hätte ihm nachher wohl heftig geschmerzt«, sagte Hugh, »aber daß nichts Ernsteres geschehen wäre. Er wäre wohl nicht länger als höchstens eine Viertelstunde bewußtlos geblieben, das war das Schlimmste, was Jerome seinem Opfer mit diesem Schlag hat zufügen können.«

»Der Meinung bin ich auch. Jerome sagt, er habe zugeschlagen, näher hingeschaut und, als er sein Versehen erkannte, die Flucht ergriffen. Und ich glaube ihm.«

»Ich nehme kaum an, daß er noch die Dreistigkeit besaß, zu lügen«, sagte der Graf. »Er war gewiß auch sonst kein verwegener Bursche, denke ich mal, und bei den *sortes* zudem noch in großer Angst vor dem Urteilsspruch des Evangeliums. Dennoch war er überzeugt, gemordet zu haben.«

»Mit dieser Schreckensvision ist er vom Tatort davongestürzt«, sagte Cadfael. »Und das nächste, was er hörte, war, daß Tutilo den Toten gefunden hatte. Was sonst sollte Jerome glauben?«

»Aber sollten wir trotz aller Zweifel eigentlich nicht immer noch genauso unbeirrt bleiben?« fragte Radulfus bitter. »Wie können wir sicher sein, daß er, der solch eine schreckliche Tat begonnen hat, sie nicht auch zu Ende führte?«

»Wir können nicht sicher sein. Nicht völlig sicher. Nicht ehe wir alles wissen und jede Einzelheit geklärt ist. Aber ich glaube, er hat wahrheitsgetreu berichtet, soweit er die Wahrheit kennt. Denn was dann folgte, war etwas ganz anderes. Hugh wird sich erinnern können und bestätigen, was ich zu sagen habe.«

»Ich erinnere mich nur allzu gut«, sagte Hugh.

»Ein paar Schritte unterhalb des Pfades fanden wir einen Haufen Steine, seit langem schon mit Moos und Flechten überwuchert. Beim obersten Stein dieses Haufens war die Moosschicht zerrissen; das war deutlich zu erkennen, obwohl er sorgfältig an seinen alten Platz zurückgelegt worden war. Ich hob ihn hoch – ein schwerer Stein, groß wie zwei Fäuste. An seiner rauhen Unterseite waren Spuren von Blut zu erkennen, nicht sichtbar, solange er am Boden lag. Wir haben den Stein mitgenommen, um ihn genauer zu untersuchen. Er war ohne Frage die Mordwaffe. Denn außer Aldhelms Blut auf dem Stein fanden wir auch winzige Reste von Moos und Kalkstein in Aldhelms Wunden. Sein Schädel wurde zertrümmert und die Waffe wieder auf den Steinhaufen zurückgelegt. Er schien völlig unberührt, es sei denn, man schaute näher hin. Innerhalb von nur einer Woche hätten Wetter und Pflanzenwuchs alles wieder zugedeckt, was verräterisch hätte erscheinen können. Ich frage mich nun, ob Jerome überhaupt einer solchen Tat fähig ist. Einen schweren Stein aufzuheben, damit auf den Schädel eines bewußtlos am Boden liegenden Mannes zu zielen und den Stein dann eiskalt an seinen alten Platz zurückzulegen? Es wundert mich schon, daß er überhaupt den Mut aufgebracht hat, so fest zuzuschlagen, daß sein Opfer bewußtlos wurde und der Ast dabei sogar noch entzweibrach, selbst wenn er zum Teil morsch war. Erinnert Euch: Er sagte, daß er dann voller Angst über seine Tat sein Opfer genau betrachtet und festgestellt habe, daß es der falsche Mann war. Gegen Aldhelm hegte er keinen Groll. Und bedenkt auch, daß niemand Jerome gesehen hat, daß zu der Zeit auch niemand wußte, daß er das Klosterareal verlassen hatte. Er tat, was jeder verängstigte Mann in Panik tun würde; er lief davon und verbarg sich in der Gemeinschaft, wo jeder ihn kannte und achtete und keiner ihm solch eine Tat zutrauen würde.«

»Ihr wollt also damit andeuten«, sagte Graf Robert, der Cadfaels Worten aufmerksam gefolgt war, »daß es zwei Mörder gab, jedenfalls zwei, die einen Mord beabsichtigten, und daß dieser armselige Bruder, nachdem er begriffen hatte, daß er den falschen Mann niedergestreckt hatte, nicht den geringsten Grund hatte, ihm weitere Blessuren zuzufügen.«

»Genau das glaube ich«, sagte Cadfael.

»Und Ihr, Lord Sheriff?«

»Nach allem, was ich über Jerome weiß«, sagte Hugh, »bin ich derselben Meinung.«

»Dann wollt Ihr aber auch sagen«, bemerkte der Graf, »daß der Mann, der die Tat zu Ende führte, einer war, der einen Grund *hatte*, Aldhelm aus der Welt zu schaffen, bevor er das Kloster erreichen konnte. Nicht Tutilo, sondern Aldhelm. Und jener *kannte* seinen Mann und sorgte dafür, daß er nie ankam. Beim Sturz war dem Schäfer die Kapuze nach hinten gerutscht. Diesmal lag kein Irrtum vor, er wurde erkannt und getötet und nicht, wie im ersten Fall, für einen anderen gehalten.«

Es folgte ein kurzes, tiefes Schweigen, während sie einander anschauten und alle Möglichkeiten abwogen.

Schließlich sagte Abt Radulfus bedächtig: »Es ist ganz logisch. Denn das Gesicht war jetzt offen zu erkennen, obwohl Jerome sich hinknien und genau hinsehen mußte, da die Nacht sehr dunkel war. Aber wenn Jerome das Gesicht erkennen konnte, so konnte der andere es auch.«

»Man muß noch etwas anderes bedenken«, sagte Hugh. »Aldhelm wird nach diesem Schlag auf den Kopf kaum länger als eine Viertelstunde hilflos am Boden gelegen haben. Wer immer ihn tötete, hat ihn während dieser Zeit getötet, denn er hat sich nicht gerührt; es gab dafür keine Spuren am Boden. Wenn sein Körper sich beim zweiten – diesmal tödlichen – Schlag noch einmal bewegt hat, kann es nur ein kurzes Zucken gewesen sein. Der Mörder muß sich ganz in der Nähe aufgehalten haben. Vielleicht war er sogar Zeuge des ersten Angriffs. Jedenfalls war er innerhalb sehr kurzer Zeit an Ort und Stelle. »Vater«, fragte er in scharfem Tone, »habt Ihr Tutilo freigelassen?«

»Noch nicht«, entgegnete Radulfus, ohne verwundert zu sein. Der Grund für Hughs Frage war klar. »Man sollte vielleicht nichts überstürzen. Ihr habt recht, uns daran zu erinnern. Tutilo kam denselben Pfad entlang und fand den Toten. Es sei denn – es sei denn, er hat zu dieser Zeit noch gelebt. Ja, es könnte immer noch Tutilo gewesen sein, der das zu Ende führte, was Jerome begonnen hatte.«

»Er berichtete mir«, sagte Hugh, »wie er wohl auch Euch erzählt hat, daß er im Dunkeln nicht feststellen konnte, wer der Tote war. Das könnte wahr sein, wenn der Mörder vor ihm am Ort des Geschehens war. Selbst bei Tage konnten wir nicht erkennen, wer der Tote war, bevor Cadfael die unversehrte Gesichtshälfte zum Licht hin drehte. Tutilo berichtete Euch, Vater Abt, wie er seine Hand auf die zertrümmerte linke Gesichtshälfte des Toten legte. Das alles, sein Verhalten, seine Stimme, das Grauen, das ihn erfüllte – er zitterte, als er darüber sprach –, schien mir ehrlich zu sein. Und doch kann man nicht ausschließen, daß er nur wenige Minuten nach Jeromes Flucht dort eintraf, den bewußtlosen Mann fand, sich zu ihm hinabbeugte, ihn erkannte, denn jetzt wäre er noch zu erkennen gewesen, ihn umbrachte und erst dann überlegte, wie er sich von dem Verdacht befreien konnte, um daraufhin zu mir in die Stadt zu rennen.«

»Keiner von beiden erweckt den Eindruck, als könnte er den Schädel eines bewußtlosen Mannes mit einem Stein zertrümmern«, sagte der Graf nachdenklich. »Doch wer weiß, wozu ein Mensch im äußersten Fall fähig ist? Aber dann auch noch so geistesgegenwärtig zu sein, den Stein wieder an die richtige Stelle zurückzulegen und alle Spuren zu verwischen – das würden die meisten von uns wohl nicht fertigbringen. Da nun beide hinter Schloß und Riegel sind, ist keine Eile erforderlich.«

»Da ist noch die Frage der Tatzeit«, sagte Cadfael. »Du hast mir erzählt, Hugh, jener Mann des Priesters von Upton habe berichtet, wann er in Preston von Aldhelm Abschied genommen hat, bevor dieser dann weiter zur Fähre gelaufen ist.«

»Gegen sechs haben sie sich getrennt«, sagte Hugh. »Von dort, die Fahrt mit der Fähre eingeschlossen, bis zum Tatort ist es höchstens eine halbe Stunde. Der Fährmann ist der gleichen Meinung. Spätestens gegen halb sieben erreichte Aldhelm also den Ort, wo er ermordet wurde. Und wenn du mir eindeutig sagen kannst, wo Tutilo bis zu dieser Stunde gesteckt hat, dann können wir ihn getrost von der Liste der Verdächtigen streichen.«

KAPITEL

11

Bisher hatte ich kaum Gelegenheit, die Bekanntschaft mit Euch zu vertiefen«, sagte Robert Bossu. »Aber ich muß Euch sagen – wenn Ihr es nicht längst wißt, denn ich glaube, Euch entgeht kaum etwas –, daß der Name Hugh Beringar vernunftbegabten Menschen nicht unbekannt ist. Wie könnte es anders sein? Im Schatzamt herrscht die meiste Zeit Durcheinander und die Beamten haben den Kontakt zu vielen Landesteilen verloren. Wie viele Grafschaften, wie viele Sheriffs, glaubt Ihr, zahlen überhaupt noch regelmäßig und pünktlich ihre jährlichen Abgaben? Ihr seid eine rühmliche Ausnahme, und Eure Grafschaft genießt so etwas wie Frieden. Man kann hier mit Berechtigung hoffen, ungefährdet zum Markt der Abtei zu gelangen, und Eure Straßen sind verhältnismäßig frei von dem, was wir beschönigend ›üble Sitten‹ nennen. Darüber hinaus habt Ihr es fertiggebracht, auf freundschaftlichem Fuß mit Owain Gwynedd zu stehen, selbst wenn es in Powys gelegentlich hoch hergeht.«

»Ich bin nur bestrebt, meine Stellung zu behalten«, sagte Hugh mit einem verschmitzten Augenzwinkern.

»Ihr seid bestrebt, Ruhe und Ordnung in Eurer Grafschaft zu gewährleisten«, sagte der Graf. »So wie alle vernunftbegabten Männer.«

Sie saßen einander gegenüber an einem kleinen Tisch im Gemach des Grafen im Gästehaus, zwischen ihnen eine Karaffe mit Wein, abgeschirmt von der Außenwelt durch eine stoffgepolsterte Tür. Robert Bossu wurde vortrefflich bedient. Seine Knappen lasen ihm jeden Wunsch von den Augen ab, um ihn umgehend zu erfüllen, bewegten sich leichtfüßig und hantierten geschickt mit Gläsern und Karaffe und schienen dabei keine Scheu vor ihm zu empfinden, sondern Stolz, einem Herrn wie ihm dienen zu dürfen. Trotzdem entließ er sie, ehe er einen fast völlig Fremden ins Vertrauen zog, und Hugh war sicher, daß sie seine Order respektieren und sich so weit entfernen würden, daß sie nichts von dem Gespräch vernahmen, aber nahe genug, um ihn zu hören, falls er nach ihnen rufen sollte.

»Ich liebe Ordnung«, sagte Hugh, »und ziehe es vor, meine Mitmenschen heil und lebendig zu sehen, auch wenn das, wie Ihr gesehen habt, nicht immer möglich ist. Ich hasse Vergeudung. Vergeudung von Leben, Vergeudung von Zeit, die nützlich zugebracht werden könnte, Vergeudung von Boden, der Früchte tragen könnte. Von allen dreien hat es schon mehr als genug gegeben. Ist es daher verwunderlich, wenn ich versuche, sie wenigstens aus meinem Amtsbezirk fernzuhalten?«

»Ich schätze Eure Ansicht«, entgegnete der Graf bedächtig. »Was Ihr da sprecht, habe ich auch immer schon gesagt. Nun, seht Ihr ein Ende? Wie viele Jahre soll dieses ewige Hin und Her, das stets in einer Sackgasse endet, noch andauern? Ihr seid ein Anhänger von Stephen, und ich bin es auch. Männer, die ebenso ehrenhaft sind, folgen der Kaiserin. Und so verstricken wir uns, ohne weiter nachzudenken. Aber ich sage Euch, Hugh, die Zeit wird kommen, da die Menschen gezwungen sein werden, nachzudenken – auf beiden Seiten –, bevor die Vergeudung alles vergeudet hat und kein Mann mehr die Lanze heben kann.«

»Und Ihr und ich bewahren alles, was in unserer Macht steht, bis zu diesem Tag?« fragte Hugh, die Brauen skeptisch hochgezogen.

»Es ist noch nicht soweit, aber der Tag wird kommen. Er muß kommen. Zu Beginn war noch ein Rest von Sinn darin zu erblicken, zu der Zeit, als Stephen die Normandie und auch England besaß und der Sieg in Reichweite war. Aber vor etwa vier Jahren änderte sich alles, als Geoffrey von Anjou gewaltsam in die Normandie eindrang und sie an sich riß, auch wenn es im Namen seiner Frau und seines Sohnes geschah.«

»Gewiß«, stimmte Hugh zu, »in dem Jahr, als der Graf von Meulan uns verließ, um seinen Titel in der Normandie zu verteidigen, indem er, statt mit Stephen, mit Geoffrey handelseinig wurde.«

»Was blieb meinem Bruder anderes übrig?« fragte Robert gelassen und nicht im geringsten empört, ja sogar mit einem ironischen Lächeln um die Lippen. »Seine Rechte und seine Titel liegen dort. Er ist Waleran, Graf von Meulan; wie teuer ihm seine Titel in England auch sein mögen, seine Wurzeln und sein Wesen sind dort. Nicht nur wegen der Normandie, obwohl der größte Teil seines Erbes dort liegt. Aber der Name, der Name ist französisch, und dafür ist er dem König von Frankreich Ehrerbietung schuldig, und jetzt, wegen des größeren Erbes, auch gegenüber Geoffrey von Anjou. Was immer er sonst auch aufgibt, ohne die Wurzeln und das Blut seines Namens kann er nicht leben. Da bin ich weit besser dran, Hugh. Ich erbte meines Vaters englische Besitzungen und Titel; ich kann hier verweilen und abwarten. Gewiß, meine Frau brachte mir Breteuil mit in die Ehe, aber daran hängt mein Herz sehr viel weniger, genauso wie meinem Bruder Worcester weniger bedeutet. Darum ist er drüben und gilt als Überläufer und Günstling von Maud, und ich bin hier und gelte als getreuer Anhänger von Stephen. Und welchen Unterschied seht Ihr zwischen uns beiden, Hugh? Zwischen uns Zwillingsbrüdern, den engsten Blutsverwandten, die es geben kann?«

»Keinen«, sagte Hugh und schwieg eine Weile, um behutsam die passenden Worte für seine Antwort abzuwägen. »Ich verstehe durchaus«, fuhr er schließlich fort, »daß es so kommen mußte, nachdem die Normandie verloren war. Nicht nur für die Beaumont-Brüder, sondern auch für andere. Es gibt wohl keinen Mann unter uns, der nicht gewisse Zugeständnisse machen würde, um sein verbrieftes Recht und das Erbe seines Sohnes zu schützen. Auch wenn wir Euren Bruder jetzt als Anjous Anhänger betrachten, wird er bestrebt sein, Stephen so wenig wie möglich zu schaden und Geoffrey so wenig wie möglich tatkräftig zu unterstützen. Und Ihr, der Ihr hier Stephens Mann seid, werdet ihm weiterhin Eure Treue beweisen, aber möglichst still und unauffällig, werdet das Vorgehen gegen Anjou vermeiden, wie auch Waleran das Vorgehen gegen Stephen vermeiden wird. Er wird dort kaum über Eure fortgesetzte Bindung an Stephen sprechen, sondern Eure Länder und Interessen schützen, wie Ihr es hier für ihn tut. Die vermeintliche Kluft zwischen Euch ist keine Kluft. Sie ist eher eine Verbindung, die die Interessen vieler anderer, die so denken wie Ihr, vereint. Nicht im Sinne von Stephen, nicht im Sinne der Kaiserin und ihres Sohns.«

»Im Sinne der Vernunft«, sagte der Graf, wobei er Hughs Gesicht mit wacher, kritischer Aufmerksamkeit musterte und lächelte. »Ihr fühlt es also auch. Dies ist ein Krieg geworden, der weder gewonnen noch verloren werden kann. Sieg und Niederlage, beides ist unmöglich geworden. Zu unserem Unglück kann es noch Jahre dauern, bis die meisten Menschen das begriffen haben. Wir, die wir versuchen, auf zwei Pferden zu reiten, wissen es bereits.«

»Wenn es weder Sieg noch Niederlage gibt«, sagte Hugh, »muß ein anderer Weg gefunden werden. Kein Land kann ewig in einer verworrenen Sackgasse zwischen zwei erschöpften Kräften leben, ohne regiert zu werden, während zwei Gruppen verwirrter Greise auf ihren dürftigen Einkünften hocken und einander hilflos anstarren, nicht einmal fähig, die Hand für den Gnadenstoß zu heben.«

Robert Bossu grübelte eine Weile über diese Zusammenfassung, wobei er seine schlanken Hände betrachtete. Dann blickte er plötzlich auf, und seine schwarzen Augen, aus denen tiefrote Funken sprühten, begegneten Hughs Blick mit wohlwollender Anteilnahme. »Mir gefällt Eure Art, die Dinge zu beurteilen. Dies alles dauert nun schon viel zu lange und wird auch noch einige Jahre andauern, täuscht Euch da nicht. Ein Ende könnte nur durch den Tod all dieser alten Männer herbeigeführt werden und nicht durch Wunden, durch Stillstand und Alter und Überdruß. Ich möchte nicht darauf warten, auch so einer zu werden.«

»Und ich auch nicht!« stimmte Hugh eifrig zu. »Deshalb frage ich«, fuhr er fort und hob erwartungsvoll eine Braue, um dem souveränen Blick seines Gegenübers zu begegnen, »was tut ein vernunftbegabter Mann, während er diese Wartezeit, so gut es eben geht, aussitzt?«

»Er bestellt seinen Acker, hütet seine Herde, flickt seinen Zaun und schärft sein Schwert«, antwortete Robert Bossu.

»Zieht Steuern ein? Zahlt seine Schulden?« fragte Hugh.«

»Beides. Auf Heller und Pfennig. Und, Hugh... er behält seine Meinung für sich. Besonders jetzt, da Worte wie Verräter und Überläufer in aller Munde sind. Ich habe Stephen geschätzt, und ich schätze ihn noch immer. Aber dieses ruinöse Nichts, das er und sein Vetter zwischen sich geschaffen haben, schätze ich gar nicht.«

Der Nachmittag zeigte die ersten Andeutungen von Dämmerlicht. Bald würde es zur Vesper läuten. Hugh leerte sein Glas und stellte es auf den Tisch. »Ich sollte mich nun wohl besser um meine Herde kümmern, da ich die Betreuung der beiden Gefangenen des Abtes als meine Aufgabe betrachten muß. Wir haben immer noch über diesen Mord zu verhandeln. Und Ihr, mein Lord? Ich nehme an, Ihr kehrt in Euer Land zurück. Wir leben nicht in einer Zeit, in der man länger als ein paar Tage von seinem Besitz fort sein sollte.«

»Ich gehe nur ungern, ohne den Ausgang der Geschichte zu kennen«, gestand der Graf mit einem selbstkritischen Lachen. »Ich weiß, Mord ist kein Scherz, aber Eure beiden Gefangenen... Glaubt Ihr wirklich, einer von ihnen sei fähig, einen Mord zu begehen? Oh, ich weiß, von Gesichtern läßt sich nicht ablesen, was der Geist dahinter ersinnen kann, und Ihr geht so umsichtig wie möglich mit ihnen um. Was mich betrifft, so werde ich wohl morgen oder übermorgen meinen Abschied nehmen. Ich schätze mich glücklich, Eure Bekanntschaft gemacht zu haben«, sagte er und erhob sich, als auch Hugh aufstand. »Oh, und noch eine glückliche Fügung: Rémy und seine Diener werden mit mir gehen. In meinem Haus ist Platz für einen solch guten Poeten und Liedermacher. Glück für mich, daß ich ihm begegnet bin, ehe er sich auf den Weg nach Chester machte. Glück auch für ihn, denn er hätte dort sein Talent vergeudet. Ranulf hat jetzt an gewichtigere Dinge zu denken als an Musik, falls er überhaupt ein Gespür für Musik hat, was ich bezweifle.«

Hugh verabschiedete sich, ohne gedrängt zu werden, noch ein Weilchen zu bleiben, obwohl ihn der Graf, der Höflichkeit genügend, die wenigen Schritte bis zur Tür begleitete. Der Graf hatte alles gesagt, was er zweifellos allen Männern von Einfluß und Geltung zu sagen pflegte, nachdem er sie einer Prüfung unterzogen und festgestellt hatte, daß er sie schätzen und respektieren konnte. Er hatte Saatgut auszustreuen und suchte nach geeignetem Erdreich, wo es Wurzeln schlagen und gedeihen würde. Als Hugh die Treppe erreichte, rief die Stimme hinter ihm mit sanftem, aber deutlichem Nachdruck: »Hugh! Denkt stets daran!«

Hugh und Cadfael kamen zusammen aus Tutilos Zelle und zogen sich im Dämmerlicht nach der Vesper in den Kräutergarten zurück, wo sie das Wenige, das sie aus dem Novizen herausbekommen hatten, besprechen wollten; und es war wirklich nur wenig, stimmte aber genau überein mit dem, was er von Anfang an berichtet hatte. Der Junge hatte geschwollene Lider und war schlaftrunken und, falls er Furcht vor seinem Schicksal empfand, noch viel zu matt, um die vielen Fallstricke erkennen zu können, die auf ihn lauerten. Kein Wort über Daalny: Was sie betraf, war er auf der Hut. Er hockte auf seiner schmalen Pritsche, müde, gleichgültig, fast resigniert, beantwortete jede Frage ohne verdächtiges Zögern und lauschte mit offenem Mund und erstaunten Augen, als Cadfael ihm erzählte, wie die heilige Winifred durch die Aussagen des Evangeliums endgültig an Shrewsbury zurückgehen würde und wie Jerome sein überraschendes Geständnis herausgesprudelt hatte, anstatt abzuwarten, vom Himmel angeklagt zu werden.

»Auf mich?« rief Tutilo ungläubig. »Er hatte es auf mich abgesehen?« Und bei der abwegigen Vorstellung, in Jerome einen Mörder und in sich selbst das Opfer zu sehen, lachte er unvermittelt auf, schlug aber, entsetzt über seinen Ausbruch, sogleich beide Hände vors Gesicht, wie um alle Spuren seines Lachens wegzuwischen. »Und die arme Seele, ganz ohne Hilfe, und jemand … O Gott, wie kann jemand nur …« Und dann, als er plötzlich begriff, was daraus gefolgert wurde, sprang er auf, um es zu widerlegen: »O nein, das nicht! Nicht Jerome, das ist ausgeschlossen.« Ganz bestimmt, ganz entschieden äußerte er die Gewißheit, er, der die Leiche des Mannes gefunden hatte. »Nein, natürlich glaubt Ihr das nicht.« Kein Protest, kein Aufschrei, nur die Äußerung einer anderen Gewißheit. Er war jetzt hellwach und bei Sinnen, und seine goldenen, weit geöffneten Augen ruhten zuversichtlich auf seinen Befragern: dem klösterlichen und dem weltlichen. Als vernunftbegabte Männer konnten beide unmöglich glauben, daß Jerome – auch wenn er eine beschränkte, erbärmliche, arglistige kleine Seele sein mochte – den Kopf eines bewußtlosen Mannes mit einem schweren Stein zertrümmern könnte.

»Da Ihr nicht in Longner wart«, fragte Hugh, »wo habt Ihr Euch dann herumgetrieben, um auf diesem Pfad zurückzukommen?«

»Irgendwo, nur um aus den Augen, aus dem Sinn zu sein«, sagte Tutilo eilfertig. »Ich lag im Heu über dem Pferdemarktstall, bis ich die Glocke zur Komplet hörte, und dann ging ich fast bis zur Fähre, damit es, falls jemand mich bemerkte, den Anschein haben würde, als käme ich aus Longner.«

»Allein?« fragte Hugh.

»Natürlich allein.« Er log frisch drauflos und mit fester Stimme. Es ist sinnlos zu lügen, wenn man es nicht mit Überzeugung tut.

Aber das war alles, was man ihm hatte entlocken können. Nein, er hatte auf dem Hin- oder dem Rückweg niemanden getroffen, der seine Aussagen hätte bestätigen können. Er hatte gestanden, was er getan hatte, und der Rest schien ihm keine besonderen Sorgen zu bereiten. Die beiden verriegelten erneut seine Tür, hängten den Schlüssel an seinen gewohnten Platz im Pförtnerhaus und zogen sich ins Herbarium zurück, um sich an der behaglichen Glut des Kohlenbeckens zu wärmen und das zunehmende Dunkel des Abends auszusperren.

»Und jetzt glaube ich«, sagte Cadfael, »wird mir vergeben sein, wenn ich dir erzähle, was er in der restlichen Zeit jener Nacht, von der er nichts sagen wollte, getan hat.«

Hugh lehnte sich an die Holzwand und sagte gelassen: »Ich hätte mir denken können, daß du dort Zugang hast, wohin niemand sonst eingelassen wird. Was ist es denn, was er mir nicht gesagt hat?«

»Mir hat er es auch nicht gesagt. Ich habe es von jemand anderem erfahren, aber nur unter der Bedingung, es nicht weiterzugeben, auch nicht an dich. Aber ich denke, sie wird mir jetzt das Recht einräumen. Die junge Daalny – du hast sie bestimmt schon hier gesehen, obwohl sie sich stets abseits hält.«

»Rémys Sängerin«, sagte Hugh, »das junge Ding aus der Provence?«

»Aus Irland, genauer gesagt. Ja, die meine ich. Ihre Mutter wurde in Bristol zum Verkauf angeboten, eine Beute aus Übersee. Daalny wurde als Sklavin geboren. Der Menschenhandel existiert noch immer, und Bischof Wulstans Predigten haben höchstens bewirkt, daß er mißbilligt wird. Ich kann mir vorstellen, daß unser heiliger Dieb derzeit zwischen zwei verlockenden Zielen schwankt und nicht recht weiß, ob er ein Heiliger oder ein fahrender Ritter werden soll. Er träumt davon, den einzigen Sklaven, dem er in diesen Breiten je begegnet ist, zu befreien, obwohl er, wie ich vermute, noch nicht recht begriffen hat, daß es sich hier um ein Mädchen handelt, ein hübsches noch dazu, das bereits ein Auge auf ihn geworfen hat.«

»Willst du damit sagen«, fragte Hugh belustigt, »daß er in jener Nacht mit ihr zusammen war?«

»Ja, das war er, und er wollte es nicht zugeben, weil ihr Herr großen Wert auf ihre Sangesstimme legt und fürchtet, das Mädchen könnte ihm irgendwie entschlüpfen. Folgendes hat sich abgespielt: Der Diener, der mit ihnen umherzieht, hörte zufällig, daß Aldhelm auf dem Weg ins Kloster war, um den Bruder zu identifizieren, der ihn zum Forttragen der Heiligen überredet hatte. Das erzählte der Diener Daalny weiter, da er genau wußte, daß sie eine Schwäche für Tutilo hat. Sie wiederum warnte diesen, und er ersann das Märchen, daß er nach Longner gerufen worden sei. Dann erhielt er die Erlaubnis zu gehen von Herluin, der nicht wußte, daß Aldhelm hier erwartet wurde. Tutilo ging darauf wie ein ehrenwerter Mann zum Tor hinaus und schlug den Weg von der Abteivorstadt zur Fähre ein, bog dann aber zum Pferdemarkt ein und versteckte sich auf dem Heuboden über dem Stall, ganz wie er's erzählt hat. Und sie schlüpfte durchs Tor beim Friedhof hinaus, um ihn dort zu treffen. Sie warteten, bis es zur Komplet läutete; dann trennten sie sich und verschwanden über denselben Weg, auf dem sie hergekommen waren. Das hat sie erzählt. Er hat das nicht erzählen wollen, aus Angst, es könnte ihr zum Nachteil gereichen.«

»Dann waren sie also den ganzen Abend auf dem Heuboden miteinander beschäftigt, wie schon so manches Paar vor ihnen«, sagte Hugh lachend.

»In gewisser Weise schon, aber nicht wie jedes andere Paar. Nicht ganz so. Denn sie sagt, sie hätten geredet, sonst nichts. Und die beiden hatten vieles zu bereden, da sie bis dahin wenig Gelegenheit dazu hatten. Nie zuvor waren sie außerhalb der Klostermauern beisammen gewesen. Und ich bezweifle sogar, daß sie zum Kern der Dinge vordrangen, die sie sich hätten sagen sollen. Denn glaub mir, Hugh, sie hat schon ein Auge auf ihn geworfen, und er steht, auch wenn er es vielleicht selbst noch nicht weiß, bereits in ihrem Bann. Als sie die Glocke zur Komplet hörten, so sagte sie, hätten sie gemeinsam das Abendgebet gesprochen.«

»Und du glaubst das?«

»Warum hätte sie es mir sonst erzählen sollen?« entgegnete Cadfael schlicht. »Sie hatte mir nichts zu beweisen. Sie hat es mir aus freien Stücken erzählt und brauchte kein Wort hinzuzufügen.«

»Nun, wenn es wahr ist«, sagte Hugh ernst, »so spricht es für Tutilo. Es stimmt mit der Zeit überein, zu der er bei uns auf der Burg eintraf, und bestätigt, daß er eine Stunde später als Aldhelm den Pfad entlang gekommen ist. Aber du weißt ebensogut wie ich, daß die Aussage eines Mädchens kaum mehr Gewicht haben wird als die von Tutilo, wenn die Dinge zwischen den beiden so stehen, wie du behauptest. Wie unschuldig das Stelldichein auch gewesen sein mag.«

»Hast du schon mal daran gedacht«, fragte Cadfael finster, »daß Herluin jetzt, da er den Anspruch auf die Heilige verloren hat, sicher bald heimkehren möchte? Er ist Tutilos Vorgesetzter und will ihn sicherlich mitnehmen.

Und soweit ich sehe, ist er beim derzeitigen Stand der Dinge auch durchaus berechtigt, es zu tun. Hättest du ihn wegen Mordverdachts auf der Burg festgehalten, lägen die Dinge anders. Aber nun befindet er sich im Gewahrsam der Kirche, und du weißt, wie starr und unerbittlich die Kirche auf ihrem Recht besteht. Hätte Tutilo die Wahl zwischen einem weltlichen Urteil wegen Mordes und einem kirchlichen wegen Diebstahls und Betrugs, könnte er durchaus das letztere vorziehen. Ich jedenfalls würde ihn lieber bei dir als bei Herluin in Haft wissen. Aber Herluin wird niemals freiwillig von ihm lassen. Der törichte Knabe hat bei seinem Prior die Hoffnung geweckt, eine wundertätige Heilige für sein Kloster zu gewinnen, was ihm aber mißlungen ist und nur zu Schmach und Schande geführt hat. Sobald Herluin ihn nach Ramsey gebracht hat, wird er ihn zehnfach dafür bezahlen lassen. Ich kann mir nicht helfen, aber ich sähe ihn lieber für eine Tat verhaftet, die er letztlich nicht begangen hat, also bei dir in Gewahrsam, als endlosen Bußübungen ausgesetzt für etwas, für das er sich schuldig bekannt hat.«

Hugh lächelte leicht verschmitzt und musterte Cadfael mit ungespielter Zuneigung. »Nutze lieber die wenige verbleibende Zeit, und finde mir den Mann, der den Mord wirklich begangen hat, da du ja so sicher bist, daß es der Junge nicht war. Sie werden wohl alle gemeinsam aufbrechen, denn Rémy und seine Leute schließen sich Robert Bossu an, und Herluins Heimweg führt bis Leicester über dieselbe Straße – dorthin, wo der Wagen überfallen wurde und das ganze Theater angefangen hat –, und Herluin wäre dumm, auf sicheren Geleitschutz zu verzichten. Er wird also darum bitten, mit dem Grafen reisen zu dürfen, falls der Graf es ihm nicht sogar anbietet, bevor Herluin darum bitten kann. Ich könnte Robert überreden, die Abreise um ein paar Tage zu verschieben, aber nicht länger.«

Er stand auf und streckte sich. Es war ein ereignisreicher Tag gewesen; viele Rätsel waren aufgetaucht, keines war gelöst worden. Er hatte sich ein oder zwei Stunden in Alines Gesellschaft verdient und dazu eine liebevolle Balgerei mit dem fünfjährigen Quälgeist Giles, bevor der Junge von Constance, seiner ergebenen Sklavin, ins Bett gebracht wurde. Sollten unwichtigere Angelegenheiten – und vielleicht auch wichtigere – bis morgen warten.

»Und über welche besonderen Pflichten wollte der Graf sich heute nachmittag mit dir unterhalten?« fragte Cadfael, als sein Freund schon auf die Tür zuging.

»Über die Pflicht aller vernunftbegabten Menschen«, sagte Hugh, seine Worte sorgfältig abwägend, »in festgefahrenen Streitigkeiten nach Möglichkeiten zu suchen, den Parteienhader aus der Welt zu schaffen, wenn keine Seite eine Chance hat zu gewinnen. Um es einfach auszudrücken: Wie man aus einem Sumpf kommt, bevor einem der Dreck bis ans Kinn reicht. Der Frage kannst du dich widmen, während du bei der Komplet ein Wort in Gottes Ohr sprichst. «

Cadfael hätte selbst nicht sagen können, was ihn dazu bewog, sich nach der Komplet noch einmal den Schlüssel zu holen und Tutilo so spät aufzusuchen. Vielleicht war es die zarte, reine Stimme, die fast unheimlich aus dem Innern der Zelle drang, als er, von der letzten Abendandacht kommend, den Hof überquerte. Ein schwacher Lichtschimmer kam aus dem hohen vergitterten Fenster; der Gefangene hatte seine kleine Lampe noch nicht gelöscht. Der Gesang war ganz sanft, nicht für jemand draußen bestimmt, aber so absolut klar, so genau in der Mitte eines jeden Tones, wie ein Pfeil im Scheibenzentrum, daß er in der dämmrigen Stille selbst bis zum entferntesten Winkel des Hofes reichte und daß Cadfael, von seiner Schönheit überwältigt, im Gehen erschauerte. Das Zeitmaß stimmte nicht ganz überein; Tutilo war jetzt erst beim Schlußgesang der Messe angelangt. Etwas so Wunderschönes war im Chor der Kirche noch nie vernommen worden. Gewiß war Anselm ein guter Vorsänger und hatte in seiner Jugend vielleicht ebensogut gesungen, aber Anselm war trotz all seiner Fertigkeiten einfach alt, während Tutilos Stimme alterslos schien und einem Kind oder einem Engel hätte gehören können. Gesegnet sei das Talent, dachte Cadfael, das uns verderbte und fehlbare Kreaturen, die wir weder Engel noch Kinder sind, befähigt, solche Töne hervorzubringen, die einer anderen Welt angehören. Welch unverhoffte, unverdiente Gnade!

Nun, das konnte als ein Zeichen gedeutet werden. Oder aber einfach nur das sein, was ihn veranlaßte, den Schlüssel im Pförtnerhaus zu holen, um noch einmal zu versuchen, dem Jungen, bevor er einschlief, etwas Brauchbares abzuringen: etwas, das ihn, Cadfael, weiterbringen würde, etwas, von dem Tutilo vielleicht nicht einmal wußte, daß er es wußte. Oder, dachte Cadfael rückblickend, es war ein heftiger Rippenstoß der heiligen Winifred gewesen, die ihre Gnade von ihrem Grabe in Gwytherin aus bis hierher wirken ließ, als Zeichen dafür, daß sie dem ruchlosen jungen Mann vergeben hatte, der den erlesenen Geschmack besessen hatte, sie zu begehren, wie sie auch dem ruchlosen alten Mann vergeben hatte, der mit ähnlicher Dreistigkeit all diese Jahre davon ausgegangen war, ihren Willen auszuführen. Was auch immer der Grund war, er lenkte den Schritt zum Pförtnerhaus, und die bezaubernde und qualvolle Schönheit von Tutilos Gesang folgte ihm. Bruder Pförtner ließ ihn, ohne zu fragen, den Schlüssel nehmen. In der Abgeschiedenheit hatte sich Tutilo ganz in sein Schicksal ergeben, ja es schien sogar, als sei er dankbar für die Stille und den Frieden, durch die er ungestört über seine jetzige Lage und seine zukünftigen Aussichten nachdenken konnte. Welche verwickelten Motive Tutilo auch immer ins Kloster getrieben hatten, es war kein Falsch an seinem Glauben; wenn er nichts Böses getan hatte, so dachte Tutilo bestimmt, dann konnte ihm auch nichts Böses widerfahren. Oder aber – die andere Möglichkeit – es gelang ihm, so wie er nun einmal war, jedermann derart von seiner Sanftmut zu überzeugen, daß ihm nicht länger der gebotene Argwohn entgegengebracht wurde und er somit wie ein Aal aus seiner Falle schlüpfen konnte. Bei Tutilo war man nie ganz sicher. Daalny hatte recht. Man mußte ihn sehr gut kennen, um zu wissen, wann er log und wann er die Wahrheit sagte.

Tutilo kniete noch vor dem schlichten, kleinen Kreuz an der Zellenwand und blickte sich nicht gleich um, als der Schlüssel im Schloß knirschte und die Tür sich hinter ihm öffnete. Er hatte zu singen aufgehört und schaute versonnen vor sich hin, die Augen weit geöffnet, das Gesicht friedlich und abwesend. Erst als die Tür geräuschvoll zufiel, wandte er sich um und erhob sich. Bei Cadfaels Anblick lächelte er, ein mattes Lächeln, und nahm auf seiner Pritsche Platz. Er wirkte leicht überrascht, sagte aber nichts, sondern wartete ergeben, zu erfahren, was jetzt von ihm verlangt wurde, ganz ohne Furcht, da es ja Cadfael war, den er vor sich hatte.

»Nein, nichts«, sagte Cadfael als Antwort auf den fragenden Blick, »nur die quälende Hoffnung, daß mir in Eurem Bericht vorhin doch irgend etwas entgangen ist. Ein kleines Detail, das sich als nützlich erweisen könnte.«

Tutilo schüttelte langsam den Kopf, willig, aber ratlos. »Nein, mir fällt nichts ein, was ich Euch nicht schon berichtet hätte. Und alles, was ich Euch gesagt habe, ist wahr.«

»Oh, gewiß«, sagte Cadfael gelassen. »Und dennoch, seid Euch im klaren darüber: Die winzigste Kleinigkeit, etwas, das Ihr für unwichtig haltet, könnte das Körnchen sein, das den Ausschlag gibt. Schon gut, zermartert Euch nicht das Gehirn, vielleicht fällt Euch dann am ehesten etwas ein.« Er blickte sich in der engen, nackten Zelle um. »Ist es hier warm genug für Euch?«

»Wenn ich erst einmal unter die Decke geschlüpft bin, schon«, sagte Tutilo. »Ich habe schon so manches Mal härter und kälter geschlafen.«

»Und es fehlt Euch an nichts? Gibt es keine Kleinigkeit, die ich Euch besorgen könnte?«

»Nach der Ordensregel solltet Ihr mir nichts anbieten«, entgegnete Tutilo, und ein Lächeln huschte über sein Gesicht. »Aber doch, eine Bitte könnte ich vorbringen, eine, die mir vielleicht sogar zur Ehre gereicht. Ich habe mich an die Gebetsstunden gehalten, hier allein in meiner Zelle, aber manchmal entfällt mir das eine oder andere. Und außerdem würde ich gern lesen, um mir die Zeit zu vertreiben. Selbst Vater Herluin würde es billigen. Könntet Ihr mir ein Gebetbuch bringen?«

»Was ist mit Eurem eigenen geschehen«, fragte Cadfael überrascht. »Ich weiß, Ihr hattet eines, ein kleines, schmales. Gute Augen braucht man, um die winzige Schrift zu lesen. Aber Eure Augen sind noch jung und scharf.«

»Ich habe es verloren«, sagte Tutilo. »Ich hatte es noch während der Messe, an dem Tag, bevor ich hier eingesperrt wurde. Aber wo ich es liegengelassen oder verloren habe, weiß ich nicht. Es fehlt mir, aber ich kann mich nicht erinnern, was ich damit getan habe.«

»Ihr hattet es noch an dem Tag, als Aldhelm hierher kommen wollte? An dem Tag – oder besser in der Nacht – als Ihr ihn fandet?«

»Ich weiß nur, daß ich es während der Messe noch hatte. Es könnte mir aus dem Ränzel gefallen sein, vielleicht sogar zwischen den Bäumen im Dunkeln, ja, das befürchte ich. Ich habe in jener Nacht, nachdem ich Aldhelm gefunden habe, kaum mehr auf etwas geachtet«, sagte er bedauernd. »Und so, wie ich gerannt bin, den Pfad hinunter und über den Fluß in die Stadt, kann ich es überall verloren haben. Vielleicht liegt es jetzt im Severn. Ich hätte es gern wieder«, sagte er mit ernster Stimme, »und zur Matutin und zur Laudes stehe ich nachts auf! Ja, das tue ich.«

»Ich lasse Euch das meine hier«, sagte Cadfael. »Und schlaft jetzt, wenn Ihr, wie wir alle, um Mitternacht aufstehen möchtet. Laßt Eure Lampe bis dahin brennen, wenn Ihr wollt; es ist noch genügend Öl darin.« Er hatte den Bestand in dem kleinen Gefäß mit der Fingerspitze überprüft. »Gute Nacht, mein Sohn!«

»Vergeßt nicht, die Tür abzuschließen«, rief Tutilo ihm nach und lachte ohne eine Spur von Verbitterung.

Sie stand im schwärzesten Dunkel, schlank und reglos und kerzengerade, fest an die Zellenwand gepreßt, als Cadfael um die Ecke bog. Der schwache Schimmer von Tutilos Lampe fiel wie das zarte und gespenstische Funkeln eines Glühwürmchens von hoch oben durch das vergitterte Fenster auf ihr Antlitz und zauberte aus dem tiefen Schwarz die geisterhafte Maske eines Gesichts – oval, schwer faßbar, aber mit scharf gemeißelten Zügen, und das restliche Licht vom westlichen Kirchenfenster ließ ihre Augen funkeln und die silberdurchwirkten Säume aufblitzen wie Diamanten. Sie trug ihr Prachtgewand, denn sie hatte vor kurzem für Robert Bossu gesungen. Eine hagere, bewegungslose, entschlossene Gestalt in der Stille der Nacht. Daalny, Partholans Königin, eine Halbgöttin aus dem westlichen Paradies.

»Ich habe Eure Stimmen gehört«, sagte sie, ihre eigene Stimme kaum mehr als ein Flüstern. Aber flüsternde Stimmen tragen besser als sanft sprechende.

»Ich konnte ihn nicht rufen; jemand hätte uns hören können. Cadfael, was wird mit ihm geschehen?«

»Nichts Schlimmes, hoffe ich«, antwortete Cadfael.

»In langer Gefangenschaft«, sagte sie, »wird er aufhören zu singen. Und dann wird er sterben. Und in zwei Tagen reiten wir mit dem Grafen von Leicester fort von hier. Rémy hat mir schon Anweisungen gegeben; morgen soll ich mit dem Packen der Instrumente beginnen, und Tags darauf in der Frühe brechen wir auf. Bénezet wird sich um die Pferde kümmern und Rémys Roß bewegen und sich vergewissern, daß seine Verletzung gut verheilt ist. Wir reiten fort. Und Tutilo bleibt. Wem preisgegeben?«

»Gott«, sagte Cadfael entschieden, »und der Fürsprache der Heiligen. Eine Heilige jedenfalls wird für ihn eintreten, denn sie hat mir soeben den Keim einer Idee ins Hirn gepflanzt. So geht denn zu Bett, und verzagt nicht, denn noch ist nichts entschieden.«

»Und was bleibt mir zu tun?« fragte sie. »Und wenn wir zehnmal beweisen, daß er nicht gemordet hat, wird man ihn dennoch nach Ramsey zurückschleppen, und dort wird man sich an ihm rächen – nicht weil er ein Dieb ist, sondern weil ihm sein Diebstahl mißglückt ist. Auf der Reise mit dem Grafen wird er zu gut bewacht sein, um an Flucht auch nur denken zu können.« Sie senkte die brennenden Augen auf Cadfaels breite braune Hand, die den Schlüssel hielt, und plötzlich lächelte sie. »Ich kenne den richtigen Schlüssel jetzt«, sagte sie.

»Vielleicht wird er wieder an den falschen Nagel gehängt«, sagte Cadfael freundlich.

»Ich würde ihn trotzdem erkennen; es sind nur zwei, die sich in Größe und Form ähneln. Doch ich kann mich genau an das Muster des Barts an dem falschen erinnern. Solch einen Fehler werde ich nicht ein zweites Mal machen.«

Er wollte sie schon drängen, den Dingen ihren Lauf zu lassen und auf die Gerechtigkeit des Himmels zu vertrauen, als er plötzlich vor Augen hatte, wie die Kirche manchmal die Gerechtigkeit des Himmels anwendete, in gutem, aber furchtbarem Glauben – mit all der tugendhaften Engstirnigkeit und Erbarmungslosigkeit, blind gegen die unendliche Vielfalt der menschlichen Natur, ihre Schwächen und Hoffnungen und Bedürfnisse, taub gegen alle Mahnungen des Evangeliums, was die Sünder und biblischen Zöllner betrifft. Und er dachte an Singvögel im Käfig, in der Gefangenschaft zu matt, um auf den Saiten ihrer Kehlen zu spielen, ohne Lust und Mut zu singen, und er wußte, daß sie sehr wohl sterben konnten. Die eine Hälfte der Menschheit war hier in diesem schlanken dunklen Mädchen neben ihm, und diese Hälfte besaß ihr eigenes Recht, nachzudenken, sich zu entscheiden, zu handeln, nicht weniger als die männliche Hälfte. Denn letztlich waren sie gleichermaßen für den Fortbestand der Menschheit verantwortlich. Da war kein Erzbischof oder kein Abt in der Welt, der nicht eine Mutter aus Fleisch und Blut hatte und aus einer leidenschaftlichen Umarmung hervorgegangen war.

Sie würde tun, was sie für richtig hielt, und er desgleichen. Er war nicht für die Bewachung des Schlüssels verantwortlich, sobald er ihn wieder an seinen Platz gehängt hatte.

»Nun gut«, sagte er mit einem Seufzer. »Laßt ihn heute nacht ruhen. Laßt die Dinge laufen. Wer weiß, wieviel klarer der Himmel morgen sein wird.«

Damit wandte er sich ab und ging zum Torhaus, um dem Pförtner den Schlüssel zurückzugeben. Hinter ihm sagte Daalny ganz sanft: »Gute Nacht!« Ihre Stimme klang ruhig, höflich und zurückhaltend, versprach nichts, verriet nichts – ein gleichgültiger Gruß, der aus der Finsternis kam.

Und was hatte er, Cadfael, nach diesem letzten Besuch vorzuweisen, bei dem er den Jungen noch einmal hatte ausfragen wollen, auf eine plötzliche Erinnerung hoffend, die die Wahrheit offenbaren würde, als stieße er an einem Sommermorgen die Fensterläden auf? Nichts als eine Kleinigkeit: Tutilo hatte sein Gebetbuch verloren, irgendwo, irgendwann am Tage des Mordes. Wo sollte man es suchen bei einer halben Meile Waldweg und zwei- oder dreihundert Metern Straßen und Gassen bis zur Burg und wieder zurück, wenn es nicht sogar mehr war? Ein Gebetbuch kann kopiert werden. Und dennoch, wenn das alles war – warum spürte er dann, wie ihm die heilige Winifred ungeduldig in die Rippen stieß und ihm dringlich ins Ohr raunte, daß er genau wisse, wo er mit der Suche anfangen und daß er gleich am nächsten Morgen damit beginnen solle, weil es höchste Zeit sei.

KAPITEL 12

Cadfael erhob sich lang vor der Prim und blickte in eine Morgendämmerung, deren Perlgrau einen wolkenlosen Himmel und Windstille verhieß. Er hatte die klare Vorstellung von einer Aufgabe, die längst beschlossen worden war und nur noch auf ihre Ausführung wartete. Besser noch, so entschied er, das Unternehmen würde gleich zwei verschiedenen Zwecken dienen. Also begab er sich zuerst in seine Werkstatt, um die Arzneien zusammenzustellen, die im Hospital von Saint Giles, am Ende der Abteivorstadt, zur Neige gingen; vor allem Salben und Wässer gegen Hautausschläge, denn die Obdachlosen, die dort Unterschlupf suchten, litten häufig und meist ohne eigenes Verschulden an den Folgen von Hunger und mangelnder Reinlichkeit. Auch unter der Kälte litten viele, vor allem die Älteren, deren Atem vom ewigen Vagabundieren in den Lungen schnarrte und raschelte wie trockenes Laub. Sein Ränzel schon gefüllt, überlegte Cadfael, welche Pflichten am dringendsten erledigt werden mußten, und schrieb sie sorgfältig nieder, so daß Bruder Winfrid in den morgendlichen Arbeitsstunden zwischen den Andachten wußte, was zu tun war.

Nach der Prim ließ er Winfrid zurück, der eifrig mit Graben beschäftigt war, um neuen Kohl zu pflanzen, und holte sich einen Schlüssel beim Pförtner. Am östlichen Ende der Klostermauern, auf der Höhe des Pferdemarktes und auf halbem Weg nach Saint Giles, waren eine große Scheune und ein Stall, in dem die Pferde der Abtei während der Flut untergebracht gewesen waren. Auf diesem Teil der Straße hatte der Wagen aus Longner gewartet, als die Fuhrleute bei der Bergung der Klosterschätze mithalfen, und hier war Tutilo aus dem Tor des Friedhofs getreten, um Aldhelm zurück in die Kirche zu holen und zum ahnungslosen Gehilfen seines gotteslästerlichen Diebstahls zu machen. In der Nacht von Aldhelms Tod hatten hier die beiden jungen Leute, wenn man Daalny Glauben schenken durfte, im Heu auf dem Dachboden Zuflucht gesucht, damit Tutilo nicht dem Zeugen gegenübergestellt und gezwungen werden konnte, die Sünde einzugestehen. Sie hatten nicht gewagt zurückzukehren, bevor sie die Glocke zur Komplet läuten hörten. Zu diesem Zeitpunkt war die Gefahr in der Tat vorüber, denn der unschuldige Mann war bereits tot.

Cadfael schloß die Stalltür auf und ließ einen Flügel geöffnet. In dem nach Stroh duftenden Halbdunkel innerhalb des großen unteren Raums befanden sich Pferdeboxen, die jedoch alle leer waren. Während des mehrmals im Jahr stattfindenden Viehmarkts brachten die Züchter hier ihre Tiere unter, derzeit aber wurde der Stall wenig benutzt. Etwa in der Mitte des langgestreckten Raumes führte eine Holztreppe durch eine Falltür auf den Dachboden. Cadfael stieg hinauf, klappte die Tür zur Seite und kletterte auf den Heuboden, der von Licht aus zwei schmalen Fensterschlitzen erleuchtet wurde. An der hinteren Wand waren Fässer aufgereiht, in einer Ecke verschiedenes Werkzeug, und überall war noch reichlich Heu, denn die letzten beiden Grasernten waren üppig gewesen.

Die beiden hatten erkennbare Spuren im Heu zurückgelassen. Keine Frage, daß unlängst zwei Menschen hier gewesen waren, die beiden behaglichen Heunester waren noch immer deutlich zu sehen. Aber es waren zwei, und die Tatsache allein ließ Cadfael einen Augenblick nachdenklich verweilen. Nahe genug für Wärme und Vertraulichkeit, aber dennoch getrennt, und zwar so eindeutig, daß sie auch vorsätzlich hätten angelegt worden sein können. Hier hatte kein wildes Kopulieren stattgefunden, vielmehr hatten zwei junge Sünder beisammengehockt, um für diese eine Nacht vor den Schlägen des Schicksals Zuflucht zu suchen, auch wenn sie sicher sein konnten, daß der Schlag am nächsten Tag niedergehen würde. Sie mußten sehr still dagesessen haben, um selbst das Rascheln des Strohs unter ihren Füßen zu vermeiden.

Cadfael blickte sich nach dem kleinen Gegenstand um, den zu finden er hergekommen war, ohne eigentlich zu wissen, daß er tatsächlich hier war, sondern lediglich davon überzeugt, daß ein wohlwollender Fingerzeig ihn auf diesen Ort hingewiesen hatte. Er hätte fast schon die Hand daraufgelegt, als er die Falltür angehoben und zur Seite geklappt hatte, denn die Kante des soliden Holzquadrats hatte ihn einen Zoll zur Seite geschoben, so daß er zur Hälfte verdeckt war: ein schmales Buch, in grobes Leder gebunden, die Ecken vom vielen Gebrauch und vom Tragen in rauhem Sackleinen abgenutzt. Der Junge mußte es hier beim Aufbruch niedergelegt haben, um seine Hände frei zu haben und Daalny die Leiter hinabzuhelfen, und dabei so eifrig mit dem Schließen der Falltür beschäftigt gewesen sein, daß er vergessen hatte, sein Buch wieder an sich zu nehmen.

Cadfael hob es auf und hielt es dankbar in Händen. Ein gelber Strohhalm steckte noch zwischen den Seiten der Komplet. Im Dunkeln konnten sie es nicht gelesen haben, aber Tutilo wußte das Gebet auswendig und hatte es wohl nur der feierlichen Geste wegen aufgeschlagen, als Zeichen, daß sie die Andachtsstunde getreulich eingehalten hatten. Sicher war es leicht, dachte Cadfael, gefährliche Zuneigung zu diesem begabten Schelm zu empfinden – eine bisweilen heitere, oft auch verzweifelte Zuneigung. Vor allem natürlich wegen dieser engelhaften Stimme, die ihm, der ganz gewiß kein Engel war, so großzügig geschenkt worden war.

Cadfael stand still da, einen Schritt oder zwei von der geöffneten Luke entfernt, als er plötzlich ein Geräusch von unten vernahm. Die Tür stand offen, jemand hatte hereinkommen können, aber er hatte keine Schritte gehört. Was er gehört hatte, war das leichte Schaben von rauher Keramik auf rauher Keramik – grobgebrannte Tonerde, ein schwerer Deckel, der von einem großen Vorratsgefäß gehoben wurde. Die durch die leichte Bewegung entstandene Reibung verursachte einen kurzen, schabenden Laut, der einem durch und durch ging. Jemand hatte den Deckel des Getreidebehälters abgenommen. Er war gefüllt worden, als die Pferde vom Kloster hierher geführt worden waren, und war nicht wieder geleert worden, da die Flüsse noch immer Hochwasser trugen und die Jahreszeit noch nicht sicher war. Dann noch einmal das gleiche Geräusch, eine leichte Berührung, aber deutlich hörbar, und der Deckel wurde wieder auf das Gefäß gelegt.

Cadfael trat ein Stück zur Seite, um durch die Luke hinabzuschauen, und unten rief jemand, der ihn bemerkte, fröhlich hinauf: »Ihr hier, Bruder? Erschreckt nicht! Ich hatte nur etwas vergessen, nachdem wir die Pferde hier in den Stall geführt hatten.« Schritte raschelten jetzt deutlich hörbar im Stroh, und Rémys Knecht Bénezet kam in Sicht, der freundlich grinste und einen Zaum hochhielt, dessen Goldverzierung leicht schimmerte. »Von meinem

Herrn Rémy! Ich hatte sein Tier zum erstenmal nach draußen geführt, seitdem es lahmte, und das Zaumzeug hier zurückgelassen. Wir brauchen es morgen. Wir sind beim Packen.«

»Ich hörte es schon«, sagte Cadfael. »Und Ihr brecht in sicherer Begleitung auf.« Er steckte das Gebetbuch in die Brusttasche seiner Kutte und begann vorsichtig, die Leiter hinabzusteigen. Bénezet wartete unten, den Zaum überm Arm. »Ich konnte mich rechtzeitig erinnern, wo ich es liegengelassen hatte«, sagte er und strich mit dem Daumen über die kostbare Verzierung auf Kopfteil und Zügel. »Ich habe beim Pförtner nachgefragt, und der sagte mir, Bruder Cadfael habe den Schlüssel mitgenommen und sei hier, und so kam ich, um es zu holen, solange der Stall geöffnet war. Wenn Ihr fertig seid, Bruder, können wir zusammen zurückgehen.«

»Ich habe noch in Saint Giles zu tun«, entgegnete Cadfael und hob sein Ränzel auf. »Ich schließe ab, wenn Ihr hier nichts mehr zu tun habt, und gehe weiter zum Hospital.«

»Nein, ich bin fertig«, sagte Bénezet. »Das war alles. Zum Glück konnte ich mich erinnern, sonst wäre Rémys bestes Geschirr auf der Heuraufe dort hinten liegengeblieben, und ich hätte es mit meinem Lohn oder mit meiner Haut bezahlen müssen.«

Mit einem hastigen Abschiedswort, aber ohne einen Blick zurück, war er schon um die Ecke gebogen. Nicht einmal hatte er zum Getreidebehälter in der dunklen Ecke geschaut. Das Zaumzeug aber hatte er offenbar von der letzten Heuraufe genommen – das hatte er wenigstens mit übertriebenem Nachdruck behauptet.

Cadfael ging zum Getreidebehälter und nahm den Deckel ab. Es lagen Körner auf dem Innenrand und am

Fußboden ringsumher. Nicht viele, aber sie waren deutlich zu sehen. Er tauchte beide Arme in das Gefäß, tastete mit den Händen umher, bis seine Fingerspitzen den Boden berührten; die Körner glitten kalt durch seine Finger, ohne freilich etwas Fremdes ans Licht zu bringen. Was immer darin versteckt worden war, mußte so beschaffen sein, daß beim Hervorholen ein paar Körner mit hinausbefördert worden waren. Kein glatter Gegenstand, etwas mit Falten mußte es gewesen sein, in denen sich Getreidekörner verfangen konnten. Stoff?

Oder war Bénezet nur neugierig gewesen, wieviel Korn noch in dem Behälter übrig war? Ein müßiger Einfall? Menschen taten sonderbare, widersinnige Dinge, schweiften grundlos von dem ab, was sie gerade beschäftigte. Aber behalte es im Auge. Sonderbare, widersinnige Dinge sind manchmal höchst bedeutsam. Mit diesem Gedanken verriegelte Cadfael die schwere Tür und machte sich auf den Weg nach Saint Giles.

Als er mit seinem leeren Ränzel zurückkehrte, herrschte reges Treiben im großen Hof, wie ein kräftiger Wind, der zum Aufbruch blies. Freilich ohne Hast, man hatte den ganzen Tag Zeit für die Vorbereitungen. Die zwei Knappen von Robert Bossu liefen in der Halle des Gästehauses hin und her und packten alles zusammen, was ihr Herr auf der Reise nicht unbedingt benötigen würde. Er reiste mit leichtem Gepäck, legte aber Wert auf eine peinlich genaue Erledigung seiner Wünsche, was auch meistens ohne besonderen Bedarf an Nachdruck geschah. Der Diener Nicol und sein jüngerer Gefährte, jener den man zwar in Worcester zurückgelassen hatte und der dann den Weg nach Shrewsbury zu Fuß gekommen war und sich dafür vernünftigerweise Zeit gelassen hatte, mußten wenig vorbereiten, denn dieses Mal wurden die für ihr Haus gesammelten Spenden mit Robert Bossus Gepäckwagen befördert – demselben, auf dem der Reliquienschrein der heiligen Winifred zurückgebracht worden war und der jetzt als Gepäckfahrzeug diente, während das Lastpferd des Grafen als angemessenes Beförderungsmittel für Subprior Herluin dienen sollte. Robert Bossu bedachte Herluin großzügig mit kleinen Aufmerksamkeiten, die seiner Würde schmeichelten.

Und die dritte der drei Parteien, die sich versammelten, um ihre Reise gemeinsam anzutreten, hatte wohl die aufwendigsten Vorbereitungen zu treffen. Daalny kam langsam die Treppe des Gästehauses herunter, eine wunderschöne tragbare Orgel auf dem Arm, den schlanken Hals gereckt, um über ihre Last hinwegzuspähen und die Kante jeder Stufe zu erblicken, denn Rémys Instrumente waren kostbar und ihm fast noch wertvoller als seine Sängerin. Die Orgel besaß ein speziell angefertigtes Behältnis zur sicheren Verwahrung, das aber sperrig war, so daß es aus Platzmangel in den Stall verbannt worden war. Daalny überquerte den Hof, hielt das Instrument wie ein Kind im Arm, die freie Hand zärtlich daraufgelegt, denn es war ihr nicht weniger teuer als ihrem Herrn. Sie blickte zu Cadfael auf, als sie ihn neben sich gewahrte, und schenkte ihm ein vorsichtiges Lächeln, als wollte sie in ihren Gedanken die Dinge beiseite schieben, die in seiner Gesellschaft leicht zur Sprache kommen konnten, aber besser vermieden werden sollten.

»Ihr habt die schwerste Last«, sagte Cadfael. »Laßt sie mich für Euch tragen.«

Ihr Lächeln wurde wärmer, aber sie schüttelte den Kopf. »Ich bin dafür verantwortlich«, sagte sie, »und trage das Instrument also selbst oder lasse es selbst fallen. Es ist nicht so schwer, wie es aussieht, nur sperrig. Der Kasten ist dort im Stall. Aus Leder, weich und gut gepolstert. Ihr könnt mir beim Einpacken helfen, wenn Ihr möchtet.«

Er begleitete sie in den Stall und hielt den geöffneten Kasten mit zurückgeklapptem Deckel auf den Armen, so daß sie die kleine Orgel behutsam hineingleiten lassen konnte. Sie schloß den Deckel und zog die Riemen zu, die ihn befestigten. In der Zwischenzeit machten sich die Männer des Grafen mit der geschmeidigen und wohltuenden Anmut der Jugend im Stall zu schaffen, während Bénezet am anderen Ende des Hofes Sättel und Geschirr putzte und dann auf die Schabracken legte, die über einem Holzgestell im bereits erstaunlich warmen Sonnenlicht ausgebreitet waren. Neben ihm, an einem Haken, hing das kostbar verzierte Zaumzeug.

»Euer Herr scheint großen Wert darauf zu legen, daß sein Geschirr glänzt«, sagte Cadfael, in Bénezets Richtung deutend. Teilnahmslos folgte sie seinem Blick.

»Ach, das da! Das gehört nicht Rémy, sondern Bénezet. Woher er's hat, weiß ich nicht. Ich habe mir oft gedacht, daß er's irgendwo gestohlen hat, doch er ist verschwiegen wie ein Grab, besser, man stellt keine Fragen.«

Cadfael nahm diese Bemerkung ohne Kommentar zur Kenntnis. Warum eine so überflüssige Lüge? Sie diente keinem Zweck, soweit er das entdecken konnte, und das war Grund genug, der Sache nachzugehen. Vielleicht hielt Bénezet es für ratsam, den Besitz eines so kostbaren Zaumzeugs seinem Herrn zuzuschreiben, allein um jeder Frage, woher er es hatte, vorzubeugen. So etwas hatte Daalny soeben angedeutet. In beiläufigem Ton versuchte er, mehr in Erfahrung zu bringen.

»Er scheint etwas nachlässig damit umzugehen. Er hat es seit dem Hochwasser im Stall beim Pferdemarkt gelassen und es erst heute morgen wieder geholt.«

Diesmal warf sie ihm einen aufmerksamen Blick zu und hielt bei der letzten Schnalle inne. »Hat er das behauptet? Er hat das Zaumzeug heute morgen eine halbe Stunde lang geputzt und poliert. Es war die ganze Zeit hier, ich habe es wohl ein Dutzend mal gesehen.«

Ihre weit geöffneten Augen blitzten mißtrauisch auf. Cadfael wollte ihren Argwohn nicht weiter anstacheln; sie war schon mehr in die Sache verwickelt, als ihm lieb war, und es wäre zu leichtsinnig für sie, in der jetzigen, angespannten Lage, kurz vor ihrem Aufbruch nach Leicester, wo immer noch nichts gelöst oder gar gewonnen war, sich in ein gewagtes Unternehmen zu stürzen. Besser, sie da herauszuhalten, wenn es irgendwie möglich war. Aber sie war von schnellem Verstand und hatte sich längst in diese Widersprüchlichkeit festgebissen. Cadfael zuckte die Achseln und sagte scheinbar gleichgültig: »Ich muß ihn mißverstanden haben. Er trug es heute morgen bei sich, als ich ihm im Stall begegnete. Ich glaubte, er hätte es dort geholt, und ging davon aus, daß es Rémy gehört.«

»Das kann ich verstehen«, stimmte sie zu. »Ich habe mich selbst schon immer gefragt, wie er in den Besitz gekommen ist. Irgendwo in der Provence wahrscheinlich. Aber auf ehrliche Weise? Das bezweifle ich.« Ihre glänzenden Augen hefteten sich fragend auf Cadfaels Gesicht. Sie drehte sich nicht nach Bénezet um, noch nicht. »Was hat er am Pferdemarkt gemacht?« Ihr Tonfall drückte noch immer eher beiläufige Neugier aus, als wären ihr weder Frage noch Antwort wirklich wichtig, das Funkeln ihrer Augen ließ aber das Gegenteil vermuten.

»Wie soll ich das wissen?« entgegnete Cadfael. »Ich war oben auf dem Heuboden des Stalls, als er hereinkam. Vielleicht war er nur neugierig und wollte sehen, warum die Tür offenstand.«

Diese Wendung des Gespächs konnte ihre Neugier nicht befriedigen. Ihre Augen wurden noch größer, als ob sie noch größere Enthüllungen vermutete. »Und was hattet Ihr auf dem Heuboden zu tun?«

»Ich suchte nach einem Beweis für das, was Ihr mir erzählt habt«, sagte Cadfael. »Und ich fand ihn. Wußtet Ihr, daß Tutilo nach der Komplet sein Gebetbuch dort vergessen hat?«

»Nein«, kam ihre Antwort fast unhörbar nach einem sanften Aufatmen.

»Er hat sich gestern abend meines ausgeliehen. Er konnte sich nicht erinnern, wo er seines verloren hatte, aber ich hatte wenigstens einen Ort im Sinn, wo sich die Suche lohnen könnte. Und tatsächlich, dort war es, und dazu an der Stelle der Komplet markiert. Ein Gebetbuch ist natürlich kein Augenzeuge, Daalny, aber es ist ein Beweisstück. Und ich habe vor, es Hugh Beringar zu übergeben.«

»Wird es ihn frei machen?« fragte sie, immer noch flüsternd.

»Was Hugh betrifft, vielleicht. Aber Tutilos Vorgesetzter ist Herluin, und der kann nicht übergangen werden.«

»Muß er es unbedingt erfahren?« fragte sie hartnäckig.

»Nicht die ganze Wahrheit, wenn Hugh es mit meinen Augen sieht. Daß es einen eindeutigen Beweis dafür gibt, daß der Junge den Mord nicht begangen hat, ja, das muß man Herluin sagen, aber er braucht nicht zu wissen, wo Ihr beiden Euch aufhieltet, und was Ihr in jener Nacht gemacht habt.«

»Wir haben nichts Schlechtes getan«, sagte sie eifrig und zugleich voller Verachtung für eine Welt, in der jeder gleich etwas Schlechtes dachte. Sie kannte die Sünden der Welt und verachtete sie. »Kann der Abt Herluin nicht überstimmen? Dies ist sein Bereich, nicht Ramseys.«

»Der Abt muß die Ordensregeln respektieren. Er kann den Jungen genausowenig hier festhalten und Ramsey entziehen, wie er einen der Seinen fallenlassen könnte. Aber wartet! Wir wollen sehen, ob nicht Herluin selbst überredet werden kann, dem Jungen die Tür zu öffnen.« Über das, was dann geschehen würde, wollte er jetzt nicht weiter nachsinnen, obwohl es ihm schien, als wäre Tutilos Begeisterung für seine Berufung, in den Orden einzutreten, so weit abgekühlt, daß sie, verglichen mit dem Anreiz, Partholans Königin aus der Sklaverei zu befreien, bald völlig verblaßt sein würde. Nun, gut! Besser, du nimmst deine Hände früh vom Pflug und gebrauchst sie für etwas Sinnvolleres, als immer engere Furchen zu ziehen, bis alles Weltliche verflucht und alles Menschliche verdammt ist.

»Gebt mir Bescheid«, sagte Daalny ernst, fast im Befehlston.

Erst als Cadfael sie verlassen hatte, um am Torhaus auf Hughs Erscheinen zu warten, richtete sie den Blick auf Bénezet. Warum diese sinnlosen Lügen? Gewiß, er mochte es vorziehen, daß andere Leute glaubten, sein kostbares Zaumzeug gehöre seinem Herrn und nicht ihm selbst, wenn er Grund hatte, sich vor zwar schmeichelhafter, aber nichtsdestoweniger lästiger Neugier zu schützen. Aber warum hatte er überhaupt eine Erklärung abgegeben? Warum sollte ein verschlossener Mann, der ständig mit Worten geizte, sie plötzlich für überflüssige Lügen vergeuden? Und zudem, noch aufschlußreicher vielleicht, er hatte den Weg zum Pferdemarkt ganz gewiß nicht zurückgelegt, um jenes Zaumzeug zu holen, ob es nun seines war oder das von Rémy. Warum also hatte er das behauptet? Um etwas anderes aus dem Stall zu holen? Etwas, das er nicht vergessen, sondern ganz bewußt dort zurückgelassen hatte? Morgen würden sie nach Leicester aufbrechen. Wenn er also etwas im Stall versteckt hatte, etwas, das niemand sehen durfte, mußte er es ja heute wieder an sich nehmen.

Außerdem mußte dieses Etwas schon seit der Flutnacht dort versteckt gewesen sein, als mit dem Flußwasser das Chaos in die Klosterkirche eingebrochen war, als alles Kostbare an einen sicheren Ort hatte geborgen werden müssen, als Tutilo seinen geistreichen Diebstahl verübt hatte – denn geistreich war er, das gestand sie ein – und als der langsam keimende, aber todsichere Same des Mordes in die Erde gepflanzt worden war. Eines Mordes, an dem Tutilo keine Schuld hatte. Den ein anderer begangen hatte. Einer, der Grund hatte, sich vor dem zu fürchten, was Aldhelm von jenem Abend alles hätte berichten können, wenn man seinem Gedächtnis auf die Sprünge geholfen hätte? Welchen anderen Grund hätte jemand gehabt haben können, einen harmlosen jungen Mann zu töten, einen Schäfer aus einem benachbarten Weiler?

Daalny fuhr ohne Eile mit ihrer Arbeit fort, da sie nicht die Absicht hatte, den Stall zu verlassen, solange Bénezet dort war. Sie mußte ins Gästehaus zurück, um die kleineren Instrumente zu holen, verlor dabei aber so wenig Zeit wie möglich, ließ sich wieder in Sichtweite von Bénezet nieder und packte die Geräte sorgfältig ein. Der jüngere der beiden Knappen des Grafen kam neugierig herbei, um die sarazenische Ud zu bewundern, eine Laute, die Rémys Vater von einem Kreuzzug mitgebracht hatte. Die Gegenwart des jungen Mannes lieferte Daalny einen willkommenen Grund für ihr Bleiben, und sie verzögerte ihre Arbeit, die sonst innerhalb einer Stunde beendet gewesen wäre. Die verschiedenen Flöten waren leicht zu tragen. Rebec und Mandola kamen in eigene gepolsterte Taschen, wobei der Bogen des Rebec besonders vorsichtig verpackt werden mußte.

Es ging schon auf Mittag zu. Graf Roberts junge Diener hatten all ihr Gepäck für den nächsten Tag fertig gestapelt und machten sich auf den Weg ins Gästehaus, um ihrem Herrn das Essen aufzutragen. Daalny zog die letzte Schnalle der Sattelrolle fest, in der die Flöten verstaut waren.

»Ich habe alles verpackt«, sagte sie. »Bist du mit dem Pferdegeschirr fertig?«

Bénezet hatte eine seiner eigenen Taschen, schon zur Hälfte gefüllt, herausgetragen und war dabei, einen Armvoll Kleider hineinzupacken. Was darunter war, dachte sie, mußte verstaut worden sein, während sie Rebec und Mandola aus dem Gästehaus geholte hatte. Als er ihr kurz den Rücken zukehrte, trat sie vorsichtig mit der Fußspitze gegen die leichte Wölbung des Leders, und etwas darin gab das dünnste und klarste aller Geräusche von sich, das Klirren von Münze auf Münze, sehr kurz nur, als wäre die Tasche so sorgfältig gepackt worden, daß ein Klimpern der Münzen kaum möglich war. Aber der Klang, den sie vernommen hatte, war eindeutig gewesen. Bénezet drehte den Kopf abrupt nach ihr um, aber sie hielt seinem Blick mit großen, unschuldigen Augen stand, als hätte sie nichts gehört, und sagte ruhig und gelassen: »Komm, laß uns essen. Rémy sitzt mit Robert Bossu zu Tisch. Du brauchst ihm diesmal nicht aufzuwarten.«

Hugh hörte sich Cadfaels Geschichte an und drehte mit einem gequälten, halb belustigten, halb zornigen Lächeln das kleine Gebetbuch in den Händen.

»Ich bin für meine Grafschaft zuständig, aber hier im Kloster habe ich, wie du nur allzugut weißt, keine Befugnisse. Ich weiß, daß der Junge keinen Mord begangen hat, und habe ihm auch nie einen Mord zugetraut. Das Gebetbuch ist als Beweis ausreichend, doch an deiner Stelle würde ich die damit zusammenhängenden Umstände vor Radulfus und, viel wichtiger noch, vor Herluin unerwähnt lassen. Du solltest dich da heraushalten. Vielleicht meinst du, dem Abt auch diese letzte Einzelheit mitteilen zu müssen, ich aber habe meine Zweifel, daß er den armen Teufel selbst mit dem neuen Wissen freisprechen kann. Sich mit einem Mädchen auf einem Heuboden zu treffen – das wäre Wasser auf Herluins Mühlen, sollte er es jemals erfahren. Ein schlimmeres Vergehen als der gotteslästerliche Diebstahl – zumindest unter den gegebenen Umständen, wo dieses Unternehmen nicht zum Erfolg geführt hat. Ich werde ihn von jedem Mordverdacht freisprechen, auch wenn ich den wirklichen Mörder noch nicht benennen kann. Aber mehr als das kann ich nicht versprechen.«

»Ich werde alles dir überlassen«, sagte Cadfael achselzuckend. »Tu, was du für richtig hältst. Weiß Gott, die Zeit drängt. Schon morgen werden sie alle fort sein.«

»Nun«, sagte Hugh und erhob sich, »wenigstens können wir sicher sein, daß Robert Bossu mit seinen Sorgen um sein Beaumont-Erbe in der Normandie und in England kaum ein großes Verlangen dafür verspüren wird, den Aufpasser für einen kleinen Novizen zu spielen, auf den dann am Ziel der Reise die klösterliche Hölle wartet. Es würde mich nicht wundern, wenn Robert irgendwo auf dem Weg eine Tür unverriegelt lassen, beide Augen fest zudrücken und die anschließende Verfolgung sogar bewußt in die falsche Richtung aufnehmen würde. Es liegt ein großes Stück England zwischen hier und Ramsey.« Er reichte Cadfael das Gebetbuch; der Strohhalm markierte noch immer die Stelle mit dem Nachtgebet, das Tutilo mit Daalny gesprochen hatte. »Gib es ihm zurück. Er wird es gebrauchen können.«

Damit nahm Hugh Abschied, um sich zu einer Besprechung mit Radulfus zu begeben, und ließ seinen Freund, das Gebetbuch in Händen, finster grübelnd zurück. Cadfael wußte selbst nicht recht, warum er sich solche Sorgen um einen gerissenen kleinen Narren machte, der versucht hatte, die Schutzpatronin von Shrewsbury zu stehlen, und der dabei eine leidige Reihe von Begebenheiten ausgelöst hatte, die mehreren rechtschaffenen Männern Leid und Verdruß gebracht und einen gar das Leben gekostet hatte. Natürlich hatte Tutilo, im nachhinein betrachtet, nichts davon tatsächlich begangen oder beabsichtigt, aber er hatte Ärger verursacht und würde es weiter tun, solange er blieb, wohin er nicht gehörte. Selbst seine übereifrige, wenn auch echte Frömmigkeit paßte nicht recht in die Disziplin einer klösterlichen Bruderschaft. Nun, wenigstens würde Hugh beweisen können, daß der Junge kein Mörder war, was immer man ihm sonst auch vorwerfen konnte, und daß sein höchst gewagter Diebstahl nicht in den Zuständigkeitsbereich des königlichen Sheriffs fiel. Im übrigen müßte der Junge, wenn es zum Schlimmsten käme, tun, was so mancher Rebell, der zur falschen Zeit am falschen Ort war, schon vor ihm hatte tun müssen – seine Strafe überleben, sich, zahm geworden und völlig gebrochen, aber wohlbehütet, in sein Schicksal fügen. Ein Singvogel im Käfig. Aber da war natürlich noch Daalny. Gebt mir Bescheid, hatte sie gesagt. O ja, er würde ihr Bescheid geben. Mochten es nun das Schlimmste oder das Beste sein.

Im Empfangszimmer des Abtes begründete Hugh sein Urteil mit wenigen Worten. Wenn, wie vereinbart, nicht alles gesagt werden sollte, dann je weniger, desto besser. »Ich bin hier, Vater Abt, um Euch mitzuteilen, daß ich keine Anklage gegen den Novizen Tutilo erhebe. Mir liegen genügend Beweise vor, um sichergehen zu können, daß er keinen Mord begangen hat. Das Gesetz, dem ich verpflichtet bin, wird ihn nicht weiter belangen. Nun denn«, fügte er mit sanfter Stimme hinzu, »mir bleibt nur, ihm Glück zu wünschen.«

»Ihr habt den Mörder gefunden?« fragte Radulfus.

»Nein, so kann man das nicht sagen. Aber ich bin jetzt sicher, daß es nicht Tutilo war. Daß er in jener Nacht sofort den Mord meldete, war lobenswert, und was er am nächsten Tag tun konnte, tat er bereitwillig. Mein Gesetz hat ihm nichts vorzuwerfen.«

»Aber das meine muß es wohl«, sagte Radulfus. »Es ist kein geringes Vergehen, zu stehlen, doch es ist ein noch weit schlimmeres, einen anderen in den Diebstahl hineinzuziehen und ihn dadurch in Lebensgefahr zu bringen. Zu Tutilos Gunsten kann berücksichtigt werden, daß er die Tat eingestanden und echte Reue gezeigt hat, den unglücklichen jungen Mann in seine Machenschaften verwickelt zu haben. Er besitzt Gaben, die er auch jetzt noch zur Ehre Gottes gebrauchen mag. Aber er hat eine Schuld zu begleichen« Er musterte Hugh eine Weile schweigend und sagte dann: »Darf ich wissen, welcher weitere Beweis Euch in die Hände fiel? Da Ihr den Schuldigen noch nicht gefunden habt, muß es einen Grund geben, weshalb Ihr Euch Tutilos Unschuld so sicher seid.«

»Er gab vor, nach Longner gerufen worden zu sein«, erklärte Hugh bereitwillig, »um sich dann fortstehlen und verstecken zu können, bis Aldhelm wieder fort und die Gefahr gebannt sein würde, wenigstens für diesen einen Tag. Ich bezweifle, daß er weiter vorausgeschaut hat; es war die unmittelbar bevorstehende Gefahr, die er zu meiden suchte. Wo er sich versteckt hielt, weiß ich jetzt: auf dem Heuboden des Stalls am Pferdemarkt. Und daß er ihn nicht verlassen hat, bevor er die Glocke zur Komplet läuten hörte, zu einem Zeitpunkt also, als Aldhelm schon tot war, dafür habe ich auch Beweise.«

»Und gibt es jemanden, der das bestätigen kann?«

»Ja, den gibt es«, antwortete Hugh ohne weiteren Kommentar.

»Nun, denn«, sagte Radulfus und lehnte sich seufzend zurück. »Tutilo befindet sich eher zufällig in meinen Händen, aber selbst wenn ich wollte, könnte ich nicht einfach über sein Vergehen hinwegsehen oder seine Strafe mildern. Subprior Herluin wird ihn nach Ramsey zum dortigen Abt mitnehmen, und solange Tutilo sich innerhalb meiner Mauern aufhält, muß ich Ramseys Gesetze achten und ihn gefangenhalten, bis Herluin aufbricht.«

»Er war nicht übermäßig neugierig, er hat nichts überprüft«, berichtete Hugh seinem Freund in dessen Kräutergarten; seine Stimme klang erleichtert und belustigt. »Er war mit meiner Versicherung zufrieden, ich sei überzeugt, Tutilo habe keinen Mord begangen und auch kein Gesetz des Landes gebrochen, jedenfalls keines außerhalb der Grenzen der Kirche. Und das genügte ihm. Schließlich wird er dies ganze Durcheinander morgen los sein, auch wenn er dann noch entscheiden muß, was mit dem hiesigen Missetäter zu geschehen hat. Jerome muß noch abgeurteilt werden. Aber der Abt wird das eine, was er als Superior tun könnte, wohl nicht tun – unseren Sünder Tutilo am abendlichen Gottesdienst teilnehmen lassen. Er hat natürlich recht. Sobald sie unsere Mauern verlassen haben, ist Shrewsbury nicht mehr für ihn verantwortlich, doch bis dahin ist Radulfus gezwungen, im Sinne von Ramsey wie auch in dem seines eigenen Klosters zu handeln. Ein Bruder hat sich einem Bruder gegenüber tadellos zu verhalten – selbst wenn er ihn verabscheut. Es tut mir selbst leid, aber Tutilo wird in seiner Zelle bleiben. Offiziell jedenfalls«, fügte er mit einem bedeutungsvollen Grinsen hinzu. »Selbst deine Neigung zu Unbotmäßigkeiten würde mich nichts angehen, vorausgesetzt, sie betrifft nur das Kirchenrecht.«

»Das war früher manchmal anders«, sagte Cadfael und seine Gedanken schweiften zu gewissen Erinnerungen zurück, die einen sehnsüchtigen Schimmer in seinen Augen erweckten. »Wir sind schon lange nicht mehr des Nachts zusammen geritten.«

»Um so besser für deine alten Knochen«, sagte Hugh verschmitzt. »Sei zufrieden, schlaf in deinem Bett und laß gerissene kleine Banditen wie deinen Tutilo für ihre Sünden büßen und abwarten, bis ihnen vergeben wird. So weit wir wissen, ist der Abt von Ramsey eine gute, menschliche Seele mit einer Schwäche für kleine Sünder, so wie Ihr. Und mit einer Vorliebe für Musik vielleicht. Das könnte nützlich sein. Wenn du ihn jetzt laufen ließest, was würde dann aus ihm werden, ohne Kleider, ohne Nahrung, ohne Geld?«

Das war nur zu wahr, mußte Cadfael zugeben. Tutilo würde sich wohl durchzuschlagen wissen, aber mit ungewissem Ausgang. Ein Hemd und Beinkleider von einer Wäscheleine genommen, ein Ei unter einer Henne hervorgeholt, mit einem Lied ein paar Münzen von Reisenden auf der Straße oder auf einem Markt erbettelt – aber immerhin keine Steinmauern mehr, die ihn gefangenhielten, und keine verriegelte Tür, kein gnadenloser Vorgesetzter, der ihm endlose Predigten über seine unverzeihlichen Sünden hielt, keine Verbannung in die steinige Einsamkeit der Exkommunikation, kein Ausgeschlossensein vom gemeinsamen Mahl und Gebet, ohne jede Verbindung zu seinen Mitbrüdern, welche das gleiche kalte Schicksal treffen würde, wenn sie sich erdreisteten, ein gutes Wort für Tutilo einzulegen.

»Trotzdem«, sagte Hugh nachdenklich, »die Ordensregel berechtigt einen, alle Türen offen zu lassen. Heißt es darin nicht, wenn man alles andere bei einem Unbelehrbaren bereits versucht hat: ›Wenn der treulose Bruder Euch verlassen will, so lasset ihn gehen‹?«

Der Nachmittag neigte sich schon seinem geruhsamen Ende zu, das Tagewerk der Klosterbrüder war vollbracht, als Cadfael seinen Freund Hugh zum Torhaus begleitete. Er hatte Bénezets Zaumzeug und dessen Besuch im Stall beim Pferdemarkt mit keinem Wort erwähnt. Solange es keine Gewißheit und nichts Beweisträchtiges vorzubringen gab, zögerte er, einen unbegründeten Verdacht gegen irgendeinen Menschen zu äußern. Und doch wollte er sich ungern die Möglichkeit für eine weitere Entdeckung entgehen lassen. Ständiger Zweifel ist schlimmer als selbst unangenehme Gewißheit.

»Wirst du morgen herunterkommen, um bei der Abreise des Grafen zugegen zu sein?« fragte er. »Zu welcher Stunde seine Lordschaft aufzubrechen gedenkt, ist mir nicht bekannt, aber er wird das Tageslicht sicher möglichst lange nutzen wollen.«

»Er wird gleich nach der ersten Messe aufbrechen«, sagte Hugh. »So wurde mir jedenfalls berichtet. Natürlich werde ich hier sein, um Abschied zu nehmen.«

»Hugh ... bring drei oder vier deiner Männer mit. Es sollten genügend sein, um das Tor im Fall eines Ausbruchsversuchs zu bewachen. Aber freilich nicht so viele, daß es Vermutungen oder Beunruhigung weckt.«

Hugh war stehengeblieben und sah Cadfael über die Schulter hinweg durchdringend an. »Doch wohl nicht wegen des kleinen Bruders«, sagte er mit Bestimmtheit. »Du hast ein anderes Opfer im Sinn?«

»Hugh, ich schwöre dir, daß ich dir noch nichts Greifbares bieten kann, und wenn irgendwer einen falschen Schritt wagen sollte und sich zum Narren machen will, so laß es mich sein. Aber sei hier! Eine Feder, die im Wind dahintreibt, ist mehr als alles, was ich bis jetzt in der Hand habe. Vielleicht finde ich noch mehr heraus. Aber unternimm nichts bis morgen früh. Mit Robert Bossu haben wir jemand Einflußreiches hier, der uns den Rücken stärkt. Wenn ich auf die Nase falle, indem ich mit törichtem Finger auf einen unschuldigen Mann zeige – nun, eine blutige Nase ist kein großes Drama. Aber ich will unter keinen Umständen einen Mann ohne triftigen Grund einen Mörder nennen. Laß es mich auf meine Weise versuchen, und laß alle anderen ruhig schlafen.«

Hugh überlegte, ob er Cadfael nicht drängen sollte, ihm in allen Einzelheiten zu erklären, was er vorhatte und welche im Wind dahintreibende Feder ihn beunruhigte, doch er besann sich eines anderen. Er selbst, mit drei oder vier seiner besten Männer, würde herkommen, dazu die beiden kräftigen jungen Knappen an der Seite ihres mächtigen Herrn – was konnte bei einem solchen Schutz schon geschehen? Außerdem war Cadfael ein erfahrener Mann, selbst ohne eine Schutztruppe hinter sich.

»Wie du meinst«, sagte Hugh nachdenklich, nicht ganz ohne Skepsis. »Wir werden hier sein und versuchen, deine Zeichen zu deuten. Ich sollte inzwischen gelernt haben, sie zu verstehen.«

Sein treuer Apfelschimmel war am Tor festgebunden.

Er stieg auf und ritt in Richtung Stadt davon. Es war windstill, und im sanften, abnehmenden Licht schimmerte die Oberfläche des Mühlteichs, als sei sie mit einer hauchdünnen Bleischicht überzogen. Cadfael schaute seinem Freund nach, bis dieser die Brücke erreicht hatte und der Hufschlag hohl herüberhallte. Als er sich abwandte, um in den Hof zu treten, läutete die Glocke zur Vesper.

Der junge Bruder, der heute beauftragt war, den Gefangenen das Essen zu bringen, kam eben von den Zellen zurück, um die Schlüssel im Torhaus an ihre Haken zu hängen, bevor er sich, gemeinsam mit Bruder Pförtner, auf den Weg zur Vespermesse machte. Cadfael folgte ohne Eile und mit gespitzten Ohren, denn da stand jemand ganz in der Nähe im Schatten, hinter der Torsäule, fest ans Mauerwerk gepreßt. Daalny war klug genug, ihm keine gute Nacht zuzurufen, obwohl sie ihn bemerkt hatte. Denn sie stand dort schon eine ganze Weile und hatte beobachtet, wie er von Hugh Abschied nahm. Nicht daß er sie tatsächlich gesehen oder irgendein Geräusch oder eine Bewegung wahrgenommen hätte; davor hatte er sich gehütet.

Beim Vespergottesdienst betete er kurz für den armen, gepeinigten Bruder Jerome, der in seinem eigenen Gift schmorte. Zu gegebener Zeit würde er wieder ins Oratorium aufgenommen werden, zerknirscht und demütig auf der Schwelle zum Chor kauernd, bis der Abt befinden würde, er habe seine üble Tat gesühnt. Vielleicht würde er sogar geläutert aus seinem alten Selbst hervortreten. Das war viel verlangt, aber manchmal geschahen Wunder.

Tutilo hockte auf seiner Pritsche und lauschte den endlosen, hysterischen Gebeten von Bruder Jerome in der

Nachbarzelle. Sie drangen gedämpft durch die Steinwand, nicht als deutliche Worte, sondern als ein immerwährendes Klagen, so schmerzerfüllt, daß Tutilo Mitleid mit dem Mann empfand, der versucht hatte, ihn zu verletzen, wenn auch nicht zu töten. Die Beharrlichkeit dieses Klagelieds machte Tutilos Ohren taub gegen das Geräusch des Schlüssels, der leise im Schloß knirschte. Und die Tür wurde, um jedes Knarren der Scharniere zu vermeiden, so behutsam geöffnet, daß er den Kopf erst umwandte, als eine gedämpfte Stimme hinter ihm »Tutilo!« sagte.

Daalny stand auf der Schwelle. Die Nacht hinter ihr schimmerte noch vom letzten Licht, das die hellen Mauern gegenüber auffingen, und von einem sanftblauen Himmel, der mit Sternen übersät war, die noch kaum sichtbar waren. Sie trat ein, eilig und ohne ein Wort, bis sie die Tür hinter sich geschlossen hatte. In der Zelle brannte eine kleine Lampe, und ein verdächtiger Lichtstrahl, der durch die Türöffnung fallen mochte, hätte sie sofort verraten. Sie betrachtete ihn und runzelte die Stirn, denn er schien ihr ein wenig in sich zusammengesunken und entmutigt. So hatte sie sich ihn nicht vorgestellt, und so wollte sie ihn auch nicht haben.

»Sprich leise«, sagte sie. »Wenn wir Jerome hören können, kann er uns auch hören. Schnell, du mußt gehen. Diesmal mußt du wirklich gehen. Es ist die letzte Chance. Morgen brechen wir auf, wir alle zusammen. Herluin wird dich zurück nach Ramsey bringen, wenn es nach ihm geht, wo dich ein schlimmeres Sklavenleben erwartet, als ich es führe.«

Tutilo erhob sich langsam von seiner Pritsche und starrte sie an. Es dauerte eine Weile, bis er sich von Bruder Jeromes besessenen Gebeten losreißen konnte und begriff, daß sich die Tür wirklich geöffnet und sie, Daalny, hereingelassen hatte und daß sie tatsächlich hier vor ihm stand, hartnäckig, greifbar, das schwarze Haar lose über ihre Schultern fallend, ihr Augen wie blauglühende stete Flammen im bleichen Oval ihres Gesichts.

»Nun geh schon«, sagte sie. »Schnell. Ich zeige dir den Weg. Durch die Pforte zur Mühle. Geh nach Westen, nach Wales.«

»Gehen?« wiederholte Tutilo wie ein Träumer, der sich durch eine fremde und unwirkliche Welt tastete. Und plötzlich glühten seine Wangen, als hätten sie Feuer gefangen. »Nein«, sagte er. »Ohne dich gehe ich nirgendwohin.«

»Narr!« sagte sie ungeduldig. »Dir bleibt keine andere Wahl. Wenn du dich nicht beeilst, bringen sie dich nach Ramsey und ziemlich sicher wirst du in Ketten gelegt, sobald ihr Leicester und Robert Bossus Geleitschutz hinter euch gelassen habt. Willst du nach Ramsey zurück und in ein frühes Grab gepeitscht, ausgehungert und gequält werden? Du hättest niemals Zuflucht suchen dürfen an diesem Ort, denn er ist ein Käfig für dich. Geh nackt nach Wales, und nimm deine Stimme und dein Psalterium mit. Dort werden sie deine Gabe Gottes erkennen und dich aufnehmen. Schnell, komm, laß meine Mühen nicht umsonst gewesen sein.«

Sie hatte das Psalterium aufgenommen, das in der Ledertasche auf dem Gebetstisch lag, und ihm in die Arme gelegt. Bei der Berührung zitterte er und drückte es an sein Herz, und dabei sah er sie mit leuchtend goldenen Augen an. Er öffnete den Mund, um, wie sie glaubte, erneut zu protestieren. Um dies zu verhindern, legte sie eine Hand auf seine Lippen und schob ihn mit der anderen verzweifelt zur Tür. »Nein, sag nichts, geh nur. Und besser allein! Was solltest du mit einer davongelaufenen Sklavin an den Fersen anfangen, die dich nur hindert? Rémy wird mich nicht gehen lassen und das Gesetz erst recht nicht. Ich bin Sklavin, du bist frei. Tutilo, ich flehe dich an! Geh!«

Plötzlich war die federnde Kraft in seinen Körper, die strahlende Kühnheit in sein Gesicht zurückgekehrt, und er folgte ihr. Ohne zu zögern, trat er aus der Tür und in den dunklen Gang hinaus. Der Schlüssel drehte sich wieder im Schloß. Die kühle Abendluft duftete vom jungen Laubwerk ringsum. Keine Worte beim Abschied, nur beredtes Schweigen. Sie schob ihn durch die Pforte in der Mauer aus dem Kloster hinaus und schloß die Tür zwischen ihnen wieder. Vor ihm lag der bleierne Wasserspiegel des Mühlteichs und der Pfad hinaus zur Abteivorstadt, und links, kurz vor der Brücke über den Severn, der schmale Weg, der nach Wales führte.

Ohne einen letzten Blick wandte sich Daalny um und ging zurück zum großen Hof. Sie mußte am nächsten Morgen etwas tun, von dem er nichts wußte, etwas, das, wenn es gelang, jede Verfolgung beenden und ihn in die wahre Freiheit entlassen würde. Weltliches Recht kann frei verfahren, selbst innerhalb eines geteilten Reiches. Kirchliches Recht besaß nicht dieselbe Beweglichkeit. Und Halbbewiesenes verblaßt neben unwiderlegbarem Beweis von Schuld und Unschuld.

Sie hörte die Mönche noch immer im Kirchenschiff singen, und so nahm sie sich die Zeit, noch einmal in Tutilos Zelle zu treten und die kleine Lampe zu löschen. Es war besser und sicherer, wenn man glaubte, er sei zu Bett gegangen und schlafe die Nacht hindurch.

KAPITEL
13

Der Morgen des Aufbruchstags dämmerte, lag lautlos im Tau da, und die Sonne war noch verschleiert. In ihrem zarten, sanften Licht schien alles Grüne grüner denn je. Später würden die Schleier sich lichten und der Himmel aufreißen, die Sonne würde hervortreten mit ihrer unfaßbaren frühlingshaften Helligkeit. Ein guter Tag für den Heimritt. Nach einer schlaflosen Nacht trat Daalny in den großen Hof und machte sich auf den Weg zur Prim, denn sie brauchte all ihre Kraft für ihr Vorhaben; Gebet und Stille in der Einsamkeit des Kirchenschiffs würden ihren Willen stärken. Denn es schien ihr, als wüßte oder argwöhnte niemand, was sie argwöhnte, so daß außer ihr niemand handeln würde.

Aber vielleicht saß sie ja auch einer Täuschung auf. Das Klirren von Münzen, das Gewicht eines festgeschnürten Bündels, das sich mit einem sanften metallischen Laut beim Druck ihrer Fußspitze verlagert hatte – was bewies das schon? Selbst wenn sie die sonderbaren Umstände hinzurechnete, von denen Bruder Cadfael ihr erzählt hatte, die Lüge, daß Rémys Zaumzeug im Stall vergessen worden sei. Und doch *hatte* Bénezet gelogen. Und daß er überhaupt in den Stall gegangen war, konnte doch nur bedeuten, daß er dort etwas verborgen hatte, das er wieder an sich nehmen wollte.

Nun, Tutilo war fort und, so hoffte sie, schon bald an der Grenze nach Wales. Die Benediktiner hatten in Wales nur geringen Einfluß, da sich die alte, weniger straff organisierte Keltische Kirche hartnäckig halten konnte, auch wenn sich die römischen Gebräuche durchgesetzt hatten. Man würde dort einen davongelaufenen Novizen liebend gern aufnehmen, um so mehr, wenn man gehört hatte, wie er sang und spielte. Man würde ihm einen Schirmherrn finden, der eine Harfe unterhielt, ihm seine Kutte abnehmen und ihm Hemd und Wams besorgen, wofür er mit seiner Musik bezahlen würde. Und sie, Daalny, würde versuchen, den letzten Schatten des Mordverdachts von ihm zu nehmen, was immer es sie auch kosten mochte, so daß er als freier und rehabilitierter Mann gehen konnte, wohin immer er seine Schritte zu lenken wünschte. Und was seine anderen, weniger schlimmen Sünden betraf, so würden sie ihm verziehen werden.

Trotzdem verspürte sie einen Schmerz im Innern, daß er gegangen war, aber sie wollte dem keine Beachtung schenken oder es gar bedauern, daß er sie verlassen hatte, nachdem er ihr in der Eile gesagt hatte, daß er ohne sie nirgendwohin gehen wolle. Nun, Sinn und Zweck ihres Vorhabens war, daß er niemals wieder in Gefangenschaft käme, nie wieder in enge Steinmauern eingepfercht wäre, die seine Flügel behinderten, nie wieder eine Schlinge um den Hals spüren müßte, die die Saiten seiner Kehle zum Verstummen brachte.

Die ganze Andacht hindurch sprach sie lautlose Gebete für ihn, während sie gebannt auf den ersten Aufschrei der Entrüstung ob seines Ausbruchs wartete. Der kam erst, nachdem Bruder Pförtner Jerome Frühstücksbrot und Dünnbier gebracht und sich noch einmal auf den Weg gemacht hatte, um Tutilo das Mahl zu bringen. Aber selbst jetzt war es kaum ein wirklicher Aufschrei, da Bruder Pförtner kein Mann war, der zu heftigen Ausbrüchen neigte und der eine Krise oft nicht mal erkannte, wenn er schon in sie hineingestolpert war. Er trat rasch wieder aus der Zelle, löste eine Hand von dem Holztablett, das er trug, um die Tür wieder hinter sich abzuriegeln, aber ließ dann, da ja niemand mehr drinnen war, der diese Vorsichtsmaßnahme gerechtfertigt hätte, die Tür nicht nur unverriegelt, sondern stieß sie sogar sperrangelweit auf. Daalny, die von der Treppe des Gästehauses aus ein wachsames Auge auf das Geschehen in diesem Winkel des Hofes hatte, fand diese Reaktion verständlich. Das gleiche empfand auch Cadfael, der gerade aus seinem Garten trat. Doch in Anbetracht dieses mangelnden Erstaunens und Entsetzens seitens des Aufsehers oblag es einem anderen, diesen Mangel auszugleichen. Daalny schlüpfte rasch zurück ins Haus, um sich wieder ihren Reisevorbereitungen zu widmen und überließ es den anderen, so zu verfahren, wie sie es für richtig hielten.

»Er ist fort!« sagte Bruder Pförtner. »Aber, wie ist das möglich?«

In der Frage lag keine Empörung, der Pförtner war wirklich verwundert. Er blickte auf den großen, schweren Schlüssel auf dem Tablett und zurück zur Tür, dann zog er die buschigen, angegrauten Brauen zusammen.

»Fort?« fragte Cadfael, als wäre er tatsächlich erstaunt. »Wie kann er fort sein, wo doch die Tür verschlossen und der Schlüssel in Eurer Loge war?«

»Schaut selbst«, sagte der Pförtner. »Wenn es nicht der Teufel persönlich war, dann muß jemand anders gestern nacht den Schlüssel an sich genommen und den Gefangenen befreit und in die Welt entlassen haben. Die Zelle ist leer wie der Geldbeutel eines Armen, und das Bett ist kaum berührt. Er wird schon über alle Berge sein. Subprior Herluin wird schäumen vor Zorn, wenn er es erfährt. Er ist mit Vater Abt beim Frühstück. Ich gehe wohl besser gleich, ihm den Appetit zu verderben.« Er schien nicht sonderlich bekümmert, aber auch nicht sonderlich begierig, die Nachricht zu überbringen.

»Ich bin gerade sowieso auf dem Weg dorthin«, sagte Cadfael, was der Wahrheit sogar recht nahe kam, weil ihm tatsächlich soeben die Idee gekommen war. »Ihr entledigt Euch des Tabletts und folgt mir dann: Ich gehe schon mal voraus und überbringe die schlechte Nachricht.«

»Ich wußte gar nicht«, sagte der Pförtner, »daß Ihr das Zeug zum Märtyrer habt. Aber geht nur voraus, mir soll es recht sein. Ich komme dann nach. Seine Lordschaft reist gottlob heute ab, und falls Herluin Wert auf sicheren Geleitschutz legt, wäre er ein Narr, wenn er sich dieses Angebot entgehen ließe, nur um diesem gerissenen Burschen hinterherzulaufen, der noch dazu einen halben Tag Vorsprung hat. Vor dem Mittag werden wir sie alle los sein.« Damit wandte er sich ab und ging zu seiner Loge, um sich des Tabletts zu entledigen. Er zögerte, ob er den Schlüssel wieder an seinen Haken hängen sollte, nahm ihn dann aber schließlich, als Beweisstück sozusagen, mit und folgte Cadfael zum Haus des Abtes, wenn auch ohne übertriebene Hast.

Herluin nahm die Nachricht über Tutilos Verschwinden allerdings ganz anders auf. Er sprang von seinem Stuhl im Empfangszimmer des Abtes hoch, völlig kopflos über diesen Verlust, da er jetzt nicht mehr nur des Schatzes aus Shrewsbury, den er schon in seinen Händen geglaubt hatte, beraubt war, sondern noch nicht einmal an Tutilo Rache für diesen Umstand üben konnte, so daß er jetzt mit fast leeren Händen nach Ramsey zurückkehren mußte. Eine kurze Weile lang hatte es so ausgesehen, als ob die Rückkehr – auch wenn er es zu diesem Zeitpunkt selbst nicht zur Gänze gewußt hatte – zu einem Triumphzug werden würde, mit großzügigen Spenden für die Wiederherstellung des Klosters und zusätzlich dem unermeßlichen Segen einer wunderwirkenden Heiligen. Jetzt war alles dahin, und der Missetäter war ihm entschlüpft, so daß Herluin als deutlicher Versager heimkehrte, nur dürftig belohnt für seine beschwerlichen Reisen, und dann auch noch ohne den Novizen, der, obzwar gewiß nicht eben vorbildlich in seinem Verhalten, so doch hoch geschätzt ob seiner Stimme und deshalb auf eigene Weise nutzbringend war.

»Er muß verfolgt werden!« sagte Herluin, in seinem Zorn jedes Wort mit bleckenden Zähnen herauspressend. »Vater Abt, die Bewachung des Gefangenen muß außerordentlich nachlässig gewesen sein – wie sonst hätte sich ein Unbefugter des Schlüssels zu seiner Zelle bemächtigen können? Ich hätte die Sache selbst in die Hand nehmen sollen, statt sie anderen zu überlassen. Tutilo muß verfolgt und ergriffen werden. Er hat Rede und Antwort zu stehen und seine Vergehen zu sühnen. Der Übeltäter darf nicht ungestraft davonkommen.«

Mit offensichtlichem und äußerstem Mißbehagen – ob wegen des flüchtigen Gefangenen, wegen seiner unachtsamen Wärter oder wegen dieses übel wetternden, seines Sündenbocks beraubten Rächers, war nicht auszumachen – sagte Abt Radulfus scharf: »Innerhalb meiner Klostermauern mag er gesucht werden, gewiß. Aber die Ordensregel untersagt mir, die Verfolgung in der Außenwelt fortzusetzen.«

Graf Robert, an diesem letzten Morgen vor der Abreise ebenfalls Gast an des Abtes Tafel, war ruhig an seinem Platz sitzengeblieben und hatte bisher kein Wort geäußert, sondern lediglich seinen spöttischen Blick von einem Gesicht zum nächsten wandern lassen, wobei er auch Cadfael nicht ausließ, der mit ausdrucksloser Miene und Stimme seine Hiobsbotschaft verkündet hatte, Bruder Pförtner stand mannhaft neben ihm und hielt noch immer den Schlüssel in der Hand, welcher, so glaubte er selbst jedenfalls, während der Vesper von seinem Haken genommen und vor Ende der Andacht wieder daran gehängt worden sein mußte. Da solches Eingreifen in die Klosterregeln hier auf dem Areal der Abtei bislang unbekannt war, hatte er keine besonderen Vorsichtsmaßnahmen ergriffen, zumal die Loge die meiste Zeit besetzt und das Schlüsselbrett im Blickfeld des Pförtners war. Der gute Mann verteidigte sich tapfer. Seine Rolle sei es, für die regelmäßige, wenn auch karge Verköstigung der Gefangenen, und die Aufgabe der Obrigkeit, für deren Einkerkerung und Verurteilung Sorge zu tragen.

»Aber er steht immer noch unter Mordverdacht!« rief Herluin angriffslustig, eingedenk dessen, daß noch die weltliche Anklage für die Tat ausstand. »Er darf nicht einfach so entwischen. Des Königs Justiz hat die Pflicht, wenn die Kirche sie schon nicht hat, den Übeltäter zu fangen und zu verurteilen.«

»Ihr irrt«, sagte Radulfus, bereits am Rande seiner Geduld. »Der Sheriff hat mir gestern schon versichert, er verfüge über ausreichende Beweise, daß Bruder Tutilo den jungen Aldhelm nicht getötet haben kann. Die weltliche Justiz hat die Anklage gegen ihn zurückgezogen. Nur die Kirche kann ihn anklagen, und die Kirche hat keine Amtsleute, die sie durchs Land schicken kann, um ihre schwarzen Schafe aufzuspüren.«

Der Begriff ›schwarze Schafe‹ hatte Herluin das Blut ins Gesicht schießen lassen, so als hielte er sich persönlich dafür verantwortlich, daß er seine Untergebenen nicht besser unter Kontrolle hatte. Cadfael bezweifelte, daß eine solche Kritik beabsichtigt gewesen war. Radulfus würde eher sich selbst mangelnde Führung vorwerfen, als jemand anders diesen Vorwurf zu machen. Auch in Anbetracht der Dinge, wie sie im Augenblick lagen, hatte der Abt es nicht so gemeint. Herluin indes bezog es auf sich selbst, versuchte aber gleichzeitig, jedes Versagen, das seine Würde und Autorität antastete und drohte, ihn gedemütigt und trostbedürftig heimkehren zu lassen, aufs heftigste zu leugnen.

»Es kann sein, Vater Abt«, sagte er in stocksteifer Haltung und glühend von finsterer Ahnung, »daß die Kirche sich in dieser Angelegenheit selbst wird revidieren müssen, denn wenn sie es unterläßt, gegen Übeltäter vorzugehen, wo immer sie zu finden sind, könnte ihre Autorität in Verruf kommen. Und gewiß ist jeglicher Kampf gegen das Böse, ob innerhalb oder außerhalb unseres Bereichs, so edel wie die Kreuzzüge ins Heilige Land. Es gereicht uns nicht zur Ehre, wenn wir ruhig zusehen, wie der Übeltäter davonkommt. Dieser Mann hat seine Bruderschaft verlassen und sein Gelübde aufgegeben. Er muß zurückgebracht werden und dafür Rechenschaft ablegen.«

»Wenn Ihr ihn als eine so sündige Kreatur betrachtet«, entgegnete der Abt kalt, »solltet Ihr bedenken, was die Ordensregel über einen solchen Fall zu sagen hat, im achtundzwanzigsten Kapitel, wo geschrieben steht: »Jagt den gottlosen Mann aus eurer Mitte.«

»Aber wir haben ihn nicht verjagt«, beharrte Herluin, noch immer glühend vor heiligem Zorn. »Er hat weder sein Urteil abgewartet noch Rede und Antwort gestanden für seine Missetaten, sondern sich zu unserem Verdruß heimlich des Nachts weggeschlichen.«

»Und dennoch«, murmelte Cadfael – wie zu sich selbst, dabei aber deutlich zu vernehmen – und konnte der Versuchung, sich zu äußern, nicht widerstehen, »heißt es im selben Kapitel der Ordensregel: ›Wenn der treulose Bruder geht, *laßt ihn gehen.*‹«

Abt Radulfus warf ihm einen strengen, nicht alles billigenden Blick zu. Und in Robert Bossus Zügen blitzte das ihm eigene, alles entkräftende Lächeln auf, das aber schon verschwunden war, bevor das Ziel, auf das es gerichtet war, Anstoß daran nehmen konnte.

»Ich bin meinem Abt gegenüber verantwortlich«, sagte Herluin, der hartnäckig versuchte, den Disput in andere Bahnen zu lenken, »verantwortlich für den Novizen, der mir anvertraut wurde, und deshalb muß ich, soweit es mir möglich ist, wenigstens Nachforschungen über ihn anstellen.«

»Ich fürchte«, sagte Robert Bossu mit entwaffnender Liebenswürdigkeit, »dafür wird die Zeit zu kurz sein. Solltet Ihr beschließen, zu bleiben, um besagte Nachforschungen anzustellen, so seid Ihr bedauerlicherweise gezwungen, Eure Heimreise unter weit ungünstigeren Umständen anzutreten. Denn gleich nach der Morgenmesse versammeln wir uns zum Aufbruch. Ihr tätet gut daran, Euch unserer Gruppe anzuschließen, und das um so mehr, als Euch jetzt ein Mann fehlt.«

»Wenn Eure Lordschaft bereit wäre, die Reise nur um wenige Tage zu verschieben...«, begann Herluin und wand sich dabei wie ein Aal.

»Ich bedauere, nein. Ich muß mich auch um andere Übeltäter kümmern«, sagte der Graf überfreundlich und taktvoll. »Vor allem wenn solche Schurken und Vagabunden wie jene, die Euren Wagen überfallen haben, noch immer aus den Fens kommen und auf der Suche nach neuen Schlupfwinkeln durch meine Lande ziehen. Es ist höchste Zeit, daß ich mich auf den Heimweg mache. Ich habe meinen Anspruch auf die heilige Winifred verloren, aber ich hege deshalb keinen Groll, denn schließlich war ich es, der sie hierher zurückgebracht hat; und selbst wenn sie sich mir also entzieht, muß ich durch meine Tat ihren Willen wohl aufs genaueste befolgt haben und kann deshalb für meine Bemühungen gewiß mit ihrem Wohlwollen rechnen. Aber jetzt werde ich zu Hause gebraucht. Wenn die Messe beendet ist«, sagte er mit fester Stimme und machte Anstalten, sich zu erheben, »rate ich Euch, Vater Herluin, solltet Ihr Euch uns anschließen. Und folgt dem Rat des heiligen Benedictus und laßt den treulosen Bruder ziehen.«

Die Abschiedsmesse begann früh und wurde knapp gehalten, denn der Graf, der begierig war aufzubrechen, übertrug seine Ungeduld auf alle, die ihn umgaben. Als sie ins frühe Morgenlicht traten, setzte sogleich reges Treiben ein, Pferde wurden gesattelt, die Wagen beladen. Auch der Diener Nicol und sein Gehilfe eilten herbei, um einem finsteren und schweigsamen Herluin aufzuwarten, der noch immer erzürnt darüber war, sein schwarzes Schaf aufgeben zu müssen, der aber auch nicht darauf erpicht war, länger zu bleiben und auf die Gelegenheit zu verzichten, sicher und bequem die erste Hälfte der Wegstrecke zurückzulegen und vielleicht ein Pferd für die zweite geliehen zu bekommen, denn Robert Bossu konnte zu Kirchenmännern großzügig sein, selbst zu einem, der ihm von Herzen zuwider war.

Die Pferdeknechte zogen den schmalen Wagen, auf dem die Reliquien der heiligen Winifred zurück nach Shrewsbury befördert worden waren, aus dem Stall. Man hatte die bestickten Stoffe entfernt, die ihn auf dem Hinweg geschmückt hatten, und würde ihn jetzt als Gepäckwagen für die ganze Gesellschaft benutzen. Beladen mit dem Reisegepäck des Grafen und seiner Knappen, den Spenden, die Herluin in Worcester und Evesham gesammelt hatte, mit einem Großteil von Rémys Instrumenten und seinem nicht eben bescheidenen Hab und Gut, blieb dennoch genügend Platz für Nicol und seinen Gefährten, ohne daß es eine zu schwere Last für das Pferd gewesen wäre. Der Packesel, der das Gepäck des Grafen auf der Hinreise getragen hatte, war jetzt frei, um Herluin als Reittier zu dienen.

Die beiden jungen Knappen führten die gesattelten Pferde aus dem Stall, und Bénezet folgte mit Rémys und seinem eigenen Tier, wiederum gefolgt von einem jungen Novizen, der mit Daalnys gedrungenem Pferd die Nachhut bildete. Das Tor stand bereits weit geöffnet, alles war, rasch und mit sachkundigen Händen erledigt, zur Abreise bereit. Sorgenvoll blickte Cadfael vom Kreuzgang aus zum offenen Tor, denn das alles war ihm etwas zu schnell gegangen. Es war noch zu früh für die Ankunft von Hugh und seinen Soldaten, andererseits würde die Abschiedszeremonie zweifellos noch eine Weile in Anspruch nehmen. Bis jetzt waren die Hauptpersonen noch nicht aufgetaucht, und mit Sicherheit würde der Graf nicht aufbrechen wollen, ohne Abschied von Hugh genommen zu haben.

Die Brüder widmeten sich inzwischen wieder ihren unterschiedlichen Aufgaben, verweilten aber jedesmal, wenn sie sich dem großen Hof näherten, etwas länger als unbedingt nötig, um die Versammlung von Knechten und Pferden zu beobachten, wobei letztere unruhig mit den Hufen scharrten und es nicht abwarten konnten, sich endlich in Bewegung setzen zu dürfen. Die Novizen wurden zu ihrem morgendlichen Unterricht gescheucht, doch Bruder Paul würde sie im Moment des Aufbruchs wohl nicht bändigen können.

In einen Umhang gehüllt und barhäuptig kam Daalny die Stufen des Gästehauses herab und mischte sich unter die Dienerschaft. Sie begutachtete den gleichmäßigen Sitz von Bénezets Satteltaschen, und an der Schramme unter den Schnallen, die sie sich gemerkt hatte, erkannte sie sofort, welche von beiden Taschen diejenige war, die ein besonderes Geheimnis enthielt. Sie ließ sie nicht aus den Augen, während Cadfael Daalny unbemerkt beobachtete. Ihr Gesicht war blaß; eigentlich wie immer, denn ihre Haut war weiß wie Magnolienblüten, doch jetzt überzog auch noch die eisige Blässe der Anspannung die schmalen, makellosen Wangenknochen. Ihre funkelnden Augen waren unter den langen, dunklen Wimpern halb verborgen. Cadfael nahm die Anzeichen von Nervosität und Schmerz wahr, und sie bekümmerten ihn, aber er wußte nicht recht, wie er sie deuten sollte. Sie hatte getan, was sie vorgehabt hatte, hatte Tutilo in eine Welt freigelassen, die besser zu ihm paßte als das Kloster. Nach einem kurzen Traum wieder ohne ihn in ihren unvermeidlichen Alltag hineinzufinden, mußte ihr unendlich schwerfallen, aber es ließ sich nun mal nicht ändern. Da er mit seinen eigenen Plänen beschäftigt war, vermochte er nicht zu erkennen, daß auch sie noch einen letzten Plan auszuführen hatte.

Einer der jungen Knappen war ins Gästehaus zurückgekehrt, um zu berichten, daß alles bereitstehe. Auch wollte er Umhang und Handschuhe und was sonst noch als letztes hinauszuschaffen war für seinen Herrn herbeiholen, wie auch für dessen neuen, musikalischen Gefolgsmann, dessen Rang zweifellos irgendwo zwischen dem niederen Adel und weit über dem der Dienerschaft anzusiedeln war, wenn er auch noch nicht den Ruf eines walisischen Harfenspielers genoß. Jetzt erschienen die Herren in der Eingangstür des Gästehauses, und im selben Augenblick tauchte auch Abt Radulfus, stets bedacht, die Regeln der Höflichkeit streng einzuhalten, gefolgt von Prior Robert, in seinem Garten zwischen den noch kahlen und staksigen Rosenbüschen auf, um seinen scheidenden Gästen entgegenzueilen.

Der Graf, elegant und schlicht wie immer, in gedeckten Farben und kostbarem Tuch: dunkelrote Beinkleider, kurz und bequem zum Reiten, und dazu ein graublauer Überrock, an den Schenkeln vorn und hinten geschlitzt. Nur selten bedeckte er sein Haupt, es sei denn gegen Wind, Regen oder Schnee, also fiel die Kapuze über seine erhabene Schulter und verdeckte den Buckel, obwohl ihm ein solch eitler Kunstgriff schwer zuzutrauen war, denn der Makel schien ihn nicht zu stören, noch schien der Buckel die Geschmeidigkeit seiner Bewegungen zu beeinträchtigen. An seiner Seite ging Rémy de Pertuis, in Jubelstimmung, geistreiche Hofkonversation ins Ohr seines Herrn hauchend. Sie stiegen gemeinsam die Stufen hinab, gefolgt vom Knappen mit dem Umhang des Grafen über dem Arm.

»Vater Abt«, sprach der Graf, »ich nehme nun, da die Zeit gekommen ist, mit großem Bedauern Abschied. Eure Gastfreundschaft war mehr als großzügig und, wie ich fürchte, ein wenig unverdient, da ich mit Ansprüchen auf Eure Heilige herkam. Doch ich bin froh, daß sie unter den vielen, die sie für sich begehrten, den geeignetsten und besten ausgewählt hat. Ich hoffe, Ihr schickt mir Euren Segen mit auf die Reise.«

»Von ganzem Herzen, Euer Lordschaft«, rief Radulfus. »Ich hatte viel Freude an Eurer Gegenwart und auch Gewinn, und hoffe darauf, irgendwann noch einmal in ihren Genuß zu kommen, so Gott es will.«

Die Gruppe, die einen Augenblick lang den Eindruck erweckt hatte, als wäre sie schon am Aufbrechen, ging plötzlich zu allgemeinen Höflichkeitsbekundungen über, die Besucher an den Tag legen, die sich auf einmal nur schwer trennen und mit vielen letzten Dingen verweilen, die unbedingt noch gesagt sein wollen. Da war Prior Robert plötzlich ganz der Normanne und ganz der Aristokrat, ja, sogar das Wohlwollen in Person, nachdem die Ereignisse ein so glückliches Ende genommen hatten. Und natürlich würde er einen normannischen Grafen nicht ziehen lassen, ohne seine Redekunst und seinen Charme bis zum letzten Augenblick auszuspielen. Und da war Herluin, weniger mitteilsam und überschwenglich, der aber trotzdem nicht übergangen werden durfte, und Rémy, der entzückt darüber, wie sich für ihn alles zum Guten wendete, seine Glücksstrahlen ohne Vorbehalte auf alle richtete. Cadfael, der lange Erfahrung mit solchen Abschiedsszenen hatte, war sich darüber im klaren, daß es noch mindestens eine Viertelstunde so weitergehen würde, bevor irgend jemand den Fuß in den Steigbügel setzen würde.

Daalny, der diese Erfahrung fehlte, rechnete mit einem rascheren Aufbruch. Sie hatte ein ungutes Gefühl bei der Verzögerung, die ihr Vorhaben unter Umständen zunichte machen konnte. Sie hatte sich für die Tat gewappnet und fürchtete nun, daß ihr die Gelegenheit, all das zu sagen, was sie noch zu sagen hatte, verwehrt sein würde. Sie trat so nah zu dem Abt und dem Grafen, wie es sich eben schickte, und in der ersten Gesprächspause trat sie zwischen sie und sagte laut und vernehmlich:

»Vater Abt – Graf Robert, mein Herr, darf ich ein Wort äußern? Bevor wir diesen Ort verlassen, habe ich etwas Wichtiges zu sagen, geht es doch um Diebstahl, vielleicht sogar um Mord. Ich bitte Euch, mich anzuhören, denn es wäre eine zu große Last für mich, es unerwähnt zu lassen.«

Alle Augen richteten sich auf sie, alle Ohren waren gespitzt. Alle fielen in Schweigen, ein Schweigen der Neugier, des Erstaunens und auch der Mißbilligung darüber, daß die Geringste in dieser Runde es wagte, um Gehör zu bitten – aus heiterem Himmel und in aller Öffentlichkeit. Sonderbarerweise aber hieß sie niemand schweigen oder sich entfernen. Sie sah, wie beide, Abt und Graf, sie mit wachsamer Anteilnahme betrachteten, und machte in beider Richtung einen tiefen Knicks. Bis dahin hatte sie noch nichts gesagt, was irgend jemandem Angst oder Unbehagen verursachen konnte, nicht einmal Bénezet, der lässig dastand, einen Arm über den Hals seines Pferdes gelegt, die Seite fest an die Satteltasche gepreßt.

»Darf ich sprechen, Vater?«

Da sie im Zuständigkeitsbereich des Abtes waren, überließ der Graf es ihm, zu antworten.

»Ich denke, das solltet Ihr«, sagte Radulfus. »Ihr habt zwei Wörter ausgesprochen, die in diesen letzten Tagen schwer auf uns gelastet haben, Diebstahl und Mord. Wenn Ihr dem irgend etwas hinzuzufügen habt, so werden wir Euch zuhören.«

Cadfael, der sich etwas abseits hielt, starrte zum Tor hinüber und betete im stillen, Hugh möge erscheinen, jetzt, auf der Stelle, drei oder vier starke Männer an seiner Seite. Dann wieder warf er Bénezet einen besorgten Blick zu. Der hatte sich nicht gerührt, doch obwohl sein Gesicht weiterhin eine Maske lebhafter, aber unpersönlicher Neugier war, ähnlich dem aller anderen, waren seine Augen wie zwei Dolche auf Daalny gerichtet, und seine Unbewegtheit schien jetzt vorsätzlich, konzentriert, wie die gespannte Haltung eines Vorstehhunds.

Hätte ich, so dachte Cadfael, hätte ich sie doch nur gewarnt! Schließlich weiß ich, daß sie zu allem bereit ist. War es meine Geschichte von dem Zaumzeug, die sie auf die Spur gebracht hat? Sie hat es sich nicht anmerken lassen, aber ich hätte es vorausahnen können. Und jetzt holt sie zu früh zu ihrem Schlag aus. Gebe Gott, daß sie ihre Aussage langsam und ausführlich unterbreitet, bevor sie zum Kern der Sache kommt, daß sie noch einmal in allen Einzelheiten erzählt, was bisher geschehen ist, jetzt, wo sie fast am Ziel ist. Aber die Zeit arbeitete gegen sie. Selbst die Messe hatte früher geendet. Hugh würde sich an die vereinbarte Zeit halten und dadurch zu spät eintreffen.

»Vater, Euch ist Tutilos nächtlicher Diebstahl bekannt, den er verübte, als die Fluten ins Kirchenschiff drangen, und wie Aldhelm, nachdem er gesagt hatte, er würde den Dieb wiedererkennen, auf dem Weg hierher getötet wurde. Und Ihr seid Euch sicher, daß niemand anderer als Tutilo einen Grund gehabt hatte, Aldhelms Kommen zu fürchten und es durch einen Mord zu verhindern.«

Sie wartete, daß er ihr bis zu diesem Punkt zustimmte, und der Abt sprach ruhig: »Das dachten wir, und das sagten wir. Es schien ganz klar. Wir hatten keinen anderen Verdächtigen.«

»Aber Vater, ich habe Grund zu glauben, daß es einen anderen gibt.«

Sie hatte ihn noch nicht beim Namen genannt, aber er wußte es schon. Er blickte zum Tor hinüber und bewegte sich unmerklich, ganz behutsam von der Stelle, um nicht die Aufmerksamkeit auf sich zu lenken, und versuchte, sich Schritt für Schritt aus dem Ring der Männer und Pferde zu winden, die ihn umgaben. Doch Robert Bossus beide Knappen standen ihm im Wege und hinderten ihn daran.

»Ich glaube«, sagte sie, »daß es einen in unserer Mitte gibt, der Reichtümer in seiner Satteltasche versteckt hat, die nicht sein Eigentum sind. Ich glaube, daß er sie in der Flutnacht gestohlen hat, als in der Kirche Chaos und Durcheinander herrschten. Ich weiß nicht, ob Aldhelm es hätte erzählen *können*, doch selbst wenn nur die entfernteste Gefahr bestand – wäre das nicht Grund genug gewesen, ihn auszuschalten? Wenn ich einen unschuldigen Mann verdächtige, was ich nicht ausschließen kann«, sagte Daalny mit fester Stimme, »so will ich es wiedergutmachen, so gut ich kann. Aber laßt ihn durchsuchen, Vater, und überzeugt Euch.« Und dann wandte sie sich um und sah Bénezet an, ihr Gesicht so weiß wie eine weißglühende Flamme; sie wandte sich um und deutete auf ihn. Und er war so fest eingepfercht in den Kreis, daß er nur mit Gewalt würde ausbrechen können; und Gewalt würde ihn sofort verraten, und vielleicht war er ja noch nicht ganz am Ende.

»In der Satteltasche an seiner Seite ist etwas, das er seit der Flutnacht versteckt. Wenn er es ehrlich erworben hätte, oder wenn es schon vorher sein Eigentum gewesen wäre, hätte er es nicht verstecken müssen. Euer Ehren, Vater Abt, laßt mir Gerechtigkeit widerfahren, und, wenn ich mich täusche, dann ihm. Aber laßt ihn durchsuchen, und überzeugt Euch selbst.«

Einen Augenblick hatte es geschienen, als wollte Bénezet über die Anschuldigung lachen, sie mit einem Achselzucken abtun und verächtlich sagen, daß Daalny log. Doch dann sammelte er sich, um zu antworten, während alle Augen auf ihn gerichtet waren. Es war allemal zu spät, um noch empört zu tun und den Unschuldigen zu spielen. Auch er hatte den richtigen Zeitpunkt verpaßt und seine Chance vertan, wie gering sie auch gewesen war.

»Seid Ihr des Wahnsinns? Das ist eine blanke Lüge. Ich habe nichts hier, was nicht mir gehörte. Herr, sprecht an meiner Statt. Habt Ihr je einen Grund gehabt, Schlechtes von mir denken? Wie kann sie es wagen, mich derart zu beschuldigen?«

»Ich habe Bénezet immer für vertrauenswürdig gehalten«, sagte Rémy selbstsicher, wenn auch mit gewissem Unbehagen. »Ich kann nicht glauben, daß er stehlen würde. Und überhaupt, ist hier etwas vermißt worden? Meines Wissens nicht. Gibt es irgend etwas, was seit dem Hochwasser vermißt wird? Mir ist nichts zu Ohren gekommen.«

»Auch ich habe nichts dergleichen gehört«, stimmte der Abt zögernd und stirnrunzelnd zu.

»Es gibt einen einfachen Weg, meine Behauptung zu beweisen oder zu widerlegen«, sagte Daalny unbeirrt. »Öffnet seine Satteltasche! Wenn er nichts zu verbergen hat, so laßt es ihn beweisen, und alle Schande über mich. Wenn ich mich nicht fürchte, warum sollte er's?«

»Mich fürchten?« schrie Bénezet. »Bei einer solchen Verleumdung? Was in meinem Gepäck ist, gehört mir, und ich bin keine Antwort schuldig gegenüber einem falschen Verdacht. Nein, ich werde meine Habseligkeiten nicht vor aller Augen ausbreiten, um deinen böswilligen Forderungen Genüge zu leisten. Warum du solche Lügen gegen mich vorbringst, kann ich nicht einmal ahnen. Was habe ich dir je getan? Deine Lügen sind vergebens, denn mein Herr kennt mich besser.«

»Ihr tätet klug daran, Eure Taschen zu öffnen und Eure Unschuld zu beweisen«, ließ sich Graf Robert mit nüchterner Strenge vernehmen, »da nicht alle hier Euch so gut kennen. Wenn sie lügt, so deckt ihre Lüge auf.« Er hatte seinen beiden jungen Knappen einen kurzen Blick zugeworfen und gebieterisch die Braue gehoben. Unmerklich fast traten sie, die Gesichter teilnahmslos, die Augen aber wachsam, einen Schritt näher zu Bénezet.

»Wir sind es einem toten Mann schuldig«, sagte Abt Radulfus, »dem nachzugehen, was dieses Mädchen uns gegenüber als Diebstahl mit einem möglichen Zusammenhang zu dem Mord andeutet. Wenn das wirklich eine Möglichkeit ist, Licht ins Dunkel dieses Verbrechens zu bringen und den geringsten Zweifel von dem bisher Beschuldigten zu nehmen, so sind wir wohl dazu verpflichtet. Zeigt Eure Satteltasche her.«

»Nein!« Er hielt die Tasche mit einem schützenden Arm umklammert. »Das ist eine Demütigung … Ich habe nichts Unrechtes getan! Warum sollte ich mich derart verleumden lassen?«

»Nehmt die Tasche«, sagte Robert Bossu.

Bénezet sah sich mit wildem, loderndem Blick um, als die beiden Knappen auf ihn zutraten und die Hände ausstreckten – nicht nach ihm, sondern nach Zügeln und Tasche. Völlig aussichtslos, in den Sattel zu springen und aus dem geschlossenen Ring auszubrechen. Aber die jungen Männer hatten die Zügel ihrer eigenen Pferde losgelassen, um Bénezet zu ergreifen, und eines der Pferde stand artig wartend etwas abseits von der erregten Gruppe, einige Fuß näher zum Tor hin. Zornig schnaubend löste Bénezet den Arm von seiner Beute, versetzte seinem erschrockenen Tier einen heftigen Tritt unter den Bauch, so daß es sich mit einem empörten Wiehern aufbäumte. Die Gesellschaft konnte noch rechtzeitig zur Seite springen, um den gefährlichen Hufen auszuweichen, während Bénezet nach dem Zügel des bereitstehenden Pferdes griff und, ohne sich der Steigbügel zu behelfen, in den Sattel sprang.

Niemand war nahe genug, um Zügel oder Steigbügelleder zu ergreifen. Bénezet sprengte davon, noch bevor ein anderer aufsitzen konnte, und kehrte der Gruppe brüllender Männer und scharrender Pferde den Rücken. Er ritt nicht geradewegs auf das Tor zu, sondern machte einen Schlenker an die Stelle, wohin Daalny sich aus einer Gefahr zurückgezogen hatte, um sich doch nur in die nächste zu begeben. Er hatte seinen kurzen Degen aus der Scheide gezogen, dessen Klinge aufblitzte.

Sie sah erst im letzten Augenblick, was er im Schilde führte. Er gab keinen einzigen Laut von sich, aber Cadfael, der verzweifelt herbeistürzte, um sie vor den fliegenden Hufen zu retten, sah das Gesicht des Reiters ganz deutlich. Auch Daalny sah es: Die einst gleichgültigen Züge hatten sich in eine Maske aus Haß und Zorn verzerrt, die Lippen hatte Bénezet hochgezogen wie ein in die Enge getriebener Wolf. Es blieb ihm nicht die Zeit, sie niederzureiten, ohne daß es ihn zu sehr aufgehalten hätte. Also lehnte er sich im Galopp aus dem Sattel, und der Degen schlitzte Daalnys Ärmel auf, von der Schulter bis zum Ellenbogen, und ließ eine Schramme zurück. Daalny sprang mit einem Satz zurück und fiel auf die Pflastersteine. Bénezet aber sprengte auf und davon, zum Tor hinaus, in Richtung Stadt.

Hugh Beringar, sein Stellvertreter und drei seiner Soldaten kamen gerade über die Brücke geritten. Bénezet erblickte sie, zögerte, riß die Zügel herum und lenkte sein

Pferd auf den schmalen Pfad, der links zwischen Mühlteich und Fluß verlief und in südwestlicher Richtung durch den Großwald und dann weiter auf schnellstem Wege nach Wales führte.

Die Männer aus der Stadt verstanden zunächst nicht, was es mit dem Flüchtigen auf sich hatte, daß aber ein Reiter aus dem Hof der Abtei auf die Brücke zugesprengt kam, bei ihrem Anblick zurückscheute, um unvermindert stürmisch in einen Seitenweg einzubiegen, war etwas, das es wert war, überdacht oder, besser noch, verfolgt zu werden, und so bellte Hugh: »Folgt ihm!«, noch bevor der jüngere der beiden Knappen, der aus dem Tor in die Vorstadt gerannt kam, schreien konnte: »Faßt ihn! Er ist des Diebstahls verdächtigt!«

»Bringt ihn zurück!« befahl Hugh, und seine Offiziere gaben ihren Tieren die Sporen und nahmen im Galopp die Verfolgung auf.

Daalny hatte sich wieder hochgerappelt, noch bevor Cadfael sie erreichte, wandte sich ab und rannte blindlings fort von dem Tumult, von dem Schreckgespenst, das sich in mörderischer Absicht aus dem Sattel zu ihr gebeugt hatte, und vor den Folgen dieses Schreckens, die sie zittern ließen, jetzt, da das Schlimmste vorbei war. Denn das war nun sicher. Warum sonst war Bénezet um sein Leben gelaufen, ohne seine Satteltasche zu öffnen? Sie wußte zwar noch immer nicht, was er darin verborgen hatte, aber sie wußte, daß es etwas Mörderisches sein mußte. Sie floh in die Kirche wie ein heimkehrender Vogel. Sollten die anderen den Rest erledigen, sie hatte ihre Rolle gespielt. Sie hatte jetzt keinen Zweifel mehr, daß sich alles zum Guten wenden würde. So ließ sie sich auf den Stufen des Altars der heiligen Winifred nieder, wo alles begann und alles endete, und lehnte den Kopf an den Stein.

Cadfael war ihr gefolgt, blieb aber stehen, als er sie dort gewahrte, wie sie still und mit weit geöffneten Augen dasaß, den Kopf erhoben, als lauschte sie einer Stimme – oder einer Erinnerung. Nach dem ganzen Wirrwarr war die jetzige Stille, die plötzliche Ruhe furchteinflößend. Sie hatte es schon beim Eintreten gespürt, und Cadfael spürte es jetzt, als er sie, wie in Trance, am Altar sah.

Er näherte sich behutsam, sprach mit ebenso behutsamer Stimme und war sich einen Moment lang nicht sicher, ob sie ihn überhaupt richtig wahrnahm.

»Er hat Euch mit seiner Klinge gestreift. Laßt es mich lieber sehen.«

»Ein Kratzer«, sagte sie gleichgültig; aber sie ließ ihn den lockeren Ärmel fast bis zur Schulter hochziehen, wo er eine Handbreit aufgeschlitzt war. Die Haut war kaum geschürft, nur ein dünner, weißer Strich war zu sehen, an zwei oder drei Stellen mit winzigen Perlen von Blut verziert. »Nichts Schlimmes! Es wird nicht eitern.«

»Ihr seid heftig gestürzt. Ich hätte es nicht für möglich gehalten, daß er Euch so stürmisch angreifen würde. Ihr habt etwas zu früh das Wort ergriffen, ich hatte es Euch ersparen wollen.«

»Ich glaubte, er könne weder lieben noch hassen«, sagte Daalny abwesend. »Ich habe noch nie eine Gemütsregung an ihm bemerkt. Ist er davongekommen?«

Die Frage konnte Cadfael nicht beantworten; er hatte sich dessen nicht vergewissert.

»Mir fehlt nichts«, sagte sie mit fester Stimme, »macht Euch keine Sorgen. Geht zurück und seht, was noch zu tun ist. Bittet die anderen … Bittet sie, mich eine Weile allein zu lassen. Ich brauche die Stille hier. Ich brauche die Sicherheit.«

»Ihr sollt sie haben«, sagte Cadfael und ließ Daalny allein, denn er spürte, daß sie sich ihrer selbst und all ihrer Gedanken, ihrer Worte und Handlungen vielleicht noch nie so sicher gewesen war wie in diesem Augenblick. An der Tür drehte er sich noch einmal um und warf ihr einen letzten Blick zu, wie sie stolz und erhaben dasaß, ihre Hände zu beiden Seiten auf dem Stein liegend, halbgeöffnet, als hielten sie die Insignien der Herrschaft. Um ihre Lippen spielte ein zartes Lächeln, heimlich, einsam, und doch bildete er sich ein – wenn es überhaupt Einbildung war – daß sie nicht allein war.

Man hatte die Satteltasche abgeschnallt und zum Torhaus getragen, um ihren Inhalt auf einem großen, soliden Holztisch auszubreiten. Sie waren zu sechst darum versammelt, bis Cadfael sich als siebter dazugesellte: Abt Radulfus, Prior Robert, Subprior Herluin, Robert Bossu, Rémy de Pertuis und Hugh Beringar, der kurz zuvor vorm Tor abgesessen war und sich hatte berichten lassen, was alles vorgefallen war. Es war Hugh, der auf die stumme Aufforderung des Grafen hin die, wie es schien, bescheidenen Habseligkeiten eines achtbaren Leibdieners zum Vorschein holte – gefaltete Kleider, Rasiermesser, Bürsten, einen Gürtel, ein paar abgetragene, aber gute Handschuhe. Doch schließlich zog Hugh an einem Bändel einen plumpen weichen Lederbeutel hervor, der die Hälfte der Tasche ausgefüllt hatte. Als dieser auf dem Tisch abgestellt war und vor den Augen der erstaunten Zeugen langsam in sich zusammensackte, war unmißverständliches Klirren von Münzen zu hören.

Damit klärte sich zumindest eine Sache auf. Drei der umstehenden erkannten den Beutel sofort. Nach dem lauten Seufzer, der sich Herluins Kehle entrang, drängten sich sogleich die niederen Brüder, sowie Nicol, die beiden Knappen und der bescheidene Laiendiener aus Ramsey näher heran und hielten erwartungsvoll den Atem an.

»Großer Gott!« Herluins Stimme war nur noch staunendes Flüstern. »Ich erkenne ihn wieder. Er lag in der Schatulle, die für Ramsey gedacht war und die auf dem Marienaltar stand, als die Wasserfluten hereinbrachen. Aber was hat das zu bedeuten? Die Schatulle wurde doch auf den Wagen mit dem Bauholz geladen. Wir fanden sie in Ullesthorpe, aufgebrochen und leer, der ganze Inhalt gestohlen ...«

Hugh löste die Schnüre des Beutels und neigte ihn ein wenig; aus dem weichen Leder ergoß sich eine Flut von Silbermünzen. Dann kamen auch noch sperrigere Gegenstände zum Vorschein: ein goldenes Collier, ein doppeltes Armband, ein schwerer, edelsteinbesetzter Halsreif und zwei Ringe, ein massiver Herrensiegelring und ein zierlicher Damenring mit tiefer Gravur. Und schließlich auch noch eine große, ringförmige Brosche aus Rotgold, die als Spange für einen Umhang gedacht und die Arbeit eines sächsischen Meisters war.

Alle standen fassungslos da und konnten es lange nicht begreifen.

»Auch ich erkenne dies hier wieder«, sagte Radulfus bedächtig. »Die Spange habe ich einmal am Umhang von Lady Donata gesehen. Den Ring trug sie immer.«

»Sie schenkte Ramsey die Schmuckstücke, bevor sie starb«, sagte Herluin mit leiser Stimme und bestaunte, was fast wie ein Wunder schien. »All das war in der Schatulle, die ich Nicol anvertraute, als er mit dem Wagen nach Ramsey aufbrach. Die Schatulle fanden wir wieder – aufgebrochen und weggeworfen ...«

»Ich erinnere mich gut«, kam Nicols Stimme heiser von der Türschwelle. »Ich trug den Schlüssel bei mir, also brach man den Deckel auf, stahl die Schätze und warf den Behälter danach fort... So stellte es sich uns wenigstens dar!«

Ja, alle hatten geglaubt, daß es sich so verhalten hatte. All diese Spenden für das verwüstete Kloster, all diese Zeugnisse des Wohlwollens waren in der Schatulle auf dem Marienaltar gewesen, um vor den nächtlichen Wasserfluten sicher zu sein, selbst wenn diese noch so hoch steigen sollten. Sicher vor dem Flußwasser, doch offenbar nicht sicher vor Dieben, die unter dem Vorwand, die geheiligten Objekte retten zu wollen, die Gelegenheit nutzten, das an sich zu raffen, was so verlockend vor ihnen lag. Der Schlüssel hatte im Schloß gesteckt, man hatte die Truhe also nicht einmal aufbrechen müssen. Es war ein Kinderspiel gewesen, den Beutel herauszunehmen und die Schatulle mit Steinen und Lumpen zu füllen, um das fehlende Gewicht auszugleichen, dann die Schatulle wieder zu verschließen und auf den Wagen verladen zu lassen, wo sie dann Nicol anvertraut war. Und daraufhin, dachte Cadfael, die Augen auf Donatas wohltätige Spende gerichtet, die Beute irgendwo zu verstecken, bis die Zeit kam, Shrewsbury zu verlassen. Irgendwo abseits, wo, selbst wenn sie entdeckt werden sollte, niemand wüßte, wer sie dort verborgen hatte, aber wo sie höchstwahrscheinlich unentdeckt bliebe. Bénezet hatte dabei geholfen, die Pferde aus den tiefergelegenen Klosterställen zu den Ställen am Pferdemarkt zu führen. Es hatte ihn weder Zeit noch Mühen gekostet, seine Beute am Boden des Getreidebehälters zu verbergen, der für den kurzen Aufenthalt der Tiere dort neu aufgefüllt worden war. Es stand kaum zu befürchten, daß die Pferde so lange dort blieben und das Futter aufbrauchten, so daß der fremde Gegenstand zum Vorschein käme. Und dort war er weit sicherer als im Schlafsaal des Gästehauses, wo man bei dem Kommen und Gehen der Übernachtungsgäste nie ungestört war. Auch Diebe können ausgeraubt werden, und neugierige Nachbarn können Dinge finden, die irgendwo verborgen sind.

»Die Spenden haben Shrewsbury nie verlassen!« sagte Hugh und starrte auf den Haufen Gold und Silber. »Vater Herluin, es hat den Anschein, daß Euch Gott und die Heiligen Euer Eigentum zurückgegeben haben.«

»Wobei wir auch Eurem Mädchen zu Dank verpflichtet sind, Rémy«, sagte Robert Bossu trocken. »Sie hat den Beweis für ihren Verdacht geliefert. Sollten wir uns nicht bei ihr bedanken? Wo ist sie jetzt?«

»Sie ist in der Kirche«, sagte Cadfael, »und bittet um Eure Erlaubnis, ein Weilchen allein sein zu dürfen, bevor Ihr aufbrecht. Sie hat nur einen Kratzer abbekommen, was ihren Leib betrifft, und kann die Reise antreten, aber ihre Seele verlangt nach einem Augenblick der Ruhe.«

»Den wollen wir ihr gewähren«, sagte der Graf. »Und ich muß gestehen, Hugh, daß ich gern sehen würde, wie die Geschichte nun ausgeht. Wenn Eure Männer den Dieb lebend zurückbringen, um so besser, auch für mich, denn er hat, *en passant* sozusagen, ein gutes Pferd von mir gestohlen. Er hat allerhand auf dem Gewissen.«

»Mehr als nur Diebstahl«, sagte Cadfael finster.

Er hatte den Stapel mit Kleidern, der Bénezets Beute bedeckt hatte, zur Seite gelegt und war mit der Hand in die Tiefen der Satteltasche getaucht und auf ein gefaltetes Kleidungsstück gestoßen, das unter dem Lederbeutel verstaut gewesen war. Er zog es heraus, ein Leinenhemd – sauber zwar, aber ohne Bügelfalten –, starrte auf den Aufschlag des einen Ärmels, drehte und betrachtete ihn von allen Seiten. Offenbar ein Mann, der für sich selber sorgen konnte, dieser Bénezet, sehr ordentlich in der Art und Weise, wie er seine Sachen versorgte, einer, der keine Frau brauchte, die für ihn wusch und putzte. Aber nicht reich genug, um ein Hemd fortzuschmeißen, selbst wenn er genügend Gelegenheit dazu gehabt hatte, auch hier, eingeschlossen in den Klostermauern, während Rémy seiner Suche nach einem Gönner nachging. Er hatte es gewaschen und am Grund seiner Satteltasche verstaut, um es wohl erst Meilen von hier entfernt und Wochen später wieder hervorzuziehen. Aber es gibt Flecken, die sich nicht leicht auswaschen lassen. Cadfael breitete den Ärmelaufschlag vor den erstaunten Augen von Hugh aus, und Graf Robert beugte sich vor, um den anderen Ärmel zu untersuchen. Bis über eine Handbreit vom Saum entfernt waren beide Aufschläge mit kleinen runden Flecken übersät, von denen nur noch die schwachen blaßroten Ränder zu erkennen waren. Cadfael hatte ähnliches schon oft genug gesehen, um genau zu wissen, um welche Flecken es sich handelte. Ähnlich erging es wohl auch Robert Bossu.

»Das ist Blut«, sagte der Graf.

»Es ist Aldhelms Blut«, sagte Cadfael. »Es regnete in jener Nacht. Bénezet wird einen Umhang getragen haben, dicke schwarze Wolle saugt Blut auf, und ich bin sicher, er war vorsichtig. Aber ...«

Aber ein schwerer, zerklüfteter Stein, mit beiden Händen hochgehoben und auf den Schädel eines bewußtlosen Mannes geschmettert – und egal wie es bewerkstelligt wurde, wie bedachtsam es ausgeführt wurde, ganz ohne Eile und ohne Furcht, gestört zu werden –, mußte zumindest an Händen und Handgelenken des Mörders Spuren zurücklassen. Das meiste Blut war wahrscheinlich in den

Boden gesickert oder an dem Stein haftengeblieben, aber ein paar Spritzer werden auch Fleisch und Leinen beschmutzt haben. Und aus Leinenstoff lassen sich die kleinen, verräterischen Flecken nur schwer entfernen, es sei denn, man legt ihn sofort in Lauge.

»Jetzt erinnere ich mich«, sagte Rémy kopfschüttelnd und selbstvergessen, »ich war in jener Nacht bei Euch zu Gast, Vater Abt, und Bénezet hatte Ausgang. Er gab vor, den Abend in der Stadt verbringen zu wollen.«

»Und er war es auch, der dem Mädchen erzählte, daß Aldhelm hier erwartet wurde, und sie war es, die Tutilo warnte, sich so lange von hier fernzuhalten. Also wußte er von der Gefahr, wenn es denn eine Gefahr für ihn war. Aber er war sich dessen wohl nicht sicher. Es hätte schon ausgereicht, daß Aldhelm, der aufgefordert war, sich genau an alles zu erinnern, sich allzu vieler Dinge würde erinnern können, die er in aller Unschuld gesehen hatte. Und deshalb ist er in aller Unschuld tot. Und Bénezet ist sein Mörder. Doch Bénezet wird niemals erfahren, genauso wenig wie wir, ob er umsonst gemordet hat.«

Alan Herbard, Hughs Stellvertreter in der Garnison, kam eine Stunde vor Mittag zum Tor hereingeritten.

Die Gesellschaft hatte sich nach dem um Daalnys willen gewährten Aufschub aufs neue zum Aufbruch versammelt, und Cadfael, selbsternannter Verwalter ihrer Interessen, hatte aus gutem Grund eben erst sehr höflich um Erlaubnis gebeten, sie aufsuchen und bitten zu dürfen, sich der Reisegesellschaft anzuschließen, vorausgesetzt, sie fühlte sich genügend erholt. Alle anderen hatten die Zeit genutzt, die Flut von Enthüllungen und Schrecken, die nun abzuebben versprach, zu verarbeiten, nachdem sie das Leben vieler verändert hatte. Subprior

Herluin hatte zwar einen Novizen verloren und seine Rache für die schmerzlichen Kränkungen nicht ausführen können, dafür aber die Schätze zurückbekommen, die er für immer verloren wähnte, und, Sünde, Tod und Gewalt zum Trotz, hatte sich seine finstere Morgenmiene fast zu Wohlwollen aufgehellt. Rémy hatte einen Diener verloren, dafür aber seine Zukunft durch einen einflußreichen neuen Herrn gesichert: Ein Diener läßt sich leicht ersetzen, und der Zugang zum Haus eines der mächtigsten Grafen im Land ist ein Gewinn fürs Leben. Rémy hatte keinen Grund zu klagen. Er hatte nicht einmal sein Pferd verloren, denn das gestohlene Tier gehörte dem Knappen von Robert Bossu. Befreit von seinen Satteltaschen, schien Bénezets stämmiger Rotschimmel gleichmütig auf einen anderen Reiter zu warten. Nicol würde ihn reiten, während sein Gefährte den Gepäckwagen lenkte. Alles würde sich bald wieder in den Alltag fügen, wie sehr dieser auch von seinem bisherigen Lauf abwich.

Und plötzlich war da also Alan Herbard unter dem Tor, sprang aus dem Sattel, neugierig, aber ein wenig scheu, sich Hugh in dieser illustren Gesellschaft zu nähern.

»Wir haben den Mann, Sir. Ich bin vorausgeritten, um es Euch zu melden. Er wird hierher gebracht. Wo wollt Ihr ihn einsperren? In der Eile habt Ihr nicht gesagt, wessen er beschuldigt wird.«

»Er ist des Mordes angeklagt«, sagte Hugh. »Bringt ihn auf die Burg hinter Schloß und Riegel. Ich bin so bald als möglich dort. Ihr ward schnell. Weit kann er nicht gekommen sein. Was geschah?«

»Wir folgten ihm eine Meile oder zwei in den Großwald hinein, und als wir ihm immer näher kamen, riß er plötzlich die Zügel herum und versuchte, uns im dichten Wald abzuhängen. Ich glaube, er hat eine Hirschkuh aufgeschreckt und das Pferd scheute, denn wir hörten ihn fluchen. Und das Tier wieherte und schnaubte und bäumte sich auf. Ich glaube, er griff zum Degen, um das Pferd damit...«

Der Knappe war nähergetreten, um zu hören, was seinem Pferd zugestoßen war, und sagte: »Conradin würde das niemals erdulden.«

»Er hatte ein ganzes Stück Vorsprung. Wir konnten uns nur anhand der Geräusche zusammenreimen, was dort geschah. Aber ich glaube, das Pferd bäumte sich auf und warf ihn ab, wobei er gegen einen tiefhängenden Ast schlug, denn er lag, als wir ihn fanden, halbbetäubt unter einem Baum. Er hinkt, aber das Bein ist nicht gebrochen. Er war völlig benommen und hat uns keine Schwierigkeiten gemacht.«

»Das wird er vielleicht noch«, sagte Hugh warnend.

»Will ist kein Anfänger, er wird ihn schon festhalten. Aber das Pferd«, sagte Alan, ein wenig kleinlaut, »das haben wir nicht einfangen können. Es ist davongesprengt, bevor wir die Stelle erreichten. Wir haben uns umgeschaut, so gut es ging, weil wir doch den Mann zu bewachen hatten, aber es war nirgends zu sehen, nicht einmal zu hören. Ohne Reiter wird es gewiß ein paar Meilen davongaloppiert sein, bis es zur Ruhe gekommen ist.«

»Und Zaum und Satteltaschen sind auch verloren«, sagte der glücklose Besitzer und verzog das Gesicht, doch schon im nächsten Augenblick lachte er. »Euer Gnaden, Ihr seid mir neue Kleider schuldig, wenn er unwiederbringlich auf und davon ist.«

»Wir werden gründlich nach ihm suchen«, versprach Alan. »Wir werden es schon für Euch finden. Aber erst einmal will ich mich vergewissern, daß der Mörder hinter Schloß und Riegel ist.«

Er verbeugte sich vor dem Abt und dem Grafen, stieg auf sein Pferd und war schon auf und davon. Die, die zurückblieben, sahen sich an wie Menschen zur Stunde des Erwachens, einen Augenblick unsicher, ob das, was sie sahen, Wahrheit oder Traum war.

»Es ist vorbei«, sagte Robert Bossu. »Wenn dies das Ende ist!« Und er richtete seinen ernsten, umsichtigen Blick auf den Abt. »Es scheint, Vater, als würden wir unseren Abschied zweimal erleben, doch diesmal ist es ernst, wir müssen gehen. Ich vertraue darauf, daß wir uns unter glücklicheren Umständen wiedersehen werden, aber jetzt werdet Ihr froh sein, uns aus den Augen und aus dem Sinn zu haben, bei all den Unannehmlichkeiten, die wir Euch bereitet haben. Euer Haus wird ohne uns friedlicher sein.« Und indem er nach seinem Zügel griff, sagte er zu Cadfael: »Seid so gut und fragt die junge Dame, ob sie sich in der Lage fühlt, sich uns anzuschließen. Es ist höchste Zeit, daß wir aufbrechen.«

Er war nur wenige Augenblicke fort, bevor er wieder allein aus der Südtür und dem Kreuzgang trat.

»Sie ist fort«, sagte Bruder Cadfael, die Stimme sanft, die Miene ausdruckslos. »Es ist niemand in der Kirche außer Cynric, der Küster von Vater Boniface. Er ist dabei, den Altar zu schmücken und hat in der letzten halben Stunde niemanden ein- oder ausgehen sehen.«

Später fragte er sich manchmal, ob Robert Bossu nicht sogar damit gerechnet hatte. Er war ein Mann von durchdringendem Scharfsinn, der den Scharfsinn anderer hoch schätzte und tiefer in einen Menschen hineinzuschauen vermochte als die meisten anderen. Auch war er nicht abgeneigt, den Fuchs im Gänsestall loszulassen. Aber nein, wahrscheinlich hatte er nicht damit gerechnet. Dafür hatte er Daalny nicht lange genug gekannt. Wäre sie mit nach Leicester gekommen, so hätte er sie nach ein paar Wochen schon gut einzuschätzen vermocht, nicht nur was ihr musikalisches Talent betraf. Aber einerlei, er schien nicht sehr überrascht. Nicht er, sondern Rémy de Pertuis stieß einen schmerzlichen Schrei aus:

»Nein! Sie kann nicht fort sein. Wohin sollte sie gehen? Sie gehört mir! Seid Ihr sicher? Nein, sie muß dort sein, Ihr hattet nicht genug Zeit, um überall zu suchen ...«

»Ich habe sie dort vor einer Stunde zurückgelassen«, sagte Cadfael ruhig, »vor dem Altar der heiligen Winifred. Sie ist nicht mehr dort. Überzeugt Euch selbst. Die Kirche war schon leer, als Cynric kam, den Altar zu schmücken.«

»Sie ist mir davongelaufen!« klagte Rémy leichenblaß und niedergeschlagen, nicht nur den Verlust seines wertvollsten Besitzes beklagend und noch weniger den eines geliebten Wesens: Sie war seine Sängerin, und er war als Provenzale ein bedingungsloser Musiker, für den eine gute Stimme das reinste Gold darstellte, einen Schatz kostbarer als Rubine. Sie zu besitzen, hieß, ein Instrument zu besitzen, und als solches betrachtete er sie. Da war kein Falsch in seinem Kummer und Entsetzen. »Sie darf nicht gehen! Ich muß sie suchen. Sie gehört mir, ich habe sie gekauft. Euer Ehren, gewährt mir einen kurzen Aufschub, bis ich sie gefunden habe. Sie kann nicht weit sein. Zwei Tage ... einen Tag ...«

»Noch eine Suche? Noch eine Enttäuschung?« rief der Graf und schüttelte energisch den Kopf. »Ich hatte auch schon Wunschträume wie Ihr, aber ihnen immer nachzulaufen, führt nur zu immer wieder neuen Niederlagen. Sie war in der Tat, nein, sie *ist* ein sehr kostbares Gut, Rémy, mit einem hübschen Glockenspiel in der Kehle, einer leichten Hand mit Drehleier und Saite. Ich bin inzwischen schon zu lang von zu Hause fort, und wenn Ihr bei mir Anstellung wünscht, so solltet Ihr jetzt mit mir reiten und vergessen, daß Ihr für etwas zahltet, das unbezahlbar ist. Es führt zu nichts. Es gibt noch andere, die so begabt sind wie Daalny, und Ihr sollt die Mittel bekommen, so jemanden zu finden, und ich verspreche Euch, der- oder diejenige wird zufrieden sein.«

Was er gesagt hatte, war ernst gemeint, und Rémy wußte es. Es fiel ihm sichtlich schwer, sich zwischen seiner Sängerin und einer gesicherten Zukunft zu entscheiden. Cadfael sah ihn heftig schlucken und halb dabei ersticken und hatte in diesem Augenblick beinahe Mitleid mit ihm. Andererseits, bei einem so mächtigen, so gebildeten und so ernsthaften Gönner wie Robert Beaumont konnte Mitleid mit Rémy de Pertuis nicht von langer Dauer sein.

Bevor Rémy nachgab, sah er sich nach einer verläßlichen Person um. »Vater Abt, oder Ihr, verehrter Sheriff – ich möchte nicht, daß sie einsam ist oder Not leidet, niemals. Sollte sie wieder auftauchen oder solltet Ihr von ihr hören, so bitte ich Euch, es mich wissen zu lassen, damit ich sie holen kann. Sie wird mir immer willkommen sein.«

Wohl wahr, und wie es sich anhörte, meinte er es nicht nur so, weil sie für ihn eine kostbare Stimme gewesen war. Vielleicht war ihm bis dahin nie bewußt gewesen, daß sie mehr als ein Besitztum war, daß sie vielmehr ein Menschenkind war, das Hunger leiden, gar verhungern, Bösewichtern in die Hände fallen, auf tausend verschiedene Arten zu Schaden kommen konnte. Ihre Flucht war wie die einer Nonne, die die Welt ihrer Kindheit verlassen wollte, weil sie ihr keine Geborgenheit bot. So wenigstens schien er jetzt von ihr zu denken, sah sie so in dem Augenblick, da sie aus seinem Blickfeld verschwand. Wie wenig er sie doch gekannt hatte! »Nun, Euer Gnaden, ich habe getan, was ich konnte. Ich bin bereit.«

Sie waren fort, allesamt, schon vorbei an der Abteivorstadt in Richtung Saint Giles, Robert Beaumont, Graf von Leicester, Pferd an Pferd mit Subprior Herluin von Ramsey, dessen Stimmung, seitdem er die Früchte seiner Mühen in Shrewsbury wie durch ein Wunder erneut eingesammelt hatte, wiederhergestellt war und der zufrieden war, in der Gesellschaft eines Edelmanns solchen Ranges zu reisen; hinter ihnen Roberts beide Knappen, der jüngere immer noch etwas zerknirscht, auf einem Tier reiten zu müssen, das ihm nicht vertraut war, aber froh, wieder nach Hause zu kommen; Herluins Laiendiener, der den Gepäckwagen lenkte, und Nicol, der die Nachhut bildete und froh war, reiten zu dürfen, statt laufen zu müssen. Innerhalb der Kirche war ihr Hufgetrappel zu hören, bis sie den Pferdemarkt erreichten. Dann kehrte wohltuende Stille ein, Zeit, um zu atmen und nachzudenken. Abt Radulfus und Prior Robert hatten sich wieder ihren gewohnten Pflichten zugewandt, die Brüder den ihren. Es war vorbei.

»Nun«, sagte Cadfael, dankbar den Kopf vor der heiligen Winifred neigend, »ein liebenswürdiger, ungefährlicher Gauner, der nicht fürs Kloster geeignet ist, genausowenig wie das Mädchen für die Sklaverei – warum also klagen? Ramsey wird sehr gut ohne ihn auskommen, und Partholans Königin ist nicht länger Sklavin. Gewiß, sie hat ihr Gepäck verloren, doch das hätte sie wohl ohnehin abgeworfen. Sie sagte mir, Hugh, daß sie nichts besitzt, nicht einmal die Kleider, die sie trägt. Sie wird damit leben können, nur die wenigen Dinge, die sie am Leibe trägt, gestohlen zu haben.«

»Und der Junge«, sagte Hugh, »hat nur ein Mädchen gestohlen.« Und er fügte mit einem Seitenblick auf Cadfaels zufriedene Miene hinzu: »Wußtest du, daß Tutilo schon dort war, als du ihr in die Kirche gefolgt bist?«

»Ich schwöre dir, Hugh, ich habe nichts gesehen, nichts gehört. Da war nichts, was mich auch nur an ihn hätte denken lassen. Und doch ahnte ich, daß er da war. Und sie auch, von dem Augenblick an, da sie eintrat. Es war mehr so, als wäre es deutlich in mein Ohr gesprochen worden: Geh sanft vor. Sage nichts. Alles wird gut. Schließlich hat sie nicht viel verlangt. Einen Augenblick des Alleinseins. Und die Kirchentür ist immer geöffnet.«

»Glaubst du«, fragte Hugh, als sie gemeinsam zur Südtür und zum Kreuzgang schritten, »glaubst du, daß Aldhelm etwas gegen Bénezet hätte aussagen können?«

»Wer weiß? Schon die Möglichkeit war für Bénezet Gefahr genug.«

Sie traten hinaus ins grelle Licht des frühen Nachmittags, nach all der Unruhe aber und der Hektik wirkte die Stille und Friedlichkeit auf sie wie die angenehme Mattigkeit nach einem arbeitsreichen Tag, die Ruhe nach dem Sturm. »Es war nicht schwer, den Jungen liebzugewinnen«, sagte Cadfael,« aber es steckte auch ein Kobold in ihm. Besser, ihn gleich loszuwerden als erst später. Er war gewiß ein Dieb, wenn auch nicht zu seinem eigenen Nutzen, und gewiß auch ein Lügner, wenn er es als notwendig erachtete. Aber Donata gegenüber war er aufrichtig. Was er für sie getan hat, kam aus unverdorbenem Herzen und ohne den Hintergedanken an eine Belohnung.«

Es war niemand im großen Hof, als sie auf das Torhaus zusteuerten. Ein Ort, eben noch pulsierend von Haß und Tumult, plötzlich wie ausgestorben, als wäre ein Schöpfer verzweifelt an der Welt, die er erschaffen hatte, und hätte sie ausgelöscht, um es erneut zu versuchen.

»Und hast du daran gedacht«, fragte Hugh, »daß die beiden wahrscheinlich in Richtung Südwesten denselben Weg genommen haben, den Bénezet eingeschlagen hat? In südlicher Richtung, bis sie die alte Römerstraße kreuzen, und dann geradewegs nach Wales. Mit dem Glück der Heiligen oder des Teufels persönlich könnten sie im Wald auf das verlorene Pferd stoßen, so daß Alan morgen keine Spur mehr von ihm finden wird.«

»Und die Satteltaschen des unglückseligen Burschen, zusammen mit dem Zaum«, sagte Cadfael, und bei dem Gedanken hellte sich seine Miene auf. »Tutilo könnte etwas weltlichere Kleidung gut gebrauchen anstelle von Ordenstracht und Kutte, und wenn ich mich an den Knappen des Grafen erinnere, hatte er sogar eine ähnliche Statur wie Tutilo.«

»Zieh mich nicht tiefer hinein«, sagte Hugh gespielt.

»Finden ist nicht stehlen.« Und als sie am Tor angelangt waren, wo Hughs Pferd angebunden war, sprach Cadfael mit ernster Stimme: »Donata hat ihn besser verstanden als jeder andere von uns. Sie weissagte ihm, leichthin vielleicht, aber doch weise: ›Ein Troubadour‹, sagte sie, ›braucht drei Dinge und nur drei Dinge: ein Instrument, ein Pferd und die Liebe einer Dame.‹ Das erste gab sie ihm und einen Vorgeschmack auf den Rest. Jetzt hat er vielleicht alle drei gefunden.«